afgeschreven

ONDER WATER

Van Alice Hoffman verschenen

De ijskoningin
De drie zusjes

Wil je op de hoogte worden gehouden van de romans van
Orlando uitgevers? Meld je dan aan voor de nieuwsbrief via
onze website www.orlandouitgevers.nl.

ALICE HOFFMAN

Onder water

Vertaald uit het Engels door
Gert Jan de Vries

ORLANDO
uitgevers

© 2000 by Alice Hoffman
Oorspronkelijke titel *The River King*
Oorspronkelijke uitgever G.P. Putnam's Sons, New York
Nederlandse vertaling © 2001/2011 Orlando uitgevers,
Utrecht, en Gert Jan de Vries
Published by arrangement with Lennart Sane Agency AB
Omslagontwerp Studio Jan de Boer
Omslagfoto © Charlie Jones / Echo Images
Foto auteur © Deborah Feingold
Typografie Pre Press Media Groep, Zeist
Druk- en bindwerk Koninklijke Wöhrmann, Zutphen

ISBN paperback 978 90 229 6151 3
ISBN e-book 978 90 4496 603 9
NUR 302

www.orlandouitgevers.nl

Voor Phyllis Grann

INHOUD

DE IJZEREN KOFFER

De school van Haddan werd in 1858 op de glooiende oevers van de Haddanrivier gebouwd, een modderige en riskante locatie die vanaf het begin rampzalig bleek. In het eerste jaar, toen het hele stadje naar geschaafd cederhout rook, stak er een enorme storm op, met zulke zware windstoten dat tientallen vissen uit de ondiepe rietkragen werden getrokken, en in een schitterende schubbenwolk boven het plaatsje werden uitgetild. Het water viel met bakken uit de lucht en tegen de tijd dat het dag werd, was de rivier overstroomd en dobberden de pas witgeverfde gebouwen van spaanplaat rond in een groezelige zee van eendenkroos en algen.

Wekenlang werden de leerlingen in roeibootjes naar school gebracht; meerval zwom door de winterharde tuinen en bekeek de ramp met koude, glazige ogen. Elke avond stond de schoolkok tegen de schemering te balanceren in het raamkozijn op de tweede verdieping en wierp er zijn hengel uit om tientallen zilveren forellen te vangen, een soort die alleen in de loop van de Haddanrivier te vinden was, een zoete, frisse variant die nog verrukkelijker werd wanneer hij met sjalotjes in olie werd gebakken. Nadat de vloed was weggetrokken bleef er een laag van vijf centimeter dik zwart slib op de tapijten in de slaapzalen achter; in het huis van het schoolhoofd begonnen muggen in wastafels en kasten te broeden. Het wonderschone waterpanorama, een landschap dat overvloedig was voorzien van wilgen en waterlelies, had de onnozelaars in hun goede vertrouwen ertoe verleid veel te dicht bij de rivier te bouwen, een architectonische blunder die nooit werd hersteld. Tot op de dag van vandaag zijn er kikkers in het sanitair te vinden; linnengoed en kleren in kasten verspreiden een onmiskenbare algengeur, alsof alles in rivierwater is gewassen en daarna nooit volledig is opgedroogd.

Na de vloed moesten in de stad huizen van nieuwe vloeren en daken worden voorzien; openbare gebouwen werden gesloopt, en van kelder tot zolder herbouwd. Hele schoorstenen stroomden door Main Street terwijl er uit sommigen nog rook kwam. Main Street was zelf een rivier geworden van bijna twee meter diep. IJzeren hekken waren uit de aarde losgerukt en de pijlvormige metalen stutten dreven erachteraan. Paarden verdronken, muilezels dreven mijlenver weg en weigerden nadat ze waren gered iets anders te eten dan eendenkroos en palinggras. Giftige fluweelboom werd uit de grond getrokken en in groente-emmers gestopt om bij vergissing met wortelen en kool te worden meegekookt, een recept dat diverse voortijdige sterfgevallen veroorzaakte. Er verschenen mauwende wilde katten bij tuindeuren, wanhopig op zoek naar melk; ze werden naast baby's in wiegjes gevonden, zuigend aan flesjes en snorrend alsof ze huisdieren waren die door de voordeur waren binnengekomen.

In die tijd waren de rijke velden rond Haddan in het bezit van welvarende boeren die asperges en uien verbouwden en een bijzonder soort gele kool die bekendstond om zijn grootte en heerlijke geur. De boeren zetten hun ploegen stil en keken toe wanneer er jongens uit de hele staat en omstreken naar de school kwamen, maar zelfs de welvarendsten onder hen konden het schoolgeld voor hun eigen zonen niet opbrengen. Jongens uit de buurt moesten het doen met de stoffige boekenkasten in de bibliotheek in Main Street en de beginselen die ze konden opdoen in hun eigen salons en op de velden. Tot op de dag van vandaag koestert de bevolking van Haddan boerenkennis waarop ze trots is. Zelfs de kinderen kunnen het weer voorspellen; ze kunnen ieder sterrenbeeld aanwijzen en benoemen.

Een jaar of tien nadat de school van Haddan was gebouwd werd in het naburige Hamilton een openbare highschool gebouwd, die op dagen dat de sneeuw tot kniehoogte reikte en zelfs de dassen vanwege de kou hun holen niet verlieten een wandeltocht van acht kilometer opleverde. Elke keer dat een jongen uit Haddan door de storm naar de openbare school liep, groeide de animositeit jegens de school in Haddan, een puistje op de huid van kwaadwilligheid dat bij de geringste aanraking open kon barsten. Op deze manier ontstond taaie verbittering, en de haat groeide met het jaar, totdat er evengoed een schutting had kunnen staan tussen de dorpsbewoners en het volk van de school. Het zou niet lang duren voordat iemand die de lijn overschreed als martelaar of gek zou worden bestempeld.

Een tijdlang leek het of de gescheiden werelden konden worden verenigd, toen dr. George Howe, het gewaardeerde schoolhoofd dat als de beste uit de geschiedenis van de school wordt gezien, besloot te trouwen met Annie Jorden, het mooiste meisje uit het dorp. Annies vader was een man van aanzien die een stuk weidegrond bezat op de plek waar nu Route 17 op de snelweg aansluit, en hij keurde het huwelijk goed, maar kort na de bruiloft werd duidelijk dat Haddan verdeeld zou blijven. Dr. Howe was jaloers en wraakzuchtig; hij stuurde dorpsbewoners bij de deur weg. Zelfs Annies familie had al snel afgedaan. Haar vader en broers, goede, eenvoudige mannen met modder aan hun laarzen waren die enkele keer dat ze op bezoek kwamen met stomheid geslagen, alsof het porselein en de in leer gebonden boeken hun de tongen hadden uitgerukt. Al snel kreeg de plaatselijke bevolking een hekel aan Annie, alsof zij hen had bedrogen. Als zij dacht dat ze zo hooggeplaatst en bijzonder was in dat mooie huis aan de rivier, dan vonden de meisjes met wie ze was opgegroeid dat ze recht op wraak hadden, zodat ze haar op straat zwijgend voorbijliepen. Zelfs haar eigen hond, een luie jachthond die Sugar heette, liep jankend weg als Annie een doodenkele keer een bezoek bracht aan haar vaders boerderij.

Het werd al snel duidelijk dat het huwelijk een gruwelijke vergissing was geweest; iedereen die wat wereldwijzer was dan Annie zou dat van meet af aan hebben geweten. Op zijn eigen bruiloft had dr. Howe zijn hoed vergeten, een onmiskenbaar teken dat een man vreemd zal gaan. Hij was zo'n man die zijn vrouw wilde bezitten, zonder zich aan haar uit te leveren. Er gingen dagen voorbij dat hij in zijn eigen huis vrijwel geen woord sprak, en nachten dat hij niet voor de ochtendstond thuiskwam. Uit eenzaamheid begon Annie in de tuinen van Haddan te werken, die tot haar verschijnen verwaarloosd waren, verruïneerde lapjes grond vol klimop en nachtschade, donkere klimplanten die alle wilde bloemen verstikten die op de schrale grond hadden kunnen groeien. Klaarblijkelijk kwam Annies eenzaamheid de school ten goede, want zij was degene die de geklinkerde wandelpaden ontwierp die samen een zandloper vormen en die, met behulp van zes sterke jongens, de treurbeuken plantte waaronder veel meisjes nog steeds hun eerste kus krijgen. Annie haalde het eerste paar zwanen naar de bocht in de rivier achter het huis van het schoolhoofd, stuurse, diepongelukkige beesten die uit de klauwen van een boer uit Hamilton waren gered wiens vrouw hun bebloede veren uitrukte voor zachte gewatteerde spreien. Iedere avond voor het eten, als het licht boven de rivier de lucht in een groene gloed zette, liep Annie met een schort vol oud brood naar buiten. Ze geloofde er heilig in dat broodkruimels strooien geluk brengt, een staat die ze zelf sinds haar bruiloft niet meer had gekend.

Er zijn er die zweren dat zwanen ongelukkig zijn, en vissers hebben een bijzondere hekel aan de beesten, maar Annie hield van ze, ze kon ze met één roep lokken. Zodra ze haar vriendelijke stem hoorden gingen de vogels als beleefde heren in de rij staan; ze aten met een voorkeur voor korsten van roggebrood en volkorencrackers uit haar handen en pikten haar nooit. Als extra traktatie nam Annie vaak complete taarten mee, restjes uit de eetkamer. In een rieten mandje stapelde ze appel- en frambozentaart op die de zwanen bijna in hun geheel verorberden, zodat hun snavels paars werden en hun buiken het formaat van medicijnballen aannamen.

Zelfs de mensen die zeker wisten dat dr. Howe een ernstige beoordelingsfout had gemaakt bij de keuze van zijn bruid ontkwamen er niet aan om Annies tuinen te bewonderen. Binnen de kortste keren waren de winterharde borders dichtbegroeid met roze vingerhoedskruid en crèmekleurige lelies die beide als oorbellen neerhingen en dauw op hun fluwelen bloemblaadjes verzamelden. Maar met haar rozen ondervond

Annie de meeste voorspoed, en door de meest jaloerse leden van de tuinvereniging van Haddan die datzelfde jaar ter verfraaiing van het stadje werd opgericht, werd gesuggereerd dat zoveel voorspoed onnatuurlijk was. Sommige mensen gingen zover dat ze Annie Howe ervan verdachten dat ze gemalen kattenbotten om de wortels van haar klimrozen strooide of misschien sprenkelde ze haar eigen bloed wel over de heesters. Hoe kon haar tuin anders in februari al bloeien wanneer alle andere tuinen alleen nog maar uit kiezels en kale modder bestonden? Massachusetts stond bekend om haar korte groeiseizoen en de vroege moordende nachtvorst. Nergens kon een tuinier onvoorspelbaarder weer aantreffen, of dat nou droogte of overstromingen of keverplagen waren, waarvan bekend was dat ze volledig groene wijken verslonden. Geen van deze plagen trof Annie Howe. Onder haar bewind overleefden zelfs de meest kwetsbare kruisingen de eerste nachtvorst, zodat er in november nog rozen bloeiden in Haddan, al was tegen die tijd de rand van ieder bloemblaadje met een laagje ijs bedekt.

Veel van Annie Howes handwerk ging in het jaar dat ze stierf te gronde, maar een paar van de meest winterharde soorten bleven bewaard. Wie de campus bezoekt kan zoete, geurige Prosperity aantreffen en ook Klimmende Ofelia en die verrukkelijke Egyptische Rozen, die op regenachtige dagen de geur van kruidnagels verspreiden en ervoor zorgen dat tuniershanden nog uren na het snoeien van de stammen zoetig ruiken. Te midden van al deze rozen waren mrs. Howes bekroonde poolrozen beslist de mooiste. Een stortvloed van witte bloemen sluimerde gedurende een decennium om eens in de tien jaar tot bloei te komen en het metalen staketsel naast de meisjesslaapzaal te omhullen, alsof al die tijd nodig was geweest om de rozen hun kracht te hergeven. Iedere septembermaand, als de nieuwe leerlingen aankwamen, hadden Annie Howes rozen een vreemde uitwerking op bepaalde meisjes, de gevoeligen die nog nooit eerder van huis waren geweest en gemakkelijk beïnvloed werden. Als zulke meisjes langs de koele stammen liepen in de tuinen achter St. Anne, voelden ze iets kouds onder in hun ruggengraat, felle steken, alsof iemand hen waarschuwde: wees voorzichtig op wie je verliefd wordt en met wie op jou verliefd wordt.

De meeste nieuwkomers worden van Annies lot op de hoogte gebracht zodra ze in Haddan arriveren. Voordat de koffers worden uitgepakt en de klassen samengesteld, weten ze dat hoewel het grote bruidstaartachtige huis dat dient als slaapzaal voor de meisjes officieel Hastings House heet – ter ere van een lang vergeten lid dat door middel van een enorme toelage voor zijn vervelende dochter de deuren opende voor leerlingen van het vrouwelijk geslacht – het slaaphuis nooit bij die naam wordt genoemd. Onder studenten heet het huis St. Anne, ter nagedachtenis aan Annie Howe, die zich op een zachte avond in maart aan een dakspant ophing, slechts enkele uren voordat in het bos wilde iris opdook. Er zullen wel altijd meisjes na het horen van dit verhaal blijven weigeren om de zolder van St. Anne te betreden, en anderen, hetzij op zoek naar een spirituele impulsen hetzij op jacht naar kortstondige spanning, zullen blijven vragen of ze zich kunnen vestigen in de kamer waar Annie zich van het leven beroofde. Op de dagen dat er bij het ontbijt rozenwatergelei wordt geserveerd, waarbij het keukenpersoneel zich zorgvuldig aan Annies recept houdt, kunnen zelfs de meest onbevreesde meisjes licht in het hoofd worden; nadat ze het brouwsel op hun toast hebben gelepeld moeten ze met hun hoofd tussen hun knieën gaan zitten en diep ademhalen voordat hun spijsvertering weer tot rust komt.

Aan het begin van het schooljaar, als de faculteitsleden op school terugkeren, worden ze eraan herinnerd dat ze geen strafregels mogen geven en Annies verhaal niet moesten doorgeven. Juist dat soort onzin leidt tot slechtere cijfers en zenuwinzinkingen die geen van beide door de school worden goedgekeurd. Niettemin lekt het verhaal altijd uit en kan de leiding daar niets tegen beginnen. De bijzonderheden van Annies leven zijn eenvoudigweg een publiek geheim onder de leerlingen, net zo'n traditioneel onderdeel van het leven op Haddan als de koers van de tjiftjaf die altijd in deze periode wegtrekt, neerstrijkt op boomtoppen en struiken, en zijn soortgenoten door de open lucht aanroept.

Vaak is het aan het begin van het schooljaar ongewoon warm, het laatste triomfantelijk gebaar van de zomer. De rozen bloeien overdadiger, de krekels sjirpen wild, vliegen doezelen, slaperig van zonlicht en warmte op de raamkozijnen. Zelfs van de ernstigste leraren is bekend dat ze in slaap vallen als dr. Jones zijn welkomstwoord uitspreekt. Dit jaar zijn veel van de aanwezigen in de oververhitte bibliotheek weggesukkeld tijdens de voordracht en diverse leraren wensten in het geheim dat de studenten nooit zouden arriveren. Buiten geurde de septemberlucht verleidelijk, geel van de pollen en het rijke citroengele zonlicht. Langs de rivier, in de buurt van de kanoschuur, ruisten de treurwilgen en gooiden ze katjes op de modderige grond. Het heldere geluid van langzaam stromend water was zelfs hier in de bibliotheek te horen, misschien doordat het huis zelf was opgetrokken uit riviersteen, groene platen afgezet met mica, die uit de oevers waren gehaald door jongens uit het dorp die voor een dollar per dag waren ingehuurd, arbeiders met handen die bloedden van de inspanningen en die de school van Haddan sindsdien bleven vervloeken, zelfs in hun slaap.

Zoals meestal waren de mensen veel nieuwsgieriger naar hen die pas in dienst waren getreden dan naar de oude betrouwbare collega's die ze al kenden. In elke kleine gemeenschap is het onbekende altijd het intrigerendst en Haddan maakte op deze regel geen uitzondering. De meeste mensen waren vaker uit eten geweest met Bob, de reusachtige decaan, en zijn knappe vrouw, Meg, dan ze konden bijhouden; ze hadden in de bar van de Haddan Inn gezeten met Duck Johnson, die voetbaltrainer en zeilinstructeur was en die altijd huilerig werd na zijn derde biertje. De knipperlichtrelatie tussen Lynn Vining, die schilderen gaf en Jack Short, de getrouwde scheikundeleraar, was al besproken en ontleed. Hun relatie was volledig voorspelbaar, net als veel relaties die op Haddan waren begonnen – gestuntel in de lerarenkamer, steelse omhelzingen in stilstaande auto's, in de bibliotheek uitgewisselde kussen, scheiding aan het einde van het schooljaar. Vetes waren veel interessanter, zoals in het geval van Eric Herman – geschiedenis van de Oudheid – en Helen Davis – Amerikaanse geschiedenis en voorzitter van de vakgroep, een vrouw die al meer dan vijftig jaar lesgaf aan Haddan en van wie men zei dat ze elke dag zuurder werd, als een emmer melk die in de middagzon was gezet om op te warmen.

Ondanks de hitte en de saaie lezing van dr. Jones, dezelfde lezing waarmee hij elk jaar op de proppen kwam, ondanks het gezoem van bijen buiten de openstaande ramen, waar nog steeds een heg van sprietige Chinese rozen groeide, viel de nieuwe fotografiedocente Betsy Chase de mensen op. In een glimp viel al op te merken dat Betsy het onderwerp van nog meer roddel zou worden dan alle lopende vetes. Niet alleen Betsy's koortsige gezichtsuitdrukking lokte het gestaar uit, of haar hoge jukbeenderen en het weerspannige donkere haar. Men kon niet goed bevatten hoe ongepast haar uitdossing was. Daar zat ze, een vrouw die er goed uitzag, maar die kennelijk geen gezond verstand bezat, die een oude zwarte broek droeg en een vaalzwart t-shirt, de soort garagekledij die van de Haddanleerlingen al nauwelijks werd getolereerd, laat staan van faculteitsleden. Aan haar voeten had ze teenslippers van het goedkope soort, wegwerpartikelen die iedere stap met een pets aankondigden. Ze had nota bene een klomp kauwgom in haar mond en blies al snel een bel toen ze even dacht dat niemand keek; zelfs op de achterste rij van de bibliotheek was de suikerige plof hoorbaar. Dennis Hardy, meetkunde, die vlak achter haar zat, vertelde later dat Betsy naar vanille rook, een zalf die ze gebruikte om de geur van chemicaliën uit de donkere kamer van haar huid te verjagen, een smeersel dat zo verwant was aan banketbakkerswaren dat wie haar vaak ontmoette trek kreeg in haverkoekjes of amandelcake.

Nog maar acht maanden geleden was Betsy ingehuurd om de foto's voor het jaarboek te maken. Ze had op het eerste gezicht al een hekel aan de school gekregen, omdat ze deze te formeel, te perfect, te bekakt vond. Toen Eric Herman haar mee uit vroeg was ze verbaasd door het aanbod en ook op haar hoede. Ze had meer dan genoeg rommelige relaties achter de rug, maar stemde toch toe in een etentje, nog immer hoopvol ondanks de statistieken die haar een ellendige eenzame oude dag voorspelden. Eric was zoveel stoerder dan de mannen die ze kende, al die tobbers en kunstenaars bij wie je er niet eens van op aankon dat ze op tijd aan de deur zouden komen, laat staan zo'n vooruitziende blik hadden dat ze een pensioenregeling organiseerden. Voordat Betsy wist wat haar overkwam had ze een huwelijksaanbod geaccepteerd en gesolliciteerd naar een baan op de kunstafdeling. De Wilgenzaal van de Haddan Inn was al geboekt voor hun receptie in juni en Bob Thomas, de decaan, had hun een van de felbegeerde faculteitsvillaatjes beloofd zodra ze getrouwd zouden zijn. Tot die tijd zou Betsy huisouder zijn in St. Anne en Eric zou senior-opzichter van Chalk House blijven, een jongenshuis dat zo dicht bij de rivier stond dat de gevreesde Haddanzwanen zich vaak bij de achterdeur nestelden en net zolang hapten naar de broekspijpen van passanten tot ze met een bezem werden weggejaagd.

De afgelopen maand had Betsy afwisselend haar lessen op Haddan en haar bruiloft zitten voorbereiden. Volstrekt verstandelijke bezigheden, en toch wist ze vaak zeker dat ze een andere wereld was binnengestruikeld, eentje waarin ze duidelijk niet thuishoorde. Vandaag droegen bijvoorbeeld alle andere aanwezige vrouwen jurken, de mannen zomerpakken en dassen en daar zat Betsy dan in haar t-shirt en broek de eerste van een ongetwijfeld eindeloze rij sociale misvattingen te begaan. Ze verkeek zich vaak op zaken, dat kon ze niet ontkennen; vanaf haar kindertijd was ze altijd overal ingedoken zonder te kijken of er een vangnet hing. Natuurlijk had niemand haar uitgelegd dat de toespraken van dr. Jones zulke formele gelegenheden waren; iedereen noemde hem ouderwets en ziekelijk en bevestigde dat Bob Thomas de touwtjes in handen had. In de hoop dat ze de kledingblunder kon uitwissen zocht Betsy nu in haar rugzak naar lippenstift en een stel oorbellen, in de hoop dat ze de situatie nog kon redden.

Doordat ze haar intrek in een klein plaatsje had genomen was Betsy werkelijk gedesoriënteerd geraakt. Ze was gewend aan het leven in de stad, aan mangaten en zakkenrollers, parkeerboetes en dubbele sloten. Ongeacht of het ochtend, middag of avond was, ze kon in Haddan haar draai niet vinden. Ze ging op weg naar de drogist in Main Street of naar Selena's

Sandwich Shoppe op de hoek van Pine en belandde op de begraafplaats in de velden achter het stadhuis. Ze ging naar de markt om brood en wat muffins te kopen, maar ontdekte dat ze de kronkelige zijpaadjes was ingeslagen naar Sixth Commandment Pond, een diepe vijver in een bocht van de rivier waar paardestaart en palinggras groeiden. Als ze eenmaal aan de wandel was, duurde het vaak uren voordat ze de terugweg naar St. Anne wist te vinden. De mensen uit de omgeving waren er al aan gewend geraakt om een knappe donkerharige vrouw te zien ronddwalen die aan kinderen en verkeersbrigadiers de weg vroeg en niettemin de ene verkeerde hoek na de andere wist te nemen.

Hoewel Betsy Chase er in de war raakte, was het plaatsje Haddan in de afgelopen vijftig jaar weinig veranderd. Het dorp zelf bestond uit drie huizenblokken en omvatte, volgens sommige bewoners, de hele wereld. Behalve Selena's Sandwich Shoppe, waar de hele dag ontbijt werd geserveerd, was er een drogisterij waar je aan de tap de lekkerste frambozen-citroenkwast uit de staat kon krijgen, alsmede een doe-het-zelfzaak die alles verkocht van spijkers tot katoenfluweel. Er was ook een schoenenwinkel, de 5&10 Centbank en de Lucky Day-bloemisterij, befaamd om zijn guirlandes en kransen. Dan was er nog St. Agatha, met de granieten gevel en de openbare bibliotheek met zijn glas-in-loodramen, de oudste van het land. Het stadhuis, dat tot tweemaal toe was afgebrand, was ten slotte uit mortel en stenen opgetrokken en werd onverwoestbaar genoemd, al werd het beeld van de adelaar buiten jaar na jaar door jongens uit het dorp van zijn voetstuk geduwd.

In heel Main Street stonden grote witte huizen, een eindje van de weg af, met ruime gazonnen waaromheen zwarte ijzeren hekken stonden, bovenop voorzien van kleine punten; mooie architectonische waarschuwingen die duidelijk maakten dat het gras en de rododendrons erachter privé-bezit waren. Naarmate men het stadje naderde, werden de witte huizen groter, alsof er stapelbaar speelgoed was neergezet, in de vorm van stenen en houten balken. Aan de andere kant van het stadje lag het treinstation, en daartegenover zaten een benzinepomp en een minimarkt, naast een stomerij en een nieuwe supermarkt. In feite was het plaatsje doormidden gesneden, door Main in een oost- en westkant verdeeld. Aan de oostkant woonde men in de witte huizen; wie achter de toonbank van Selena werkte of de kaartverkoop op het station regelde, woonde in het westelijke deel.

Achter Main Street werd de bebouwing schaarser, ze waaierde uit over nieuwbouwprojecten en verdween dan ten gunste van boerenland. Aan Evergreen Avenue lag de basisschool en wie Evergreen in oostelijke richting volgde, naar de kant van Route 17, kwam uit bij het politiebureau. Verder naar het noorden, op de gemeentegrens met Hamilton die in een stuk niemandsland lag dat door geen van beide plaatsen werd opgeëist, bevond zich een bar die de Millstone heette, en die op vrijdagavond live-muziek bood, alsmede vijf biermerken op de tap en op klamme zomeravonden verhitte discussies op de parkeerplaats. Er hadden misschien wel zes of zeven echtscheidingen hun koortsachtige hoogtepunt op die parkeerplaats bereikt en op dat kleine stukje grond hadden zoveel alcoholgestuurde gevechten plaatsgevonden dat wie de moeite zou nemen om de laurierhaag rond het asfalt te doorzoeken handenvol tanden zou vinden die de laurier zijn vreemde melkachtige kleur bezorgden, ivoor met een bleekroze rand, en elke bloesem in de vorm van een verbitterde mannenmond.

Voorbij het stadje lagen nog hectares land en een wirwar van modderpaden waar Betsy op een middag voor het begin van het schooljaar verdwaald was, laat op de middag, toen de hemel kobaltblauw was en de lucht zoetig door de geur van hooi. Ze was op zoek geweest naar een groentestalletje dat volgens Lynn Vining van de kunstafdeling de beste kool en aardappels verkocht, toen ze in een groot weiland terechtkwam dat blauw zag van de strobloemen en het boerenwormkruid. Betsy was met betraande ogen de auto uitgestapt. Ze was maar vijf kilometer verwijderd van Route 17, maar ze had net zo goed op de maan kunnen zijn. Ze was verdwaald en besefte dat, en had geen idee hoe ze ooit in Haddan terecht was gekomen en zich had verloofd met een man die ze nauwelijks kende.

Ze had tot op de dag van vandaag zoek kunnen zijn als ze niet op de gedachte was gekomen om een vrachtwagen vol kranten te volgen naar het naburige Hamilton, een metropool vergeleken bij Haddan, met een ziekenhuis en een highschool en zelfs een bioscoop met een aantal zalen. Vanuit Hamilton reed Betsy naar de snelweg in het zuiden en cirkelde toen terug naar het dorp over Route 17. Toch kon ze de eerste tijd niet vergeten hoe verloren ze zich had gevoeld. Zelfs als ze naast Eric in bed lag, hoefde ze alleen haar ogen maar te sluiten en ze zag die wilde bloemen in het weiland weer, stuk voor stuk met precies dezelfde kleur als de lucht.

Maar wat was er al met al nou zo verkeerd aan Haddan? Het was een lieflijk plaatsje dat in diverse gidsen werd bezongen vanwege zowel de fantastische gelegenheid om er op forel te vissen als om de buitengewone pracht van herfstkleuren die het landschap elke oktobermaand sierde. Als Betsy zich voortdurend verloor in de straatjes van zo'n keurig ordelijk dorpje werd ze misschien op het verkeerde been gezet door het vaalgroene licht dat iedere avond uit de rivier leek te komen. Betsy had zich aangewend een plattegrond en een zaklamp mee te nemen in de hoop zodoende op noodgevallen voorbereid te zijn. Ze zorgde ervoor op platgetreden paden te blijven, waar de oude rozen groeiden, maar zelfs de rozenstruiken waren misleidend in het donker. De gedraaide stronken bleven in het nachtelijk duister verborgen, doorns diep in de droge stammen verstopt totdat een voorbijganger al zo dichtbij was dat ze zichzelf per ongeluk openhaalde.

Ondanks het politieverslag in de *Tribune*, dat geen snoder misdaden rapporteerde dan Main Street oversteken bij rood licht of zakken vol gevallen blad aan de straat zetten op dinsdag terwijl tuinafval pas op de tweede vrijdag van de maand werd opgehaald, voelde Betsy zich in Haddan niet veilig. Het leek heel wel mogelijk dat iemand in zo'n dorp op een zonnige namiddag naar de rivier wandelde en eenvoudigweg verdween, verzwolgen door een wirwar van appelbes en wilde kamperfoelie. Aan de overkant van de rivier lagen hectares esdoorn en dennen en het bos rees dreigend op in het donker, bespikkeld met de laatste vuurvliegjes van het jaar.

Zelfs als meisje had Betsy al een hekel aan het platteland gehad. Ze was een lastig kind geweest; ze had zeurend en stampvoetend geweigerd met haar ouders te gaan picknicken en omwille van haar slechte humeur hadden ze haar gespaard. Die dag had de bliksem zeven dodelijke slachtoffers opgeëist. Vuurballen hadden houten schuttingen en eikenbomen in brand gezet en vervolgens mensen de weilanden en velden in gejaagd. Er waren diverse blikseminslagen gemeld die van wolk tot grond minder dan een seconde nodig hadden en eruitzagen als vuurwerk dat in een dodelijk witte flits ontploft. In plaats van met haar ouders het weiland in te trekken en naast hen in het brandende gras te liggen, lag Betsy nonchalant op de bank in een tijdschrift te bladeren en een hoog glas roze limonade leeg te slurpen. Ze had zich vaak voorgesteld hoe de loop der dingen geweest zou zijn als ze haar ongelukkige ouders die dag had vergezeld. Ze zouden misschien voor hun leven hebben gerend in plaats van overrompeld te worden en te verrast en verdwaasd zijn om te bewegen. Ze zouden Betsy misschien zijn gevolgd en waren zo verstandig geweest om achter een schamel stenen muurtje te kruipen dat zo gloeiend zou zijn geworden toen het de klap opving die voor hen bestemd was dat je maanden later op de heetste stenen nog eieren zou hebben kunnen bakken. Sinds die tijd had Betsy aan *survivor's guilt* geleden en was vaak op straf uit. Ze reed door rood licht en met de benzinemeter op leeg. Ze liep midden in de nacht door de stad en voelde zich bij stormachtig weer naar buiten getrokken worden, zonder de bescherming van een regenjas of paraplu, en had lang geleden besloten de behulpzame geesten te negeren die haar waarschuwden dat ze door zulk idioot gedrag op een kwaaie dag geëlektrocuteerd zou worden, van top tot teen verkoold.

Voordat ze Eric ontmoette had Betsy zich door het leven geslagen met weinig meer dan stapeltjes foto's, een zwart-wit dagboek van landschappen en portretten opgeslagen in schriften en mappen. Een goede fotograaf hoorde een waarnemer te zijn, een zwijgende aanwezige die vastlegt, maar gaandeweg was Betsy een toeschouwer geworden van haar eigen bestaan. Negeer mij maar, zei ze tegen haar modellen. Doe gewoon alsof ik er niet ben en ga door met wat je doet. En terwijl ze zo voortging, ontglipte haar eigen leven haar; ze had geen vaste gewoonten. Toen ze naar Haddan was gekomen zat ze in een dip. Ze was door te veel mensen teleurgesteld, vrienden stonden niet voor haar klaar, tijdens haar slaap werd er in haar appartementen ingebroken. Ze had allerminst veranderingen in haar leven verwacht op de dag dat ze op Haddan de jaarboekfoto's kwam maken, en die waren er misschien ook niet gekomen als ze een student niet aan een ander had horen vragen: 'Waarom liep dat kippetje weg van de school van Haddan?' Nieuwsgierig geworden had ze hen afgeluisterd, en toen ze het antwoord had vernomen – 'Omdat hij een hekel aan stront had' – had Betsy zo hard gelachen dat de zwanen op de rivier waren geschrokken en klapwiekend over het water waren weggevlogen en wolken eendagsvliegjes hadden veroorzaakt.

Eric Herman had zich naar haar omgedraaid op het moment dat ze het breedst lachte. Hij zag hoe ze het voetbalteam naar grootte opstelde en toen, in naar hij haar later verzekerde de eerste impulsieve daad van zijn leven, was hij recht op haar afgelopen en had haar uit eten gevraagd, niet de volgende dag of nog later, maar onmiddellijk, zodat ze geen van beiden tijd hadden om zich te bedenken.

Eric was het aantrekkelijke betrouwbare type man dat mensen onbedoeld aantrok, en Betsy vroeg zich af of ze misschien toevallig net in zijn blikveld had gestaan op het moment dat hij besloot dat het de hoogste tijd was om te trouwen. Ze kon nog steeds niet bevroeden wat hij van iemand als haar verwachtte, een vrouw die de complete inhoud van haar rugzak op de grond van een doodstille zaal liet vallen wanneer ze stiekem een kam wilde pakken. Er was geen lid van de faculteit van Haddan die de muntjes en balpennen niet door het gangpad hoorde rollen en daardoor zijn of haar eerste indruk van Betsy bevestigd zag. Lang nadat dr. Jones zijn lezing had beëindigd waren er nog mensen bezig Betsy's persoonlijke bezittingen onder stoelen vandaan te halen en dingen tegen het gezeefde licht te houden alsof het onbekende, mysterieuze kunstvoorwerpen waren, terwijl ze de hand op niets anders dan een kladblok of een strip slaappillen of een tube hand-crème hadden gelegd.

'Maak je geen zorgen,' fluisterde Eric haar in. 'Doe maar ge-woon,' adviseerde hij, hoewel gewoon doen haar nu juist in deze narigheid had gebracht. Als Betsy op haar instinct was afgegaan, zoals Eric voorstelde, had ze beslist rechtsomkeert gemaakt en was ze weggevlucht toen ze voor het eerst het meisjeshuis had betreden waar ze junior-huisouder zou wor-den. Toen ze over de drempel stapte had ze een rilling over haar rug voelen gaan, de kille hand van de ongerustheid die slechte beslissingen vaak vergezelt. Betsy's krappe stel kamers onder aan de trap was beslist afschuwelijk. Er was maar één kast en de badkamer was zo klein dat je bij het verlaten van de douche altijd je knie tegen de wastafel stootte. De verf blad-derde van het plafond af en het oude, bobbelige glas in de vensters liet wel tocht door, maar geen zonlicht en kleurde zelfs de schelste stralen groezelig groen. In deze omgeving stonden Betsy's meubels er troosteloos en ongepast bij: de bank was te breed voor de smalle doorgang, de gemakkelijke stoel leek afgezaagd, het bureau hield geen stand op de scheve grenen vloer, maar schudde als een dronkeman wanneer de deur werd dichtgeslagen.

Gedurende haar eerste week op Haddan bracht Betsy de meeste nachten door in Erics vertrekken in Chalk House. Het was zinvol om nu de gelegenheid aan te grijpen, want zodra de leerlingen arriveerden moesten ze zowel op hun eigen ge-drag als op dat van hun vertrouwelingen toezien. En er was nog een reden waarom Betsy vermeed de nachten in St. Anne door te brengen. Elke keer dat ze in haar eigen kamers had geslapen was ze in paniek wakker geworden, vastgedraaid in de lakens en zo in de war dat het was of ze in het verkeerde bed had geslapen en nu gedoemd was het leven van iemand anders te leiden. Op de nacht voordat het schooljaar zou be-ginnen bijvoorbeeld, had Betsy in St. Anne gedroomd dat ze verdwaald was in de velden buiten Haddan. Hoe ze ook in rondjes liep, ze kwam niet verder dan dezelfde percelen braak-liggend land. Toen ze zich aan de droom ontworstelde, tui-melde Betsy gedesoriënteerd en ruikend naar hooi uit bed.

Eventjes voelde ze zich weer een klein meisje dat in een vreemde te warm gestookte kamer voor zichzelf moest zorgen, wat helemaal overeenkwam met wat er na het ongeluk van haar ouders was gebeurd, toen een bevriend gezin haar onder zijn hoede had genomen.

Snel deed Betsy het licht aan en ontdekte dat het nauwelijks na tienen was. Uit de buurt van de trap klonk gebonk en het dreunde in de radiatoren, waar de hitte van afsloeg hoewel het een ongewoon warme avond was. Geen wonder dat Betsy niet kon slapen; in haar slaapkamer was het tweeëndertig graden en de temperatuur liep nog steeds op. De orchidee die ze die middag bij de Lucky Day-bloemisterij had gekocht, een bloem die aan een tropisch klimaat gewend was, had de meeste bloembladen al verloren; de slanke, groene steel was door de hitte omgebogen en kon zelfs de teerste bloem niet meer ondersteunen.

Betsy waste haar gezicht, vond een plak kauwgom voor haar droge mond, trok vervolgens een kamerjas aan en ging de senior-huisouder roepen. Ze veronderstelde dat de mensen van Haddan overdreven als ze Helen Davis een zelfzuchtige oude heks noemden, precies de juiste persoon om een lelijke zwarte kater te bezitten die naar men zei zangvogels en rozen at. Er werd op deze school beslist streng geoordeeld, want vonden veel mensen Betsy al niet excentriek na het fiasco tijdens de welkomstlezing? Werd Eric niet mr. Perfect genoemd door hen die niet aan zijn maatstaven konden voldoen en daarom voorgoed een hekel aan hem hadden? Wat haar betrof was Betsy de laatste die zich een mening liet aanleunen, maar toen ze op de deur van miss Davis klopte, deed er niemand open, al hoorde ze duidelijk iemand aan de andere kant. Betsy voelde het ongenoegen van miss Davis bijna toen de oude vrouw door het kijkgaatje gluurde. Betsy klopte nog eens aan, ditmaal iets harder.

'Hallo! Kunt u mij helpen? Kunt u mij vertellen wat ik met mijn radiator aanmoet?'

Helen Davis was lang en bijzonder indrukwekkend, zelfs als ze in haar nachtjapon en op slippers aan de deur kwam. Ze nam de houding aan die vrouwen vaak hebben die vroeger mooi zijn geweest; ze was even afstandelijk als zelfverzekerd en ze voelde zich zeker niet verplicht om vriendelijk te zijn als een onwelkome bezoeker zo laat nog aanklopte.

'Mijn radiatoren,' verduidelijkte Betsy. Doordat ze net uit bed was gekomen, piekte Betsy's korte haar recht omhoog en waren haar ogen omringd door mascara. 'Ze slaan gewoon niet af.'

'Zie ik eruit als een loodgieter?' De grijns van Helen Davis was, zoals veel van haar leerlingen konden bevestigen, geen prettig gezicht. Haar afkeuring kon iemand het bloed in de aderen doen bevriezen, en het was diverse keren gebeurd dat een kwetsbare eerstejaars na een doodeenvoudige vraag op de vloer van haar klaslokaal was flauwgevallen. Miss Davis had nooit een brutaal antwoord getolereerd noch gekauw op kauwgom en liet nooit iemand toe tot haar privé-vertrekken. De leiding had Betsy niet verteld dat geen van haar voorgangsters het langer dan een jaar had volgehouden. Dus sprong ze meteen in het diepe toen ze om hulp vroeg waar ieder ander zou zijn weggeslopen. 'U hebt vast ervaring in de omgang met de verwarming,' zei Betsy. 'Dat is vast geen geheime kennis.'

Miss Davis lichtte op. 'Hebt u kauwgom?' vroeg ze scherp.

'Ik?' Betsy slikte het onmiddellijk door, maar de kauwgom schoot in haar luchtpijp. Terwijl ze probeerde niet te stikken, rende er een gruwelijk schreeuwend wezen voorbij. Instinctief wierp Betsy zich tegen de muur om het door te laten.

'Bang voor katten?' vroeg miss Davis. Diverse junior-huisouders hadden bij hun vertrek allergie voor haar huisdier opgevoerd. Hoewel Betsy op geen enkele diersoort dol was, inclusief katten, voelde ze aan dat het leven in St. Anne alleen draaglijk zou zijn als ze Helen Davis voor zich won. Eric had vaak grapjes gemaakt over de gewoonte van miss Davis om Ben Franklin te citeren als ze iets wilde aantonen, en nu gebruikte Betsy die kennis in haar voordeel.

'Was het niet Ben Franklin die zei dat de beste hond een kat is?'

'Zoiets heeft Ben Franklin beslist nooit gezegd.' Niettemin had miss Davis door dat ze werd gevleid, en niemand heeft ooit beweerd dat vleierij strafbaar is. 'Wacht even in de gang, dan pak ik wat je nodig hebt,' gebood ze.

Alleen in het donker voelde Betsy een vreemd soort opluchting, alsof ze net had uitgeblonken tijdens een examen of het lieverdje van de meester was genoemd. Toen Helen Davis terugkwam, zag Betsy een glimp van het appartement achter haar rug; deze vertrekken waren de afgelopen vijftig jaar ongewijzigd gebleven en bevatten een verzameling rommel die zich alleen gedurende zoveel tijd had kunnen ophopen. In weerwil van het fluwelen bankje met de hoge leuning en een degelijk Afghaans kleed, was het er een flinke troep. Overal lagen boeken en stonden halfvolle theekopjes en vergeten broodkorsten. Er hing een bedorven lucht van oude kranten en katten. Helen zwiepte de deur achter zich dicht. Ze strekte haar arm en liet een kwartje in Betsy's handpalm vallen.

'Het geheim is dat je de radiatoren moet ontluchten. Draai de schroef aan de achterkant met dit kwartje los en zorg dat er een pan onder staat om de druppels op te vangen. Als de stoom is ontsnapt koelt de radiator af.'

Betsy bedankte de senior-huisouder en liet met kenmerkende onhandigheid het kwartje vallen zodat ze gedwongen was ernaar te zoeken. Toen ze haar vanuit dat perspectief op handen en voeten zag rondscharrelen besefte Helen Davis eindelijk dat deze bezoekster dezelfde was als de persoon die tijdens de toespraak van dr. Jones zo'n toestand had veroorzaakt.

'Jij bent het meisje van Eric Herman,' verklaarde Helen. 'Dat ben je!'

'Niet bepaald een meisje.' Betsy lachte.

'Nee, niet bepaald. Veel te oud om door hem te worden ingepalmd.'

'O ja?' Betsy stond op, met het kwartje in haar hand. Misschien hadden mensen wel gelijk met hun beweringen over de akeligheid van Helen Davis. Men zei dat ze strafregels gaf, met opzet zoveel mogelijk leerlingen liet zakken en dat ze nooit een cijfer bijstelde, ook niet als er met zelfverminking en zenuwinzinkingen werd gedreigd. De laatste huisouder die verantwoordelijkheden met haar had gedeeld in St. Anne was halverwege het jaar rechten gaan studeren en had nog geschreven dat strafrecht en grondwetskennis een verademing waren vergeleken met Helen Davis.

'Eric Herman is de oneerlijkste man die ik ken. Kijk alleen maar naar zijn oren. Een man met kleine oren is altijd eerloos en zuinig. Alle grote mannen hadden grote oren. Van Lincoln werd gezegd dat hij ze kon bewegen, net als een konijn.'

'Nou, ik val op mannen met kleine oren.' Desalniettemin bedacht Betsy dat ze eens nauwkeuriger naar Erics fysieke kenmerken moest kijken.

'Hij zit op mijn baan te azen,' deelde Helen Davis Betsy mee. 'Je kunt net zo goed nu meteen te horen krijgen dat hij een zeurpiet en een klaagkont is. Zo'n man is nooit tevreden.'

'Nou, tevreden is hij wel,' zei Betsy, al had ze Eric in vertrouwen al veel horen klagen over de geschiedenisafdeling. Helen Davis, zo luidde een van zijn standaardgrappen, moest eerst ontslagen worden, dan onthoofd en haar hoofd moest op een staak van zo'n ijzeren hek in Main Street worden gespiesd. Dan zou het oude mens eindelijk nuttig zijn omdat ze dan kraaien verjoeg in plaats van studenten. 'Hij is zo blij als een kind,' meldde Betsy.

Miss Davis grinnikte erom. 'Kijk naar zijn oren, meisje, dan weet je genoeg.'

Betsy tuurde de gang in; er was weer iets op de trap te horen. 'Wat is dat toch voor afschuwelijk gebonk?'

'Dat is niks.' Helens stem die waarschuwend had geklonken toen ze Eric kritiseerde, werd nu bits. 'Ik mag wel zeggen dat het een beetje te laat is voor dat kattenkwaad.'

Toen miss Davis haar deur sloot, hoorde Betsy hoe het slot dichtklikte. Helen Davis had tenminste een kwartje aangeboden; verder had nog niemand Betsy een helpende hand toegestoken sinds haar aankomst op Haddan. Zelfs Eric had het zo druk gehad met de voorbereiding van zijn lessen dat hij, dat klopte, zuinig met zijn tijd was omgesprongen. Toch was hij een goede man, en Betsy kon het hem moeilijk kwalijk nemen dat hij even geconcentreerd als betrouwbaar was. Het was allerminst de avond om haar mening bij te stellen naar aanleiding van de waarnemingen van miss Davis die op zijn best zelfzuchtig waren. Het was hoogstwaarschijnlijk de leegte van het slaaphuis die Betsy aan het twijfelen bracht, maar dat zou spoedig verholpen worden. Vanaf morgen zouden de gangen met meisjes gevuld zijn en was het Betsy's taak het heimwee zoveel mogelijk te verzachten, de gedweeë meisjes op te porren en de wildebrassen af te remmen. Zij was er verantwoordelijk voor dat ze allemaal stuk voor stuk veilig onder dit dak zouden slapen.

Toen Betsy in haar appartement terugkeerde, werd ze zich bewust van de geur van rozen die langs de trap omlaag kwam, en die in de oververhitte gang sterk aanwezig was. Ze trof dezelfde geur in haar eigen kamers aan, weliswaar zwakker, maar storend genoeg om haar haastig de radiatoren te laten ontluchten en haar handen daarbij te branden. Toen ze weer in bed kroop, verwachtte ze te zullen woelen, maar ditmaal viel ze in een diepe slaap. Sterker nog, ze versliep zich en moest haar koffie haastig achteroverslaan om nog op tijd te komen voor de eerste nieuwkomers. Op dat moment viel Betsy's blik op de groene stam voor haar raam. Enkele van Annie Howes bekroonde witte rozen stonden nog in bloei; ze waren zo groot als kool, zo wit als sneeuw. In het vroege ochtendlicht leken de binnenste bloemblaadjes bleek, parelachtig groen. Betsy lachte zichzelf terstond uit; wat stom dat ze gisteravond zo zenuwachtig was geweest. Voor elke dwaze gebeurtenis bestond een rationele verklaring, dat had ze tenminste altijd geloofd. Ze ruimde op en ging zich, gerustgesteld doordat ze de rozen had gezien, aankleden. Maar als ze de moeite had genomen om het raam open te doen, zou ze hebben ontdekt dat poolrozen hoegenaamd geen geur afscheiden. Zelfs de bijen vermijden hun romige knoppen en verkiezen distels en gulden roede. Als je met een schaar de steel van deze rozen nadert, vallen ze uiteen zodra je ze aanraakt. Als je ze met blote handen probeert te plukken, zal iedere doorn bloed proeven.

De trein naar Haddan was altijd te laat, en daarop werd vandaag geen uitzondering gemaakt. Het was een spectaculaire namiddag, de velden tierden van de laatbloeiende asters en melkplant, de lucht was zo wijd en helder als de hemel. In de dennenbomen langs de spoorlijn streken havikken op de dikste takken neer, rood gevleugelde merels schoten door de lucht. Bosschages van eik en meidoorn gaven toegang tot kleine donkere bossen waarin nog veel reeën zaten en zelfs zo nu en dan een eland die vanuit New Hampshire of Maine was komen aanlopen. Toen de trein langzaam door het naburige Hamilton reed, renden er allerlei jongens met de trein mee; sommigen van hen zwaaiden vrolijk naar de passagiers, anderen staken brutaal hun tong uit en vertrokken hun gezichten tot sproetige grijnzen, de grimassen van wilde engelen die onbevreesd waren voor het grind en stof dat altijd werd opgeworpen door de passerende trein.

Vandaag waren er ruim tien Haddanleerlingen aan boord, klaar voor het nieuwe schooljaar. Meisjes met lang glanzend haar en jongens in pas gestoomde kleren die binnen de kortste keren gescheurd en bevlekt zouden raken tijdens geïmproviseerde voetbalwedstrijden. Hun gezonde baldadigheid raasde door de trein toen de conducteur de deur opende, maar het kabaal drong niet tot de laatste coupé door. Daar, op de achterste plek, staarde een meisje genaamd Carlin Leander, die nog nooit eerder van huis was geweest, naar het landschap, waarvan ze iedere hooiberg en iedere schutting die in zicht kwam terwijl de trein voortrolde op prijs stelde. Carlin had haar hele leven lang al uit Florida weg gewild. Het maakte niets uit dat zij het mooiste meisje was in haar geboortedistrict, met bleek askleurig haar en dezelfde groene kleur ogen die haar moeder op haar zeventiende in de narigheid had geholpen, zwanger en opgesloten in een plaats waar de rondreizende kermis als cultureel hoogtepunt gold en meisjes met een eigen wil als een afwijking van moeder natuur werden gezien.

Carlin Leander leek in niets op haar moeder, en daar was ze dankbaar voor. Niet dat Sue Leander niet hartelijk of warm was, dat was ze wel degelijk. Maar aardig en behulpzaam zijn was Carlins doel niet. Was haar moeder zacht en buigzaam, Carlin was eigenzinnig en eigenwijs, zo'n meisje dat op blote voeten liep als iedereen waarschuwde dat er slangen waren. Ze schonk nooit de geringste aandacht aan de jongens die haar van school naar huis achternaliepen, en van wie de meesten zo maanziek en verbluft waren door haar schoonheid dat ze met hun fiets tegen bomen en in sloten reden. Carlin was niet van plan in de val te lopen, niet op een plek waar de temperatuur na middernacht nog opliep en je het hele jaar last van muggen had en waar de meeste mensen de zwakheden van meisjes loofden en hun sterke punten negeerden.

Sommige mensen kwamen gewoon op de verkeerde plek ter wereld. Het eerste waar dergelijke personen naar zochten was een landkaart en het tweede een kaartje om te vertrekken. Carlin Leander had zich sinds haar eerste stapjes voorbereid op haar vertrek uit Florida, en ze wist ten slotte met een zwembeurs te ontsnappen naar de school van Haddan. Hoewel haar moeder zich ertegen had verzet dat ze helemaal naar Massachusetts ging, waar de mensen oneerlijk en verdorven waren, had Carlin de strijd ten slotte gewonnen dankzij een plan van aanval dat in gelijke delen bestond uit smeken, beloftes en tranen.

Op deze stralend blauwe dag had Carlin een enkele geblutste koffer onder haar bankje gegooid en een rugzak die volgestouwd zat met sportschoenen en badpakken. Ze had erg weinig bezittingen thuis achtergelaten, alleen een paar tot op de draad versleten knuffels op haar bed en een afschuwelijke jas die haar moeder als afscheidscadeautje bij Lucille's Fine Fashions had gekocht, een donzig kunststof monster dat Carlin achter een stel afgedankte banden in het gereedschapsschuurtje had verstopt. Carlin was van plan haar vliegticket voor eeuwig en altijd als souvenir te bewaren, tenzij het eerder verging. Ze had het ticket zo vaak beetgepakt dat de inkt ervan op haar huid zat; ze had zich gewassen en geschrobd, maar er waren ook nu nog kleine vlekjes op haar vingertoppen zichtbaar, de tekenen van haar eigen ambitie.

Gedurende de hele vliegreis naar het noorden en vervolgens toen de trein tussen de eindeloze bouwputten van Boston door joeg had Carlin kleine twijfelbultjes onder haar huid voelen opkomen. Wie was zij om te denken dat ze zo'n compleet ander leven voor zichzelf kon verzinnen? Hier zat ze nou, met een goedkope spijkerbroek aan en een t-shirt dat ze in een tweedehandszaak had gekocht, haar blonde haar haastig vastgespeld met metalen speldjes die roestten door de vochtige lucht van Florida. Iedereen kon zien dat ze niet tussen de andere goedgeklede passagiers paste. Ze bezat niet eens een fatsoenlijk paar laarzen en had haar haar nog nooit door een vakman laten knippen; ze knipte de eindjes er altijd zelf af als de sporen van te veel chloor zichtbaar werden. Ze had stoffige voeten, nicotinevlekken op haar vingers en kwam uit een wereld van stamppotten en gebroken beloftes, een oord waar een vrouw al vroeg leerde dat gedane zaken geen keer namen en dat je niet moest zeuren over blauwe plekken van mannen die beweerden te veel van je te houden.

Maar ondanks haar geschiedenis en alles waaraan ze gebrek dacht te hebben, voelde Carlin zich hoopvol zodra ze de stad uit waren. Ze reden door hectares gulden roede en weilanden waar koeien graasden. Het was de tijd van de tjiftjaftrek, dus schampten die in enorme groepen over de velden, heen en weer zwenkend alsof ze een geheel vormden. Carlin probeerde het beroete raam te openen in de hoop de septemberlucht te kunnen opsnuiven, en was verrast toen een lange jongen die een grote duffelse tas droeg haar te hulp schoot om het klem zittende raam omhoog te schuiven. De jongen was veel te mager, met een pruik ongekamd haar waardoor hij extra lang leek, ooievaarachtig zelfs. Hij droeg een lange zwarte jas die als een jutezak om zijn magere geraamte hing en hij had geen veters in zijn werkschoenen waardoor zijn voeten er als vissen in rondklotsten. Uit zijn open mond bungelde een nog niet aangestoken sigaret. Zelfs nu de frisse lucht door het open raam binnenstroomde viel er niet aan te ontkomen dat hij stonk.

'Is deze vrij?' Zonder op antwoord te wachten ging de jongen recht tegenover Carlin zitten en plaatste hij zijn duffelse tas in het gangpad, onbezorgd over het navigatieprobleem dat het mogelijke passanten kon bezorgen. Hij had het type bleke huid dat alleen verkregen wordt door uren in donkere kamers te verblijven, herstellend van migraine of een kater. 'God, ik werd gek van die idioten in die coupé die naar Haddan moeten. Ik moest aan ze ontsnappen.'

Carlin merkte dat hij in haar bijzijn zenuwachtig was, ze zag het aan een trekje onder zijn oog. Een erg goed teken, want de vrees van een jongen stelde haar altijd op haar gemak. Ze duwde een losse haarlok terug achter een zilverkleurig speldje. 'Daar moet ik ook naartoe,' vertelde ze haar medereiziger. ' De school van Haddan.'

'Maar jij bent geen idioot. Dat is het verschil.' De lompe jongen doorzocht zijn zakken tot hij een Zippo vond. Toen Carlin op een niet-rokenbordje wees, haalde hij zijn knokige schouders op en gaf zichzelf vuur. Carlin glimlachte, voor het eerst geamuseerd sinds haar vertrek. Ze leunde achterover en wachtte tot dit vreemde geval opnieuw indruk op haar zou proberen te maken.

Hij stelde zichzelf voor als August Pierce uit New York City, naar Haddan gestuurd door zijn overbelaste vader die sinds de geboorte van Gus geen moment rust had gekend aangezien hij de last van de opvoeding van zijn zoon na de dood van zijn vrouw alleen had gedragen. Die ouwe was professor in de biologie en verwachtte veel van zijn enige zoon; er zijn er die er niet mee ophouden hun dierbaren op te hemelen zelfs lang nadat ze diep teleurgesteld zijn geraakt en dat was het geval met de vader van Gus Pierce. Nadat hij keer op keer was mislukt, vond Gus dat hij zijn vader een laatste poging verschuldigd was. Niet dat hij zelf ook maar het geringste succesje verwachtte. Waarom zou Haddan anders zijn dan al die andere scholen waar hij op had gezeten? Hij was op de zevende dag van de zevende maand geboren en het zat hem altijd tegen. Hij kon zijn vingers kruisen, hij kon afkloppen wat hij maar wilde, maar hij stootte zijn hoofd tegen elke ladder en liep altijd de verkeerde kant op. Terwijl iedereen voortschreed op de vlakke, rechte weg naar de toekomst, viel Gus zonder mankeren plat op zijn gezicht in mangaten of de goot. Hij beschouwde zijn leven als een gevangenisstraf en onderging zijn bestaan zoals een veroordeelde wellicht deed. De schoonheid van de wereld beschaamde hem alleen maar en maakte hem nog moedelozer. Daarom was het zo'n aangename verrassing voor hem dat een simpele ontmoeting hem zo optimistisch kon stemmen. Hij had zich met de zenuwen in zijn lijf op het bankje tegenover Carlin geworpen, half en half verwachtend dat ze de conducteur zou roepen en hem fysiek zou laten verwijderen, en nu zat ze nota bene met hem te praten. Hij had eerder verwacht dat er een spreeuw uit zijn mond zou zijn gevlogen dan dat zo'n mooi meisje hem een stukje kauwgom zou aanbieden. Meisjes als Carlin keken normaliter finaal door hem heen; hij leefde in een wereld onder de echte, een wereld van losers, een wereld vol pijn, die zich in de kelder van de werkelijkheid bevond, een stuk of wat etages onder het rijk van mooie gezichten en mogelijkheden. Als Carlin zich vooroverboog om naar zijn leugenachtige levensverhaal te luisteren zonder hem uit te lachen, was alles mogelijk. Merels konden in gembertaart veranderen. Wilgen konden in vlammen uitbarsten.

'Noem een getal tussen één en twintig,' stelde August Pierce nu aan zijn nieuwe metgezel voor. 'Zeg niet wat je kiest.' Hij had een paar trucjes geleerd waarmee hij indruk kon maken en dit leek een prima gelegenheid om zijn talenten in stelling te brengen.

Carlin deed wat er van haar werd gevraagd, al veranderde de uitdrukking op haar gezicht in een ongelovige blik.

Gus sloot zijn ogen en maakte een hele show van zijn goochelkunst waarbij hij op het laatst een cijfer uit de lucht plukte. 'Zeven,' zei hij triomfantelijk, al was het meer hopen op triomf aangezien hij een trucje uitprobeerde dat elke goochelaar met een beetje gevoel voor logica best kon uitvoeren.

Maar ondanks de geslaagde truc vond Carlin er niks aan. Ze had er een hekel aan om voorspelbaar te zijn en ze wilde allerminst op een of andere manier ontmaskerd worden. Zelfs op dit moment was ze druk bezig een verhaal te perfectioneren dat haar verleden veranderde en haar een nieuwe identiteit moest verschaffen. Ze was van plan de mensen wijs te maken dat haar ouders voor de overheid werkten, en hoewel ze zich nooit ergens hadden gevestigd, hadden ze haar altijd aangemoedigd om te zwemmen en haar ongeacht waar ze woonden naar wedstrijden en toernooien gebracht. Een veel beter verhaal dan dat over een moeder die achter de kassa zat bij de Value Mart, een vader die ze nog nooit had gezien en de tientallen keren dat ze naar zwemwedstrijden had moeten liften. Voor het plan om te misleiden vormde een jongen die gedachten kon lezen een risico, want zeven was inderdaad het getal dat ze had gekozen.

'Het is gewoon statistiek,' legde Gus uit toen hij besefte dat Carlin de truc niet op prijs stelde. 'De meeste mensen kiezen drie of zeven.'

Carlin keek hem spottend aan. Haar ogen hadden een groene tint die in één tel grijs kon worden, als ondiep water dat veranderingen in het wolkendek weerspiegelt. 'Ik ben niet de meeste mensen,' zei ze.

'Nee,' bevestigde Gus Pierce. Zelfs een nitwit als hij zag het onderscheid. 'Dat ben je zeker niet.'

De trein reed langzaam station Haddan in; een lange lage fluittoon liet de ramen in de huizen die het dichtst bij het spoor stonden rammelen, joeg kraaien uit de boomtoppen en van de telefoondraden. Carlin graaide haar rugzak te voorschijn. Ze had honderdvijftig dollar in haar portemonnee waarvoor ze in juni een retourticket wilde kopen en in de tussentijd had ze geen enkele zekerheid. Ze zou Gus waarschijnlijk ook wel in de steek hebben gelaten als hij die stomme gedachteleestruc niet had uitgehaald, en het verbaasde hem niet dat ze zich nog voor de trein stilstond naar de deur haastte en haar koffer onder de bank vandaan sleurde. Toen Gus aanbood haar te helpen, juichte Carlin dat voorzichtig toe. De ervaring had haar geleerd dat ze het iemand maar het beste meteen kon vertellen als ze wist dat ze zich nooit tot hem aangetrokken zou voelen. Dat scheelde uiteindelijk zoveel gedoe en verwarring.

'Ik kan het je beter maar meteen vertellen,' zei ze. 'Ik ben niet in je geïnteresseerd.'

Gus knikte bevestigend. 'Waarom zou je?'

Hij was zo verbijsterd bij de gedachte dat hij ooit kans bij haar zou maken, en zo oprecht, dat Carlin een grijns niet kon onderdrukken voordat ze naar de uitgang liep. Toen hij haar zag weglopen, besefte Gus dat haar haar de kleur van sterren had, dat bleke sterrenstelsel in de verte, te ver weg om ooit in kaart gebracht of benoemd te worden. Hij werd verliefd op haar op hetzelfde moment waarop hij zijn interesse ontkende. De volgende keer dat Carlin en hij elkaar zouden ontmoeten zou ze hem waarschijnlijk straal voorbijlopen, alsof hij een stuk vuilnis was. Maar misschien ook niet; sinds hij naar Haddan was vertrokken waren Gus vreemde dingen overkomen. In het vliegtuig vanaf New York bijvoorbeeld, had de stewardess hem zonder iets te vragen een extra miniflesje Chivas gegeven. In de restauratiewagen had hij om een zak chips gevraagd en had pardoes een gratis broodje tonijn gekregen. En het onverwachtst en meest wonderlijke was dat een prachtig meisje niet alleen met hem had gesproken, maar ook naar hem had geglimlacht. In alle eerlijkheid was dit de langste rij meevallers die August Pierce ooit ten deel was gevallen.

Toen hij uit de trein stapte leek zijn geluk aan te houden. Twee seniors van Haddan – Seth Harding en Robbie Shaw, knappe, ernstige jongens van het soort dat onder geen enkele omstandigheid ooit met Gus zou omgaan – hielden een bord met zijn naam op. Toen hij dichterbij kwam, grepen ze zijn duffelse tas en klopten hem op de rug alsof hij een lang vermiste broer was. In de zachte buitenlucht, met heel die blauwe hemel boven zijn hoofd en in elke struik kwetterende tjiftjafs, werd Gus draaierig van verbazing en van iets dat, als hij een ander was geweest, eenvoudig te herkennen zou zijn als plezier.

'Weet je zeker dat je de goeie voor je hebt?' vroeg Gus toen zijn escorte zijn spullen in een stationair draaiende bmw laadde.

'Hoogste score voor bekwaamheid? Redacteur van de schoolkrant in groep acht van de Henleyschool in New York? Wij hebben de goeie,' besloten Seth en Robbie.

Gus vouwde zijn lange benen achter in de auto van Seth ook al was de informatie die ze hadden verzameld op zijn best nogal rommelig, losse brokjes uit zijn autobiografie opgepikt uit zijn aanmelding bij Haddan, een portret dat zorgvuldig voorbijging aan zijn neiging tot neerslachtigheid en rebellie en het feit dat hij wegens luiheid en insubordinatie van Henley was verwijderd. Maar wat donderde het, op zijn minst had hij een gratis ritje naar de school en toen ze Carlin passeerden die haar zware koffer over een tegeltrottoir sleepte, staarde hij haar na, betreurend dat ze hem niet in het gezelschap van zijn onwaarschijnlijke kameraden zag.

Tijdens het korte ritje naar school, werd Gus op de hoogte gesteld van de eer die hem te beurt viel om in Chalk House te komen wonen, al kon hij zelf niet bedenken waarom hij zo werd onderscheiden noch wat er zo begerenswaardig was aan het bouwvallige oude huis waar ze arriveerden. Van buiten onderscheidde Chalk zich niet van de andere slaaphuizen op de campus. Een plompe doos bedekt met witte spanten; aan de voorkant was er een veranda bezaaid met skates en hockeysticks, en aan de achterkant een entree van traliewerk waar vuilnisbakken naast dure mountainbikes stonden. Op de eerste verdieping lagen verschillende galazalen vol mahoniehout en met functionerende open haarden, maar die werden altijd aan hogere rangen toegewezen, mannen die hun plichten vervuld hadden; nieuwelingen werden naar de zolder verbannen. Aan de achterkant van het huis waren twee privé-verblijven aangebouwd. In het ene woonde de trainer, Duck Johnson, van wie men beweerde dat zijn gesnurk de dakpannen aan het trillen bracht; in het andere woonde Eric Herman die meer tijd in zijn kantoor bij geesteswetenschappen doorbracht dan in zijn eigen appartement.

Doordat het huis zo dicht bij de rivier stond was Chalk House het vochtigste gebouw op de campus. Alles wat 's nachts in de douche bleef liggen was de volgende dag met een laagje schimmel bedekt en 's avonds maakten slakken slijmsporen in de gangen en op de muren. Ieder jaar waren er weer jongens die het dak op moesten klimmen waar ze vanaf die gevaarlijke hoogte hun pis regelrecht op de Haddanrivier mikten. Geen enkele was er ooit in geslaagd en gelukkig was er nooit een bij zo'n poging gevallen, maar zelfs de vereniging van oud-leerlingen, nooit bepaald een voorstander van veranderingen, was het ermee eens dat het gebouw bouwkundig slecht was. De afgelopen lente was er eindelijk een rand op het dak gezet. Niettemin stond het gebouw er beroerd voor, met vreselijke elektrische bedrading die als het stormde aan en uit knipperde en antiek sanitair dat rommelde en verstopt raakte. Tussen de dakspanten tegenover de klamme gipsmuren huisden hele generaties slechtgehumeurde wasbeertjes die 's nachts knaagden en rondliepen waardoor geknabbel en gekluif doordrong tot de dromen van de eerstejaars op zolder en geen van die jongens kreeg een behoorlijke nachtrust voordat het eerste semester om was.

Toch zou niemand durven suggereren dat dit eerbiedwaardige huis moest worden gesloopt, en de meeste mensen benijdden de bewoners ervan. Er gingen geruchten dat leerlingen zich konden inkopen en er werd gesuggereerd dat de kans om voor Chalk te worden gekozen sterk werd vergroot als je vader of neef er had gewoond. Wonen in Chalk House had inderdaad bepaalde voordelen. In alle andere huizen moesten de leerlingen stofzuigen en de badkamer opruimen, maar Chalk had een werkster die door een groep oud-leerlingen werd betaald; ze kwam elke woensdag de was sorteren en op donderdag maakte ze de bedden met schoon linnengoed op. De jongens van Chalk konden zich als eersten op lessen inschrijven en omdat het huis zijn eigen parkeerruimte had was het seniors toegestaan auto's op de campus te hebben. Dergelijke voordelen hadden duidelijk resultaat. Al meer dan honderd jaar waren jongens van Chalk de besten van de klas, en ze werden een wereld vol privileges ingeloodst door hun voorgangers. In de meeste toelatingscommissies van universiteiten zaten oud-leerlingen van Chalk en in de rest van de wereld waren andere oud-leerlingen kien op het inhuren van een bloedverwant die in het oude huis aan de rivier had gewoond, die instortende berg hout en stenen waar de wind door de schoorsteen raasde en de zwanen altijd in het geweer kwamen als ze bij de achterdeur werden weggestuurd.

Leerlingen die niet in Chalk werden gekozen, de jongens die in Otto House of Sharpe Hall woonden, ervoeren vanaf hun eerste dag op de campus een soort verbittering, alsof ze meteen al, voordat iemand hun gezicht had gezien of hen bij naam kende, als ontoereikend waren beoordeeld, gedoemd om tot een lager echelon te behoren waarin ze altijd tweederangs zouden zijn, als laatste voor een team werden gekozen, nooit met het mooiste meisje van St. Anne konden uitgaan of hoefden te hopen op een kus onder de treurbeuken. Maar die kleingeestige jaloezietjes kwamen pas later in het jaar boven; in de eerste schoolweken heerste er een goede verstandhouding terwijl iedereen zich een plekje verwierf. De bomen waren nog groen en de avonden warm; de laatste krekels tsjirpten in het weiland een onophoudelijk lied, dat iedereen troostrijk vond omdat het hen eraan herinnerde dat er achter de beslotenheid van Haddan nog een hele wereld lag.

Sommigen schikken zich gemakkelijk, maar ieder jaar waren er ook gevallen die zich niet konden aanpassen of doen alsof, omdat ze te nors of te angstig of te verlegen waren. Op een plek waar samenwerking en een goed humeur hoog in aanzien stonden, vielen eenlingen snel op en daar was Carlin Leander er een van. Hoewel ze mooi was en zich al snel had bewezen als waardig lid van het zwemteam, was ze humeurig en zonderde ze zich te veel af om in de massa op te gaan. Zodra de training was afgelopen, ging ze in haar eentje weg, als de wilde katten die volgens sommigen de bossen afschuimden, een ras dat te gespannen en achterdochtig was om zich met soortgenoten op te houden.

Dat was met de meeste ongelukkige leerlingen het geval; ze vermeden elkaar zelfs, zo gericht op hun eigen verdriet dat ze geen oog hadden voor de eenzame zielen die hen omringden. Zulke leerlingen wisten meestal de weg naar de drogist in Main Street wel te vinden. Ze spijbelden en zaten 's middags aan de bar kopjes koffie te bestellen en moed te verzamelen om sigaretten te kopen. Ze hadden er duidelijk geen weet van dat Pete Byers, de drogist, nog nooit in zijn hele leven tabak aan een minderjarige had verkocht. Iemand die zoiets van plan was, kon zijn geluk beter in de minimarkt beproeven, waar Teddy Humphrey vrijwel alles aan kinderen van Haddan zou verkopen; wat hem betreft konden ze naar de hel lopen als ze hun geld maar achterlieten. Als je een goed vervalst identiteitsbewijs kon tonen zou het Teddy een zorg zijn hoe je eraan kwam, maar hij zou iedereen die op zijn beurt wachtte een sixpack Samuel Adamsbier of Pete's Wicked Ale verkopen.

De meeste mensen in de stad letten niet op de leerlingen van Haddan. Er kwamen elk jaar nieuwe en al droeg iedere eerstejaarsgroep een aura van hooggestemde verwachtingen, na vier jaar zouden ze weer weg zijn, een oogwenk eigenlijk als je het afzette tegen de geschiedenis van een plaats als Haddan. In dit dorp kwamen de meeste mensen niet van hun plek; inwoners verhuisden nooit verder dan om de hoek als ze trouwden of, helaas, uiteindelijk naar het rusthuis aan Riverview Avenue.

Elke septembermaand als de nieuwe leerlingen aankwamen, kwamen ze laarzen kopen in Hingrams schoenenzaak en openden vervolgens een rekening bij de 5&10 Centbank waar de mooie Kelly Avon, die altijd zo behulpzaam was, had geleerd geen spier te vertrekken als een of andere veertienjarige een check kwam storten ter waarde van enkele duizenden dollars. Nikki Humphrey, die al veel te lang met Teddy van de minimarkt getrouwd was, trok het zich nooit aan als er hele groepen Haddanmeisjes Selena's kwamen binnen flaneren, koffie-verkeerd en bosbessentaart bestelden en verwachtten snel bediend te zullen worden, alsof Nikki een automaat was of een dienstmeid. Die meiden zouden al snel weer vertrokken zijn en dan was Nikki nog in Haddan bezig om al het geld dat aan koffie-verkeerd en taart was besteed een goede bestemming te geven door het herinrichten van de keuken van het schattige huisje aan Bridal Wreath Lane dat ze na haar echtscheiding zou kopen.

Sommige dorpelingen keken naar september uit; ze genoten van al die jeugd die hun stoepen bevolkte en hun winkels in-liep. Lois Jeremy van de tuiniersvereniging ging vaak op vrijdagmiddag op haar overdekte veranda over Main Street zitten uitkijken naar jongens en meisjes van Haddan. Ze kreeg tranen in haar ogen als ze dacht aan de verwachtingen die ze bij hun eigen zoon AJ had gekoesterd, en een paar tellen lang lette ze niet op haar winterharde border die ze altijd liever met spartina afdekte dan met molm om de bollen tegen vroege vorst te beschermen.

'Zijn ze niet lieflijk?' riep Lois naar haar beste vriendin Charlotte Evans die naast haar woonde en zelf ook een zwaar jaar had doorgemaakt als je alleen al dacht aan de Japanse kevers die haar halve tuin hadden verwoest en dan nog haar jongste dochter die zo'n akelige scheiding had doorgemaakt van die vriendelijke psycholoog Phil Endicott, van wie echt niemand zou hebben verwacht dat die er een vriendin op na hield. 'Schattiger kan gewoon niet.' Charlotte had de dooie knoppen uit haar lelies verwijderd en vochtige bladeren van de gedraaide stelen afgetrokken. Ze leunde op haar hark en bekeek de jongens van Haddan in hun kaki broeken wat nauwkeuriger terwijl ze het dorp inliepen en al die schattige jonge meisjes die erachteraan kwamen. De meisjes deden haar aan haar eigen dochter Melissa denken, degene die de hele tijd huilde en Prozac slikte en elk ander antidepressivum dat ze te pakken kon krijgen.

'Het moet wel de mooiste tijd van hun leven zijn.' Lois Jeremy's lippen trilden terwijl ze toekeek. Twee meisjes begonnen te huppelen om de aandacht van de jongens te trekken; hun lange haren wapperden achter hen aan en ze giechelden, maar hun kinderlijke vermaak was nauwelijks in staat hun vrouwelijke benen te verhullen.

'Dat zou ik wel denken,' stemde Charlotte in, die zich een beetje duizelig voelde, misschien door al dat geharrk of doordat ze zoveel aan Melissa's echtscheiding had gedacht. 'Is het niet prachtig om gelukkige mensen te zien?'

Van mrs. Jeremy en mrs. Evans kon natuurlijk niet worden verwacht dat ze wisten hoeveel meisjes van St. Anne zichzelf 's avonds in slaap huilden. Verdriet leek zich te verdubbelen wanneer het onder één dak werd samengebracht. Humeuren veranderden vaak; gedrag werd door halve waarheden en geheimen bepaald. Een lang donkerharig meisje genaamd Peggy Anthony weigerde vast voedsel te eten en verkoos in plaats daarvan alleen melk te drinken, aangevuld met chocoladerepen die ze in een kastje onder haar bed bewaarde. Een senior genaamd Heidi Lansing was zo zenuwachtig over haar aanmelding voor de universiteit dat ze de helft van haar hoofdhaar had uitgetrokken nog voor ze aan haar scripties begon, en een tweedejaars die Maureen Brown heette brandde zwarte kaarsen op het raamkozijn bij haar bed en stoorde haar kamergenoten zodanig met de boosaardige gesprekken die ze in haar slaap voerde dat die angstige meisjes de nachten in de badkamer begonnen door te brengen, slaapzakken op de tegelvloer uitrolden en zo iedereen die een douche wilde nemen of het toilet wilde gebruiken dwong over hun sluimerende gestaltes heen te stappen.

Carlin Leander huilde zichzelf niet in slaap en hongerde zichzelf niet uit, maar ze was doortrokken van verdriet, zelfs wanneer ze in het koude water van het zwembad plonsde. In feite had ze niet veel te klagen; ze had een grote ruime kamer op de derde verdieping toegewezen gekregen met kamergenoten die bijzonder aangenaam waren. Het viel die meisjes niet te verwijten dat ze meer bezaten dan Carlin: meer geld, meer kleren, meer ervaring. Zowel Amy Elliot als Pie Hobson had haar kast volgestouwd met laarzen en wollen jassen en jurken die zo duur waren dat ze per stuk meer kostten dan Carlin jaarlijks aan haar garderobe uitgaf waarvan ze het meeste in tweedehandswinkels kocht en op de Sunshine-vlooienmarkt waar je vijf t-shirts kocht voor een dollar als je genoegen wilde nemen met rafelige zomen en mottengaten.

Uit vrees dat haar kamergenoten haar als liefdadigheidsgeval zouden beschouwen borduurde Carlin voort op het verhaal dat ze in de trein had verzonnen: als enig kind van een vader en moeder die de wereld over reisden had ze wel wat belangrijkers aan haar hoofd dan kleren. In tegenstelling tot haar kamergenoten viel er voor haar niets te begeren of bewaren. Haar familie en zijzelf waren niet van die mensen die tijd hadden om persoonlijke bezittingen te vergaren of wortel te schieten. Daar waren ze te goed voor, suggereerde haar verhaal, op een diepzinnige en morele manier superieur. Tot nu toe stuitte haar verhaal bij niemand op verzet en waarom zouden ze ook aan haar twijfelen? Waarheid had in St. Anne weinig te maken met het imago van een meisje; hier was iemand wie ze zei dat ze was. Wie nog nooit gekust was, beweerde een seksuele woesteling te zijn en wie meer jongens had versleten dan ze zich wilde herinneren, hield staande dat ze haar maagdelijkheid tot haar bruiloft wenste te behouden. Identiteit was maakbaar, een jas die je aan en uit kon trekken, afhankelijk van de omstandigheden of de stand van de maan.

Carlins enige moeilijke momenten hadden te maken met het zwemteam en dat kwam doordat ze zo dom was geweest haar dekking prijs te geven. Als ze helder had nagedacht zou ze Christine Percy nooit hebben vertrouwd, de senior die haar had uitgelegd dat alle meisjes van het team hun edele delen moesten scheren. Na afloop hadden ze Carlin allemaal gepest, en ook Ivy Cooper, het andere nieuwe meisje, omdat ze zo goedgelovig waren geweest. Er werd gegrapt dat Carlin en Ivy het nu wel koud zouden hebben. Iedereen had diezelfde schemerfase doorgemaakt; ze geloofden dat een beetje haar en een beetje trots kwijtraken de banden van het team versterkte. Na deze inwijding werd een meisje als volwaardig teamlid aanvaard tijdens een feestje met wat gesmokkelde wijn die op Christines valse identiteitsbewijs in de minimarkt was gekocht. Carlin trok zich echter nog verder terug; het duurde niet lang tot de andere meisjes begrepen dat ze haar alleen moesten laten.

Elke nacht wachtte Carlin tot het moment waarop ze uit St. Anne kon wegvluchten. Na de avondklok lag ze onbeweeglijk in bed totdat de ademhaling van haar laatste kamergenoten overging in diepe gelijkmatige ritmes; dan pas was haar tijd gekomen om door het raam te ontsnappen in weerwil van de doornige stammen die om de brandtrap omhoogslingerden en bloedspetters op haar vingers achterlieten terwijl ze omlaag klauterde. Terstond voelde ze zich vrij, losgelaten in de zachte, inktzwarte nacht van Massachusetts, weg van de walmend warme en besloten ruimtes van St. Anne. Eerst bleef ze niet langer buiten dan één haastige sigaret achter de oude rozenstruiken, de doornige stammen vervloekend wanneer ze zichzelf per ongeluk prikte om vervolgens het bloed uit haar vingers te zuigen. Maar na een poosje durfde ze verder te gaan en liep ze een eindje langs de rivier. Op een maanloze nacht toen de lucht volledig zwart was, ging de zucht tot zwerven niet over. Een mistflard had zich op de horizon vastgezet en vervloog vervolgens door de bosschages. In de zachte, rustige lucht smolten de contouren, losten op in de duistere nacht, zodat er opeens een iep op het pad stond; uit het gazon dook plotseling een Carolina-eend op. Hoewel Carlins schoenen in de modder wegzakten, bleef ze zorgvuldig in de schaduw om toch vooral niet buiten betrapt te worden na de avondklok.

De lucht voelde opmerkelijk fris aan, althans voor iemand met dun Floridiaans bloed, en hoewel Carlin een fleece-jack droeg, blijvend geleend van haar kamergenote Pie, bibberde ze nog steeds. In het donker kon ze oost niet van west onderscheiden en toen ze de rand van de campus eenmaal bereikte leek het haar het beste de rivier te volgen. De avond was van lood geweest, met een grijze lucht en dreigende regen, maar nu Carlin een speelveld overstak en door een weiland trok begon het weer op te klaren en werden een paar flauw schijnende sterren aan de hemel zichtbaar. Ze liep langs een oude boomgaard waar zich rond deze tijd van het jaar vaak reeën ophielden. Bramen die in het hoge gras zaten verstopt bleven aan haar kleren hangen; veldmuizen die in de gangen van St. Anne na middernacht altijd zo dapper waren, ritselden weg als zij dichterbij kwam. Al meer dan honderd jaar hadden leerlingen van Haddan deze zelfde route beproefd langs de rivieroevers en de weilanden op zoek naar een plaats waar tegen de regels kon worden gezondigd. Tussen de braamstruiken en toverhazelaar door was een doorgang ontstaan naar het oude kerkhof. Konijnen hadden deze paden ook vaak gebruikt, en hun pootafdrukken – twee kleine pootjes vlak naast elkaar en dan de grotere achterpoten naar voren geslingerd – hadden een duidelijk pad in het gras gevormd.

De eersten die op de begraafplaats van de school van Haddan waren begraven, waren vier jongens die in de burgeroorlog waren gesneuveld en elke volgende oorlog had het aantal doen oplopen. Faculteitsleden die deze plaats verkozen boven de begraafplaats in de stad konden eveneens op eigen terrein worden begraven, al had er de afgelopen twintig jaar niemand meer om dit privilege gevraagd, niemand sinds de dood van dr. Howe op zevenennegentigjarige leeftijd, te eigenwijs om aan de dood toe te geven voordat hij bijna de mijlpaal van een eeuw was genaderd. Deze besloten plek bood de soort privacy die Carlin zocht; als ze voor de keuze werd gesteld, hield ze liever de doden gezelschap dan zich met de meisjes van St. Anne te moeten behelpen. De doden roddelden en oordeelden teminste niet en ze sloten ook niemand buiten.

Carlin maakte het slot van het gietijzeren hek open en glipte naar binnen. Ze besefte pas dat ze niet alleen was toen het oplichten van een lucifer niet alleen de enorme iep midden op de begraafplaats verlichtte, maar ook de gedaante eronder. Eventjes voelde Carlin haar hart tegen haar ribben kloppen, en toen zag ze dat het August Pierce maar was, die stomme jongen uit de trein, die breeduit op een grote zwarte plak marmer lag.

'Nou nou. Kijk eens wie we daar hebben.' Gus was in zijn nopjes toen hij haar zag. Al kwam hij al sinds zijn eerste nacht op Haddan naar de begraafplaats, hij was bang in het donker. Er zat een angstaanjagende vogel in de grote iep te schreeuwen en te kwetteren waardoor Gus bij elk geritsel van bladeren de neiging voelde om weg te rennen. Hij was altijd op zijn hoede, bang dat hij zich zou moeten verdedigen tegen een dolle buidelrat of een uitgehongerd wasbeertje dat bereid was te vechten om de Snickers die Gus in zijn binnenzak had verstopt. Gezien zijn fortuin zou het waarschijnlijk een stinkdier worden dat lag te wachten tot het hem met een lading gifgas kon verdoven. Al die narigheid verwachten en dan Carlin Leander aantreffen was geen opluchting. Het was een zegen.

'We worden onmiddellijk van school gestuurd als ze zien dat we roken,' lichtte hij haar in toen ze allebei een trekje namen. 'Ik word niet gesnapt.' Carlin was op de grafsteen van Hosteous Moore gaan zitten, het tweede schoolhoofd van Haddan, die beslist elke ochtend in de rivier had willen zwemmen, bij regen, hagel of sneeuwval om al op zijn vierenveertigste aan een longontsteking te overlijden. Hij had ook gerookt, liefst 's ochtends een pijpje, vlak voordat hij ging zwemmen.

Gus grijnsde, onder de indruk van Carlins grootspraak. Hij bezat geen greintje moed, maar het was een trekje dat hij in anderen hogelijk bewonderde. Hij drukte zijn sigaret uit in de modder onder een heg van hemelrozen. Hij stak meteen de volgende op. 'Kettingroker,' erkende hij. 'Slechte gewoonte.' Carlin veegde haar bleke haar uit haar gezicht terwijl ze hem bestudeerde. Bij het licht van de sterren zag ze er zilverachtig uit en zo mooi dat Gus zichzelf moest dwingen weg te kijken. 'Ik durf te wedden dat het niet je enige slechte gewoonte is,' raadde Carlin.

Gus lachte en strekte zich op de zwarte marmeren plaat. *Eternus Lux*, stond onder dr. Howes naam gegraveerd. Eeuwig licht. 'Je hebt helemaal gelijk.' Hij onderbrak zichzelf om een perfecte kring rook uit te blazen. 'Maar in tegenstelling tot jou, word ik altijd gesnapt.'

Dat had Carlin wel verwacht. Hij was zo kwetsbaar met zijn brede, schaapachtige glimlach, zo'n jongen die zijn voet zou afhakken om aan een stalen klem te ontsnappen, zo bezig met zijn pijn dat hij de sleutel over het hoofd zou zien die de hele tijd al naast hem lag. Hij probeerde gewoontjes te blijven onder hun toevallige ontmoeting, maar Carlin zag zijn hart zo'n beetje tekeergaan onder zijn zware zwarte jas. Hij was zo'n zenuwpees dat het weer aandoenlijk werd. Die schat van een Gus Pierce, vervloekt en verstoten als hij was, zou een trouwe, waardevolle vriend zijn, zoveel was wel duidelijk, en Carlin kon een bondgenoot goed gebruiken. Hoe vreemd en onwaarschijnlijk het ook klonk, Gus was de eerste bij wie ze zich sinds haar aankomst in Massachusetts echt op haar gemak voelde. Wat hem betrof, tegen de tijd dat ze langs de rivier terugliepen was August Pierce, indien gevraagd, bereid geweest zijn leven voor Carlin te geven. Ze had hem inderdaad doorzien: in ruil voor een vriendelijk gebaar zou hij haar eeuwig trouw zijn.

Carlins kamergenoten en de andere meisjes in St. Anne waren niet in staat de vriendschap te peilen noch bij machte te begrijpen waarom Carlin zoveel tijd in de kamer van Gus in Chalk House doorbracht, waar ze op zijn bed rondhing, haar hoofd in de kromming van zijn rug liet rusten terwijl ze over Antieke Beschavingen las voor de lessen van mr. Herman of schetsen maakte voor Tekenen voor Beginners bij miss Vining. De andere meisjes schudden het hoofd en vroegen zich af of Carlin gek was geworden. De jongens naar wie zij verlangden, konden ze niet krijgen, de seniors van Chalk bijvoorbeeld, zoals Harry McKenna, die zo prachtig en gladjes was dat hij lieve meisjes die er niet op verdacht waren aan het wankelen bracht door ze een van zijn beroemde glimlachen toe te werpen, of Robbie Shaw die tijdens zijn eerste jaar op Haddan zoveel studentes had afgewerkt dat ze hem Robo-

Robbie noemden, vanwege zijn onmenselijke uithoudings-
vermogen en gebrek aan emoties.

Dat de meisjes van St. Anne niet begrepen wat de moeite
waard was en wat verwerpelijk, verbaasde Carlin allerminst.
Ze kon zich goed voorstellen wat ze zouden doen als ze ooit
achter de echte details kwamen van haar leven voorafgaand
aan Haddan. Zouden ze er niet van smullen als ze wisten dat
zij 's avonds meestal uitsluitend wit brood met boter had gegeten? Zouden ze het geen grap vinden als ze erachter kwamen dat ze vloeibaar wasmiddel gebruikte om haar haar mee
te wassen omdat het goedkoper was dan shampoo, en dat ze
haar lippenstiften altijd van de toonbank van de K-mart pikte? De meisjes van St. Anne zouden er dagenlang wellustig
over hebben geroddeld als ze het hadden geweten, dus waarom zou Carlin zich iets van hun opmerkingen aantrekken? Ze
koos ervoor Amy's nare commentaar te negeren als Gus briefjes voor haar achterliet in hun gezamenlijke locker of e-mail-
tjes stuurde; ze blikte of bloosde niet als de telefoon rinkelde
en Peggy Anthony of Chris Percy naar boven schreeuwde dat
haar toegewijde slaaf nu al weer belde en of ze hem alsjeblieft
wilde vragen of hij de lijn vrij kon houden.

Carlin keek vooral erg uit naar de boodschappen die Gus tijdens de zwemtrainingen naar binnen wist te smokkelen. Hoe
hij de beheerder wist te omzeilen was een mysterie, maar op
een of andere manier bereikte hij datgene waar de andere jongens van Haddan alleen maar van konden dromen: volledige
toegang tot de sportzaal van de meisjes. Hij kende een onein-
dige reeks waardevolle trucs en had ooit met alcohol een lelijke boodschap op Amy's spiegel geschreven die verscheen op
een dag dat de lucht bijzonder vochtig was. Hij wist de deur
van de kantine na middernacht open te krijgen met een loper
en, eenmaal binnen, ook de vriezer, zodat hij Carlin en zichzelf op waterijsjes en roomijsjes kon trakteren. Hij kon Teddy
Humphrey van de minimarkt betalen voor een pakje sigaretten en toch de deur uitlopen met de muntjes nog in zijn
hand. Maar de verrassendste en meest verbijsterende truc was
dat Gus Pierce Carlin aan het lachen kon maken.

'Ik begrijp het niet,' zei Amy toen de grove opmerkingen van

Gus op haar spiegel verschenen. 'Denkt hij soms dat mensen hem door dit soort dingen leuk zullen gaan vinden?'

'Mijn kamergenoten begrijpen jou niet,' zei Carlin terwijl ze langs de rivier naar de begraafplaats liepen. Ze was benieuwd of hij zou reageren en zou niet verrast zijn als hij dat niet deed. 'Dat doet bijna niemand,' gaf Gus toe.

Dit gold in het bijzonder voor de bewoners van Chalk House. Chalk heette een broederschap te zijn, maar net als onder echte bloedverwanten wel gebeurt, konden Gus zijn broeders hem niet waarderen. Na een week wilden ze graag van hem af. Nog tien dagen en ze hadden ronduit een hekel aan hem. Zoals zo vaak in zo'n beperkte ruimte, staken Gus' gelijken hun afkeer niet onder stoelen of banken; binnen de kortste keren viel hun minachting op zolder te ruiken door de cadeautjes die ze voor hem achterlieten: oude broodjes eiersalade, rottend fruit, stapels ongewassen sokken.

Dit jaar woonden er drie eerstejaars op zolder: David Linden, wiens overgrootvader gouverneur van de staat was geweest, Nathaniel Gibb uit Ohio, winnaar van een natuurkundewedkamp tussen drie staten en Gus, misgreep der misgrepen, wiens aanwezigheid het feit bewees dat iemands gegevens op papier nog zo mooi kunnen lijken, maar dat ze in levenden lijve een ramp kunnen zijn. Wat Gus betreft, die was zonder waardering voor de menselijke soort naar Haddan gekomen en zonder verwachtingen van zijn medemensen. Hij kon best met de minachting omgaan; hij was veel geplaagd en vaak genoeg beledigd om alles van zijn rug te laten afglijden.

Niettemin maakte hij zo nu en dan een uitzondering, zoals nu met Carlin Leander. Hij had een bijzondere waardering voor Carlin en leefde toe naar het ogenblik waarop ze hun boeken in de steek konden laten en naar de begraafplaats slopen. Zelfs de kraai die boven in de iep huisde, kon hem niet van zijn missie afhouden, want als hij bij Carlin was, raakte Gus door een vreemdsoortig optimisme bevangen; door haar uitstraling begon de rest van de wereld te stralen. Gedurende een korte tijd kon hij wantrouwen en menselijke zwakheden vergeten of op zijn minst tijdelijk naast zich neerleggen. Als het tijd werd om naar hun kamers terug te keren, volgde Gus het pad, probeerde ieder moment te koesteren en probeerde tijd te rekken. Terwijl hij in de schaduw van het rozenprieel stond te kijken hoe Carlin de brandtrap van St. Anne op klom, had hij hartzeer. Hij voelde dat hij verwoest zou worden en toch was hij nu al machteloos. Carlin draaide zich altijd om om naar hem te zwaaien voordat ze door het raam stapte en Gus Pierce zwaaide altijd terug, als een volslagen idioot, een dwaze jongen die tot alles bereid was als hij haar daarmee een plezier zou kunnen doen.

Vanaf de dag dat hij op de zolder was aanbeland, zich met halsbrekende snelheid had gevestigd, als je het willekeurig op een bult in de kast gooien van persoonlijke bezittingen ten-minste zo kon noemen, had Gus geweten dat zijn komst naar Haddan op een vergissing berustte. Op een middag had Har-ry McKenna bij hem aangeklopt om een vergadering van het huis aan te kondigen, diezelfde avond nog, en wat onderkoeld veronderstelde dat Gus maar beter op tijd kon komen opda-gen. Gus, die het superieure toontje van de oudere jongen evenmin kon waarderen als de gedachte dat hij een bevel moest opvolgen, besloot onmiddellijk dat hij deze ongetwij-feld saaie bedoening zou ontduiken, zo'n avond die je beter meteen kon overslaan.

In plaats daarvan had hij Carlin op de begraafplaats ontmoet en samen hadden ze Orion aan de oostelijke hemel zien op-komen, ver boven een rij esdoorns en populieren uit. Het was een mooie nacht en die arme Gus voelde iets in hem groeien dat als hoop aanvoelde, al duurde de euforie niet lang. Gus had niet begrepen dat Harry McKenna hem geen uitnodiging had bezorgd, maar een bevel. Dat besefte hij pas toen hij in zijn kamer terugkeerde. Hij was onopgemerkt de voordeur van Chalk House binnengekomen, bijna twee uur na de avondklok, en was veilig de trap op gekomen, maar zodra hij op zolder aankwam, besefte hij dat er iets fout zat. De deur van zijn kamer stond open en zelfs al had hij zich niet herin-nerd hoe hij de deur voor zijn vertrek had gesloten, dan nog was het veel te stil in huis, zelfs om deze tijd. Iemand wilde zeker weten dat hij zijn lesje leerde en het lesje was doodeen-voudig: bepaalde uitnodigingen mag je niet negeren.

In zijn kamer lagen zijn beddengoed en kleren op een hoop waarop geürineerd was. De peertjes waren uit zijn lamp verwijderd, vervolgens gebroken en op het raamkozijn uitgestrooid, waar het glas fraai glinsterde, als een handje diamanten dat op het afbladderende kozijn werd geëtaleerd. Gus strekte zich op zijn matras uit, voelde een bittere smaak in zijn mond opkomen en stak in strijd met de regels een sigaret op, en zag hoe de rook omhoogkringelde, naar de scheuren in het plafond. Dit was wat er naar zijn idee altijd gebeurde; je moest altijd voor al het moois zwaar boeten. Breng de avond met een mooi meisje door, loop op een prettige, koele nacht door het bos, lig vredig op andermans graf naar de drie schitterende sterren van Orion te kijken en binnen de kortste keren krijg je een boodschap die je eraan herinnert wat er van je wordt verwacht.

Gus rolde op zijn buik en drukte de sigaret uit op de vloer onder zijn bed. Rode vonken spetterden alle kanten op en maakten zijn ogen aan het tranen, maar het kon hem niet schelen; over vuur maakte hij zich nog het minste druk. Hij was zo mager dat zijn botten in de veren van de matras drukten. Hoe moe hij ook was, slapen zou hij niet kunnen, vannacht niet en mogelijk geen enkele nacht meer. Als je de schoonheid van het maanlicht tegen de zwaarste menselijke wreedheid moest afwegen, welke van de twee zou het dan winnen? Maanlicht kon je niet vasthouden, maar wreedheid raakte je diep. Wie kon de kleur van maanlicht beschrijven zodra die voor daglicht plaats had gemaakt? Wie durfde zelfs maar te beweren dat het ooit had bestaan, dat het meer dan een droom was geweest?

Nadat Gus de glassplinters had opgeveegd en zijn wasgoed in de badkuip had gewassen, liet hij zichzelf op de ziekenzaal opnemen. Zijn hoofdpijn en misselijkheid waren authentiek, net als zijn verhoging. Eerlijk gezegd werd hij niet door veel mensen op Haddan gemist. Zijn leraren waren opgelucht dat hij afwezig was; hij was een lastige leerling, het ene moment ontwrichtend en uitdagend, even later verveeld en op zichzelf. Carlin was de enige die zich zorgen over hem maakte, en ze zocht tevergeefs naar hem op de begraafplaats en in de eetzaal. Toen ze hem ten slotte vond, liet de schoolverpleegster, Dorothy Jackson, haar weten dat de ziekenzaal geen bezoekuur had. En zodoende zag Carlin Gus acht dagen lang niet, niet totdat hij weer in zijn eigen bed lag met zijn jas als een deken om zich heen geslagen. In de schemering lag hij naar het plafond te kijken. Hij had net een gat in het paardenharen pleisterwerk gemaakt, de daad van iemand die geen gevolgen wil zien maar uitsluitend kortzichtig op vernieling uit is. Er lagen stukjes van het pleisterwerk op de grond en op de matras. Toen ze hem vond, wierp Carlin zich naast hem op het bed om de gevolgen van zijn woede te bekijken. Door het gat in het beschot kon je de wolken zien; een vierkantje blauwe lucht staarde hen vanachter het verrotte singelwerk aan.

'Je bent krankzinnig,' zei Carlin tegen Gus.

Maar in feite was er een gegronde reden voor zijn daad. Bij zijn terugkomst was hij over het geschenk gestruikeld dat zijn broeders tijdens zijn verblijf in de ziekenzaal voor hem hadden achtergelaten. Op zijn bureau lag een bloedige konijnenpoot, zo vers dat hij nog warm aanvoelde. Gus had hem voorzichtig opgepakt, in een tissuetje gerold en de gruwelijke talisman in de prullenbak gegooid. En daardoor was hij een wanhopig mens geworden, een jongen die gaten in het pleisterwerk maakte, vernederd door onrecht en schaamte.

'Dacht je soms dat ik normaal was?' vroeg hij aan Carlin. Tijdens zijn verblijf op de ziekenzaal had hij nooit schone kleren aangetrokken. Zijn t-shirt was smerig en zijn haar zat door de war. Hij had zich meermalen in de badkamer van de ziekenzaal opgesloten en daar zoveel sigaretten gerookt dat zijn huid bedekt was met een laagje nicotine en zijn oogwit een gele glans had gekregen.

'Ik bedoelde krankzinnig niet op een negatieve manier,' reageerde Carlin.

'Aha.' Ondanks zijn wanhoop krulden Gus' mondhoeken tot een glimlach. Dat kon Carlin bij hem bereiken, ze kon hem zelfs op zijn treurigste momenten opvrolijken. 'Je beschouwde krankzinnig als iets positiefs.'

Carlin legde haar voeten tegen de muur en strekte haar lange lijf naast het nog langere lijf van Gus uit. Ze hield haar hand tegen het zonlicht dat door het plafond naar binnen stroomde, onbewust van het feit dat haar gezicht in het zonlicht van goud leek.

'Wat moet je nou als het sneeuwt?' vroeg ze.

Gus keerde zijn gezicht naar de muur. Onmogelijk, onmogelijk; hij stond op het punt in huilen uit te barsten.

Carlin lag hem geleund op een elleboog te bestuderen. Ze rook naar chloorwater en jasmijnzeep. 'Heb ik iets verkeerds gezegd?'

Gus schudde zijn hoofd; hij had een brok in zijn keel en het geluid dat hij wist uit te brengen klonk als de roep van die angstaanjagende kraai op de begraafplaats; een kreet die zo ontmoedigd en gebroken was dat hij nauwelijks naar buiten kon. Carlin ging plat op het bed liggen en voelde haar hart sneller slaan terwijl ze wachtte tot hij zou ophouden met huilen.

'Tegen de tijd dat het gaat sneeuwen ben ik er niet meer,' zei Gus.

'Wel waar. Doe niet zo idioot, grote aansteller dat je bent.' Carlin sloeg haar armen om hem heen en schudde hem heen en weer en kietelde hem vervolgens omdat ze wist dat ze hem zo aan het lachen kon maken. 'Wat zou er dan van mij terecht moeten komen?'

Dat was precies de reden waarom Carlin nooit aan iemand gehecht wilde raken. Toen ze klein was, had ze zelfs nooit om een hond gevraagd en ze was ook niet geschikt voor het hebben van een huisdier. Het was zo gemakkelijk om betrokken te raken, om te zorgen en te troosten; voordat je het wist was je verantwoordelijk voor een of ander hulpeloos wezen.

'Hebben ze vervelend tegen je gedaan?' Carlin wierp zich boven op Gus. 'Vertel het maar allemaal, dan zal ik het ze betaald zetten. Ik zal je wel verdedigen.'

Gus rolde opzij om zijn gezicht te verbergen. Zelfs aan de mate van vernedering die hij kon ondergaan, kwam een einde.

Carlin ging rechtop zitten met haar rug tegen de muur en haar schouderbladen in de vorm van engelenvleugels. 'Het klopt. Ze doen vervelend tegen je.'

In de kelder, waar kikkervisjes door het stroompje water zwommen dat ondanks alle reparaties door het beton sijpelde, hadden Harry McKenna en Robbie Shaw twee sinaasappelkistjes naar de ventilatiekoker getrokken. Ze zagen er allebei goed uit, blond en rechthoekig, maar Harry McKenna had werkelijk een uitzonderlijk gezicht. Zijn strokleurige haar was kortgeknipt, een coupe die zijn opmerkelijke trekken goed deed uitkomen. Meisjes vielen in katzwijm als ze hem zagen, en er werd gefluisterd dat niemand hem kon weerstaan als hij zijn best deed. In de kelder van Chalk House was hij echter allerminst tevreden en hij liet zijn ergernis blijken. Zijn prachtige mond was vertrokken tot een grimas en hij knipte voortdurend met zijn vingers, alsof hij zodoende kon uitwissen wat hij hoorde via de ventilatieschacht, een plat stuk metaal dat achter de toiletten op zolder begon en hier in de kelder uitkwam. Door de ventilatieschacht kon je woord voor woord horen wat er boven werd gezegd. Zelfs gefluister weerkaatste door de buis; een kuch en een kus konden worden opgevangen en onderscheiden voor nader onderzoek of ter vermaak. De oudere jongens van Chalk luisterden altijd de nieuwe bewoners af en verontschuldigden zich niet voor deze praktijk. Hoe kon je er beter achter komen op wie je kon vertrouwen en wie nog steeds een lesje nodig had?

Pierce toonde zich nu een vent van niks door zijn hart bij een of andere meid uit te storten, jammerend als een loser. Harry en Robbie waren al een hele poos gehurkt aan het luistervinken, totdat Harry kramp kreeg in die lange benen van hem. Nu stond hij op om zich uit te rekken. Meestal was zijn lengte in zijn voordeel, zowel met meisjes als op het sportveld. Hij hield van ieder voordeel dat er te behalen viel en dit zou het jaar van de voordelen worden. Hij was de senior in Chalk House en als zodanig viel hem de eer te beurt om in de kamer te wonen die ooit het kantoor van dr. Howe was geweest, voordat het nieuwe hoofdgebouw was opgetrokken. De blikvanger van de kamer was de fraaie eiken schouw; er waren kleine inkepinkjes in de zijkant van de schoorsteenmantel gekerfd, naar men zei één voor elke vrouw met wie dr. Howe ooit had geslapen, en als die inkepingen de waarheid spraken, was dat een flinke verzameling geweest.

Harry stelde dr. Howes kamer op prijs, zoals hij ook prijs stelde op zijn andere privileges. Hij was een jongen die even dankbaar als gulzig was. Natuurlijk was hij niet van plan een of andere nitwit als August Pierce de boel hier te laten versjteren. Het was een harde, koude wereld, toch? Een universum dat in het donker rondtolde, zonder beloftes of garanties. Je moest pakken wat je hebben wilde of alleen achterblijven, geslagen door het lot. Nergens was deze waarheid meer op zijn plek dan op het vriendelijke platteland van Massachusetts, waar het weer voortdurend aantoonde dat het lot grillig is. Zeker de jongens van Chalk waren zich bewust van de puinhoop waarin je leven kon veranderen, een ongelukkige waarheid die het eerste jaar aan het licht was getreden, want deze jongens waren het die het zwaarste verlies hadden geleden in de overstroming van destijds. In de ellende van het wassende water waren de cijfers van alle jongens uit Chalk House uit de cijferlijst van de decaan gespoeld. Een attente jongen uit Cambridge ontdekte deze calamiteit toen hij het ondergelopen kantoor van de decaan aan het dweilen was, en hij rende meteen naar de rest om te vertellen wat hij ontdekt had voordat een van de leraren erachter kwam.

Al hun welverdiende negens voor biologie, hun achten voor Latijn en Grieks waren verdwenen, de cijfers weggespoeld in blauwe inktmeren die de vloerplanken een gruwelijke kleur kobalt hadden bezorgd die niet te verwijderen bleek hoe vaak de dweil er ook overheen ging. De jongens van Chalk vroegen zich af of de rivier hen voor straf had uitgekozen. Waarom was hen dit overkomen en niet de anderen? Waarom werden hun levens en loopbanen opgeofferd? In het licht van deze ramp werd een voorstel gedaan, een mogelijkheid zo nederig verwoord dat niemand eigenlijk ooit had geweten wiens idee het was geweest. *Keer het lot*, dat was het idee, en het werd meteen opgevolgd, door absoluut iedereen. *Gebruik de ramp voor compensatie. Neem wat je is ontzegd.*

Het was een lenteavond, 13 mei, toen de jongens van Chalk House hun cijfers veranderden. De boomkikkers zongen hun vochtige lied vanuit elke overstroomde hoek van de campus; de maan dreef boven de bibliotheek in een pikdonkere hemel. De jongens verschaften zich toegang tot het kantoor van de decaan, waar ze de namen van leerlingen uit Otto House en Sharpe Hall vervingen door die van henzelf, en zichzelf zo cijfers toebedeelden die ze niet hadden verdiend. Het was een eenvoudig karweitje, een simpel misdrijf dat handig werd uitgevoerd met een naald van de slotenmaker en wat Indische inkt, een gemakkelijke vervalsing, maar zo effectief dat ze besloten zichzelf tovenaars te noemen, al bezaten ze geen enkele vaardigheid op eentje na.

Aan het slot van het jaar zwierven de jongens uit de andere huizen die verzekerd waren geweest van toelating tot Harvard of Yale even moedeloos als verward over de campus. Die leerlingen vroegen zich af wat er van al hun uren studie terecht was gekomen, want hun cijfers waren compleet verdwenen en vanaf die dag verdween de term eerlijk spel uit hun woordenschat. Want de jongens van Chalk die hun lot met elkaar hadden verbonden in de Tovenaarsclub eisten volledige loyaliteit jegens elkaar. Als een van hen geen aanleg voor bedrog had, werd er geen tijd verknoeid. De anderen sleepten jongens die ook maar een beetje onbetrouwbaar zouden kunnen zijn naar het veld waar de konijnen holen hadden gemaakt en sloegen zulke types in elkaar. Door zichzelf en hun broeders te beschermen leerden de jongens een belangrijke les over eenheid. Regels verbinden mensen, inderdaad, maar regels overtreden, verbond ze nog sterker.

Deze filosofie was Dave Linden en Nathaniel Gibb voorgehouden en uiteindelijk ook Gus toen die morrend de eerste officiële vergadering van het jaar bijwoonde. Ze zaten in een kring in een kaal stuk aan de overkant van de rivier, hoewel het weer de Tovenaarsclub meestal slecht gezind was. De dertiende van elke maand was meestal smerig, met een dikke laag sneeuw of onweer of kletterende regen. Op deze vergaderdag in september waren de weiden vochtig en had de lucht de kleur van vuurwapens aangenomen, en lag er een deken van mist over de velden. Er waren maar hier en daar vlekjes kleur te zien: wat groene hulst in het bos, een paar strengen moerbei aan een stam, een door de invasie verstoorde wilde kalkoen die in een rood-gouden flits onder wat struiken wegschoot. Er hing kou in de lucht en de paarse bloesems van het bloeiende koninginnenkruid neigden naar indigo, altijd het teken dat er een koude, akelige winter zou volgen. De jongens zaten in een ongeordende kring, de een liggend in het gras, anderen op een oud blok hout dat vaak gebruikt was om gesmokkeld bier of whisky achter te verbergen. Zij die wisten wat hun te wachten stond en het zelf hadden meegemaakt, hadden een goed humeur, waren zelfs onstuimig. Maar zij hadden hun ontgroening al doorstaan; zij hadden de angstige verwachting al doorgemaakt die Dave Linden en Nathaniel Gibb en zelfs die idioot van een Gus Pierce, die met zijn hoofd opgericht op zijn rug lag, beslist moesten voelen nu hun inwijding op handen was.

De regel voor toelating was eenvoudig. Er moest een wandaad worden gepleegd. Of het nou bandeloos, onwettig, immoreel of illegaal was, er moest een gehaat wapenfeit worden gesteld: de enkele rode rijgdraad die het lot van een persoon verbond aan dat van zijn broeders. Toen hun werd verteld wat ze moesten presteren, wendden Nathaniel Gibb en Dave Linden hun gezichten af en begonnen naar de grond te staren. Iedereen wist dat ze hun tranen verbeten, al zou zo'n blijk van emoties niet tegen hen worden gebruikt. Het beduidde op zijn minst dat ze deze inwijding serieus namen. Veel storender was de slome manier waarop Gus Pierce rookkringen blies en door het donkere gebladerte boven zich omhoogkeek.

Er was maar één manier om aan de inwijding te ontkomen en toch het lidmaatschap met alle daaraan verbonden rechten te behouden en dat was het perfectioneren van de truc die dr. Howe zijn vrouw had voorgeschreven in ruil voor haar vrijheid. Hoe viel het Annie Howe te verwijten dat ze hun eenheid had willen verbreken, gezien de inkepingen in de schouw en de wrede manier waarop ze van haar familie en vrienden was afgescheiden? Maar dr. Howe was niet gek geweest; de enige voorwaarde waarop hij aan haar wensen had willen toegeven, was een eenvoudigweg onuitvoerbare opdracht. Ze mocht te allen tijde vertrekken als ze maar eerst een van haar favoriete bloemen plukte, die sneeuwwitte rozen die naast het meisjeshuis groeiden, en die, voor de ogen van haar echtgenoot, rood wist te kleuren.

'In plaats daarvan pleegde ze zelfmoord,' vertelden de oudere jongens aan iedereen die Annies lot nog niet kende. 'Dus dat raden we jullie niet aan.'

In plaats daarvan werd de nieuwe jongens aangeraden in veld of bos een konijn te zoeken. Die kleine, schuwe beestjes lieten zich met wat geduld en een visnet gemakkelijk vangen. Al wat je nodig had, was een sterk stuk draad om rond de voorpoot te wikkelen en een klein bebloed souvenir zou toegang tot de club verlenen. De beste groenen waren echter heel wat creatiever, vermeden konijnenjacht en streefden naar de origineelste of meest illegale handeling. De titel van grootste waaghals in de geschiedenis van Chalk viel nog altijd te veroveren. Een grapjas uit Baltimore had een keer een handzaag beproefd op de stoel van de decaan in de eetzaal, waardoor Bob Thomas toen hij aan tafel ging, met rundvlees en al in een hoop splinters neerstortte. Vorig najaar had Jonathan Walters, een stille jongen uit Buffalo, zich toegang verschaft tot de computerbestanden van de school om aanbevelingsbrieven voor universiteiten te zoeken die niet positief waren en daarin de kritische passages te veranderen waardoor ten slotte elke brief een hartstochtelijk pleidooi werd. Er waren uiteenlopende ontgroeningshandelingen gepleegd, van diefstal tot enorme grappen; al wat er gevraagd werd, was dat de verrichte handeling het lid behoorlijk in de narigheid zou doen belanden als het ooit uitkwam. Dat was de draad die hen met elkaar verbond: ze waren allemaal ergens schuldig aan.

Het was waar dat sommige jongens de ontgroening gebruikten voor hun eigen gestoorde doelen. Drie jaar geleden had Robbie Shaw de brandtrap beklommen die naar de kamer leidde waar Carlin nu sliep; het was een vrij weekend waardoor de meeste leerlingen weg waren, een situatie die Robbie zeer goed besefte aangezien hij zijn plannetje secuur had voorbereid. Hij vertelde het meisje van veertien dat zijn doelwit was dat als ze ooit aan iemand vertelde wat hij had gedaan, hij terug zou komen om haar keel door te snijden. Maar naar later bleek was verdere dwang overbodig; het meisje vertrok meteen de volgende week naar een school in Rhode Island. Robbie kreeg te horen dat hij te ver was gegaan bij zijn inwijding, maar onderling werden zijn durf en zijn vaardigheid in de juiste slachtofferkeuze toegejuicht, want hoewel het meisje nooit heeft geweten wie haar overweldigd had, had ze het aan niemand verteld.

Helaas was de keuze voor August Pierce minder verstandig geweest. Gedurende de hele vergadering hield Gus zijn mond; zijn gevoelens waren absoluut niet te peilen terwijl hij zo breeduit op het vochtige gras lag. Na afloop liep hij zonder een woord te zeggen weg en de andere jongens sloegen hem nauwlettend gade. Er waren erbij die zich er niet over zouden hebben verbaasd als Gus Pierce regelrecht naar de decaan was gelopen om hen aan te geven, en anderen zouden hebben voorspeld dat hij naar het politiebureau in het dorp zou gaan of misschien eenvoudigweg naar huis zou bellen om zijn pappie te vragen hem op te halen. Maar in werkelijkheid deed Gus niets van dat al. Misschien was iemand anders met zijn overtuigingen dezelfde avond nog vertrokken, gewoon met zijn spullen in zijn tas liften vanaf Route 17, maar Gus was koppig en was dat trouwens altijd al geweest. En misschien was hij ook eerzuchtig, want hij dacht dat hij dit spelletje weleens kon winnen.

Tegenover Carlin had Gus gelogen over zijn vader; de oude Pierce was geen professor, maar gewoon leraar aan een highschool, en in de weekends trad hij op op kinderfeestjes. Zijns ondanks had Gus veel opgestoken op die zondagmiddagen waarop hij korzelig taart zat te eten ter ere van de verjaardag van een vreemde. Hij wist dat een munt die je doorslikte niet enkele seconden later in je handpalm kon verschijnen. Een vogel die met een pijl was doorboord, kan niet zijn veren uitschudden en vervolgens wegvliegen. En toch was hij zich ervan bewust dat sommige knopen door een aanraking los kunnen schieten en dat duiven keurig in bussen met dubbele bodems passen. Hij had uren met zijn vader aan de keukentafel zitten toekijken hoe hij dezelfde truc keer op keer herhaalde, totdat de ooit zo klunzige poging was uitgegroeid tot een naadloze vaardigheid. Zijn hele leven lang was aan Gus uitgelegd dat er voor elke illusie een praktische verklaring bestond, en zo'n opleiding kan zijn vruchten afwerpen. Na die opleiding wist Gus dat er mogelijkheden bestonden die anderen over het hoofd hadden gezien of zonder meer hadden verworpen of stomweg genegeerd. Zoveel was zeker: op elke vergrendelde koffer paste een sleutel.

NAALDEN EN DRAAD

In de maand oktober, als de iepen hun blad verloren en de eiken plotseling geel werden, zochten de muizen uit het lange gras aan de overkant van de rivier een veilig heenkomen. Meisjes uit St. Anne vonden ze vaak opgerold in kledinglades of nestelend in schoenen die onder het bed waren blijven staan. Wespen zochten eveneens de warmte op, en voorbijgangers hoorden ze zoemen in boomstronken en hekpalen. De bossen waren afgezet met laag groeiende braamstruiken die tot dan toe door het groene blad aan het oog onttrokken waren geweest; als het regende, viel het bij bakken. Het was het jaargetijde waarin mensen slechtgehumeurd waren, geplaagd werden door hoofdpijn en tegenslag. Op vochtige ochtenden neigden elektrische apparaten naar muiterij. Auto's wilden niet starten, stofzuigers bliezen vuil uit, koffiepotten sputterden en gaven het vervolgens op. In de eerste week van de maand stonden er al meteen zoveel mensen in de vroege kille ochtend in de rij voor meeneemkoffie, en de zenuwen waren zo gespannen dat het niet ongebruikelijk was dat er vechtpartijen uitbraken tussen een brave burger die in de rij stond en een afschuwelijk heethoofd als Teddy Humphrey, wiens eigen vrouw Nikki zo verstandig was geweest om tijdens hun huwelijk geen woord met hem te wisselen voordat hij zijn ochtendkoffie op had, vooral in de donkere dagen van oktober.

Op een koude avond, toen de zwanen op de rivier snel paddelden om te verhinderen dat er zich ijs rond hen zou vormen, ging Betsy met Eric uit eten in de Haddan Inn. Het was bedoeld als een bijzondere avond; eindelijk eens alleen. Ze hadden lamsvlees met aardappelpuree besteld, maar halverwege de maaltijd kon Betsy geen hap meer door haar keel krijgen; ze verontschuldigde zich en liep naar buiten om wat frisse lucht te krijgen. Vanaf het terras van het hotel staarde ze in haar eentje naar Main Street en zag de witte huizen lavendelblauw in de schemering staan. Het was een volmaakte avond; een spotvogel zat op een hekpaal het hoogste lied te zingen, zelf verzonnen of gestolen, dat maakte niet uit, de melodie was prachtig. Toen ze daar stond, vroeg Betsy zich opeens af of die onweersbui van destijds die mensen door de weilanden en over de velden had gejaagd ook haar had aangetast, al was ze dan veilig thuis geweest. Sommige emoties waren volledig uit haar weggeschroeid en ze had ze niet eens gemist. Uiteraard bezat ze alles om gelukkig te worden. Wat kon ze nog meer verlangen dan een man op wie ze kon vertrouwen, een vaste baan, een toekomst die vast lag? Waarom was ze zo onwillig, alsof ze ruggelings door het leven ging, gedreven door angst in plaats van verlangen?

Gelukkig was Betsy weer vrij van zorgen toen ze aan tafel terugkeerde om een frambozengebakje en cappuccino te bestellen. Dit hotel was de gelegenheid waar ze aanstaande juni zouden trouwen; dit waren de borden waarop haar bruiloftsmaal zou worden geserveerd, de glazen waarmee ze op hun geluk zouden klinken.

'Ik ben blij dat we de receptie hier houden,' zei ze bij het vertrek tegen Eric, maar ze klonk niet helemaal overtuigd.

'Niet te bekrompen?'

'Het is erg Haddans,' had Betsy gezegd en daar hadden ze samen om gelachen, want dat woord wasemde ordelijkheid en voorspelbaarheid uit. Ondanks de traditionele stijl was het hotel de leukste gelegenheid van de stad. De kamers voor gasten van ver waren al geboekt, en Erics moeder, kieskeurig geworden door een zwakke rug, had om een extra harde matras gevraagd. Betsy had het hotel daarom nog maar enkele dagen geleden bezocht om de bedden te proberen, en had het perfecte exemplaar aangetroffen in een kamer op de tweede verdieping, een matras die zo hard was dat ieder ei dat je erop liet vallen beslist in tweeën zou breken.

'Ik wou dat we vannacht hier konden blijven,' zei Eric tegen Betsy toen ze aan de terugtocht naar school begonnen.

'Laten we dat doen. We kunnen om middernacht wegsluipen en hier onze intrek nemen. Niemand die het merkt.' Betsy ratelde met een stokje langs de metalen rand van het hek van mrs. Jeremy totdat het licht op de veranda opeens aanging. Ze gooide de stok weg toen mrs. Jeremy, met een geërgerde blik op haar smalle gezicht, uit het raam van haar dakkapel keek. 'Die kids sluipen voortdurend weg. Waarom zouden wij het dan niet doen?' Inmiddels had Betsy begrepen waarom de kamers met een brandtrap in St. Anne zo begeerlijk waren; dat bleke meisje, Carlin, bezat een bijzondere vaardigheid om zich zonder het geringste geluidje te maken na het ingaan van de avondklok over de metalen roeden te bewegen.

'Wij moeten het goede voorbeeld geven,' bracht Eric Betsy in herinnering.

Betsy bekeek hem wat beter om te zien of hij haar voor de gek hield, maar nee, zijn knappe, ernstige gezicht toonde alleen bezorgdheid. Hij was er de man niet naar om zijn verantwoordelijkheden licht op te nemen, en uiteindelijk bleek het goed te zijn dat Betsy die nacht terugkeerde. Toen ze van het etentje terugkwam, trof ze twintig meisjes aan, samengedromd in de donkere salon, wachtend op de dingen die zouden komen. In St. Anne sloegen de stoppen voortdurend door en niemand, behalve Maureen Brown met haar kaarsenvoorraad, had raad geweten. Bij haar aankomst beende Betsy weg naar de verblijven van Helen Davis, waar ze ontdekte dat de senior-huisouder in plaats van iemand te hulp te schieten rustig thee zat te drinken in een kamer die door een stormlamp werd verlicht, alsof het welbevinden van de meisjes haar geenszins aanging.

Een paar dagen later vond er nog een voorval plaats dat Helen Davis negeerde. Carlin Leanders kamergenote Amy Elliot was gestoken door een winterkoninkje dat het huis binnen had weten te komen, boven de meisjesbedden had rondgefladderd en tegen het plafond en de muren was gebotst. Er werd gezegd dat je vreselijke tegenspoed zou meemaken als je zo'n steek opliep en je ongeluk tegemoet ging als je als slachtoffer de aanvallende vogel doodde, en dat was precies wat Amy had gedaan. Ze sloeg met haar lesboek van Geschiedenis van de Oudheid op het winterkoninkje en vermorzelde op slag zijn schedeltje en ruggengraat. Binnen enkele minuten werd Amy's been dik en blauw. Haar ouders in New Jersey moesten worden gebeld, er werden pijnstillers verstrekt en ijskompressen aangedragen. En waar was Helen Davis geweest terwijl Betsy als een gek rondrende, Amy naar de eerste hulp in Hamilton reed en haar o zo voorzichtig terugreed over de hobbelige wegen van Haddan? Helen had doorgelezen en toen ze het maatje van het winterkoninkje tegen het raam hoorde tikken, negeerde ze dat, en het geluid verdween helemaal zodra ze haar kat voor de nacht naar buiten deed.

'Hebben wij soms niet de leiding? Moeten wij ze niet helpen?' beklaagde Betsy zich diezelfde avond tegenover Helen. 'Is dat niet onze taak?'

Het verzorgen van Amy was een bezoeking geweest, want ze had de hele weg naar het ziekenhuis gegild van angst dat de steek van de vogel haar een been zou kosten, al bleek er uiteindelijk niets anders nodig dan antibiotica en bedrust. Die avond had Betsy volledig uitgeput, want toen ze in St. Anne was teruggekeerd, had ze een graf moeten graven voor het verpletterde winterkoninkje, dat nu onder een paar jeneveberbessen te ruste lag. Toen ze terugkeerde om op de deur van Helen Davis kamer te kloppen, zaten haar handen onder de modder en zag haar gezicht blauw van de kou. Misschien zou Helen Davis vanwege haar ellendige verschijning medelijden hebben met de jonge vrouw.

'Het zijn grote meiden, liefje. Het is tijd dat ze eens een paar dingetjes leren, vind je niet? Het is onze taak ze volwassen te krijgen, niet ze als baby's te behandelen. Je hebt te lang aan tieners blootgestaan.' Ondanks Helens vaste voornemen nooit aardig te doen, merkte ze dat ze Betsy wel mocht. 'Scholen als die van Haddan zuigen je leeg als je ze de kans geeft, en dat doen tieners ook.'

Er leek op Haddan iets in de lucht te hangen waarin een helder oordeel oploste. Het was Betsy opgevallen dat een aantal meisjes die onder haar toezicht stonden aan het verwilderen waren. Er klommen 's nachts meer meisjes uit het raam dan er in bed bleven, en er waren er bij die de regels zo schaamteloos aan hun laars lapten, dat Betsy erop had gestaan dat ze bij wijze van straf voor hun zorgeloosheid en hun nachtelijk verzuim de gezamenlijke kamers moesten schoonmaken. Er was trouwens een aanleiding voor al dat slechte gedrag: meisjes van St. Anne werden meestal in oktober verliefd. Ieder jaar heerste er van de eerste tot de laatste dag van de maand een romantische sfeer, en was er zo'n intense liefde op het eerste gezicht dat het leek alsof er tot dan toe nog nooit twee mensen op de wereld verliefd waren geworden. Dit soort verliefdheid was besmettelijk; het verspreidde zich net als de mazelen of de griep. Paartjes bleven tot de ochtend buiten om ten slotte in elkaar verstrengeld te worden aangetroffen in het kanoschuurtje. Meisjes aten en sliepen niet meer; ze kusten hun vriendjes net zolang tot hun lippen blauw werden, en suften tijdens de lessen, dagdroomden terwijl ze zakten voor mondelinge beurten en tentamens.

Verliefde meisjes hadden vaak trek in de gekste dingen, in augurken en pompoentaart, en sommigen waren ervan overtuigd dat roekeloosheid acceptabel was, zolang die maar uit verliefdheid voortkwam. Maureen Brown schaamde zich er bijvoorbeeld allerminst voor dat Betsy een jongen uit Chalk House onder haar onopgemaakte bed aantrof. Er waren altijd meisjes met zulke onstilbare verlangens dat ze zich tegen iedere redelijkheid en alle goede bedoelingen verzetten en alles behalve de liefde in de steek lieten. Zelfs Helen Davis was ooit door de liefde getroffen. Tegenwoordig beweerden ze op school dat Helen Davis zo'n ijskouwe was dat ze een glas water kon laten bevriezen door het aan te raken, maar zo was ze niet altijd geweest. Tijdens haar eerste jaar op Haddan, toen ze vierentwintig was en het in oktober bijzonder fraai was, banjerde Helen elke nacht door de gangen, totdat ze door haar geijsbeer een pad in het tapijt had uitgesleten. Ze werd in één middag verliefd op dr. Howe, lang voordat hij haar bij haar voornaam aansprak. In die oktobermaand glansde de maan oranje, lichtte op, en misschien was dat licht wel verblindend, want Helen besloot het feit dat dr. Howe getrouwd was te negeren. Ze had beter moeten weten, ze zou het moeten hebben afhouden, maar voor de maand om was, had ze

erin toegestemd hem 's avonds laat op zijn kantoor te ontmoeten, zonder zo snugger te zijn om te beseffen dat ze de
eerste noch de laatste vrouw was die dat deed.

Die verlegen Helen, die altijd zo ernstig en gereserveerd was
geweest, werd verteerd door verlangen. In dit schema van de
hartstocht was dr. Howes vrouw niet meer dan een vrouw
met rood haar die in de tuinen werkte, niet meer dan een
struikelblok op de weg die Helen vastberaden afliep om de
man te veroveren van wie ze hield. De hele winter lang negeerde Helen Annie Howe; ze keek niet op als ze elkaar op de
paden passeerden en daardoor wist Helen pas als een van de
laatsten dat Annie in het voorjaar een kind verwachtte, al
vormde dat voor dr. Howe geen enkel obstakel om vreemd te
gaan.

Helen besteedde geen aandacht aan Annie totdat op een dag
in maart alle rozen gesnoeid werden. Ze kwam die middag
toevallig met een stuk of zes boeken uit de bibliotheek lopen
en zag mrs. Howe over de grond kruipen met een tuinschaar
uit het gereedschapsschuurtje in haar hand. Annie was al bijna de hele campus over geweest; overal lagen stammen en
takken, alsof het gestormd had en er alleen doornen en schors
achtergebleven waren. Annie was een lange vrouw en door de
zwangerschap was ze nog mooier dan anders. Haar haar had
de kleur van vuur, haar huid was als satijn, schitterend en
bleek. Maar met de schaar in haar hand zag ze er vervaarlijk
uit; Helen stopte en versteende, terwijl Annie de blote stelen
van de kaneelrozen uit elkaar trok, die aan de zijkant van de
bibliotheek groeiden. Helen was nog maar een jong en onbe-
raden meisje, en ze was getuige van iets wat ze door gebrek
aan vaardigheid en ervaring niet begreep, maar zelfs zij voelde
dat ze oog in oog was komen te staan met echte pijn. Terwijl
ze vrezend voor haar leven naast de treurbeuken stond, drong
voor het eerst het besef tot Helen door dat zij weleens de
schuldige partij zou kunnen zijn.

Maar van haar kant toonde Annie absoluut geen interesse
voor Helen. Volledig in beslag genomen door haar missie zag
ze helemaal niemand. Er stond die dag geen wind, en de geur
van klaver drong zich op toen Annie verder trok naar de geu-

rige sneeuwvogelrozen die naast de eetzaal groeiden en iedere steel zo grondig verwoestte dat hij nooit meer zou bloeien. Ze scheen niet te merken dat ze haar handen aan doornen openhaalde tijdens haar gang door de tuin in de richting van het meisjeshuis. Daar lag het prieel dat Annie door de grondploeg had laten aanleggen, en daar stonden de poolrozen die ze tien jaar lang zonder enig succes had verzorgd. Tot vandaag. Want op deze gure maartse dag stonden twaalf witte rozen maanden te vroeg in bloei, stuk voor stuk bibberend in het koudzilveren licht. Annie begon op de stelen in te hakken, maar ze was onvoorzichtig en voordat ze zag wat ze deed, had ze het topje van haar ringvinger eraf geknipt. Er begon meteen bloed te vloeien. Hoewel Helen schrok, gaf Annie zelf geen kik; in plaats daarvan raapte ze een van de gesnoeide rozen op. Ze hield hem ondanks de doorns stevig vast en liet haar bloed op de bloemblaadjes vallen. Als Helen zich niet vergiste, glimlachte Annie terwijl ze een bloem vasthield die gaandeweg rood kleurde.

Toen de zwanen hun meesteres op het gazon zagen, kwamen ze klokkend van ongerustheid op haar af rennen en trokken zichzelf veren uit. Hun kabaal leek Annie uit haar droomstaat te wekken waarna ze als een slaapwandelaar de schade bekeek die ze had aangericht zonder enig idee hoe ze zo'n eind had kunnen afdwalen. Haar vinger bloedde nog steeds en de druppels werden steeds dikker. De roos was al zo verzadigd dat hij in haar handen uiteenviel, en ze stelde hem zorgvuldig opnieuw samen, blaadje voor bloedrood bloemblaadje. Tegen die tijd was heel Haddan van Annies dollemanstocht op de hoogte. De vrouw van een van de faculteitsleden stelde de officiële instanties op de hoogte door in doodsangst helemaal naar het politiebureau te rennen. Twee van de drie mannen van het politiekorps liepen tegen hun pensioen en dus was het aan Wright Grey, de jonge brigadier, om zich naar de school te haasten.

Annie kende Wright al van kindsbeen af. Als kinderen waren ze samen naar school gelopen, helemaal naar Hamilton; ze waren op heiig warme dagen in Sixth Commandment Pond wezen zwemmen. Toen Wright haar vriendelijk verzocht met hem mee te gaan naar het ziekenhuis in Hamilton, deed Annie wat hij vroeg. Zoveel jaar later kan Helen Davis zich nog steeds herinneren hoe voorzichtig Wright Annie uit het gras hielp; ze had zijn blauwe ogen gezien en zijn bezorgde blik toen Annie volhield dat hij zijn zakdoek niet om haar gewonde hand moest wikkelen, zoals hij duidelijk graag wilde doen, maar om de besmeurde witte roos.

Binnen een week keerde Annie terug uit het ziekenhuis, maar ze zag er anders uit. Ze droeg haar haar in één vlecht, zoals vrouwen vaak doen als ze in de rouw zijn. Ze was zwaarder en bewoog zich langzamer; als ze werd aangesproken, leek ze verward, net of ze zelfs de eenvoudigste opmerking niet meer begreep. Misschien kwam dat doordat ze werkelijk had gedacht dat haar man haar zou laten gaan als ze een enkele roos rood had gekleurd, maar hij was in lachen uitgebarsten toen zij de linnen zakdoek had losgewikkeld die ze van haar oude schoolvriend had geleend. Na verloop van tijd wordt bloedrood zwart en vergaan de bloembladen van gedroogde rozen. Annie Howe had haar echtgenoot net zo goed een handvol roet kunnen aanbieden als de roos die ze met haar bloed had bevlekt.

Helen kon niet langer volhouden dat dr. Howe de hare was noch negeren dat hij de aanstaande vader was. Als hij haar nu kuste, moest Helen aan Annies rode haar denken. Als ze haar jurk losknoopte, hoorde ze de zwanen schreeuwen. Ze ging hem uit de weg, ontweek hem tot op een ochtend, toen de hemel nog donker was en de meisjes in het slaaphuis veilig in hun bedden lagen te slapen. Toen hoorde Helen stappen op de trap. Ze trok haar kamerjas aan en liep naar de deur, vermoedend dat een van haar beschermelingen hulp behoefde, maar in plaats daarvan trof ze dr. Howe in de gang aan.

'Ga weer naar bed,' zei hij tegen Helen.

Helen stond op de drempel te knipperen. Stond hij hier wel? Misschien had ze hem uit het niets te voorschijn getoverd en kon ze hem net zo gemakkelijk weer wegtoveren. Maar nee, dr. Howe was van vlees en bloed; dat voelde Helen aan het gewicht van zijn hand op haar arm.

'Doe je deur dicht,' zei dr. Howe, en door de ernst van zijn stem en het uur van de nacht, deed Helen precies wat hij zei en bleef zich de rest van haar leven afvragen wat er gebeurd zou zijn als ze hem niet had gehoorzaamd. Op zijn minst was ze dan achter de waarheid gekomen.

Een paar uur later troffen twee meisjes van veertien Annie Howe op zolder aan. Door hun gegil werd iedereen wakker en de konijnen in het kreupelhout schrokken er zo van dat ze bevangen raakten door een instinct om te vluchten, en op klaarlichte dag als dollen de velden op renden waar ze gemakkelijk konden worden opgepikt door de roodstaartige havikken die in afwachting van zulke paniekmomenten op de beuken waren neergestreken. Annie had zichzelf opgehangen aan de ceintuur van Helens jas, die aan een haakje in de gang bij haar achterdeur was blijven hangen. De jas die pas geleden bij Lord & Taylor was gekocht, had heel wat meer gekost dan Helen zich kon permitteren, maar dat weerhield haar er niet van hem nog diezelfde middag in een vuilnisbak achter de bibliotheek te dumpen.

Omdat Annie Howe zichzelf van het leven had beroofd, was er geen dienst en werd ze noch op de begraafplaats van de school noch op het kerkhof achter het gemeentehuis begraven. Nog weken later rook het huis waarin ze was overleden naar rozen, al was het triest weer en bloeiden er geen bloemen. De geur hing in het trappenhuis en in de kelder en in de hoeken van alle kamers. Sommige meisjes kregen migraine door die lucht, anderen kregen buikpijn en weer anderen barstten bij het minste of geringste in tranen uit, ongeacht of het een belediging of een opmonterende opmerking betrof. Zelfs als de ramen dicht zaten en de deuren op slot, bleef de geur hangen alsof de rozen tussen de vloerplanken van de oververhitte gangen door groeiden. Op zolder was de geur bijzonder overweldigend, en toen een paar meisjes naar de plek des onheils klauterden, vielen ze terstond flauw en moesten vervolgens naar beneden worden gedragen en een week het bed houden voordat ze weer bij kennis kwamen.

Alleen Helen Davis was tegen de geur bestand. Als zij door de slaapzalen liep, hing er alleen de scherpe geur van zeep, de pittige lucht van schoensmeer, de overdreven lucht van viooltjesparfum. Helen duwde haar neus in de gordijnen en tapijten; ze ging naar de zolder en haalde diep adem, wanhopig op zoek naar de geur van rozen, maar ze vond hem nooit, niet daar in huis en ook nergens anders. Zelfs tegenwoordig, als Helen in het dorp een gewone rozenstruik naderde, een Velvet Fragrance bijvoorbeeld, waarvan de donkerpaarse knoppen zo'n sterke geur afscheidden dat elke bij in het district erdoor werd geprikkeld, rook Helen helemaal niets. Ze kon Lois Jeremy's befaamde damasten voorbijlopen, bekend om hun citroenige geur, en niets opsnuiven dan gemaaid gras en zuivere plattelandslucht.

Ter nagedachtenis aan het ongeboren kind van de Howes was op de begraafplaats van de school een klein stenen lam neergezet en sommige vrouwen uit de stad hingen nog altijd guirlandes om de hals van het beeld in de hoop ziektes af te wenden en hun zonen en dochters te beschermen. En waarom zouden zulke tovermiddeltjes niet helpen? Tot op de dag van vandaag bleef de geur van rozen in St. Anne opduiken in jaargetijden waarin er geen bloemen groeiden, en alleen de meest gevoelige en nerveuze meisjes raakten er nog door van de wijs. Amy Elliot bijvoorbeeld, die allergisch was voor rozen, was na haar verhuizing naar St. Anne naar een specialist in Hamilton gestuurd en die had haar een inhaler voorgeschreven en injecties met cortisone. Verschillende meisjes die op zolder sliepen, onder wie Maureen Brown en Peggy Anthony, gingen op zoek naar de oorzaak van de netelroosplekjes die ze op hun armen kregen. Ze sopten hun bureaus uit en veegden de kasten schoon, maar vonden ten slotte niets anders dan verdwaalde garendraadjes en broodkruimels die er door de muizen waren achtergelaten.

Oude huizen hebben altijd hun gebreken – radiatoren die bonken, onverklaarbare geuren – maar ze hebben ook hun voordelen. St. Anne bijvoorbeeld was opmerkelijk geluiddicht, de dikke met paardenharen pleisterwerk bedekte muren hielden vrijwel alle geluiden tegen. Leerlingen konden op de eerste verdieping een feestje bouwen en dankzij de isolatie en de zware eiken deuren hoorden de meisjes op zolder er niks van. Slechts enkele mensen waren op de hoogte van het feit dat Carlin Leander vaak 's nachts wegsloop, nog minder beseften er dat Peggy Anthony haar koffers doorzocht naar chocoladerepen om zich mee vol te stoppen en vrijwel niemand wist dat Maureen Brown reeksen vriendjes had die 's nachts bleven slapen. Dankzij deze mate van privacy had Helen Davis haar ziekte al twee jaar weten te verzwijgen. Ze leed aan congestie in het hart en al hadden haar dokters in Boston hun best gedaan tijdens een operatie in de zomervakantie en vervolgens door medicijnen voor te schrijven, Helens toestand was achteruitgegaan. Haar hart, dat in haar jeugd door gewrichtsreumatiek was aangetast, pompte niet genoeg bloed rond; haar longen waren inmiddels overbelast en ze lag hele nachten te hoesten.

Uiteindelijk hadden Helens dokters zich erbij neergelegd dat ze niets meer konden doen. In het licht van de vonnissende diagnose wikkelde haar leven zich af, alsof ze zelf niets anders dan een klosje garen was dat lichaam en geest omvatte. In heel Haddan was er maar eentje van haar toestand op de hoogte en dat was Pete Byers, de drogist, en ze hadden haar gezondheidstoestand nooit met elkaar besproken. Pete handelde eenvoudigweg Helens recept af en praatte daarbij over het weer met die eeuwige bedachtzame uitdrukking op zijn gezicht of hij nou een patiënt met kanker of met een zonnesteek voor zich had. Al zei hij nooit iets, Pete had wel gezien hoe kwetsbaar Helen was geworden. De laatste keer dat ze haar medicijnen was komen halen, was ze zo uitgeput geweest dat Pete de winkel dicht had gedaan en haar naar school had teruggebracht.

De laatste tijd was het voor Helen een opgave geworden om schoenen aan te trekken of een blouse dicht te knopen; het was haar te veel werk om het voederbakje van de vogels te vullen en een schoteltje melk voor de kat neer te zetten. Maar de afgelopen week was het dieptepunt van vernedering voorgevallen: Helen merkte dat ze aan het einde van de les haar boekentas niet kon optillen. Ze kon het gewicht domweg niet dragen. Ze bleef achter haar lessenaar zitten en zag met lede ogen de klas leeglopen terwijl ze haar rampzalig zwakke hart vervloekte. Ze zag hoe de jongens en meisjes met benijdenswaardig gemak hun rugzakken over hun schouders slingerden alsof ze alleen maar veren of een paar stro-tjes meedroegen. Hoe zouden die ooit kunnen begrijpen hoe het aanvoelde als alles op slag van steen was? Als je een jongen een steen in handen geeft, keilt hij hem over de rivier. Geef een meisje een steen en ze stampt hem onder de hak van haar schoen stuk en hangt de scherven aan een koord om haar hals alsof het parels of diamanten zijn. Maar voor Helen was het steen en niets anders; ieder boek op haar lessenaar, elk potlood en elke pen, de wolken, de lucht, haar eigen botten, alles was versteend.

Betsy Chase zou misschien nooit hebben gemerkt dat er iets haperde als Helen haar niet op een kopje thee had uitgenodigd bij haar thuis. Het was een impulsieve uitnodiging, een mislukte poging tot vriendelijkheid die wel in het honderd moest lopen en dat dus ook spoedig deed. Terwijl ze in de woonkamer zat te wachten, hoorde Betsy de ketel ononderbroken fluiten, en toen Davis niet reageerde, begon ze zich zorgen te maken. Ze liep naar de keuken waar ze Helen aan tafel zag zitten, niet in staat om op te staan. De kamer zelf was een ramp, met stapels kranten op de vloer en ongewassen serviesgoed op het aanrecht. Ondanks de dagelijkse aanwezigheid van de kat van miss Davis hadden de muizen de macht gegrepen; ze renden als onbevreesde wolven door de keukenkasten. De koelkast was vrijwel leeg; sinds geruime tijd had Davis niets anders meer gegeten dan boterhammen met boter. Sterker nog, nadat ze Betsy had uitgenodigd en water had opgezet, had ze zich gerealiseerd dat ze ook geen thee meer in huis had. Eigen schuld. Had ze maar niet zo stom moeten zijn om te denken dat ze een gast kon ontvangen; gezelschap, en dat kon ieder verstandig mens je vertellen, bracht altijd problemen met zich mee.

'Er is niks aan de hand,' zei Helen toen ze zag hoe bezorgd Betsy keek. Wat ze zag was medelijden, het allerlaatste wat Helen kon gebruiken.

Betsy ging de ketel van het vuur halen en dacht ondertussen aan Carlin Leander, het mooie meisje met de beurs dat vrijwel iedere dag dezelfde kleren droeg en in de weekends nooit met de rest van de groep uitging. 'Ik geloof dat u hier hulp nodig hebt en ik weet iemand die daar geknipt voor is. Ze kan het geld goed gebruiken en u hebt behoefte aan een extra paar sterke handen.'

'Ik wil absoluut geen hulp hebben.' Helen was duizelig, maar met enige moeite lukte het haar bijna net zo slechtgehumeurd te klinken als anders. Maar ditmaal joeg ze Betsy allerminst angst aan, want die was de kastjes aan het doorzoeken en vond ten slotte iets wat de moeite waard was, een pot gevriesdroogde koffie.

Al smaakte de koffie die Betsy maakte afschuwelijk, Helen voelde zich na een slokje al weer aardig opleven. Als het van haar gevraagd werd kon ze nu waarschijnlijk wel heen en terug lopen naar de geschiedenisafdeling. Ze kon die verdomde boekentas boven haar hoofd tillen, of niet soms? Ze voelde zich zelfs zoveel beter dat ze niet doorhad dat Betsy in de keuken liep te snuiven.

'Waar staan die rozen?' vroeg Betsy. 'Ze moeten hier ergens staan.'

'Er zijn geen rozen.' Zoals altijd was de geur haar ontgaan. Helen verbeeldde zich niet langer dat ze ooit zou kunnen ervaren wat altijd aan haar neus voorbij was gegaan, evenmin als ze nog vergiffenis verwachtte voor haar jeugdzonden. 'Het is niets. Luchtverfrisser. Een oud zakje.'

Bij die woorden herinnerde Helen zich dat Annie Howe om een bepaald recept bekend had gestaan, amandel-rozentaart, die alleen tijdens bijzondere gelegenheden werd gebakken, met Pasen bijvoorbeeld, of vanwege de verjaardag van een leerling. Verse vanillestokjes en rozenblaadjes werden toegevoegd vlak voor het blik de oven inging, en misschien werden daardoor alle leerlingen van de campus naar Annies keuken gelokt, waarbij de brutaalsten bij de achterdeur aanklopten om een voorproefje. Dezer dagen bakte er niemand meer, laat staan dat er iemand rozen en vanille aan het beslag toevoegde. De mensen waren dik tevreden met kant-en-klare toetjes uit de winkel en snelle echtscheidingen en waterige oploskoffie. Misschien was Helen wel gewoon te oud; het voelde tenminste vaak zo. Er was zoveel veranderd, zij was niet meer dezelfde als het meisje dat naar Haddan was gekomen, dat domme kind dat dacht dat ze zoveel wist. Ze werkte vroeger hele nachten door; ze bleef op tot de zon opkwam. Nu had ze geluk als ze van de keuken naar de slaapkamer kon lopen voordat haar benen het lieten afweten. Ze was te zwak om naar de markt te gaan en kon haar boodschappen niet langer naar huis sjouwen. Recentelijk had ze 's nachts weleens gezelschap willen hebben of een handje willen vasthouden.

'Nou, omdat je zo aandringt dan,' zei Helen Davis. 'Stuur dat meisje maar.'

Zodra hij haar op een regenachtige middag in de gang van de bibliotheek bespeurde, besloot Harry McKenna dat hij Carlin wilde. In de onderste takken van een treurwilg zat een vliegenvangerpaartje, vogels die elkaar levenslang trouw zijn en een ongewoon teder lied fluiten. De meeste vogels schuilen tegen de regen, maar deze vliegenvangers niet, en het meisje met de groene ogen wees Gus Pierce erop, die op een of andere manier het geluk had zich naast haar te bevinden toen Harry haar voor het eerst zag.

Carlin lachte ondanks de regen; haar haar was vochtig en zilverig. Harry wist terstond dat hij haar wilde hebben en twijfelde er geen moment aan of ze zou, net als alles wat hij ooit had begeerd, spoedig de zijne zijn. Hij begon zwemwedstrijden te bezoeken, keek vanaf de tribune toe en applaudisseerde zo hartstochtelijk bij haar prestaties dat het hele team binnen de kortste keren over Carlins niet-zo-geheime aanbidder liep te fluisteren. In de eetzaal zat hij haar vanaf een tafeltje vlakbij aan te kijken met zo'n overduidelijke en verzengende belangstelling dat de meisjes om hem heen door de hitte wegkwijnden.

'Pas maar op,' zei Gus Pierce tegen Carlin toen hij Harry McKenna zag. 'Dat is een monster.'

Zodra ze die opmerking hoorde, deed Carlin natuurlijk wat elk verstandig meisje zou hebben gedaan, ze keek terug. Ze verwachtte een wellustig glurend wezen aan te treffen, maar in plaats daarvan trof haar blik de prachtigste jongen die ze ooit had gezien. Ja, ze was zich ervan bewust dat iemand haar tijdens het zwemmen had zitten aanmoedigen en ze wist dat iemand haar volgde, en ze had natuurlijk gehoord hoe Amy en Pie over Harry hadden lopen roddelen, hoe lekker hij was, hoe onbereikbaar. Maar Carlin had haar portie aanbidders wel gehad en aan deze had ze geen enkele aandacht besteed, tot nu toe. Ze glimlachte eventjes naar Harry McKenna, maar die ene blik was voldoende om hem ervan te overtuigen dat hij met voldoende geduld en doorzettingsvermogen kon krijgen wat hij hebben wilde.

Harry was altijd zeer bedreven geweest in het verleiden; hij had er een gave voor, alsof hij was geboren met complimentjes die uit zijn mond rolden. Hij had de mooiste oudere- en jongerejaars meisjes al gehad. Hij had meisjeslevens verwoest, maar er waren er ook die hem bleven bellen lang nadat hij zijn desinteresse had getoond, en dan waren er ook nog die vasthielden aan de gedachte dat hij bij haar zou terugkomen en haar trouw zijn. Zulke meisjes verveelden hem, hij zocht naar een uitdaging en hij vermaakte zich ermee om Carlin buiten de sportzaal op te wachten. Als zij met haar teamgenoten naar buiten kwam, stond hij er, en zijn bedoelingen waren zo overduidelijk dat de andere meisjes elkaar aanstootten en jaloerse opmerkingen maakten. Na korte tijd liep Carlin met hem terug naar St. Anne. Ze pakten elkaar bij de hand voordat ze elkaar in de ogen keken; ze kusten elkaar voordat ze iets zeiden. Carlin hoorde niet te genieten van de jaloezie van de andere meisjes van St. Anne, maar dat deed ze wel. Ze bloosde fraai als ze hun jaloerse blikken voelde. Zo ze er al door veranderde, werd ze alleen maar mooier. In het donker straalde ze, alsof ze door de wrevel en begeerte van de andere meisjes was aangestoken.

Natuurlijk vertelde ze Harry niets over haar ware achtergrond; hij had er geen flauw benul van dat ze geen geld had om een kop koffie bij Selena te kopen, nauwelijks genoeg bezat voor boeken, en dat haar garderobe schromelijk tekortschoot. Ze had geen fatsoenlijke sokken, geen winterkleren, geen laarzen. Ze was gedwongen geweest het advies van miss Chase op te volgen om voor miss Helen Davis te gaan werken, twintig uur per week boodschappen doen, poetsen en klusjes doen. En miss Davis vond het minder afschuwelijk om Carlin in haar buurt te hebben dan ze had verwacht. Dit meisje was snel en stil. In tegenstelling tot de meeste, verwende Haddanleerlingen kon ze met een bezem en een dweil omgaan. Carlin was het avondeten voor miss Davis gaan verzorgen. Niks bijzonders, soms een geroosterd kipfiletje met citroen en peterselie en daar een gepofte aardappel bij. Er stond een hele verzameling ongebruikte kookboeken in de kast, en zij begon te experimenteren met toetjes, maakte de ene avond druivenpudding met noten, de volgende avond cranberry-pruimenjam en vrijdags chocoladekwarktaart.

Deze maaltijden waren veruit de lekkerste die miss Davis in tijden op tafel had gehad. Ze had de afgelopen vijftien jaar liever soep uit blik met crackers gegeten dan de puinhoop in de eetzaal te moeten ondergaan. 'Ik hoop niet dat je denkt dat je nu hogere cijfers van me zult krijgen,' zei ze elke keer dat ze aan tafel ging.

Carlin vermoeide haar werkgeefster niet meer met de mededeling dat ze niet in de eerstejaarsgroep van miss Davis zat, maar dat ze de pech had gehad om in de reeks Antieke Beschavingen van mr. Herman te zijn ingeroosterd, wat ze stomvervelend vond. Niettemin reageerde ze nooit op de opmerkingen van miss Davis. In plaats daarvan bleef Carlin bij het aanrecht staan afwassen, met rechte rug en haar haar askleurig in het schemerige licht. Ze sprak zelden. Ze roerde alleen de soep op de achterste pit van het fornuis, die bijna klaar was voor de lunch van de volgende dag, en droomde van een paar laarzen dat ze in de etalage van Hingrams schoenenwinkel had zien staan, zwart leer met zilveren gespen. Ze dacht aan haar leugens tegenover Harry McKenna, niet alleen over haar achtergrond, maar ook over haar ervaring in de liefde. In werkelijkheid was ze nog nimmer gekust. Ze was altijd voor de liefde op de loop gegaan, zoals haar moeder eropaf was gerend, blindelings en zonder weifeling. Nu had haar omgang met Harry haar de adem afgesneden. Ze was op een pad terechtgekomen dat ze niet begreep of herkende, en doordat ze gewend was de touwtjes in handen te hebben, leek de hele wereld nu om haar heen te tollen.

'Wat is er trouwens met je aan de hand?' vroeg Helen op een

avond. Carlin werkte al een paar weken voor haar en had niet meer dan een paar woorden gesproken. 'Tong verloren?'

Helens eigen twistzieke kat, Midnight, zat bij haar op schoot op een stukje kip te wachten. De kat was stokoud, en hoewel hij tijdens diverse gevechten gewond was geraakt, moest en zou hij elke avond naar buiten. Hij sprong naar beneden en krabde net zolang aan de deur totdat Carlin hem eruit liet. De schemering viel vroeg in, en de laaghangende bewolking kleurde al vroeg pimpelpaars.

'Volgens mij ben je verliefd.' Helen was in haar nopjes met haar vaardigheid om de meisjes te kunnen onderscheiden die in oktober waren getroffen.

'Wilde u nog vla?' Carlin liep naar het fornuis. 'Butterscotch.' Carlin vertelde mensen liever dat ze miss Davis hielp om studiepunten voor vrijwilligerswerk te krijgen dan dat ze toegaf dat ze in geldnood zat. Ze was van plan geweest het Gus ook zo voor te spiegelen, als ze tenminste ooit de kans kreeg om hem te spreken, want het leek erop dat hij haar ontliep. Als hij haar op zich af zag komen, wist hij achter een heg of boom te duiken en een pad of laan uit te hollen voordat Carlin hem wist in te halen. Hij keurde Harry af, dat was het punt, en de laatste tijd leek het of hij ook Carlin afkeurde. In feite werd hij door één beeld achtervolgd. Op een middag had Carlin zich over een hek heen gebogen om Harry een afscheidskus te geven, ook al had ze beter moeten weten dan iemand over een hek heen te kussen, want naar men zegt veroorzaakt dat voor het einde van de dag een kloof tussen een meisje en haar geliefde. Toen ze had opgekeken, had Carlin gezien dat Gus stond toe te kijken. Voordat ze hem had kunnen roepen, was hij verdwenen, net als die dwaze assistenten van illusionisten die in koffers kruipen om zich doormidden te laten zagen en weer met zichzelf te laten verenigen. In tegenstelling tot dergelijke types was Gus echter niet teruggekeerd.

Men zei dat hij in zijn kamer at en dat hij zich niet meer verschoonde en er werd zelfs beweerd dat hij niet meer reageerde als hij geroepen werd. Hij was inderdaad gaan spijbelen omdat hij liever door het dorp dwaalde. Hij had de topografie van Haddan leren kennen, met name de verlaten stukken langs de rivier, waar de marmeren salamanders in het groene water van Sixth Commandment Pond eitjes leggen. Hij liep door de lanen naar overvliegende zwermen merels te kijken. Veel inwoners van Haddan genoten rond deze tijd van het jaar van de natuur. De herfstkleuren waren op hun mooist en de weilanden en bossen toonden duizelingwekkende kleurenpaletten met geel en paars en blauw. De velden waren overladen met bloeiend struisriet en rijpe wilde druiven; op alle veranda's en in alle achtertuinen van het dorp stonden potten chrysanten en asters in allerlei tinten rood en goud.

Ondanks zijn gezwerf voelde August Pierce zich niet bijzonder tot het landschap aangetrokken; zijn wandelingen door de natuur hadden uitsluitend tot doel hem uit de buurt van de school te houden. Als andere leerlingen de ochtendlessen volgden, zat Gus al op zijn vaste stek in de lunchhoek van de drogisterij zwarte koffie te bestellen. Hij leunde op de toonbank terwijl hij zich door een kruiswoordpuzzel worstelde en bleef meestal de hele ochtend zitten. Meestal lette Pete Byers niet op leerlingen die gedurende de lestijden rondhingen, maar hij was Gus gaan waarderen en hij leefde mee met de jongen die op school zo op de proef werd gesteld. Pete was beter op de hoogte van persoonlijke zaken dan zijn plaatsgenoten; hij kende de voorkeuren en zwakke plekken van de mensen beter dan hun eigen echtgenoten en wist ook veel intieme details van de leerlingen van Haddan.

Wie Pete goed kende, wist dat hij niet roddelde of veroordeelde. Hij was even aardig tegen Carlin als die oordopjes kwam kopen tegen zwemmersoren als tegen de oude Rex Hailey die al zijn hele leven in de winkel kwam en die eerst een uur volkletste als hij de Coumadin kwam ophalen die hopelijk een volgende attack kon voorkomen. Toen de vader van Mary Beth Tosh kanker aan zijn dikke darm had en het verzekeringsgeld niet op tijd kwam, gaf Pete Mary Beth de benodigde medicijnen op de pof mee en wachtte rustig tot ze ooit betaald zouden worden. Tijdens zijn lange loopbaan had Pete Byers te veel zieke en stervende mensen gezien, veel meer, durfde hij te wedden, dan die jonge doktertjes uit het ziekenhuis in Hamilton. Tegenwoordig leek het wel of mensen nooit vaker dan één keer bij dezelfde dokter terecht konden en schoven zorginstellingen hun patiënten heen en weer alsof ze niet waardevoller waren dan speelkaarten. Dr. Stephens, die vijfenveertig jaar lang praktijk had gehouden in Main Street, was een prachtkerel, maar hij had zijn praktijk gesloten en was naar Florida verhuisd, en zelfs voordat de dokter met pensioen ging, kwamen de mensen al naar Pete als ze om een praatje verlegen zaten, en dat doen ze trouwens nog steeds.

Pete had nooit dingen doorverteld, zelfs niet aan zijn vrouw Eileen. Hij piekerde er niet over om haar te vertellen welk lid van de tuiniersvereniging eeltknobbels had of wie Zoloft slikte tegen de zenuwen. Jaren geleden had Pete eens iemand uit Hamilton in dienst genomen, ene Jimmy Quinn, maar zodra Pete had gemerkt dat zijn nieuwe assistent tijdens zijn twaalf-uurtje het medische verleden van zijn klanten zat door te bladeren, had hij Quinn op staande voet ontslagen. Sindsdien hield Pete zijn dossiers achter slot en grendel. Zelfs zijn neef Sean, die uit Boston hierheen was gestuurd in de hoop dat hij eindelijk zijn best zou gaan doen en zijn laatste jaar op Hamilton High zou afmaken, had geen toegang tot de dossiers. Nou was Sean Byers ook niet een type dat je kon vertrouwen. Het was een knappe donkerharige jongen van zeventien die zijn leven tot nu toe aardig in de war had weten te schoppen, in elk geval voldoende om zijn moeder, Petes lievelingszus Jeanette, ervan te overtuigen dat ze actie moest ondernemen hoewel zij meer het gemakkelijke, snel tevreden type was. Sean had twee auto's gestolen en was in een ervan gesnapt. Daarom was hij ver van de boze invloed van de stad, onder het waakzame toezicht van zijn oom op het platteland geplaatst. Als Sean zich present kwam melden na een dag op Hamilton Highschool was hij altijd blij met het gezelschap van Gus. Dan was hij tenminste niet de enige die zo'n hekel had aan Haddan.

'Misschien moeten we eens van plek ruilen,' stelde Sean op een dag aan Gus voor. Het was laat in de middag en Seans blik was gericht op een tafel met meisjes van Haddan, die ondanks zijn knappe verschijning geen enkele interesse in hem toonden. Zijn baantje in de drogisterij maakte hem op slag onzichtbaar in de ogen van deze meisjes. 'Ga jij naar de openbare school en kom hier afwassen, dan ga ik jouw lessen volgen en naar al die mooie meiden staren.'

Gus had trillende handen door zijn grote cafeïne- en nicotineconsumptie. Hij was sinds zijn aankomst in Haddan tien pond van zijn toch al broodmagere lijf kwijtgeraakt.

'Geloof mij nou maar,' verzekerde hij Sean Byers. 'Dan trek ik aan het langste eind. De school van Haddan zou je slopen. Je zou binnen de kortste keren het raam uit springen. Je zou smeken om genade.'

'Waarom zou ik dat geloven?' lachte Sean. Hij was zo'n jongen die eerst bewijs wilde zien, zeker waar het een mening betrof. Hij had het soort leven achter de rug waarin al snel duidelijk werd dat iemand die je vertrouwen vraagt, je waarschijnlijk de dood in zal jagen.

Gus besloot Seans uitdaging aan te nemen en zijn betrouwbaarheid te bewijzen. Hij bestelde een warm broodje dat net uit de oven kwam, net wat hij voor zijn volgende truc nodig had. 'Geef me je horloge,' vroeg hij en hoewel Sean het niet onmiddellijk inleverde, toonde hij wel interesse. Sean had veel meegemaakt maar in sommige opzichten was hij naïef en daardoor was hij een ideaal proefkonijn.

'Wil je niet weten of je me kunt vertrouwen?' vroeg Gus.

Het horloge was het afscheidscadeau geweest van Seans moeder op de dag dat hij naar Haddan was vertrokken. Het was zijn enige waardevolle bezit, maar hij gespte het los en legde het horloge op de toonbank. Gus maakte de inleidende gebaren om zijn onwillige publiek af te leiden en voordat Sean doorhad wat er gebeurde, was het horloge verdwenen. Zelfs de schoolmeisjes letten nu op.

'Volgens mij heeft hij het ingeslikt,' verklaarde een van de meisjes.

'Als je aan zijn navel luistert, hoor je hem waarschijnlijk tikken,' voegde een andere eraan toe.

Gus negeerde hen en concentreerde zich op zijn truc. 'Ben je bang dat ik je horloge heb weggemaakt?' voerde hij Sean. 'Misschien heb ik het wel gestolen. Misschien was het wel ontzettend stom van je om mij te vertrouwen.'

Sean was nu even geïnteresseerd in de wijze waarop het horloge zou terugkomen als in het horloge zelf. Hij had zijn hele leven gedacht dat hij wist hoe de zaken in elkaar staken. *Grijp je tegenstander voordat hij jou grijpt; leef snel en gretig.* Maar nu besefte hij dat hij nooit over andere mogelijkheden had nagedacht. Misschien zat de wereld minder eenvoudig in elkaar dan hij altijd had gedacht. Hij legde zijn handen op de koele toonbank en lette niet meer op klanten die om de rekening vroegen of meeneemkoffie bestelden. Hij was volledig geboeid. 'Vooruit,' zei hij tegen Gus. 'Laat zien, dan.'

Gus pakte een mes van de toonbank, pakte het broodje van zijn bord en sneed het open. En daar, midden in het deeg, lag het dampende horloge.

'Man.' Sean was onder de indruk. 'Fantastisch. Hoe deed je dat?'

Maar Gus haalde zijn schouders op en pakte de medicijnen op die Pete voor hem had verzorgd. Gus was niet van plan Sean uit te leggen hoe de truc werkte. Je moest niet te snel iets onthullen, maar soms moest zelfs de meest argwanende persoon de gok wagen en op iemand vertrouwen. Net als velen voor hem had Gus besloten Pete in vertrouwen te nemen.

'En voor mijn andere probleem?' vroeg hij de drogist terwijl hij zijn handtekening op het formulier van het ziekenfonds zette. Het was de dertiende van de maand en Gus had gehoopt dat Pete hem behulpzaam kon zijn bij zijn probleem met Chalk House.

'Ik ben ermee bezig,' verzekerde Pete. 'Ik heb een paar ideetjes. Weet je, als je naar school zou gaan in plaats van hier de hele dag rond te hangen, zou je die gozers kunnen tonen hoe slim je bent, en was je al een stuk verder. Dat zeg ik ook steeds tegen Sean.'

'Heb je hem ook over Klaas Vaak verteld? Over waarheid en rechtvaardigheid en dat de zachtmoedigen de aarde zullen beerven?'

Gus was er allang van overtuigd dat de zachtmoedigen in Haddan helemaal niets zouden beërven, en daarom pakte hij die avond zijn spullen in en vertrok naar het treinstation. Hij was niet van plan aan de barbaarse rituelen van de Tovenaarsclub mee te doen. Op hetzelfde moment dat Nathaniel Gibb een bebloede konijnenpoot te voorschijn haalde uit de katoenen zakdoek die hij met de kerst van zijn grootmoeder had gekregen, stond Gus naar de acht-uur-vijftien naar Boston uit te kijken. Het was een koude avond, er zat vorst in de lucht. Onder het wachten dacht Gus aan zijn vader en de hooggespannen verwachtingen die de oude Pierce nog koesterde. Hij dacht eraan hoe lang de reis naar New York nog duurde en op hoeveel scholen hij al had gezeten en hoe teleurstellend dat moest zijn. En toen, voor hij het kon verhinderen, dacht hij aan het zilveren haar van Carlin Leander en hoe ze naar zeep en zwembad rook. Iets voor achten reed er een politieauto langs en een van de agenten stak zijn hoofd uit het raampje om Gus te vragen waar hij op stond te wachten. Gus had geen flauw idee en dus pakte hij zijn koffer maar weer op en liep terug naar school, de langste route, door het dorp. Hij liep langs de winterharde tuin van Lois Jeremy met chrysanten ter grootte van bakplaten; langs Selena's, waar Nikki Humphrey bezig was met afsluiten. Ten slotte sloeg hij het pad in dat hem langs de treurbeuken zou voeren die Annie Howe lang geleden had geplant. Mopperend liep hij daar, terug naar de plek die hij vreesde, zijn eigen kamer, want op deze donkere, heldere nacht waarin het weer zou omslaan, kon August Pierce nergens anders terecht.

Halverwege de middag ontdekte Maureen Brown bloed op een polletje gras in het achterste weiland. Aangezien ze op zoek was naar voorbeelden voor de biologieles, in het bijzonder naar de schuwe groene kikker, liep ze door, langs berken en dennen, ten slotte stapvoets tussen de doornen en distels door, tot waar ze het karkas vond van een konijn dat een poot miste. Het was het jaargetijde waarin de blaadjes van de wilde braamstruiken vuurrood waren en de houtige stelen van gulden roede overal opdoken, in velden en tuinen en langs lanen. Diepgeschokt zocht Maureen na deze gruwelijke ontdekking haar bed op. Ze moest naar haar kamer op de derde verdieping van St. Anne worden gedragen, en naderhand weigerde ze de lessen te hervatten tenzij ze biologie mocht laten vallen.

Hoewel het jaar al half voorbij was, mocht Maureen instromen bij Fotografie 1, waaraan ze met een gepijnigde blik en zonder talent begon. Gezien de omstandigheden durfde Betsy haar echter niet te weigeren. Eric begreep haar medelijden niet.

'Stel je voor dat je zoiets vindt,' zei Betsy tegen Eric terwijl ze op zondagochtend voor een laat ontbijt naar de drogist liepen. 'Wat een schok.'

'Het was maar een konijn,' zei Eric. 'Als je er nou eens bij stilstond dat ze die in het hotel op de kaart hebben staan. Ze koken en sauteren die beestjes elke middag en er kraait geen haan naar, maar als je er een in het bos vindt is het groot nieuws.'

'Je zult wel gelijk hebben,' zei Betsy, al was ze verre van overtuigd.

'Natuurlijk heb ik gelijk,' verzekerde hij haar. 'De dood van een konijn, hoe triest ook, is nou niet bepaald iets voor de Hoge Raad.'

In de afgelopen weken waren Betsy en Eric zo door hun taken overspoeld geweest dat ze elkaar nauwelijks hadden gezien. In alle eerlijkheid hadden ze het allebei te druk gehad voor intimiteit en privacy bestond er niet op school. Als ze in Erics appartement waren, kon er ieder moment een leerling op de deur kloppen en zo de boel verstoren. De paar keer dat het gelukt was om samen een beetje romantisch te doen, waren ze onwennig ten opzichte van elkaar geweest, als vreemden die te ver gaan tijdens een *blind date*. Misschien was hun vervreemding onvermijdelijk; het laatste beetje energie dat ze hadden ging op aan leerlingen als Maureen, wier traumatische ervaring in het bos Betsy zo'n beetje haar halve week had gekost.

'Heb je er ooit aan gedacht,' zei Eric nu, 'dat die meid van jou weleens een verwend kreng zou kunnen zijn?'

Betsy moest toegeven dat het voor een man met een doctoraat in de geschiedenis van de Oudheid belachelijk was om zich te moeten bezighouden met het sociale leven van adolescenten die zich bij de geringste tegenslag niet meer zelf konden redden. O, hoe verlangde Eric ernaar aan een universiteit te doceren, waar studenten hun eigen kleingeestigheden afhandelden en de honger naar kennis het enige was wat telde. Dit jaar was de lastigste leerling uit Erics groep die jongen, August Pierce, die duidelijk geen studiebol was. Gus had een paar dagen bij Erics deur rondgelummeld, duidelijk met iets op zijn lever. Uiteindelijk had Eric gevraagd of er iets aan de hand was, in het volle besef dat er met leerlingen als Gus altijd iets aan de hand was en dat dergelijke moeilijkheden het best met rust konden worden gelaten.

Toen Gus de vergadering op 13 oktober oversloeg, kreeg hij er flink van langs. Toen ze hem te pakken hadden, sleepten ze hem naar de salon en deden de deur op slot. Harry McKenna drukte een brandende sigaret tegen zijn arm, een brandmerk om hem eraan te herinneren dat regels regels waren. Dagenlang raakte Gus de geur van zijn eigen verschroeide vlees niet kwijt; hij had het gevoel dat hij nog steeds in brand stond, onder zijn trui, onder zijn jas, ook nu nog. Hij had dagenlang moed lopen verzamelen om de huisouder aan te durven spreken. 'Kan ik even binnenkomen?' had hij mr. Herman gevraagd. 'Kan ik u onder vier ogen spreken?'

Het antwoord was natuurlijk nee geweest. Leerlingen in je eigen huis toelaten, leidde tot familiariteit en minachting, en was trouwens geheel in tegenspraak met de etiquette van Haddan. Gus Pierce was dientengevolge gedwongen geweest mee te wandelen toen Eric zich naar de bibliotheek haastte. De jongen begon te kuchen en haspelen en draaide een lang en vergezocht verhaal af over zijn mishandeling. Hij had er een hekel aan om als een klikspaan op een schoolplein bij Eric zijn beklag te komen doen en Eric kon niks anders doen dan luisteren naar de details. Hoewel de zon geen kracht meer had, had Eric een straaltje zweet op zijn voorhoofd gevoeld. Niemand uit de faculteit hield van dit soort praatjes; het was anti-Haddans, het soort opruiende flauwekul dat tot rechtzaken leidde en carrières verwoestte.

In feite was het zogenaamde slachtoffer ruim één meter tachtig, niet bepaald de lengte van een slachtoffer. Toen Gus zijn trui omhoogtrok, zag Eric blauwe plekken op zijn rug en borst en een brandplek die naar Gus beweerde pas was veroorzaakt, maar wat bewees dat nou helemaal? Met voetballen kon je best zulke verwondingen oplopen, en met rugby zeker.

En het was zelfs waarschijnlijk dat zulke plekken door zelfverminking kwamen, aangebracht door een leerling die door velen op school al als onberekenbaar was gekwalificeerd. August
Pierce spijbelde bij diverse lessen; vorige week was er nog een
vergadering geweest waarin zijn leraren en de decaan zijn beroerde schoolprestaties hadden besproken. Eerlijk gezegd had
hij de schijn tegen en geloofde de meerderheid van zijn docenten niet dat Gus het eerste halfjaar zou overleven.
'Misschien moet je je eens verantwoordelijk gaan voelen voor
jezelf,' zei Eric. 'Als iemand je lastig valt, moet je voor jezelf
opkomen, vent.'
Eric merkte dat de jongen niet luisterde.
'Ik probeer je te helpen, Gus,' zei Eric.
'Geweldig.' De jongen knikte. 'Bedankt voor niks.'
Toen hij Gus zag wegsloffen, was Eric tevreden dat hij zijn
verantwoordelijkheid ten opzichte van de jongen was nageko-
men. Natuurlijk wilde hij die kwestie van Gus niet aanvaar-
den, zelfs al hád hij te lijden onder zijn huisgenoten. Hoogstwaarschijnlijk kreeg hij niets anders dan zijn verdiende loon.
Hij was vervelend en irritant. Wat had hij dan verwacht? Dat
zijn kamergenoten hem zouden bewonderen, dat ze het een
feest zouden vinden dat hij in hun midden was? Eric wist dat
Chalk House hiërarchisch was, net als toen hijzelf op highschool had gezeten en ook toen hij later op de universtiteit bij
een studentenvereniging was gegaan. Tja, het blijven jongens,
zei men dan toch? Sommigen waren slecht en anderen goed
en de rest zat er tussenin, iets dichter bij het ene of andere
uiterste, al naar gelang de omstandigheden of het voorbeeld
van sommige vrienden.
Onder druk reageerden mensen ook verschillend. Dave Linden klaagde er bijvoorbeeld nooit over dat hij de kamers van
de senioren moest schoonmaken of bedrog voor hen moest
plegen, maar hij begon wel te stotteren. Nathaniel Gibb daarentegen, kreeg last van nachtmerries; op een nacht werd hij
voor het raam wakker, uitkijkend over het schoolplein in de
diepte, alsof een beloftevol iemand als hij met de gedachte
kon spelen om van het dak te springen. Gus' manier om met
de agressie in Chalk House om te gaan, was het plegen van

passief verzet. Als ze hem brandmerkten of terechtwezen, dacht hij uitsluitend aan het lege heelal, hoe het eeuwig bleef bestaan, en dat een mens niet meer was dan een stofdeeltje. Het verbaasde hem niets dat Eric Herman hem niet wilde helpen; hij schaamde zich veeleer dat hij om hulp had gevraagd.

En dus gaf hij het zonder te vechten op; eerlijk gezegd geloofde hij niet dat een gevecht iets zou opleveren. Hij begon de campus nog vaker te vermijden dan daarvoor, bracht vrijwel al zijn tijd in het dorp door en rolde zelfs een slaapzak uit in het steegje achter de drogisterij en de Lucky Day-bloemisterij. Sean Byers zocht hem daar 's avonds vaak op, want de jongens waren bondgenoten door hun wederzijdse minachting jegens hun omgeving. In het steegje rookten ze marihuana, ademden tegelijk de smerige stank van de shag en de zoete geur van de wiet in. Voor Gus was het zo'n opluchting om uit Chalk House weg te zijn dat het hem niks kon schelen dat er ratten in het steegje huisden, stille schaduwwezens die tussen het afval naar restjes zochten. Vanuit zijn strategische positie, kon hij om middernacht Orion uit het oosten zien opkomen, waardoor alles opeens uitzinnig helder werd. Het grote vierkant van Pegasus stond aan de hemel, een lamp boven zijn hoofd terwijl hij zich in de steeg oprolde. Als Gus onder dat fantastische uitspansel zat te blowen, voelde hij zich glanzend en vrij, maar dat was alleen maar inbeelding, en dat besefte hij. Hij was ervan overtuigd geraakt dat er voor hem maar één manier was om te ontsnappen: hij moest de truc perfectioneren die nog niemand ooit had volbracht. Als hij zich ertoe zette, kon hij misschien slagen waar Annie Howe had gefaald en eindelijk de rozen rood kleuren.

De bewoners van de grote witte huizen zetten met Halloween gewoonlijk dwaallichten op hun veranda's om de kinderen te verwelkomen die anders misschien het hek niet in zouden mogen. De jongste zangers begonnen laat in de middag al verkleed als piraten en prinsessen om snoep te vragen om vervolgens door bergen droge bladeren naar het volgende huis te rennen. In de winkels in het dorp stonden emmers gratis snoep in de tochtportalen en van Selena wist iedereen dat ze er warme chocolademelk uitdeelden. In het hotel werd pompoentaart aan het diner toegevoegd en in de Millstone dronken de gasten die het feest meebeleefden door plastic maskers en clownsneuzen te dragen altijd zoveel dat ze aan het eind van de avond naar huis moesten worden gebracht.

Halloween zorgde in Haddan vrijwel altijd voor overlast. Er werd extra politie ingezet, wat wilde zeggen dat het bestaande team van acht agenten werd aangevuld met een paar dorpsbewoners die tegen een uurtarief werden ingehuurd. Vaak vormde een surveillancewagen die op de hoek van Lovewell en Main stond geparkeerd voldoende dreiging om dolle pret en kleine vergrijpen tot een minimum te beperken. Maar er waren altijd mensen die in deze nacht uit hun dak moesten gaan ongeacht de consequenties. Er waren er altijd die toiletpapier om de bomen wikkelden, waardoor vooral Lois Jeremy wier Chinese kersenboompjes extreem kwetsbaar waren van streek raakte, en anderen die hardnekkig auto's en voordeuren met eieren bekogelden. De etalage van Selena werd een keer ingegooid en een andere keer werd de achterdeur van de bloemisterij met een bijl versplinterd. Dat soort baldadigheid veroorzaakte weleens meer narigheid dan de bedoeling was: een winkeleigenaar bleek weleens een geweer onder de toonbank te hebben, zelfs in Haddan. Een auto vol tieners spurtte weleens weg en nam dan de bocht naar Forest of Pine iets te krap waardoor de inzittenden in het ziekenhuis belandden en de eierdozen die ze hadden meegenomen in stukken achterbleven.

Er zijn van die mensen die ieder excuus aangrijpen om waarschuwingen in de wind te slaan, zeker op donkere avonden wanneer er kabouters door Main Street zwierven met handen die plakkerig waren van chocola en zoetigheid. Dit jaar stond er een oostenwind, volgens de vissers altijd een kwaad voorteken, en die begon de laatste blaadjes uit de bomen te schudden. Het was een sombere nacht met dreigende schapenwolkjes, maar dat schrikte de jongens van Chalk House niet af van hun jaarlijkse Halloweenfeest in het bos. Je kon er alleen naartoe als je was uitgenodigd en Teddy Humphrey had tegen een toeslag van honderd dollar twee kratjes bier willen leveren en nog vijftig dollar extra omdat de zware kratten in het bos moesten worden bezorgd.

Carlin Leander was natuurlijk uitgenodigd. Ze was een attractie geworden, het mooie meisje dat iedereen in de buurt wilde hebben. Toegegeven, ze haalde gemiddeld een negen voor alles en werd gezien als de meest getalenteerde zwemster van de ploeg, maar de belangrijkste factor in haar plotse populariteit op Haddan berustte op één simpel feit: zij had Harry McKenna. Ze was uit het niets verschenen en had hem zonder moeite veroverd, waardoor ze diverse meisjes die al jaren achter hem aan zaten, woest had gekregen. Amy Eliot was zo jaloers dat ze aan het voeteneinde van Carlins bed om snippers informatie kwam smeken. Deed Harry zijn ogen dicht als hij haar kuste? Fluisterde hij op die momenten? Zuchtte hij?

Amy was in St. Anne niet de enige die met Carlin had willen ruilen, en er waren er die Carlin na-aapten, die bij Hingram dezelfde laarzen kochten als zij en hun eigen kalfsleren laarsjes die ze voor drie keer zoveel hadden gekocht aan de kant slingerden. Maureen Brown was in de weekends baantjes gaan trekken en Peggy Anthony stak zilverkleurige speldjes in haar haar. Een paar dagen eerder had Carlin gezien dat Amy precies zo'n zwart t-shirt droeg als zij. Toen het shirt in kwestie in de wasmand werd gegooid, besefte Carlin dat het ook echt het hare was en dat Amy het uit haar bureaula had gepikt, een omkering van zaken die Carlin enorm plezier deed, want het begeerde kledingstuk had precies twee dollar en negenennegentig cent gekost en was waarschijnlijk het goedkoopste stuk stof dat Amy ooit aan haar lijf had gehad.

En toch vroeg Carlin zich weleens af of ze zichzelf niet voor de gek hield. Harry was haar eerste minnaar, maar zo nu en dan herkende ze hem niet. Ze bespioneerde hem weleens en moest dan scherp kijken. Het had net zo goed een van de andere senioren kunnen zijn die stond te zwaaien en haar naam riep. Carlin werd eraan herinnerd hoe eenzaam haar moeder vaak had geleken ondanks de vele vrienden. Tot haar grote droefenis voelde Carlin die soort eenzaamheid nu aan, want ze miste Gus Pierce. Zijn afwezigheid deed haar zeer;

het voelde een beetje als een schaafwond of een botbreuk. Maar wat kon ze ertegen doen? Harry had haar ervan overtuigd dat je met Gus geen vrienden kon zijn. Pierce verknoeide het voor zichzelf met zijn slechte gedrag. Tijdens de zeldzame gelegenheden dat Gus een les bezocht, wilde er geen enkele leerling naast hem zitten; hij stonk en zat te mompelen en zijn gedrag werd met de dag vreemder. Je kon hem het beste maar ontlopen, want je wist nooit waar hij mee in aanraking was geweest.

Op aanraden van Harry had Carlin het Halloweenfeestje voor Gus verzwegen, maar nu ze hier zonder hem zaten te feesten, voelde ze zich schuldig. Ze zag er picobello uit in kleren die ze van miss Davis had geleend, maar had het niet naar haar zin, want ze verveelde zich. Aan de punch was een liter rum toegevoegd en een van de kratten was al leeg. Maureen Brown, die na twee bekertjes bier beschonken was, liet haar oranje zijden Halloweenonderbroek zien aan iedereen die het maar wilde. Wat Carlin betrof, was het niks dan een stelletje vervelende dronkelappen, merendeels verkleed, met plastic vampiertanden en zwarte pruiken en wit poeder, zaken die ieder jaar rond deze tijd bij de drogist te koop waren.

Er was een kampvuur gebouwd en het geknap van het hout weerklonk door het dal. Iedere schaduw behoorde bij iemand die Carlin wilde ontlopen – die afschuwelijke Christine Percy van de zwemploeg bijvoorbeeld, en die vreselijke Robbie Shaw die zijn handen niet thuis kon houden. Vanaf Carlins plek aan de donkere buitenrand van het feestje, kon ze Harry bespioneren, die ervoor zorgde dat het vuur bleef branden en die elke keer dat een reeks vonken opspatte samen met zijn vrienden zat te juichen. Harry was ook dronken en Carlin gokte dat hij haar niet zou missen als ze een poosje verdween. Ze ontdeed zich van het bekertje bier, dat trouwens lauw was, en voor iemand er erg in had, liep ze naar de begraafplaats en absoluut leuker gezelschap.

De sjieke zwarte jurk die Carlin van miss Davis had geleend, was van ouderwetse chiffon gemaakt, en in de zoom bleven bramen hangen die naarmate zij verder door het veld liep scheurtjes in de stof maakten. Zelfs hier kon ze het luidruchtige feest nog horen; duizenden vonken schoten uit het kamp-vuur de lucht in. In het rokerige, stinkende licht daarvan kon Carlin Gus precies op de plek zien liggen waar ze hem had verwacht, uitgestrekt op de grafsteen van dr. Howe. Hij keek op toen ze naderbij kwam.

'Leuk orgietje?' riep hij. Afgezien van de vonken die de hemel verlichtten, was het een stikdonkere nacht en Carlin kon zijn gezichtsuitdrukking zien noch zijn bedoeling raden.

'Het is nou niet bepaald een orgie, alleen een krat bier en een paar malloten die rond een vuurtje dansen.' Er hing een bit-tere geur in de lucht, kamperfoelie of vochtig onkruid. Het was al laat; er waren al ladingen tieners uit de buurt Lovewell Lane uitgelopen, onderwijl scheerschuim op populieren en buxushegjes spuitend.

'Weet je wel zeker dat je met mij mag praten?' Zijn oprecht-heid deed zeer en Gus was er geen voorstander van, maar hij was ernstig gekwetst. Carlin had hem dan wel vanaf het begin duidelijk gemaakt dat ze zich nooit aan hem zou geven, maar het feit dat ze Harry had verkozen, had hem diep gekwetst. Zijn wonden werden elke keer dat hij hen samen zag openge-reten. 'Kun je niet beter met ze meedoen?'

Carlin ging op het graf van Hosteous Moore zitten. 'Wat is er nou? Ik kwam hier voor jou en nou doe je lullig tegen me.'

'Ben je niet bang dat je vriendje ons samen zal zien?' Gus drukte zijn sigaret uit en de gloeiende as rolde over dr. Howes grafsteen het lange gras in, waar een rijtje ballerinarozen nog zwakjes bloeide. ' Stoute meid,' berispte Gus haar. 'Ik weet zeker dat je straf zult krijgen voor je eigenwijze gedrag.'

Net op dat moment, midden in deze ruzie, kwam Betsy het pad aflopen. Ze had het faculteitsfeestje verlaten om een frisse neus te halen. Het was een stomme toestand; zelfs de kos-tuums vielen tegen. De toga van dr. Jones was niets meer dan een over zijn pak gedrapeerd badlaken, en Bob Thomas en zijn vrouw waren als bruid en bruidegom gekomen, gehuld in hun oude trouwkleren, uitdossingen die iedereen ertoe had-den gebracht naar Betsy te wijzen en te roepen 'Jij bent de volgende', alsof haar in juni geen heerlijke receptie in de Wil-genzaal te wachten stond maar de guillotine. Betsy was even op de veranda gaan staan, maar zodra ze dat deed, leek de wind haar verder te duwen. Ze stapte stevig door en hoorde niets anders dan haar ademhaling; ze probeerde uit alle macht geen teleurstelling te voelen over Eric. Hij had haar weliswaar aan iedereen voorgesteld en hij had een drankje voor haar gehaald, maar toen het erop aankwam, had hij meer interesse voor dr. Jones dan voor haar. Het kampvuur zag Betsy het eerst en even dacht ze dat het bos in brand was gestoken. Al snel hoorde ze de muziek en het gelach en besefte ze dat het een feestje betrof. Ze moest er officieel misschien naartoe gaan om een einde aan de pret te maken, maar in plaats daarvan liep ze door het veld en over het pad zonder te beseffen dat er iemand op de begraafplaats was, totdat ze er bijna was. Betsy herkende in de jongen een lange, sullige eerstejaars die ze weleens onder lestijd door het dorp had zien lopen. Het boze meisje dat een sigaret zat te roken was Carlin Leander. Er werden hier vannacht zoveel regels overtreden dat Betsy beide leerlingen met recht onmiddellijk had kunnen laten schorsen als ze daar behoefte aan had gehad.

'Ik had gedacht dat jij slimmer was, Carlin,' hoorde ze de jongen zeggen. 'Maar nu begrijp ik dat je net zo bent als de rest.'

Zijn woorden troffen doel, want Carlin had tranen in haar ogen. 'Je bent gewoon jaloers omdat je nooit op een feest mag komen,' kaatste Carlin terug. 'Er wil zelfs niemand met je praten, Gus. Ze willen niet meer naast je zitten omdat je zo walgelijk bent.'

'Denk jij er ook zo over?' vroeg Gus. 'Vriendin.'

'Ja, zo denk ik er ook over! Ik wou dat ik je nooit had leren kennen!' huilde Carlin. 'Ik wou dat ik had gezegd dat je me met rust moest laten toen je me die eerste keer in de trein kwam lastigvallen!'

Gus stond op en liet zijn lange armen langs zijn lijf bungelen. Het leek of hij een klap in zijn gezicht had gekregen of door een pijl was geraakt. Toen ze hem zo zag, voelde Betsy een golf van verdriet; zo zag liefde er dus uit, dacht ze, dat doet het met je.

'Ik bedoelde het niet zo,' hernam Carlin snel. Haar woorden

waren in het heetst van de strijd opgekomen en hadden zichzelf tot kleine scherpe prikkels gedraaid voordat zij ze had kunnen heroverwegen. 'Heus, Gus, dat bedoelde ik niet.'

'O jawel.' Aan zijn gezicht kon ze zien dat hij zich niet van het tegendeel liet overtuigen. 'Dat meende je woord voor woord.'

De oostenwind trok aan, verschrikte veldmuizen en reeën, en joeg de vonken van het kampvuur nog hoger de zwarte nachthemel in. De forel had de koudste plekjes in Sixth Commandment Pond al opgezocht om er de nacht door te brengen in kuilen die zo diep waren dat de wind eroverheen blies. Carlin bibberde in haar geleende zwarte jurk; ze voelde zich tot op het bot verkleumd. Gus verwachtte te veel, van haar en van iedereen. 'Misschien is het beter als we elkaar niet meer spreken,' zei ze tegen hem. Nu waren ze allebei gekwetst, zo gekwetst als alleen mensen kunnen zijn die om elkaar geven. 'Misschien is het voor ons allebei beter als we gewoon even pauze nemen.'

'Goed,' zei Gus. 'Ik ben diep geraakt door je belangstelling.' Toen draaide hij zich om en vluchtte weg. Hoewel de poort nog openstond, klom hij toch over het hek, te gehaast om het pad te nemen. Gelukkig voor Betsy ging hij tussen de bomen door. Niemand kon iets anders doen dan hem zien wegrennen, als een vogelverschrikker die van zijn veld af rende, de schaduw in en weer uit en met zijn zwarte jaspanden achter hem aan fladderend. Hij droeg zo'n groot lijden met zich mee dat het in golven van hem afstraalde. Zo werkt verdriet: als iemand vlucht, komt het hem achterna; het laat een eindeloos spoor van pijn achter. Het was een donkere nacht en het bos stond vol bramen, maar het kon Gus niet schelen. Sommige mensen waren voorbestemd om te winnen en het lot van anderen was om te verliezen, en hij wist heel goed tot welke groep hij behoorde. Hij was de jongen die over zijn eigen grote voeten struikelde, degene die zijn hart in zijn keel voelde kloppen wanneer hij het bos in rende, degene van wie zij nooit zou houden.

Een ellendige nacht, maar het was nog niet voorbij, en zelfs een loser als hij kon weleens een potje winnen. Gus liep met de wind in de rug, verwoest en opgehitst tegelijk. Dus Carlin wilde niks meer met hem te maken hebben – in zekere zin bevrijdde die beslissing hem. Nu had hij hoegenaamd niets meer te verliezen. Het was al laat, en het dorp was verlaten, de meeste zangers en plaaggeesten lagen al in bed te dromen van ondeugende streken en zoetigheid. De ongeorganiseerde groepjes tieners waren klaar met hun feestambacht, oude sportschoenen aan de takken van de iepen langs Main Street hangen, slingers van toiletpapier tussen de spijlen van het hek van mrs. Jeremy heen vlechten. Op de stoepen was popcorn gemorst en wat de wind niet wegblies zou al snel worden verslonden door gretige eekhoorntjes en winterkoninkjes. Er klepperden blinden en vuilnisbakken rolden door de goot. Voor het gemeentehuis oogde het beeld van de adelaar nog indrukwekkender dan anders doordat het zwart was geschilderd door een groep jongens uit de buurt die hun verraderlijke kleren in het vrieskoude water van Sixth Commandment Pond hadden moeten wassen om zich van het bewijs te ontdoen, maar daar ontdekten ze dat sommige zaken niet weggespoeld kunnen worden.

In de bossen dwarrelden bij elke koude vlaag hopen vochtig blad op, zowel konijnen als vossen aan het schrikken makend. Gus Pierce floot onder het lopen een vaag melodietje dat snel verwoei. Hij dacht aan een blowtje om ietsje te ontspannen en besloot toen van niet. Hij zag het kampvuur tussen de bomen door; hij hoorde hoe zijn medeleerlingen zichzelf vermaakten. Om die reden vermeed hij het open terrein en vervolgde zijn weg langs de rivieroever. Hij hoorde muskusratten in de buurt, eerst wat geschuifel en dan een plons als ze in het ondiepe te water gingen, op de vlucht voor zijn voetstappen. Die ratten waren slim genoeg om een tocht te maken door de tuin van Lois Jeremy, dan dwars over Main Street om de vuilnisbakken op voedsel te doorzoeken; ze waren te zeer op hun hoede om ooit door jongens van Chalk House te worden gevangen zoals die ongelukkige konijnen wel ieder jaar overkwam.

Gus dacht aan Carlin in haar zwarte jurk, en dat hij haar aan het huilen had gemaakt. Hij dacht aan al zijn mislukkingen. Hij lette niet op het wegglijdende gevoel dat dit weleens zijn laatste kans zou kunnen zijn en hoorde ook het geratel van zijn eigen noodlot niet. Hij zou zichzelf gaan bewijzen, liever deze nacht dan de volgende. Zijn hele leven was August Pierce op de vlucht geweest, maar nu, op dit koude, ruwe tijdstip, remde hij af, bereid om zijn mannetje te staan. Want het geheim dat hij onlangs had ontdekt, was dat hij meer moed bezat dan hij ooit had gedacht, en voor die onverwachte gift bedankte hij zijn fortuin.

DE RING EN DE DUIF

Ze vonden hem op de eerste novemberochtend, een stralend blauwe dag waarop er geen wolkje aan de hemel was, een kilometer stroomafwaarts, vastgelopen in een wirwar van rietpollen en stroomversnellinkjes. Op zijn zwarte jas na was alles onder water, waardoor het eerst leek alsof iets met vleugels uit de lucht was gevallen, een enorm grote vleermuis of een kraai zonder veren of misschien een engel die had gehaperd, en toen was verdronken in de tranen van deze arme, vermoeide wereld.

Twee spijbelende dorpsjongens ontdekten het lichaam en misten sindsdien geen dag meer op school. De jongens hadden alleen een paar forellen willen vangen en ontdekten toen iets wat in het ondiepe water dreef in de bocht bij het oude rijtje wilgen. De ene jongen dacht dat hij een grote plastic tas met de stroom mee zag drijven, maar de ander zag iets wat zo wit was dat het wel een waterlelie leek. Pas nadat ze er met een stok in hadden gepord, bleek de bloem een mensenhand te zijn.

Toen de jongens beseften wat ze hadden ontdekt, renden ze naar huis, bonkten op hun voordeur, schreeuwden om hun moeders en zwoeren dat ze zich vanaf nu altijd zouden gedragen. Twintig minuten later werkten twee leden van de plaatselijke politie zich door de appelbes en hulst naar de oever van de Haddan waar ze onrustig wachtten tot het forensisch team uit Hamilton zou verschijnen. Beide agenten wilden dat ze die ochtend niet waren opgestaan, al durfde geen van beiden dat gevoel uit te spreken. Ze waren plichtsgetrouwe mannen, die hun gevoelens onder controle hielden, hetgeen hun vandaag niet licht viel. Ondanks de lengte van het lijk was het slechts een jongen, besmeurd met een laag eendenkroos, gewoon een jongen wiens leven net begonnen was, en die op zo'n zeldzaam mooie novemberdag onder de helderblauwe hemel had moeten lopen.

De opgeroepen rechercheurs vormden precies een kwart van de Haddanse politiemacht en waren sinds de tweede klas lagere school elkaars beste vriend. Abe Grey en Joey Tosh hadden precies op deze plek gevist toen ze acht waren; eerlijk gezegd hadden ze in hun tijd heel wat gespijbeld. Ze konden gemakkelijk de beste plekken voor bloedwormen vinden en het zou niet meevallen om de uren te tellen die ze hadden staan wachten op een beet van een van de oude forellen die het diepe groene midden van Sixth Commandment Pond bewoonden. Zij kenden deze rivier beter dan de meeste mensen hun achtertuin, maar vandaag hadden Abe en Joey liever ver weg willen zijn; ze waren liever in Canada terug geweest, waar ze afgelopen juli waren geweest toen Joeys vrouw Mary Beth hem twee weken met Abe had laten gaan. Op de laatste dag van hun bezoek hadden een paar gekken hun de beste stek gewezen. Daar, op een zilveren stek aan een meer in het oosten van Canada, vergat je als man al je zorgen. Maar sommige dingen raak je minder gemakkelijk kwijt, de zware stroming bijvoorbeeld, toen ze met twee lange stokken het lichaam probeerden te keren. De kleur van de koude bleke huid van de verdronken jongen. Het rochelende geluid toen ze hem dichterbij trokken, alsof de doden nog één keer konden ademhalen.

De dag was al helemaal verkeerd begonnen; de twee rechercheurs hadden deze zaak niet moeten krijgen, maar ze hadden een dienst geruild zodat Drew Nelson naar een bruiloft buiten de stad kon, en die vriendendienst had hen tot de bewakers van deze dode jongen gemaakt. Ze moesten snel handelen vanwege de gedachte dat happende schildpadden of meervallen aan de stoffelijke resten zouden kunnen beginnen. Ze wisten ook allebei dat paling bijzonder gesteld was op mensenvlees, en het was een meevaller dat er nog niet een zich op de zachtere delen van het lichaam had getrakteerd, op favoriete plekjes als de neus, de vingertoppen en de zachte onderkant van de keel.

Toen ze hem met stokken niet aan de kant konden krijgen, rende Joey Tosh naar de auto om een krik uit de kofferbak te halen en die gebruikten ze om het been dat achter een rots was blijven hangen los te duwen. De zon scheen vanochtend krachtig, maar het water was ijskoud. Tegen de tijd dat het lichaam op het droge lag, waren beide rechercheurs tot op het bot verkleumd; hun jassen waren doorweekt, hun schoenen zaten vol slib. Abe had zijn vinger aan een scherpe steen open-gehaald en Joey had zijn arm uit de kom getrokken, en al dat geploeter had niets anders opgeleverd dan een lange, magere jongen met zulke onthutsend melkachtige ogen dat Abe te-rugliep naar de auto om zijn regencape te pakken die hij over het gezicht van het lijk legde.

'Fijn begin van de dag.' Joey veegde wat modder van zijn han-den. Hij was achtendertig en had een fantastische vrouw, drie kinderen en de volgende op komst, en een leuk klein huisje aan de westkant van Haddan, in de Belvederestraat, één straat verwijderd van de plek waar Abe en hij waren opgegroeid. Hij kreeg ook veel rekeningen. Hij had onlangs vanwege de extra verdiensten een weekendbaantje aangenomen als bewaker in het winkelcentrum van Middletown. Aan een dooie jongen en de hele papierwinkel die dat met zich meebracht, had hij allerminst behoefte. Maar zodra hij begon te klagen over alles wat er op zijn bureau op hem lag te wachten, viel Abe hem in de rede; hij wist precies waar Joey naartoe wilde.

'Je draait je niet uit dat rapport, lafaard,' zei Abe tegen hem. 'Ik houd het bij. Het is absoluut jouw beurt.'

Abe had zichzelf aangeleerd de gedachten van zijn vriend te voorspellen en was hem meestal te snel af, vandaag ook. Op highschool in Hamilton was Abe het ideaal van alle meisjes geweest. Hij was lang, had donker haar en lichtblauwe ogen en een zwijgzame houding die vrouwen er gemakkelijk van overtuigde dat hij naar haar luisterde, terwijl hij in werkelijk-heid geen woord opving. Hij was nu nog knapper dan des-tijds op school, hetgeen diverse vrouwen uit het dorp, volwas-sen vrouwen met gelukkige huwelijken, ertoe bracht in hun geparkeerde auto naar Abe te kijken als hij in de middagpauze van de basisschool een van de andere geüniformeerde agenten afloste bij het regelen van het verkeer. Sommige vrouwen belden het bureau voor het minste of geringste – een wasbeertje dat voor de deur zat te grommen of raar deed, of als ze hun sleutels in de auto hadden laten zitten – en dat alles in de hoop dat Abe gestuurd zou worden en ze hem een kopje koffie konden aanbieden als dank voor het verjagen van de wasbeer of het ontgrendelen van de auto. Als hij, na alles wat hij voor hen had betekend, nog iets anders wilde dan koffie, dan kon dat ook. Dat zou zelfs prima zijn, maar in werkelijkheid was het vreselijk moeilijk om Abe Greys aandacht te trekken. Als een vrouw halfnaakt klaarstond, zou Abe rustig zijn werk doen, vragen door welk raam ze binnen waren gekomen of waar ze die verdachte voetstappen voor het laatste hadden gehoord.

Ondanks Abe Greys aantrekkelijkheid en de manier waarop vrouwen zich aan zijn voeten wierpen, was Joey getrouwd en Abe nog steeds alleen. Het was een publiek geheim in Haddan dat vrouwen die een verhouding wilden in Abe teleurgesteld raakten. Hij was te onrustig om iemand zijn hart te schenken; op zijn ergst was hij onthecht en op zijn best afstandelijk, dat gaf hij zelf ook toe. Hij had het nooit ontkend als een vrouw hem verweet dat hij niet in contact stond met zijn gevoel en dat hij zich niet wilde binden. Maar hier, op de oever van de Haddan, terwijl hij waakte over de verdronken jongen, voelde Abe een golf van emotie, en dat was vreemd. Hij had heus wel eerder lijken gezien; het was nog geen maand geleden dat hij na een botsing in Main Street twee mannen had moeten bevrijden, om vervolgens tot de ontdekking te komen dat ze het geen van beiden hadden overleefd. In zo'n klein plaatsje als Haddan werden er vaak agenten ingeschakeld als bij een oude dorpeling de telefoon bleef rinkelen of niemand de deur opendeed. Meer dan eens was het Abe geweest die een oude buurman op de grond in de keuken had aangetroffen, het slachtoffer van een hartaanval of een beroerte.

Tot nu toe was de gruwelijkste dood die Abe als dienstdoend agent had gezien die ene van vorig voorjaar geweest, toen Joey en hij naar Hamilton moesten voor assistentie. Daar had een vent zijn vrouw doodgeslagen en zichzelf vervolgens in zijn dubbele garage opgesloten waar hij zich door zijn kop schoot voordat zij de deur open konden breken. Naderhand had er zoveel bloed gelegen dat ze de oprit met een brandspuit hadden moeten schoonspuiten. Een van die jongens van de forensische dienst, Matt Faris, die in dezelfde straat was opgegroeid als de vermoorde vrouw, liep het veld achter het huis in om te kotsen en de rest deed net of ze het bloed en de geur des doods in de zachte aprillucht niet merkten.

Die gebeurtenis in Hamilton had met name Abe getroffen. Hij had zich daarna bezopen en was drie dagen ondergedoken, totdat Joey hem ten slotte op de verlaten boerderij van zijn grootvader aantrof, waar hij op een bergje hooi op de grond lag te slapen. Als je bedenkt dat men altijd zegt dat er in kleine plaatsjes nooit wat gebeurt, dan had Abe genoeg gezien, maar het enige andere lijk van een tiener dat hij ooit had gezien was dat van zijn broer Frank. Ze hadden hem willen tegenhouden, maar hij had Frank toch gezien, op de grond in zijn slaapkamer, en toen en tot op de dag van vandaag, wilde hij dat hij het niet had gezien. Hij wilde dat hij nou eens één keer naar zijn vader had geluisterd en buiten was blijven staan, in de tuin, waar de krekels tsjirpten en de blaadjes van de meidoorn zich in afwachting van regen oprolden.

Die jongen op de wal was maar een paar jaar jonger dan Abes broer in dat afschuwelijke jaar was geweest, het jaar waar Abe en Joey nog steeds niet over spraken. In het dorp herinnerde men zich dat jaar als de tijd zonder forel; je kon urenlang vissen, de hele dag desnoods, en er nooit eentje zien. Er kwamen milieukundigen uit Boston onderzoek doen, maar niemand kon de oorzaak achterhalen. Die prachtige zilverforel leek gedoemd tot uitsterven en de dorpsbevolking moest maar met het verlies leren leven, maar het volgende voorjaar verscheen de forel weer, of er niks gebeurd was. Pete Byers van de drogisterij ontdekte het als eerste. Al was hij niet het rustige type dat ging vissen en viel hij flauw als hij een doormidden gesneden bloedworm zag, Pete hield wel van de rivier en wandelde iedere ochtend langs de oever, drie kilometer het dorp uit en drie kilometer terug. Op een mooie ochtend leek de rivier op de terugweg van zilver en inderdaad, toen hij knielde, waren er zoveel forellen dat hij ze, als hij wilde, met blote handen kon vangen.

'Ik heb de pest aan wachten,' zei Joey Tosh nu ze op wacht stonden. Hij gooide kiezelstenen in de rivier en maakte de stekelbaarsjes aan het schrikken, zodat die tussen het riet wegschoten. 'Emily heeft vanmiddag een balletuitvoering en als ik mijn schoonmoeder niet om drie uur ophaal en naar de balletschool breng, dan vergeeft Mary Beth het me nooit.'

Deze bocht in de rivier was modderig, zo ondiep als een kikkerbadje; dit was geen plek om te verdrinken. Abe ging op zijn knieën in de modder zitten om alles van dichterbij te bekijken. Zelfs nu het gezicht van de jongen bedekt was, wist Abe dat het een vreemde was. Hij was er nu al dankbaar voor dat ze niet naar het huis van een vriend of buurman hoefden te rijden, misschien een jongen met wie ze al jaren gingen vissen, om het nieuws te brengen van een verloren zoon. 'Hij komt niet van hier.'

Abe en Joey kenden vrijwel iedereen die in Haddan was geboren en getogen, al werd het steeds moeilijker om gezichten en namen te plaatsen nu er aan de rand van het dorp zoveel werd gebouwd en er zoveel gezinnen uit Boston hierheen kwamen. Het was nog niet zo lang geleden dat iedereen uit het dorp de achtergrond van ieder gezin kende, wat al snel in het nadeel werkte van iemand die een misstap had begaan. Abe en Joey waren bijvoorbeeld lastpakken geweest. In hun tienertijd hadden ze te hard gereden, zoveel hasj gerookt als ze konden vinden, met valse legitimatiebewijzen sterke drank gekocht in Hamilton waar niemand hen bij name kende. Misschien was het hun lot als zonen van politiemannen om in zoveel mogelijk narigheid te belanden. In elk geval hoefde niemand het slechte gedrag bij hen uit te lokken; ze waren hartstochtelijke vrijwilligers. Ernest Grey, Abes vader, was tot acht jaar geleden politiechef geweest en na zijn pensioen naar Florida vertrokken. Hij was zijn vader Wright opgevolgd die voor hem dertig jaar lang chef was geweest, en daarnaast een soort plaatselijke held. Wright was niet alleen de beste visser uit het dorp, hij was befaamd vanwege de redding van drie stomme leerlingen van Haddan die op een ongebruikelijk warme dag in januari op dun ijs hadden geschaatst. Ze zouden zeker zijn verdronken als Wright niet was verschenen met een touw en de koppige weigering om ze te laten verdrinken.

Pell Tosh, Joeys vader, was ook een goeie vent geweest; hij was omgekomen toen een dronkenman tegen zijn stilstaande patrouillewagen was gebotst op kerstdag in datzelfde jaar, dat jaar waarover ze niet spraken, al waren ze nu volwassen, ouder zelfs dan Pell was geweest toen hij stierf. Ze hadden Frank Grey in augustus verloren, Pell in december en daarna waren de jongens volledig stuurloos. Wie weet hoe lang ze het zouden hebben volgehouden als ze niet waren betrapt toen ze het huis van dr. Howe op de campus leegroofden? Toen hun misdadige leven werd onthuld, voelden mensen van de westkant zich verraden en de oostelijken zagen hun vermoedens bevestigd. Ze hadden die jongens al nooit gemogen; ze hadden ze nooit over de drempel laten komen.

Er was veel poespas geweest rond die inbraak, en de spanning tussen dorpsbewoners en leerlingen liep hoger op dan ooit. Binnen de kortste keren braken er vechtpartijen uit op de parkeerplaats achter het hotel, ernstige, bloedige treffens tussen jongens uit het dorp en jongens van Haddan. Op een avond, midden in een bijzonder verhitte strijd, werd de granieten adelaar voor het gemeentehuis omgeduwd waardoor de linkervleugel definitief beschadigd raakte. Als Abe langs die adelaar reed, moest hij iedere keer weer aan dat jaar denken en om die reden reed hij meestal om, over Station Avenue en rechtsaf over Elm Drive, waardoor hij zowel aan het beeld als aan zijn herinneringen ontkwam.

Andere jongens waren wellicht in een jeugdgevangenis terechtgekomen, maar Wright Grey besprak het met rechter Aubrey, zijn vismaatje, en vroeg om begrip. Om hun wandaden te compenseren, moesten Abe en Joey een jaar lang vrijwilligerswerk doen, de gangen van het gemeentehuis vegen en prullenbakken legen in de bibliotheek, wat wellicht nog een reden is waarom Abe beide plaatsen vermijdt. Ondanks hun straf, bleven Abe en Joey inbraken plegen zolang ze vrijwilligerswerk deden. Het was als een verslaving, een illegale zalf die hun zielen verzachtte en hun woede in toom hield. Omdat geen van beiden met zijn verdriet wist om te gaan, deden ze wat op dat moment niet alleen redelijk leek, maar ook noodzakelijk: ze negeerden hun zware verliezen. Ze zeiden geen woord en bleven de wet overtreden. Abe leek nog het minst te kunnen stoppen. Hij reed auto's in elkaar en werd drie keer in één semester geschorst van Hamilton High, een record dat tot op heden ongebroken is. Hij kon niet tegelijk met zijn vader in de kamer zijn zonder dat er ruzie uitbrak, al wisten ze allebei dat elk verschil van mening was gebaseerd op de wederzijdse gedachte dat de verkeerde zoon was overleden. Uiteindelijk ging Abe bij zijn grootvader wonen en bleef bijna twee jaar op Wrights boerderij. Wrights huis stond scheef en de trap naar de eerste verdieping was smal en wiebelig. Het was gebouwd in een tijd dat de mensen kleiner waren en hun behoeften minder ingewikkeld. Het huis was veel boerser dan de huizen in het dorp, met een toilet dat onlangs aan de bij-keuken was gebouwd en een aanrecht van speksteen dat breed genoeg was om er een forel te kunnen leeghalen of een jacht-hond te badderen. Ieder voorjaar streken er hele zwermen merels op het terrein neer om zich vol te proppen met bosbes-sen.

'Hoe hou je het hier uit?' vroeg Joey elke keer dat hij op be-zoek kwam. Het grootste deel van de tijd liep hij de antenne bij te stellen om de ontvangst op de oude radio van Wright te verbeteren, maar tevergeefs.

Abe haalde zijn schouders op bij die vraag, want in werkelijk-heid vond hij niet alles aan opa's huis even leuk. Hij hield er niet van om vijf kilometer te moeten lopen naar de schoolbus en hij hield niet van het blikvoer dat ze zes avonden per week aten. Maar waar hij wel op gesteld was, was de manier waarop de schemering over de velden viel, in banen van licht en scha-duw. Hij hield van het geluid dat de wegvliegende merels maakten als hij de achterdeur dichtsloeg en daardoor hele zwermen liet opstuiven. Op zachte avonden liep Abe naar het weiland waar een hek rond een lapje gras was gezet, onver-sierd, op wat micahoudend riviergesteente na. Binnen het hek lag een anoniem graf, de laatste rustplaats van een oude kennis van zijn vader, een vrouw die altijd rust had gezocht.

Hier kon je rust vinden, zowel bij de levenden als bij de doden, en Abe wilde dat zijn broer ook hier in het weiland was begraven. Hun vader had dat natuurlijk nooit toegestaan, want daarmee zou hij hebben toegegeven dat Frank zichzelf van het leven had beroofd. Abes ouders hadden altijd volgehouden dat Franks dood een ongeluk was geweest.

Als er al mensen in het dorp waren die er anders over dachten, dan wisten die ook dat ze hun mond moesten houden. Het was bijna mis gegaan in het kantoor van de begrafenisondernemer, toen Charlie Hale, wiens familie de dorpsbewoners al meer dan honderd jaar voorbereidde op hun tocht naar gene zijde, suggereerde dat een begrafenis in gezegende grond wellicht zou worden geweigerd vanwege de omstandigheden waaronder de jongen was overleden. Het kostte Ernest Grey weinig moeite om Charlie van mening te doen veranderen. Ernest nam hem mee naar buiten, buiten gehoorsafstand van de moeder van de jongens en vertelde Charlie exact wat hij zou doen met iedere zelfvoldane gek die zich met de laatste rustplaats van zijn zoon zou bemoeien. Daarna verliep de begrafenis volgens plan en kwam het halve dorp de laatste eer bewijzen. Niettemin zou het Abe meer getroost hebben als Frank te ruste was gelegd in het weiland waar het lange gras zoet en fris geurde en waar wilde rozen zich om het hek slingerden. Het was eenzaam in het gras, maar op een middag zag Abe opeens zijn opa bij de achterdeur staan kijken. Het was een winderige dag en de was waaide knallend heen en weer alsof er in de strakblauwe lucht steeds iets vanaf brak.

Gedurende al die tijd vroeg Joey nooit aan Abe waarom hij met zijn vuist door een etalageruit sloeg of begon te vechten op de parkeerplaats van de Millstone. Hij vroeg niet naar een reden. En al waren er sinds dat afschuwelijke jaar tweeëntwintig jaren verstreken, Abe en Joey bleven hetzelfde gereserveerde leven leiden, waarbij vooral Abe stevig vasthield aan de gedachte dat je je nergens mee moest bemoeien. Hou je erbuiten was niet alleen zijn motto, het was zijn credo, dat was het althans tot nu toe geweest. Wie weet waarom het noodlot de ene dag toeslaat en niet de andere. Wie kan verklaren waarom bepaalde omstandigheden iemand in zijn ziel treffen. Abe had geen enkele reden om de zwarte jas van de jongen los te knopen en toch deed hij het. Hij wist dat hij van het lijk moest afblijven totdat de forensische dienst verscheen, maar hij vouwde de zware, volledig doordrenkte stof van de jas terug en onthulde vervolgens het gezicht van de jongen, ondanks die wijdopen ogen. Terwijl hij het deed, stak er een briesje op, niet dat het bijzonder was dat het rond deze tijd van het jaar fris was; iedereen die uit Haddan kwam wist dat koude wind op de eerste novemberdag betekende dat het tot het voorjaar slecht zou blijven.

'Wat denk je?' Joey knielde naast Abe neer. 'Eentje van de school?'

Joey had de neiging Abe het denkwerk te laten doen. Met alle drukte van thuis erbij had hij genoeg aan zijn hoofd om het niet ook nog te verstoppen met veronderstellingen en theorieën.

'Ik denk het wel.' Van dichtbij leek de huid van de jongen blauw. Op zijn voorhoofd zat een paarse plek, die zo donker was dat het zwart leek. Hoogstwaarschijnlijk was de schedel tegen de rotsen geslagen toen de stroming het lichaam meesleurde. 'Arme jongen.'

'Flikker op met je arme jongen.' De jongens van de forensische dienst namen er de tijd voor en toen Joey even op zijn horloge keek, besefte hij dat hij Emily's dansuitvoering zou mislopen; zijn schoonmoeder zou steen en been klagen omdat hij nooit aan iemand anders dan zichzelf dacht en Mary Beth zou hem er niet van willen beschuldigen dat hij nooit tijd had voor de kinderen omdat hij zich dan nog beroerder zou voelen. 'Op de school van Haddan is niemand arm.'

Zoals hij daar geknield zat op de rivieroever, voelde Abe de kou door zijn kleren dringen. Zijn donkere haar was te lang en nu was het ook nog nat, en misschien zat hij daardoor te rillen. Hij was er altijd trots op geweest dat hij zo'n koude was, maar deze toestand bracht hem van zijn stuk. De dode jongen was bijna even lang als hijzelf, maar zo mager met die witte trui tegen zijn ribben geplakt, dat hij nu al een geraamte leek. Hij had niet meer dan zestig kilo gewogen. Abe vermoedde dat hij ook knap was geweest, net als Frank, die de afscheidsrede op Hamilton High had mogen houden en die in het najaar naar Columbia zou zijn gegaan. Zijn hele leven lag nog voor hem, dat was het nou juist; het klopte niet dat een jongen van zeventien het pistool van zijn opa pakte en zichzelf ermee afknalde.

Joey stond op en legde een hand voor zijn ogen; hij rekte zich uit om door een wilde olijfstruik de weg te zien. Nog steeds niemand uit Hamilton. 'Ik wou dat ze al die kids van Haddan in een raket terugschoten naar Connecticut of New York of waar ze verdomme ook maar vandaan komen.'

Abe stelde onbedoeld vast dat Joey ondanks zijn degelijke burgermansopvattingen en het ongevraagde advies dat hij Abe dikwijls verstrekte over de rust die hij zou vinden als hij zich ook eens settelde, diep vanbinnen nog steeds dezelfde strijdlustige rotjongen was. Joey was een vechtersbaas en dat was hij altijd al geweest. Op een warme lentedag had Joey een keer een duik genomen in Sixth Commandment Pond, zo bloot als hij ter wereld was gekomen, zonder te weten dat er jongens van Haddan in de buurt verstopt zaten te wachten tot ze zijn kleren konden pikken. Joey had lopen rillen van de kou tegen de tijd dat Abe hem vond, maar tegen de avond was hij laaiend geweest. Ze hadden Teddy Humphrey meegenomen, die altijd, overal en met iedereen wilde vechten. Binnen de kortste keren hadden ze een groepje Haddanleerlingen overvallen die op weg waren naar het treinstation; die waren niet op hun hoede en werden helemaal in elkaar geslagen. Het had niet lang geduurd voordat Abe zich was gaan afvragen waarom het Joey en hem niks had kunnen schelen of het dezelfde groep was geweest die de diefstal bij de vijver op zijn geweten had.

'Verdoe jij je tijd nog steeds met het haten van Haddanleerlingen?' Abe was verbaasd dat zijn vriend zo kortzichtig kon zijn. 'Stuk voor stuk. En iets minder als ze dood zijn,' erkende Joey. Ze herinnerden zich allebei nog hoe dr. Howe hen had bekeken toen de inbraak voor de rechter kwam, alsof ze insecten waren, minder dan vlekjes in het heelal. Dr. Howe was toen al stokoud en zo zwak dat hij de rechtszaal in gedragen moest worden, maar hij was nog krachtig genoeg geweest om te gaan staan en hen voor boeven uit te maken, en waarom niet? Waren ze dat niet geweest? En toch waren zij gekwetst wanneer een Haddanleerling hen op straat herkende en snel overstak. Deze dode jongen zou dat indertijd misschien ook hebben gedaan; misschien waren ze voor hem ook niet meer dan vlekjes geweest.

'Doe eens een gok.' Joey dacht aan zelfmoord, maar hij zou het woord in Abes bijzijn beslist niet uitspreken. Hoewel zulke zaken naar men zei voorkwamen op Haddan – een eerstejaars die onder de academische mores bezweek of instortte door de sociale druk – werden ze stil gehouden, net als in het geval van Francis Grey, de zoon van de politiechef en bovendien de kleinzoon van een plaatselijke held. Er had geen lijkschouwing of medisch onderzoek plaatsgevonden en de kist bleef gesloten. Geen vragen.

'Ik denk een ongeluk.' Waarom dacht Abe daar nou in eerste instantie niet aan? Zo gek was het toch niet, een ongeluk. Let even niet op en iemand struikelt, valt van de trap, splijt zijn schedel op een steen, pakt een pistool waarvan hij dacht dat het niet geladen was. Je kon richten en vuren voordat je tijd had om na te denken. Onwillige manslag heette dat. Dood door ongeluk.

'Ja.' Joey knikte opgelucht. 'Je zult wel gelijk hebben.'

Abe en Joey hadden liever een eenvoudig ongeluk dan een ingewikkelde puinhoop, net als bij de dood van Francis Grey. In het dorp waren mensen die zwoeren dat ze van kilometers afstand een schot hadden gehoord. Ze wisten nog precies waar ze op dat moment waren geweest, bonen plukken in de tuin, of in de badkamer een koud bad aan het nemen. Het was in het withete midden van augustus geweest, in Haddan altijd een meedogenloze maand, en de beukenbomen en bosbessenstruiken waren stoffig van de hitte. Er was storm voorspeld en je kon de regen ruiken; buren legden hun bezigheden neer en werden naar de ramen en veranda's getrokken. Velen dachten dat ze die middag donder hoorden. De echo daverde een volle minuut boven het dorp en voor sommigen leek dat een eeuwigheid, een trilling die ze nog steeds horen als ze hun ogen dichtdoen.

Lang geleden werden in de dorpen en steden van Massachusetts de graven van degenen die zich van het leven hadden beroofd, bedekt met stenen; zulke wanhopige zielen, zo beweerde men, bleven rondzwerven, konden de wereld der levenden niet opgeven, dezelfde wereld die ze zichzelf hadden ontzegd. In de steden Cambridge en Bedford, Brewster en Hull werd er een staak door het hart van een zelfmoordenaar gedreven en teraardebestellingen werden haastig afgewerkt in een stuk boerenland dat vanaf dat moment beslist braak zou blijven liggen. Er zijn mensen die geloven dat iemand die werkelijk van plan is zichzelf van het leven te beroven niet kan worden tegengehouden. Mensen die aan de oevers van rivieren of meren wonen zijn ervan overtuigd dat het redden van onbekende drenkelingen ongeluk brengt. Ze weten zeker dat zo iemand zich ten slotte tegen zijn redder zal keren. Maar sommige mensen kunnen niet werkeloos toezien bij een lichaam dat op de wallenkant ligt, en Abe kon het niet op zijn beloop laten zolang de forensische dienst er nog niet was. Hij trok de drijfnatte trui van de jongen omhoog en trof een hele reeks dunne streepjes bloed op buik en borst aan. De rotsen in de Haddan waren scherp, en het stroomde er flink, dus was het logisch dat het lichaam onderweg gehavend was geraakt. Het rare was dat het bloed nog leek te vloeien, in stroompjes vanuit de wonden van de jongen.

'Wat is er aan de hand?' Joey wilde ontzettend graag ergens anders zijn. Hij was veel liever bij Mary Beth in bed blijven liggen, maar als dat niet kon, regelde hij liever het verkeer op Route 17 dan hier met Abe te staan.

'Hij bloedt nog,' zei Abe.

Ze hoorden een slag op het water en keerden zich bliksemsnel om. De herriemaker bleek niets anders dan een watermuis op zoek naar voedsel, maar het kleine beestje had hen behoorlijk aan het schrikken gemaakt. De muis was niet het enige waardoor ze van hun stuk waren. Ze wisten allebei dat lijken niet bloeden.

'Ik denk dat er water in de wonden is gekomen, zich met bloed heeft vermengd en dat het nu allemaal naar buiten lekt. Hij is verzadigd,' zei Joey hoopvol.

Abe had zich ooit laten vertellen dat het bloed van een ver- moorde eerder vloeibaar wordt dan opdroogt en toen hij nauwkeuriger keek, zag hij dat er zich op de grond al een paar olieachtige plasjes hadden gevormd. De geur van bloed had waarschijnlijk de muis gelokt.

'Zeg dat ik gelijk heb,' zei Joey.

Het was stil op de stromende rivier op de roep van een hout- lijster na. De meidoorns en eiken waren vrijwel kaal en al stonden er nog wat stammetjes toverhazelaar in bloei, de blaadjes waren zo droog dat ze uit elkaar vielen als de wind erdoor blies. De drassige rivieroever was al bruin geworden en achter de wirwar van moerbei en bitterzoet waren de velden nog bruiner. Je kon de dood hier proeven en de smaak ver- schilde niet van het doorslikken van stenen.

'Oké,' zei Joey, 'ik zie nog een mogelijkheid. We hebben hem waarschijnlijk door elkaar geschud toen we hem uit het water haalden. Daardoor lijkt het nu alsof hij bloedt.' Joey werd altijd zenuwachtig van een lijk, hij had een zwakke maag en aanleg voor misselijkheid. Op een keer, toen ze het lijkje van een pasgeboren baby moesten ophalen, keurig in een hand- doek gerold en in een vuilcontainer achter de school gelegd, was Joey flauwgevallen. De lijkschouwing toonde aan dat het kindje dood geboren was, maar de gedachte dat iemand zich op zo'n zorgeloze wijze van een baby ontdeed, onthutste het hele dorp. Ze waren er nooit achter gekomen wie er verant- woordelijk voor was geweest, en hoewel dr. Jones volhield dat iedereen uit het dorp bij de vuilstort had kunnen komen, schonk de Vereniging van Oud-Leerlingen van Haddan nog datzelfde jaar een sporthal aan het dorp.

Zulke giften volgden altijd na pijnlijke incidenten rond de school. De uitbreiding van de plaatselijke bibliotheek had plaatsgevonden nadat een stel Haddanleerlingen met een ge- stolen auto tegen de stationcar van Sam Arthur waren gebotst toen hij huiswaarts keerde na een raadsvergadering en Sam in het ziekenhuis was beland met twee gekneusde ribben en een been dat met metalen pennen weer in elkaar moest worden gezet. De nieuwe openbare tennisbanen waren het gevolg van een drugsarrestatie waarbij de zoon van een Congreslid betrokken was. Die giften aan het dorp betekenden voor Abe bijzonder weinig. Hij maakte geen gebruik van de bibliotheek en een avondje pingpong met Joey en zijn kinderen in de sporthal had hem hoofdpijn bezorgd. Nee, Abe was veel meer geïnteresseerd in de paarse plek op het voorhoofd van die jongen. Een wond die niet dichtging, dat interesseerde hem.

Inmiddels voelde Abe iets raars in zijn keel, alsof er iets scherps klem zat. Het was een scherf van iemands dood en die behoorde hem niet toe, maar zat daar niettemin. Abes lichte ogen stonden al afwezig, altijd het teken waaraan je kon zien dat hij weer een deel van zijn leven ging verwoesten. Hij vervreemdde zich van zijn chef door te weigeren rechter Aubrey met een waarschuwing te laten gaan als hij op weg vanuit de Millstone met een te hoog alcoholpromillage achter het stuur zat, of hij stuurde de burgemeester een dagvaarding vanwege snelheidsoverschrijding terwijl iedere agent in Haddan wist dat je hem met een vriendelijke waarschuwing moest laten gaan. Die dwarskoppigheid trad ook in Abes privé-leven op. Hij gaf een vrouw die gek van hem was, zoals die mooie Kelly Avon van de 5&10 Centbank, de bons, of vergat zijn rekeningen te betalen en merkte niet eens dat de stroom was afgesloten totdat de melk in de koelkast zuur begon te worden. Als Joey Abe niet zo nu en dan dekte, zou Abe allang ontslagen zijn ondanks de reputaties van zijn vader en grootvader. Vandaag probeerde Joey, net als hij zo vaak deed, Abe op te vrolijken nu hij zo zwartgallig was. Op naar het volgende onderwerp en zonniger zaken.

'Wat is er gisteren gebeurd?' vroeg Joey in de wetenschap dat Abe een nieuwe vrouw mee uit had genomen, eentje die hij bij een ongeluk op Route 17 had leren kennen. Abe had inmiddels de meeste alleenstaande vrouwen van Haddan en Hamilton wel gehad, en ze wisten allemaal dat hij zich nooit zou binden. Hij moest verderop zoeken naar vrouwen die hem nog een kans gaven.

'Het werd niks. We wilden allebei iets anders. Zij wilde praten.'

'Misschien hebben ze het je nooit verteld, Abe, maar met een vrouw praten, betekent niet dat je het over een trouwdatum moet hebben. Hoe kan ik in dit tempo nou plaatsvervangend met je meeleven? Jouw seksleven windt me helemaal niet op. Te veel geklaag en te weinig seks. Je kon net zo goed getrouwd zijn.'

'Wat moet ik ervan zeggen? Ik zal mijn best doen om meer onbetekenende one-nightstands te krijgen zodat ik jou wat meer te melden heb.'

Ze hoorden nu sirenes, dus liep Joey snel naar de weg om hun hulptroep uit Hamilton te vlaggen.

'Doe dat maar,' zei Joey vrolijk terwijl hij verderliep.

Abe bleef bij de jongen hoewel hij wist dat het gevaarlijk was. Zijn grootvader had hem gewaarschuwd dat iemand die te lang bij een dode bleef het risico nam dat hij zijn last zou overnemen. Abe voelde zich ook belast, alsof de lucht zwaarder was, en ondanks zijn oude leren jas bleef hij bibberen van de kou. Op deze eerste novemberdag voelde hij hoezeer hij wilde leven. Hij wilde naar de rivier luisteren en naar het lied van de vogels en hij wilde de pijn in zijn zwakke knie voelen, die altijd opspeelde bij vochtig weer. Hij wilde dronken worden en een vrouw kussen naar wie hij echt verlangde. Deze jongen over wie hij waakte zou dat nooit doen. Zijn kansen waren weggespoeld, naar de diepste diepten van de rivier, waar de grootste forellen zich verscholen hielden, enorme vissen, zoals men beweerde, met schitterende vinnen die het zonlicht reflecteerden en vissers verblindden waardoor ze elke keer weg wisten te komen.

Later die ochtend, nadat de school van Haddan had bevestigd dat er inderdaad een leerling werd vermist, werd de verdronken jongen in zwart plastic verpakt en in ijs gelegd om hem op de reis naar Hamilton voor te bereiden omdat in Haddan geen gelegenheid bestond voor een correcte lijkschouwing. Abe ging vroeg weg van kantoor; hij ging achter het politiebureau kijken hoe de ambulance werd klaargemaakt. Wrights oude politiewagen stond vooral om emotionele redenen achter het laadperron geparkeerd, al ging Abe er zo nu en dan weleens een eindje mee rijden. Zijn grootvader had ervan gehouden om ritjes over de hobbelige rivierweg te maken en toen Abe klein was, had Wright zijn kleinzoon vaak meegenomen voor een ritje, al zocht Abes grootvader dan niet naar forel. Hij liet Abe in de auto achter en kwam terug met bossen blauwe vlag, de inheemse iris die op de oevers groeide. De bloemen hadden erg klein geleken in Wrights enorme handen, alsof het kleine paarse sterretjes waren die hij uit de lucht had geplukt. Het viel voor een kind bijna te geloven dat deze bloemen als ze zo hoog mogelijk in de lucht werden geslingerd, nooit meer terug zouden komen.

Een andere grote vent die wilde bloemen was gaan plukken, had misschien gek geleken, maar Wright Grey beslist niet. Op weg naar de boerderij moest Abe altijd de bloemen voorzichtig vasthouden en ze niet pletten. Eens in de zoveel tijd, op warme voorjaarsdagen, reisde er een bij mee in de irissen en moesten ze alle autoruiten openen. Diverse keren was de bij helemaal meegereden naar huis, zoemend als een gek en zichzelf op het boeket stortend; zo zoet geurden de irissen. Wright nam de bloemen nooit mee de keuken in waar Abes grootmoeder, Florence, het avondeten bereidde. In plaats daarvan liep hij achter het huis naar de velden waar het gras hoog stond en waar die vrouw van vroeger rust had gevonden. Misschien werd toen Abes wantrouwende natuur gewekt. Zelfs toen leek er een waarheid te bestaan waarop hij niet goed grip kon krijgen, en nu vroeg hij zich af waarom hij niet beter zijn best had gedaan om erachter te komen en de eenvoudigste en moeilijkste vraag van allemaal te stellen: waarom?

Heel lang had hij gewenst dat hij met de doden had kunnen praten. Niet weten was ondraaglijk; het kon je decennia lang achtervolgen, jaar na jaar, totdat toeval en opzet in elkaar waren vastgedraaid tot een strop van twijfel. Abe verlangde niets anders dan tien minuten met elke jongen die er misschien voor had gekozen zich van het leven te beroven. Was het je bedoeling? Dat was wat hij wilde vragen. Heb je luid geschreeuwd zodat je stem door de boomtoppen en wolken echode? Zag je aan het einde de blauwe hemel of alleen een zwart gordijn dat snel viel? Bleven je ogen wijdopen omdat je nog niet klaar was met je leven en je wist dat er nog veel te zien was, jaren, decennia, duizend dagen en nachten die je niet langer zou hebben?

Terwijl de verdronken jongen naar Hamilton werd gebracht, zou hij onderweg beslist blauw worden, net als zilverforel nadat hij was gevangen en in een vistas was geduwd bij lege bierflesjes en ongebruikt aas. Waarschijnlijk waren er geen feiten te achterhalen en viel er niets te bewijzen, maar de wond van de jongen knaagde aan hem. Abe stapte in de auto van zijn opa en besloot de ambulance te volgen, op zijn minst eventjes. Hij deed dit, ook al wist hij absoluut zeker dat zijn leven heel wat minder ingewikkeld zou zijn als hij gewoon zou omkeren.

'Krijgen we een escorte?' riep de ambulancechauffeur door het opengedraaide raampje toen ze aan de rand van de stad stilhielden. Abe herkende de chauffeur uit zijn highschooltijd, Chris Wyteck, die had gebasketbald en zijn arm in het eindexamenjaar had verprutst. Het was nog niet helemaal happy hour, maar de ongeplaveide parkeerplaats van de Millstone stond al halfvol. Om de waarheid te vertellen stond Abes wagen vaak tussen de Chevy-busjes en de pick-uptrucks, een feit dat Joey Tosh voor Glen Tiles probeerde te verzwijgen, alsof het mogelijk was in dit plaatsje iets lang geheim te houden. Maar op deze novembermiddag voelde Abe niet de geringste neiging zijn vaste plek aan de bar in te nemen. De waarheid was toch iets merkwaardigs; als je eenmaal besloot haar te gaan achterhalen, moest je volhouden ongeacht waarheen de feiten voerden.

'Nou en of,' riep Abe naar Chris. 'Ik rij het hele stuk mee.'

Onder het rijden herinnerde Abe zich dat zijn grootvader hem altijd had verteld dat je versteld stond van wat je kon ontdekken zonder iets anders te doen dan rustig te luisteren. Iemand die echt goede opmerkingsgaven bezat, kon naast de rivier gaan liggen en horen waarheen de vis zwom; ja, de forel gaf bijna aanwijzingen aan iedereen die de moeite nam ze te bestuderen. En omdat grootvader de beste visser van het dorp was en altijd goede adviezen had verstrekt, begon Abe vanaf dat moment te luisteren. Hij dacht na over die paarse plek op het voorhoofd van de jongen, een kneuzing met de kleur van wilde iris, en hij besloot dat hij nu eens een keer zou opletten. Hij zou horen wat die dode jongen te zeggen had.

In Haddan verspreidde het nieuwtje zich snel, en tegen de middag wisten de meeste mensen dat er een sterfgeval had plaatsgevonden. Na de eerste ronde van roddel en kletspraat, werden de mensen de geruchten beu en hielden domweg hun mond. Op de hele campus heerste op de gekste plekken stilte. In de keuken werd er niet met potten en pannen geslagen; in de huiskamers werd niet gesproken. Docenten annuleerden lessen; voor het eerst in jaren ging de voetbaltraining niet door. Er waren er die niets anders wilden dan gewoon doorgaan, maar de meeste mensen konden niet zo gemakkelijk aan dit sterfgeval voorbijgaan. Velen van hen hadden Gus op school meegemaakt en de meesten waren niet aardig tegen hem geweest. Degenen die wreed waren geweest, waren bekend en daar waren er veel van. Zij die in de kantine niet bij hem aan tafel hadden willen zitten, zij die hem hun aantekeningen niet wilden lenen als hij een les had gemist, die achter zijn rug over hem spraken, die hem in zijn gezicht uitlachten, die hem verachtten of negeerden of zijn naam nooit konden onthouden. Meisjes die zichzelf te goed hadden gevonden om met hem te spreken, gingen nu met hoofdpijn naar bed. Jongens die tijdens de gymlessen volleyballen naar hem hadden gegooid, renden bedrukt naar hun kamers. Leerlingen die het altijd op gemakkelijke slachtoffers gemunt hadden, vreesden nu dat hun wandaden uit het verleden al in een soort hemels boek waren vastgelegd met een soort zwarte inkt die niet viel te verwijderen.

Niet alleen de gelijken van Gus voelden de wroeging steken; diverse faculteitsleden werden zo beroerd toen ze over de dood van Gus Pierce hoorden dat ze hun lunch niet weg konden krijgen, al bestond het toetje uit chocoladebroodpudding, wat altijd favoriet was. Deze docenten, die vieren hadden uitgedeeld en hadden geklaagd over het slordige schrift en de koffievlekken op de opstellen van Gus, vonden nu dat achter de hanenpotige penvoering een heldere en originele geest schuil was gegaan. Lynn Vining, die Gus had willen laten zakken vanwege een serie zwarte schilderijen die hij had gemaakt, haalde de doeken uit een voorraadkast en was verbluft over de schitterende kleurendraadjes die ze tot dan toe niet had gezien.

De hele school werd bijeengeroepen en achter in de middag zat de hele gemeenschap in het auditorium te luisteren naar Bob Thomas die de dood van Gus een ongelukkig incident noemde, maar het gerucht ging al rond dat het zelfmoord was geweest. Bij de bibliotheek zaten rouwspecialisten aan tafels en Dorothy Jackson, de schoolverpleegster, verstrekte kalmerende middelen en ijskompressen en extra sterke Tylenol. Aan de bewoners van Chalk House werd in het bijzonder aandacht besteed omdat zij het dichtst bij de overledene hadden gestaan en Charlotte Evans' ex-schoonzoon, de psycholoog Phil Endicott kwam rond de avondmaaltijd langs voor een extra spreekuur. De bijeenkomst werd in de huiskamer van Chalk House gehouden, en dat bleek geen overbodige luxe. Met name de eerstejaars die de zolder met Gus hadden gedeeld leken in de war, en Nathaniel Gibb, die zachtmoediger was dan de meeste anderen, ging halverwege de sessie weg, toen Phil Endicott nog maar twee van de vijf stadia van rouw had behandeld. Aan het eind van de bijeenkomst raadde Duck Johnson zijn beschermelingen aan dat ze van elke dag iets bijzonders moesten maken, maar er luisterde niemand naar hem. Door de dunne muren en de stokoude leidingen hoorden ze allemaal dat Nathaniel in het dichtstbijzijnde toilet overgaf; ze hoorden het toilet keer op keer doorgetrokken worden.

Aan de overkant van het gazon lagen meisjes die nooit een woord met Gus hadden gewisseld hun kussens nat te huilen en te wensen dat ze de loop der dingen konden veranderen. Elke jongen die op mysterieuze wijze overleed, was al snel droommateriaal: meisjes konden hun gedachten de vrije loop laten over wat er zou zijn gebeurd als zij op die laatste nacht van oktober langs de rivier hadden gelopen. Ze zouden hem hebben geroepen en gered of misschien zouden ze zelf zijn verdronken, omlaaggetrokken tijdens die daad van medemenselijkheid.

Carlin Leander walgde van deze plotselinge uitbraak van vals medeleven. Zijzelf kookte, een stamppot van woede en spijt. Ze weigerde de bijeenkomst van de decaan bij te wonen; in plaats daarvan sloot ze zich op in de badkamer, waar ze haar bleke haren uittrok en met haar rafelige, afgebeten nagels over haar huid kraste. Laat anderen maar denken wat ze willen, zij wist heel goed wie er schuldig was aan Gus' dood. Haar ellendige optreden op de avond van Halloween had zowel Gus als de vriendschap vernietigd en had zich vervolgens als iets kouds en gemeens ingenesteld op de plek waar Carlins hart hoorde te zitten. Om alle gif te laten ontsnappen, pakte ze een scheermes van een plankje uit de medicijnkast. Een enkele haal en er vormden zich bloeddruppels; nog een en een stroompje rood langs haar arm omlaag. In totaal sneed Carlin zichzelf zes keer. Haar eigen vlees was een dossier waarin ze al haar fouten vastlegde. De eerste snee was voor gierigheid, de tweede voor hebzucht, de volgende voor het kleingeestige genoegen dat ze had gesmaakt toen andere meisjes jaloers waren geworden, toen nog een voor ijdelheid en voor lafheid, en de laatste en diepste was voor het verraden van een vriend.

In de nacht van Gus zijn dood had Carlin gedroomd over gebroken eieren, altijd een rampzalig teken. Toen ze vroeg in de morgen was opgestaan, was ze naar het raam gelopen en het eerste wat ze daar zag was een tiental gebroken eieren beneden op het pad. Het was gewoon een stomme streek van een paar jongens uit het dorp die net als ieder jaar op Halloween St. Anne met eieren hadden bekogeld. Maar toen ze naar het pad keek, had Carlin begrepen dat je sommige dingen nooit meer kon herstellen, al deed je nog zo je best. En toch kon ze het niet geloven toen ze vernam dat Gus echt weg was. Ze rende naar Chalk House en verwachtte half en half dat ze hem in de gang zou tegenkomen, al was het huis verlaten toen zij er aankwam doordat de meeste bewoners de beslotenheid van het huis waren ontvlucht. Er was niemand om Carlin tegen te houden toen ze naar de zolder ging of om haar te zien toen ze de kamer van Gus betrad. Ze rolde zich op zijn keurig opgemaakte bed op. De woede en de hitte waren inmiddels weggesijpeld waardoor Carlins tranen ijskoud en blauw waren geworden. Haar gejammer was zo meelijwekkend dat ze de spreeuwen uit de wilgen joeg, en de konijnen in de braamstruiken rilden en zich dieper in de koude, harde aarde ingroeven.

Het was bijna tijd voor de avondmaaltijd toen de twee agenten verschenen. Geen van beiden had zich op de campus ooit prettig gevoeld en beiden aarzelden toen ze de autoportieren dichtsloegen. Abe was al naar Hamilton heen en weer gereden, Joey had hun rapport ingediend. Nu waren ze hier om Matt Farris van de forensische dienst te ontmoeten en de woonruimte van de overledene te bekijken. Abel Grey merkte dat, zoals hem wel vaker was opgevallen, tragische gebeurtenissen een echo veroorzaakten. Als hij bijvoorbeeld bij een ongeluk op een bevroren weggedeelte kwam, hoorde hij geluiden waarvan hij zich voordien nooit bewust was geweest: vallende bladeren, het geknerp van kiezelstenen onder de banden, het gesis van bloed als het de sneeuw liet smelten. In Haddan kon je horen dat lucht zich golvend verplaatste. Hij hoorde de roep van de vogels, het geruis van de takken van de beukenbomen en daar net bovenuit hoorde hij iemand huilen, een schrille klank van vertwijfeling die boven de daken en bomen uitrees.

'Hoorde je dat?' vroeg Abe.

Joey knikte naar een jongen die voorbijreed op een mountainbike die waarschijnlijk evenveel kostte als een arbeider in een maand verdiende. 'De klank van geld? Ja, die hoor ik.'

Abe lachte, maar vanbinnen voelde het vreemd, zo'n raar voorgevoel dat hij ook 's avonds laat had als hij onwillekeurig uit het raam ging kijken of zijn kat nog kwam opdagen. Hij had de kat helemaal niet willen hebben, maar hij was op een avond komen aanlopen en had het zichzelf gemakkelijk gemaakt, en nu maakte Abe er zich zorgen over als het beest 's avonds niet op de stoep stond als hij uit zijn werk kwam. Hij was diverse keren tot na middernacht opgebleven, tot die verdomde kat het eindelijk tijd vond om zich te melden.

'Hé,' Abe riep een voorbijlopende jongen. Die versteende onmiddellijk. Jongens van die leeftijd wisten altijd meteen dat ze met een agent te maken hadden, zelfs brave kinderen die niets te verbergen hadden. 'Waar is Chalk House?'

De jongen wees naar een gebouw dat zo dicht bij de rivier stond dat de takken van de treurwilgen over het dak heen groeiden. Toen ze bij het huis aankwamen, stampte Abe wat modder van zijn laarzen, maar Joey kon het niks schelen. Er stonden nog meer van die dure fietsen kriskras door elkaar. Haddan was niet zo'n plaats waar je fietsen op slot moest zetten of voordeuren vergrendelen, behalve toen Abe en Joey op het dievenpad waren en de mensen uit het dorp in rijen naar de ijzerwinkel gingen voor Yale-sloten en dievenklauwen.

Toen de mannen eenmaal de schemerige gang van Chalk House hadden betreden, kwam bij Abe precies dezelfde gedachte op als destijds toen ze inbraken pleegden: *Niemand houdt ons tegen.* Dat had hem altijd verwonderd. *Niemand heeft de leiding.*

Matt Farris stond in de salon een sigaret te roken en gebruikte een kartonnen bekertje als asbak.

'Waar bleven jullie nou?' vroeg hij bij wijze van grap omdat hij en zijn partner Kenny Cook meestal te laat kwamen. Hij drukte zijn sigaret uit en gooide de hele troep in de prullenbak.

'Je bent alleen op tijd doordat Kenny er niet bij is,' grapte Joey.

'Brandje aan het stichten?' vroeg Abe vanwege de smeulende prullenbak.

'De tent afbranden? Geen slecht idee.' Matt kwam uit het dorp en koesterde het plaatselijke vooroordeel tegen de school, en het plezierde hem om afval te zien opgloeien voordat hij alles met een bekertje water bluste.

'Geen foto's?' vroeg Abe nu. Matts partner Kenny was de man met het fototoestel, maar hij had nog een baan, bij de Fotomat in Middletown en was daardoor meestal niet beschikbaar bij noodgevallen.

'Glen vond het niet zo nodig,' zei Matt. 'Niet te veel tijd aan verspillen, zei hij.'

Abe slaagde erin op weg naar de tweede verdieping zo hier en daar een blik in een kamer te werpen; ze waren allemaal voorspelbaar rommelig en stonken naar ongewassen kleren. De mannen liepen door, stommelden de laatste trap op en probeerden hun hoofd niet te stoten aan het lage plafond. Ze moesten nog dieper bukken toen ze het konijnenhok van een zolder bereikten, met flinterdunne muren en dakbalken die zo laag zaten dat iemand van Abes lengte de hele tijd gebukt moest lopen. Zelfs Joey, die nauwelijks één meter zeventig was, voelde zich weldra claustrofobisch. Al die jaren dat ze zich hadden voorgesteld hoe de andere helft leefde, hadden ze dit nooit bedacht.

'Wat een teringbende,' zei Joey. 'Wie had dat gedacht?'

Ze hadden altijd gedacht dat Haddanleerlingen in weelde leefden, met veren bedden en schouwen. Nu bleek dat ze altijd jaloers waren geweest op een benauwde zolder met een vloer die onder iedere stap doorboog en buizen die uit het plafond staken.

Toen ze bij de kamer van Gus kwamen, hoorde Abe het gehuil weer. Nu hoorden Joey en Matt het ook.

'Dat kan er ook nog wel bij. Een of andere verwende hufter die van streek is.' Joey moest binnen twintig minuten naar huis, eten, Mary Beth sussen vanwege alle huishoudelijke taken die hij vergeten was of binnenkort zou vergeten en op zijn werk in het winkelcentrum zien te komen. 'We kunnen ook weggaan,' stelde hij voor. 'En morgen terugkomen.'

'Ja, vast.' Abe haalde een pakje kauwgom uit zijn zak en gooide er een paar in zijn mond. 'Laten we het maar snel afhandelen.'

Het knagende gevoel dat Abe had, begon bitter te worden. Hij kon er nooit tegen om iemand te horen huilen, al had hij er inmiddels wel aan gewend moeten zijn. Hij had volwassen kerels zien huilen terwijl ze hem smeekten om een laatste kans nadat hij ze wegens rijden onder invloed aan de kant had gezet. Vrouwen hadden tegen zijn schouder staan jammeren vanwege onbenullige aanrijdinkjes of weggelopen honden. Ondanks al zijn ervaring was Abe nooit op emotionele uitbarstingen ingesteld en het werd alleen nog maar erger toen hij de deur van Gus opende en ontdekte dat de persoon in kwestie een meisje was dat nauwelijks ouder leek dan Joeys dochter Emily.

Carlin Leander had niemand horen aankomen, en toen ze Abe zag, stond ze meteen op het punt weg te rennen. Wie kon haar dat kwalijk nemen? Abe was een grote vent en in dit piepkleine zolderkamertje leek hij nog veel groter. Maar in feite lette Abe niet zo op Carlin. Hij was veel meer onder de indruk van de visuele informatie die hem veel sterker verraste dan een huilend meisje: de kamer was keurig.

Carlin was opgestaan; nog voordat hij zichzelf als zodanig had geïntroduceerd, had ze hem op een politieman geschat en gedurende een verbluffend moment dacht ze dat ze gearresteerd zou gaan worden, en misschien zelfs verdacht zou worden van moord. In plaats daarvan liep Abe naar de kast waar hij alle overhemden op knaapjes aantrof en alle schoenen op een keurig rijtje. 'Had Gus zijn kamer altijd zo netjes?'

'Nee. Meestal lagen zijn kleren over de vloer.'

Joey stond nog op de overloop met Matt Farris. Toen hij de kamer binnengluurde, zag hij niets om vrolijk van te worden. Weer zo'n rijke Haddanleerling, schatte hij, een verwend kind dat in huilen uitbarstte als ze niet kreeg wat ze wilde.

'Misschien moeten we haar meenemen naar het bureau. Haar daar verhoren.' Joey kon heel goed op het juiste moment de verkeerde dingen zeggen, en dit was geen uitzondering. Voordat Abe Carlin ervan kon overtuigen dat ze dat zeker niet zouden doen, schoot ze de kamer uit. Ze raasde de trap af; de trap af met twee treden tegelijk.

'Briljante zet.' Abe wendde zich tot Joey. 'Ze wist misschien iets en jij moet haar zo nodig wegjagen.'

Joey keek ook in de kast; hij tastte op de bovenste plank. 'Bingo.' Hij haalde een plastic zak met marihuana te voorschijn en gooide die naar Abe. 'Als het er is, vind ik het,' zei hij trots.

Abe stopte de marihuana in zijn zak; misschien zou hij het inleveren, misschien niet. Hij begreep er in elk geval niets van dat een zak wiet zo slordig rondslingerde in een kamer die zo keurig en schoon was. Terwijl Matt Farris poederde om vingerafdrukken te vinden, liep Abe naar het raam om het uitzicht van de dode jongen te zien; ze zaten zo hoog dat hij de vogelnestjes in de wilgen kon begluren en de merels rond de torenspits van het dorp zag zweven. Vanaf deze uitkijkpost schenen de bossen aan de overkant van de rivier eindeloze hectares meidoorn en hulst, wilde appel- en dennenbomen. Abe zag geen stof op de raamkozijnen liggen en de vensterruitjes waren evenmin groezelig.

'Twee mogelijkheden.' Joey was naast Abe komen staan. 'Of-wel die jongen heeft zelfmoord gepleegd of hij is flink stoned geworden en per ongeluk verzopen.'

'Maar je gelooft niet dat het een ongeluk was,' zei Abe.

'Voorzover ik het heb gehoord was die jongen een loser.' Toen hij besefte wat hij daarmee suggereerde, keerde Joey, ter nage-dachtenis aan Frank, op zijn schreden terug. 'Niet dat alleen losers zelfmoord plegen. Dat bedoelde ik niet.'

'Ik wou dat Kenny erbij was.' Abe wilde het niet over Frank hebben. Niet hier. Niet nu. 'Ik wil toch wat foto's van deze kamer, en ik weet hoe ik eraan kan komen.'

Hij had beneden op het pad een vrouw met een fototoestel zien lopen, en knikte even opdat Joey ook een blik zou wer-pen.

'Niet slecht,' zei Joey. 'Lekker kontje.'

'Ik wilde je dat fototoestel tonen, debiel.'

'Ja, ik wed dat je meteen op dat fototoestel viel.'

Terwijl ze het gazon overstak, vroeg Betsy Chase zich af of zij een van de laatste mensen was geweest die Gus Pierce in leven had gezien. Ze kon niet bedenken wat er gebeurd was nadat ze hem over het hek van de begraafplaats had zien klimmen, gebroken door zijn ruzie met Carlin. Had Betsy iets kunnen doen om hem te redden? Als ze nou eens had geroepen toen hij in het bos verdween, of als ze was doorgelopen naar de begraafplaats? Had ze de loop der dingen kunnen veranderen? Had een enkel woord het lot van die arme jongen een andere loop kunnen geven, zoals een eenzame ster een reiziger door zwaar weer kan leiden?

Betsy's fototoestel bonkte op de gebruikelijke, troostrijke ma-nier tegen haar borstkas, maar ze voelde zich licht en zweve-rig, wat misschien werd veroorzaakt doordat ze vanaf het schaduwrijke, duistere pad was overgestoken naar het laatste zonlicht van de dag. In de schaduw die door een recent over-lijden werd veroorzaakt, kon je zelf van de fijnste straaltjes duizelig worden. Betsy leunde tegen een van de treurbeuken om zich te vermannen. Helaas nestelden de zwanen hier vlak-bij. Het waren zulke terrritoriumbeesten dat ieder verstandig mens doorgelopen zou zijn, maar Betsy bracht haar fototoestel naar haar gezicht en stelde scherp. Ze bekeek de wereld liever door een lens, maar voordat ze klaar was, werd ze geroepen. Betsy hield een hand boven haar ogen. Er stond een man bij de voordeur van Chalk House en die keek in haar richting. 'Is dat een fototoestel?' riep hij.

Nou, dat was wel duidelijk, maar niet duidelijker dan het feit dat zijn ogen licht, doorschijnend blauw waren en dat hij een soort blik in zijn ogen had die iemand op zijn plek kon houden en kon verlammen. Betsy voelde zich verwant aan de konijnen die ze in de schemering weleens zag; hoe voor de hand liggend het ook was dat ze moesten wegvluchten, ze bleven versteend zitten, zelfs als ze in onmiddellijk gevaar verkeerden.

Abe liep op haar af en dus was het nu idioot om te vluchten. Toen hij zijn legitimatie te voorschijn haalde, staarde Betsy naar de foto. Zulke portretfoto's waren meestal belachelijke plaatjes uit een goelag of een strafkamp, maar deze man was zelfs knap op zijn identiteitsbewijs. Betsy kon voor haar eigen bestwil beter niet te lang toekijken. Hij was de knapste man die ze in Haddan had gezien en van een knappe man kon je nooit verwachten dat hij iets hoger wist te waarderen dan wat hij in de spiegel zag. Niettemin vielen Betsy enkele simpele feiten op toen ze haar blik snel over zijn personalia liet gaan: geboortedatum, zijn naam en de kleur van zijn ogen, waarvan ze al had vastgesteld dat die verbijsterend blauw waren.

Abe legde uit wat hij wilde en nam haar mee naar Chalk House. Terwijl Betsy met hem meeliep, bleef ze naar de zwanen kijken omdat ze dacht dat die zouden gaan aanvallen, zouden blazen en naar jassen en schoenen zouden happen, maar dat gebeurde niet. Er sprong er eentje het nest uit en daarna volgde de rest hem over het pad, hetgeen Betsy iets sneller deed lopen.

'Ik heb Gus Pierce gisteravond gezien,' hoorde Betsy zichzelf tegen de rechercheur zeggen. 'Waarschijnlijk vlak voordat hij in de rivier belandde.'

Het was Abe wel vaker opgevallen dat mensen je meer informatie verstrekten dan je gevraagd had; zonder enig aandringen gaven ze nauwkeurig antwoord op de vraag die je had moeten stellen, het belangrijke detail waaraan je nog niet had gedacht.

'Hij was samen met een andere leerling.' Betsy gooide een paar korsten uit haar zak op het pad, maar de zwaan negeerde haar gaven en haastte zich achter hen aan met pootjes die op het beton petsten. Gelukkig hadden ze het slaaphuis bereikt.

'Een blond meisje?' vroeg Abe.

Betsy knikte, verrast dat hij het wist. 'Ze hadden ruzie op de oude begraafplaats.'

'Zo erg dat hij er zelfmoord om zou plegen?'

'Dat ligt eraan.' Wat was er met haar aan de hand? Ze leek haar mond niet te kunnen houden, alsof het in het bijzijn van deze man gevaarlijker was om te zwijgen dan te spreken. 'Je kunt nooit voorspellen wat mensen doen als ze verliefd zijn.'

'Spreekt u uit eigen ervaring?'

Ze voelde haar wangen en hals kleuren en Abe was op een vreemde manier geroerd door haar ongemak. Hij deed een stap in haar richting, aangetrokken door een overheerlijke geur die aan zelfgebakken koekjes deed denken. Abe, die nooit veel om toetjes had gegeven, kreeg op slag enorme trek. Hij had zin om die vrouw ter plaatse, op het pad, te kussen.

'U hoeft die laatste vraag niet te beantwoorden,' zei hij.

'Dat was ik ook niet van plan,' verzekerde Betsy hem.

Ze had ook eigenlijk helemaal geen idee wat verliefde mensen doen, behalve zich als idioten gedragen.

'Bent u hier lerares?' vroeg Abe.

'Eerstejaars. En u? Hebt u hier schoolgegaan?'

'Niemand uit het dorp gaat naar de school van Haddan. We houden er niet eens van om op het terrein te komen.'

Ze hadden de deur bereikt die achter Abe in het slot was gevallen; hij wierp zijn gewicht tegen de deur en haalde zijn benzinepasje langs de grendel waardoor hij het nummerslot forceerde.

'Knap werk,' zei Betsy.

'Oefening baart kunst,' zei Abe.

Betsy voelde zich belachelijk sterk tot de man aangetrokken, alsof de zwaartekracht een geintje uithaalde. Het was eigenlijk onzin dat ze niet op adem kon komen. Het was hetzelfde soort aantrekkingskracht als wanneer je je afvroeg of de postbode lekker kon zoenen, of hoe de tuinman die de rozen verzorgde eruit zou zien zonder overhemd. Eric en zij zouden later hartelijk lachen om de manier waarop zij door een man met blauwe ogen was gestrikt voor politiewerk. Het was per slot van rekening haar burgerplicht. Om het zakelijk te houden zou ze het politiebureau een rekening sturen voor de film en de kosten van ontwikkelen en afdrukken.

'Ik zie dat je een fotograaf hebt gevangen.' Matt Farris stelde zichzelf en Joey aan Betsy voor toen die op zolder verscheen. Met zoveel mensen erin leek de kamer van Gus nog kleiner. Matt stelde voor dat ze op de overloop zouden wachten terwijl Betsy haar werk deed. 'Niet slecht,' zei hij vervolgens tegen Abe. Joey rekte zich uit om Betsy beter te kunnen zien. 'Veel te slim voor jou,' zei hij tegen Abe, 'dus ik geef je geen kans.'

Onder de plaatselijke bevolking deed de grap de ronde dat negentig procent van de vrouwen in Massachusetts aantrekkelijk was en dat de andere tien procent op Haddan lesgaf, maar die mensen hadden Betsy Chase nog nooit ontmoet. Ze was eerder innemend dan mooi, met haar donkere haar en de scherpe boog van haar jukbenen; haar wenkbrauwen stonden merkwaardig omhoog alsof ze ooit verrast was en zich nu pas weer begon te herstellen. In de vallende schemering werd ze door het zolderraam zo uitgelicht dat Abe zich afvroeg waarom ze hem nooit eerder was opgevallen. Misschien was het maar beter ook; het was nergens goed voor dat hij aan Betsy verslingerd zou raken, want ze was allerminst zijn type, al had Abe zijn type nog nooit gevonden. Een vrouw zonder verwachtingen, dat had hij vroeger altijd gewild. Een vrouw als Betsy zou hem ongelukkig maken en hem ten slotte de bons geven. Het was trouwens te laat voor hem om nog emotionele banden aan te gaan; hij zou het niet eens meer kunnen. Hij zat soms 's avonds alleen in de keuken naar de trein naar Boston te luisteren en stak dan ondertussen spelden in zijn handpalm, gewoon om wat te voelen. Maar hij voelde niets. 'Zal ik haar telefoonnummer even voor je vragen?' vroeg Joey. 'Ik weet het niet, Joey,' bekte Abe terug. 'Jij lijkt het meeste belang in haar te stellen.'

'Ik stel belang in iedereen,' gaf Joey toe. 'Maar dan puur theoretisch.'

Ze lachten er allemaal hartelijk om totdat Betsy nadat ze klaar was de overloop op kwam. Abe stelde voor dat hij de film van haar zou overnemen, waardoor ze plots op haar hoede was. Misschien kwam het door dat mannengelach waarvan ze terecht vermoedde dat het ten koste van haar ging.

'Ik ontwikkel mijn eigen films,' zei Betsy tegen Abe.

'Een perfectionist.' Abe schudde zijn hoofd. Beslist zijn type niet.

'Best.' Betsy voelde het als ze werd beledigd. 'Als je de film zo wilt, vind ik het best. Pak maar.'

'Nee, 't is al goed. Neem maar mee en ontwikkel maar.'

'Romantisch ruzietje?' vroeg Joey zoetjes terwijl ze Chalk House uitliepen.

'Nee,' zeiden ze eenstemmig. Ze staarden elkaar aan, verbaasder dan ze allebei hadden willen toegeven.

Joey grijnsde. 'Een potje met een dekseltje.'

Maar ze moesten nu ieder zijns weegs gaan. Matt Farris ging naar het lab in Hamilton, Joey ging op de veranda met zijn mobieltje naar huis bellen en Betsy liep het pad op waar ze had gelopen toen Abe haar had geroepen.

'Je kunt de foto's wel naar het bureau sturen.' Abe hoopte dat hij ongeïnteresseerd klonk. Hij hoefde niet elke vrouw die hij tegenkwam te versieren, alsof hij een onopgevoede hond was. Hij zwaaide vrolijk, de brave politieman die alleen de orde wilde handhaven. 'Vergeet de rekening niet.'

Toen ze weg was, stond hij te somberen en merkte de zwaan niet op tot die vlak bij hem stond. 'Smeer hem,' zei Abe zonder dat het resultaat had. 'Loop door,' zei hij tegen het beest.

Maar de zwaan kwam desondanks dichterbij. De zwanen van Haddan stonden bekend om hun merkwaardige gedrag, misschien doordat ze de hele winter in Massachusetts vastzaten, waar ze veroordeeld waren tot het bijeenscharrelen van kruimels en korsten. Enorme vluchten Canadese ganzen vlogen over het dorp en streken alleen even neer om de gazons af te grazen, maar de zwanen moesten blijven, nestelden zich tussen de wilgentenen of schoolden samen in de laurierheggen en spuwden naar het ijs en de sneeuw.

'Kijk niet zo naar me,' zei Abe tegen de zwaan.

Aan de manier waarop de vogel hem bekeek, dacht Abe af te kunnen lezen dat hij hem wilde aanvallen, maar in plaats daarvan vloog hij weg achter Chalk House. Abe keek hem even na voordat ook hij naar de achterkant van het huis liep. Hij wilde niet over vrouwen en eenzaamheid nadenken; hij kon zich beter concentreren op het spoor dat van de achterdeur van Chalk House naar de rivier leidde.

Toen Joey klaar was met ruziemaken met Mary Beth over de vraag of hij al dan niet aanwezig moest zijn als haar ouders op zondag kwamen eten, meldde Abe hem: 'Er deugt hier iets niet.'

Het holle pad was vochtig en hoewel het in geen dagen had geregend, lagen er plasjes in het gras.

'Yep,' bevestigde Joey toen hij zijn mobieltje in zijn zak stopte. 'Het stinkt.'

'Zie je niks?'

Dat ze de zaken zo verschillend konden waarnemen, verbaasde Abe altijd. Terwijl Joey zich richtte op de wolken boven Hamilton, zag Abe alleen de regen boven Haddan. Joey zag een botsing en Abe alleen een bloeddruppel op de weg.

'Ik zie dat die verdomde zwaan op ons let.'

De zwaan was op de achterveranda gaan zitten en wapperde zich met zijn vleugels warmte toe. Hij had steenachtig zwarte ogen en bleek in staat niet te knipperen zelfs niet toen een straalvliegtuig de stilte van de donker wordende hemel verscheurde.

'Verder nog iets?' vroeg Abe.

Joey bestudeerde de veranda, al was het maar om zijn vriend tevreden te stellen. 'Een bezem. Moet ik daar soms iets uit opmaken?'

Abe leidde hem naar het modderige pad dat naar de rivieroever voerde. Het was keurig verzorgd; sterker nog, het leek aangeveegd. Toen ze terugkwamen op de veranda hield Abe de bezem ondersteboven; aan het eind van de stootjes zat een laagje modder.

'Dan zijn het poetsfanaten,' zei Joey. 'Ze vegen de achterveranda. Ik heb weleens iets gekkers meegemaakt.'

'En het pad? Ik denk namelijk dat iemand dat ook heeft geveegd.'

Abe ging op het trapje zitten en staarde door de bomen. De rivier was hier breed en stroomde snel. Er groeide geen kattestaart, geen eendekroos of riet, er was niets wat een voorwerp stroomafwaarts kon tegenhouden.

'Hebben ze je weleens verteld dat je een achterdochtig type bent?' vroeg Joey.

Dat hadden ze Abe zijn hele leven al verteld, en waarom zou hij het niet zijn? Naar zijn mening was iedereen die niet goed oplette gek, en daarom was hij van plan deze hele toestand door te denken. Hij, die altijd zijn best had gedaan niet in andermans sores betrokken te worden, zat er al helemaal in verstrikt. Nadat hij Joey thuis had afgezet, begon hij te piekeren over jongens die te vroeg waren gestorven en vrouwen die te veel eisten, en voordat hij het wist, vergiste hij zich in de straten die hij al zijn hele leven kende. Hij nam een verkeerde zijstraat vanaf Main en nog een vanaf Forest, vergissingen die elke man kan maken als hij afgeleid is door een mooie vrouw, en voordat hij het doorhad, reed hij voorbij de brug waar zijn grootvader altijd parkeerde, de plek waar de wilde iris groeide. Na al die jaren wist Abe de plek nog precies te vinden, hij kon de exacte plaats aanwijzen waar de rivier zich langzaam verdiepte tot Sixth Commandment Pond.

Eric Herman en Duck Johnson werden aangewezen om de vader van de jongen die avond van het vliegveld af te halen, een taak waarvoor niemand zou hebben gekozen, zeker Duck Johnson niet, voor wie praten op zich al een onnatuurlijke handeling vormde. Ze vertrokken na het diner en reden zwijgend naar Boston. Walter Pierce wachtte hen buiten de terminal van us Airways op en hoewel hij in niets op zijn zoon leek, herkenden Duck en Eric hem meteen; ze voelden het verdriet voordat ze hem dicht genoeg waren genaderd om hem een hand te geven.

Ze droegen zijn koffer naar Erics auto, een oude Volvo die al veel te veel kilometers op de klok had staan. Onderweg spraken de mannen kort over het wisselvallige weer, perfect toen ze Logan uitreden, maar gaandeweg grijzer en winderiger op de 193; daarna bespraken ze de korte vlucht vanaf New York. De spits liep op zijn einde toen ze de stad uitreden, en tegen de tijd dat ze Route 17 opdraaiden, was de weg verlaten en de hemel nachtblauw. Mr. Pierce vroeg of ze in Hamilton konden stoppen bij het lab waar de lijkschouwing had plaatsgevonden opdat hij het lichaam kon zien.

Hoewel Gus de volgende ochtend naar Haddan zou worden teruggebracht waar hij in Hale Brothers Funeral Parlor zou worden gecremeerd en zijn resten klaargemaakt om mee terug te gaan naar New York, en hoewel Duck en Eric beiden uitgeput waren en doodziek van de hele kwestie, stemden ze uiteraard in de onderbreking toe. Wie kon een rouwende vader een laatste blik ontzeggen? Maar Eric wilde dat Betsy meegekomen was. Zij had haar portie rampspoed al meegemaakt toen ze haar ouders op zo'n jeugdige leeftijd had verloren. Zij zou vast met de oude Pierce meegegaan zijn in het lab en zou wat troostende woorden voor hem hebben weten te vinden, van het soort waarnaar overlevenden snakken. Nu ging Walter Pierce het onderbezette en schaars verlichte gebouw alleen binnen en hij moest diverse pogingen ondernemen voordat hij het lichaam vond.

Op het parkeerterrein zaten Eric en Duck mokkend te wachten en aten pinda's uit blik die Eric in het dashboardkastje ontdekt had en deelden vervolgens een van de energierepen die Duck altijd binnen handbereik had. In de nabijheid van verdriet kregen sommige mensen honger, alsof ze door hun magen te vullen het onheil konden afweren. Beide mannen waren opgelucht dat mr. Pierce hen niet aansprakelijk achtte, aangezien zij als volwassenen verantwoordelijk waren geweest voor zijn zoon. Hoewel Duck en Eric vijf jaar lang de taken van huisouders van Chalk House hadden gedeeld, hadden ze nooit veel behoefte gehad aan onderling overleg. Nu viel er helemaal niets te zeggen, zeker niet toen mr. Pierce terug was in de auto. Ze hoorden hem huilen terwijl ze de weg naar Haddan afreden, een strook asfalt die op deze donkere nacht eindeloos leek. Vanuit het niets vroeg mr. Pierce plotseling waarom dit zijn zoon was overkomen. Hij klonk geëmotioneerd en nauwelijks verstaanbaar. Waarom nu, nu het leven voor die jongen net begonnen was? Waarom Gus en niet de zoon van een ander? Maar aangezien Duck noch Eric het antwoord wist, zeiden ze niets en bleef mr. Pierce de hele weg naar het dorp huilen.

Ze namen hem mee naar de Haddan Inn, opgelucht dat ze eindelijk zijn koffer uit de achterbak konden halen en afscheid van hem konden nemen. Nadat ze mr. Pierce veilig hadden afgezet, reden Eric en Duck regelrecht naar de Millstone. De meeste mensen van de school verkozen het hotel, waar de martini duur was en de sherry voor veertig procent uit kraanwater bestond. Het zij zo, beweerden de mensen die hier geboren en getogen waren altijd als die lui van de school vet wilden betalen voor slechte bediening, maar nu wilden Eric en Duck whisky en bier en een rustige plek waar ze door niemand zouden worden lastiggevallen. Ze konden wel een drankje gebruiken na de ontmoeting die ze net hadden gehad, maar hun gebruikelijke jachtterrein in het hotel was beslist verboden terrein omdat de oude Pierce ook weleens kon besluiten dat hij nog iets wilde drinken, dus reden ze naar de Millstone, een etablissement waar ze altijd op neer hadden gekeken, al voelden ze zich aan de bar snel thuis.

Er kwamen zelden mensen van de school in de Millstone, enkele uitzonderingen daargelaten, zoals Dorothy Jackson, de schoolverpleegster, die zuinig was en van het happy hour hield wanneer alle bestellingen voor de halve prijs weggingen. Een paar dorpelingen zagen de nieuwkomers terloops, maar niemand benaderde hen.

'Zonde dat Gus Pierce niet in Otto House terecht was gekomen,' zei Eric tegen niemand in het bijzonder. Wat Duck Johnson vond, kon hem niet schelen en daardoor voelde hij zich vrij om in diens bijzijn te zeggen wat hij wilde, zeker na zijn eerste drankje, Johnnie Walker, puur, geen water, geen ijs. 'Dan zou hij Dennis Hardy's probleem zijn geweest,' zei hij over de meetkundedocent en huisouder van Otto House, een man op wie niemand erg was gesteld.

'Misschien hadden we meer met Gus moeten optrekken. We hadden met hem moeten praten.' Duck gebaarde naar de barman en bestelde nog een rondje. De trainer kreeg het onaangename gevoel dat hij ook weleens had als hij 's ochtends vroeg, voor zonsopgang, ging kanovaren en de vogels zaten te zingen alsof de wereld van hen was. Het was dan zo vredig dat Duck zijn alleen-zijn kon voelen, een zware, donkere last die hem niet met rust liet. Een man alleen op de rivier kreeg weleens gedachten die hij niet wilde; hij zou zelfs zijn hele leven kunnen overdenken. Als dat Duck overkwam, draaide hij zich resoluut om en ging terug naar de wal.

'Ik heb met hem gepraat!' Eric kon zijn lachen niet inhouden toen hem te binnen schoot dat de jongen buiten de les even noncommunicatief was geweest als tijdens Erics geschiedenis voor eerstejaars, al was het een kwestie van perspectief of Gus wel of niet aanwezig was. Hij hield zijn zonnebril op en had diverse keren het lef gehad zijn walkman zo hard te zetten dat de hele klas last had van de opzwepende basmelodie die uit de koptelefoon resoneerde. Eric had ernaar uitgezien om Gus te laten zakken en voelde zich daar in zekere zin van beroofd.

Maar Erics grootste zorg was de faculteitscommissie. Hij maakte zich zorgen over de gevolgen die dit fiasco met Gus Pierce zou hebben. Feiten waren feiten: Eric was de senior-huisouder en er was een jongen dood die onder zijn gezag viel. Niet dat iemand zou beweren dat Eric of desnoods iemand anders nalatig was geweest. Alle eerstejaars hadden het moeilijk, toch? Ze hadden heimwee of raakten overbelast door het werk, en uiteraard werden ze ingewijd in het leven in een studentenhuis, laag op de totempaal totdat ze zichzelf waardig hadden getoond. Was dat niet precies wat Eric tegen die jongen had gezegd? Had hij Gus niet geadviseerd zijn verantwoordelijkheden onder ogen te zien en zijn leven in eigen hand te nemen?

'Met die vader heb ik echt medelijden.' Duck Johnson was triester gestemd dan ooit. 'Die vent stuurt zijn zoon naar een school en voordat hij zich heeft omgekeerd, pleegt die jongen zelfmoord.'

Dat zei iedereen tenminste, en zelfs Dorothy Jackson erkende dat er achteraf bekeken tekenen te zien waren geweest toen hij in de ziekenzaal lag: de depressie, de hoofdpijn, het weigeren van voedsel.

'Ja, wat moet die man veel doorstaan,' erkende Eric, vooral om Duck tevreden te stellen, want het zag ernaar uit dat de trainer na nog een glas in tranen zou zijn. Eric bestelde een laatste rondje, hoewel dat tot gevolg zou hebben dat Duck en hij pas na het ingaan van de avondklok terug zouden zijn. Nou ja, ze konden het zich net zo goed gemakkelijk maken. Chalk House had zijn drama immers al achter de rug? De statistiek zou het daar vannacht ook wel veilig houden als zij er niet waren.

Als Duck en Eric hadden besloten vanavond in het hotel te blijven drinken, dan zouden ze wellicht Carlin Leander hebben ontmoet en dan hadden ze de decaan moeten melden dat zij de avondklok negeerde. Maar gelukkig voor Carlin zaten ze aan de andere kant van het dorp. Het was opvallend rustig op straat toen Carlin iets na negenen naar het hotel vertrok. De drogisterij en Selena waren al dicht en er was weinig verkeer. Een doodenkele voorbijrijdende auto reet het duister met zijn koplampen uiteen en liet het vervolgens weer donker worden. De takken van de eikenbomen op Main Street trilden in de wind; de bladeren die eraf vielen, verzamelden zich in slordige hoopjes achter hekken en geparkeerde auto's. De straatlantaarns in de vorm van de gaslantaarns die er vroeger hadden gestaan, wierpen lange schaduwen en doorsneden die op de straat met lichtstrepen. Het was zo'n avond waarop iemand die alleen buiten liep vanzelf harder ging lopen en een beetje trillerig op de plaats van bestemming aankwam ook als haar bezoek niet was ingegeven door schuld en wroeging.

De lobby van het hotel was verlaten, op een vrouw na die achter de balie zat en die zo uit haar humeur was dat ze, toen Carlin vroeg of ze een van de gasten kon benaderen, alleen maar naar de bezoekerstelefoon wees. Carlin droeg haar enige nette jurk, een stijf blauwsatijnen ding dat haar moeder in de opruiming bij Lucille's had gekocht. De jurk paste slecht en was zo zomers dat Carlin ook zou hebben lopen rillen als ze een jas had gedragen in plaats van het dunne zwarte vest met de opgenaaide kraaltjes dat ze nu droeg.

Zodra ze Missy Green, de secretaresse van de decaan, had horen zeggen dat de vader van Gus in de stad was, had Carlin geweten dat ze hem moest opzoeken. Nu had ze het zweet in haar handen staan terwijl ze zijn kamernummer draaide. Ze overwoog vluchtig of ze zou ophangen, maar voordat ze dat kon doen, nam mr. Pierce op en vroeg Carlin hem pardoes of hij haar misschien in de bar wilde ontmoeten. Het was er leeg, op de barman na die Carlin een cola-light met citroen voorzette en haar op een kruk liet plaatsnemen ook al was ze duidelijk te jong. In het hotel werd piekfijn gedrag verwacht; iemand die iets anders van plan was, kon beter naar de Millstone gaan, die de afgelopen jaren tot twee keer toe zijn drankvergunning was kwijtgeraakt. In het hotel werd niet gedart, zoals in de Millstone; er werden geen luidruchtige krachttoeren uitgehaald, er werd geen fish-and-chips gebakken en er werden geen mannen achtervolgd door ex-vrouwen die hun alimentatie niet op tijd hadden gekregen. Akkoord, de donkere bankjes achter in de bar werden weleens bezocht door mensen die met iemand anders waren getrouwd dan met wie ze die avond uit waren, maar vanavond waren zelfs die bankjes verlaten; als er momenteel affaires gaande waren in Haddan, dan vonden die elders plaats.

Mr. Pierce had al in bed gelegen toen Carlin belde en het duurde dus wel een kwartier of langer voordat hij beneden kwam. Zijn gezicht was vertrokken alsof hij had gehuild.

'Ik stel het op prijs dat u me wilt ontmoeten, omdat u me helemaal niet kent en zo.' Carlin wist dat ze klonk als zo'n idioot in een babbelbox, maar ze kon er niet mee ophouden tot ze in zijn ogen keek en het verdriet zag terugkijken. 'U bent vast heel moe.'

'Nee, ik ben blij dat je me komt opzoeken.' Mr. Pierce bestelde een whisky met spuitwater. 'Ik ben blij een vriendin van Gus te ontmoeten. Hij deed altijd of hij geen vrienden had.'

Carlin had haar cola op en schrok toen ze zag dat ze een kring op de bar had gemaakt. Ze nam aan dat de directie van het hotel dat soort dingen wel gewend was; ze zouden vast wel een poetsmiddel hebben dat de kring aankon zodat niemand ooit zou kunnen zien dat daar een vlek had gezeten.

'Ik moet u vertellen dat alles wat er gebeurd is mijn schuld was,' zei Carlin, want om deze schuldbekentenis was het haar begonnen. In weerwil van haar getril, brandden haar wangen van schaamte.

'Aha.' Walter Pierce schonk Carlin zijn volledige aandacht.

'We hadden ruzie en ik zei iets vreselijk. Het was allemaal zo stom. We scholden elkaar uit en ik werd zo kwaad dat ik hem na afloop weg liet gaan. Ik ging hem niet eens achterna.'

'Wat er die avond ook gebeurd is, het kan onmogelijk jouw schuld zijn geweest.' Mr. Pierce dronk zijn glas in één teug leeg. 'Het is allemaal mijn schuld. Ik had hem nooit hierheen moeten sturen. Ik dacht dat ik het beter wist en kijk nou wat er is gebeurd.' Walter Pierce gebaarde naar de barman en zodra hij zijn tweede glas in zijn hand had, wendde hij zich tot Carlin. 'Ze zeggen dat het geen ongeluk was.'

'Nee.' Carlin klonk zeker van haar zaak. 'Hij stuurde me voortdurend briefjes, zomaar. Als hij het van plan was geweest, zou hij me dat geschreven hebben.' Carlin barstte in tranen uit. 'Ik denk dat hij gevallen is. Hij rende bij me vandaan en is gevallen.'

'Niet bij jou vandaan,' zei mr. Pierce. 'Hij was ergens voor op de vlucht. Misschien voor zichzelf.'

Omdat ze maar niet tot bedaren kwam, strekte Walter Pierce zijn hand uit en haalde een zilveren dollar achter Carlins oor vandaan, een truc die haar zo verraste dat ze bijna van haar kruk viel. Maar de truc had het gewenste effect; de tranen verdwenen uit haar ogen.

'Het is maar schijn. Ik heb de munt de hele tijd in mijn handpalm.' De vader van Gus zag er bijzonder moe uit in het schaarse cafélicht. Hij zou die nacht niet slapen en de volgende paar mogelijk evenmin. 'Het is mijn tweede vak,' legde hij Carlin uit.

'Echt?'

'Heeft hij je dat niet verteld? Door de week geef ik les op de highschool en in de weekends treed ik op op kinderfeestjes.'

'In New York?'

'Smithtown. Long Island.'

Dat was nou typisch iets voor Gus om over zijn verleden te

liegen, net als Carlin zelf had gedaan. Ze hadden elkaar van meet af aan belogen, en toen ze dat besefte, miste Carlin Gus nog erger, alsof elke onwaarheid die ze elkaar hadden verteld hen met onzichtbaar touw had verbonden.

Mr. Pierce stelde Carlin voor dat ze iets uit Gus zijn bezittingen mocht kiezen, iets om te bewaren, ter herinnering. Hoewel ze niet van plan was geweest ergens om te vragen, twijfelde Carlin geen moment. Ze wilde Gus zijn zwarte jas.

'Dat afschuwelijke ding? Hij heeft hem in een tweedehandswinkel gekocht en we hebben er vreselijk ruzie over gemaakt. Uiteraard trok hij aan het langste eind.'

De politie van Haddan had de kleren teruggebracht waarin Gus gevonden was, en die spullen lagen nu in de kamer van mr. Pierce opgeslagen. Carlin wachtte op de gang tot mr. Pierce haar de jas kwam brengen die opgevouwen was en met een touwtje dicht zat gebonden.

'Weet je zeker dat je niet liever iets anders hebt? Een boek? Zijn horloge? Die jas is nog nat. Het is een rotding. Wat heb je eraan? Hij valt van ellende uit elkaar.'

Carlin bezwoer hem dat ze niets anders wilde hebben dan die jas. Toen ze afscheid namen, drukte mr. Pierce Carlin tegen zich aan waardoor ze opnieuw moest huilen. Ze huilde de hele weg de trap af en de lobby door en wendde zorgvuldig haar gezicht af toen ze langs dat nare mens achter de balie kwam. Het was een hele opluchting om vanuit het oververhitte hotel weer in de koude buitenlucht terecht te komen. Carlin liep door de verlaten dorpsstraten en hoorde haar stappen op het asfalt. Ze liep langs de geblindeerde winkels en sneed achter een van de grote witte huizen in Main Street een stuk af toen ze door de bekroonde winterharde tuin van Lois Jeremy naar het bos banjerde.

Het weer was omgeslagen, zoals dat in Haddan vaak gebeurde, en de temperatuur was maar liefst zes graden gedaald. Tegen de morgen zouden alle velden en gazonnen met een dun laagje ijs bedekt zijn, en Carlin liep te bibberen in haar koude kleren. Het leek wel een goed idee om even te stoppen en de jas van Gus aan te trekken, al bleek mr. Pierce er gelijk in te hebben dat de wol nog vochtig was. Hij was ook lomp en veel te groot, maar Carlin trok de mouwen op en drukte de stof tegen haar borst, waardoor ze een dikke bundel voor haar buik kreeg. Ze voelde zich onmiddellijk getroost. Naarmate ze dieper in het bos doordrong, maakte ze minder geluid, alsof ze een mantel van stilte had aangetrokken waardoor ze tussen de bomen en struiken door kon zweven.

Het was al na elven, en als er ontdekt werd dat Carlin niet in St. Anne was, dan werd ze gerapporteerd als overtreder van de avondklok. Haar straf zou bestaan uit een weekenddienst in de kantine, iets waar ze allerminst naar uitkeek, maar Carlin maakte absoluut geen haast. Het voelde prettig aan om alleen buiten te zijn en ze was nooit erg bang geweest in het donker. Deze bossen waren weliswaar dicht, maar geen van de gevaren die ze kende van de moerassige landerijen in Florida kwam hier voor. Er waren geen krokodillen in Haddan, geen slangen, geen enkele kans op panters. Het gevaarlijkste wezen dat je kon tegenkomen was een van de schildpadden die in de holle houtblokken woonden. Prairiewolven waren zo bang voor mensen dat ze vluchtten zodra ze ze roken en de paar wilde katten die er vrij rondliepen, waren nog bedeesder en verstopten zich in richels en holen, doodsbenauwd als ze waren voor geweren en honden en mensen.

Vanavond kwam Carlin alleen maar een klein bruin konijntje tegen, een bibberend beestje dat in haar aanwezigheid zo bang was dat het zich niet durfde te verroeren. Carlin ging op haar hurken zitten en probeerde het konijn weg te jagen en ten slotte rende het weg, vluchtte met zo'n vaart dat het leek of het ternauwernood was ontsnapt aan een vilder en een kok. Terwijl ze doorliep, begon Carlin haar voetstappen af te meten; ze moest wennen aan de manier waarop die jas rond haar benen slingerde, anders zou ze erover struikelen en op haar gezicht gaan. De verzadigde stof zou wel als een lelieblad op het water hebben gedreven, zwaar en rustig. Als zwemmer was Carlin goed op de hoogte van de eigenschappen van water – je bewoog je er heel anders door dan door lucht. Als zij zichzelf had willen verdrinken, zou ze eerst die jas hebben uitgetrokken; ze zou hem hebben opgevouwen en achtergelaten.

Ze was het houten bord al voorbij waarop stond dat dit het terrein van de school was en hoorde de rivier van dichtbij en rook de wrange geur van de modderige oevers. Ze hoorde een pets op het water, misschien een forel die door de plotselinge temperatuurdaling was opgeschrikt. Verder weg op de rivier schoolden eenden voor de warmte samen en Carlin hoorde hoe ze snaterden in de koude lucht. Er kwam mist opzetten, vooral uit de diepste delen waar de grootste vissen zaten. Er zat zoveel zilverforel dat als ze allemaal in sterren zouden veranderen, de rivier een stralende stroom zou worden; met een skiff zou je langs Hamilton helemaal naar Boston kunnen komen, over een schitterend lint van water.

De Haddanrivier was verrassend lang. Hij eindigde ergens in een vertakking waarvan de ene helft zich vermengde met de donkere wateren van de Charles om vervolgens in het brakke tij van de Bostonse haven uit te vloeien, de andere helft meanderde tussen akkerland en weiden in duizenden naamloze beekjes en stroompjes. Zelfs op winderige avonden kon je het vrijwel overal in het dorp horen stromen en misschien sliepen de mensen in Haddan daardoor wel zo diep. Sommige mannen werden zelfs niet wakker als de wekker naast hun hoofd afliep en zuigelingen werden vaak niet voor negen of tien uur 's ochtends wakker. Op de basisschool waren de presentielijsten vergeven van de laatkomers en wisten de docenten heel goed dat de dorpskinderen een slaperig stelletje vormden.

Natuurlijk moesten er ook slapelozen zijn, zelfs in Haddan, en Carlin had zich daartoe ontwikkeld. Nu Gus er niet meer was, kon ze zich niets mooiers voorstellen dan zo nu en dan in te dommelen en om twee uur, kwart over drie en vier uur wakker te schrikken. O, wat was ze jaloers op haar kamergenoten, meisjes die zo zorgeloos diep konden slapen. Carlin was 's nachts liever buiten, in het bos, al beperkte het kreupelhout de doorgang nogal; er stonden vrijwel ondoordringbare struiken houtige berglaurier en zwarte essen en er lagen omgevallen bomen in de weg. Voordat Carlin ergens houvast vond, struikelde ze over een pand van de zwarte jas, een misstap waardoor ze achter een kronkelige wilgenteen bleef haken. Hoewel ze haar evenwicht snel herwon, deed haar enkel zeer. Ze zou dit avontuur in het bos tijdens de zwemtraining de volgende dag betreuren; ze zou een te langzame tijd neerzetten en zou waarschijnlijk langs de ziekenzaal moeten waar Dorothy Jackson ijskompressen en Ace-verband zou aanraden.

Carlin bukte om over de zere plek te wrijven en de spieren los te maken. En toen, terwijl ze in gebukte houding de kronkelige wilgentenen zat te vervloeken, zag ze de jongens in het bos vergaderen. Door het donker turend, raakte ze bij zeven de tel kwijt. Het waren zelfs meer dan twaalf jongens die in het gras of op houtblokken zaten. De lucht had inmiddels een soort loodkleur aangenomen, alsof er met kracht een koepel over de aarde was gezet, en het was verschrikkelijk koud. Carlin kreeg een raar gevoel in haar keel, een soort zwavelige smaak die komt opzetten als je iets tegenkomt wat verborgen had moeten blijven. Ooit, toen ze vijf was, was ze de slaapkamer van haar moeder ingelopen en had daar een berg heet vlees aangetroffen waarin ze Sue herkende en een man die ze nog nooit eerder had gezien. Carlin was de kamer uit gestommeld en de gang in gevlucht. Al had ze nooit verteld wat ze had gezien, ze kon wekenlang geen woord uitbrengen; ze zou hebben gezworen dat ze haar tong had gebrand.

Datzelfde gevoel overviel haar nu weer, hier in het bos. Haar ademhaling kaatste door haar hoofd en ze bukte zich dieper alsof zij degene was die iets in het geniep deed. Ze had misschien onopgemerkt kunnen blijven als ze voorzichtig was gaan staan en snel en veilig naar de school doorgelopen was voordat ze nog meer zag. In plaats daarvan verplaatste Carlin haar gewicht om de pijn in haar enkel te verlichten en terwijl ze dat deed, brak er een tak onder haar hak.

In de stilte klonk het knakje van het brekende hout als een donderslag en echode het geluid als een geweerschot. De jongens stonden tegelijk op, bleke gezichten in het donker. De kale plek waar ze zaten, zag er bijzonder treurig uit, een plek waar haften in de lente parelachtige eieren legden en waar moeraskool in overvloed groeide. Iets van de desolaatheid van de plek leek zich in de jongens te hebben vastgezet, want ze hadden geen uitdrukking op hun gezichten, geen licht of wat dan ook. Wat haar betrof zou Carlin het een opluchting hebben gevonden om in hen jongens van Chalk House te herkennen en nog dankbaarder zou ze zijn als ze Harry in hun midden bespeurde, want voor hetzelfde geld was ze een groep akelige jongens uit het dorp tegen het lijf gelopen. Maar het was voor Carlin weinig troostrijk dat het Haddan-leerlingen waren. Hun blik deed Carlin denken aan de troepen wilde honden die door de bossen van Florida zwierven. Als Carlin thuis 's avonds uitging, nam ze altijd een stok mee voor het geval ze onderweg zo'n zwerfhond tegenkwam. Precies dezelfde gedachte die in haar opkwam als ze de honden in het bos hoorde huilen, kwam in haar op nu ze deze jongens zag met wie ze schoolging. *Als ze willen kunnen ze me kwaad doen.*

Om haar angst te overwinnen, gaf Carlin zich eraan over, sprong op en zwaaide. Een paar jongere jongens, onder wie Dave Linden met wie Carlin diverse lessen samen volgde, keken doodsbenauwd. Zelfs Harry keek verstoord. Hij leek Carlin niet te herkennen, al had hij haar slechts enkele avonden eerder bekend dat zij de liefde van zijn leven was.

'Harry, ik ben het.' Carlins stem klonk trillerig en iel toen ze in de vochtige lucht begon te roepen. 'Ik ben het maar.'

Pas toen Harry haar herkende en terug begon te zwaaien, besefte ze hoe ze van haar stuk was gebracht door die starende jongens. Harry wendde zich naar de andere jongens en zei iets wat hen duidelijk geruststelde, vervolgens waadde hij door het bos langs de kortste weg, zonder zich te bekommeren om de dingen waar hij op ging staan en die braken. Kale wilde bosbessen en de laatste bloeiende loten van de toverhazelaar werden onder zijn laarzen geplet. Harry's adem steeg in koude mistwolkjes op.

'Wat doe jij hier buiten?' Hij pakte Carlin bij haar arm en trok haar tegen zich aan. Het jack dat hij aanhad, was van ruwe wol en hij had zijn hand stevig om haar arm gelegd. 'We zijn ons lam geschrokken.'

Carlin lachte. Ze was niet zo'n meisje dat snel toegaf bang te zijn. Haar bleke haar begon in de vochtige, koude lucht te krullen en haar huid begon te steken. In het kreupelhout kroop een van de bange konijnen dichterbij, aangetrokken door de klank van haar zachte stem.

'Wat dacht je dat ik was? Een eng monster?' Carlin ontsnapte aan zijn greep. 'Boe,' riep ze.

'Ik meen het. Twee van de jongens dachten dat je een beer was. Wees maar blij dat ze geen geweren droegen.'

Carlin toeterde in het rond: 'Wat een dappere jagers!'

'Lach niet. In Haddan zijn ze aan beren gewend. Toen mijn grootvader hier op school zat, kwam er een de eetzaal binnenlopen. Opa zweert dat hij tweeënvijftig appeltaarten en vijfentwintig liter vanille-ijs opvrat voordat hij werd neergeschoten. Je kunt het bloed nog zien op het stuk vloer waar nu de saladebar staat.'

'Dat is compleet gelogen.' Carlin kon een glimlach niet onderdrukken, nu haar angstige voorgevoelens over de bijeenkomst in het bos verdwenen waren.

'Oké, misschien klopt dat van de saladebar niet,' gaf Harry toe. Hij sloeg zijn armen om haar heen en trok haar met haar rug tegen zich aan. 'En vertel me nu eens de waarheid. Wat doe jij zo alleen in het donker?'

'Jij en je vriendjes lopen ook buiten.'

'Wij hebben een huisvergadering.'

'Juist, en jullie houden hem hier helemaal omdat jullie hondenstaartjes gaan afhakken of slakken eten of wat jullie ook maar voor geks doen.'

'Nou, eerlijk gezegd zijn we hier om de krat bier leeg te drinken die Robbie heeft weten te jatten. Ik moet je geheimhouding hierover vragen, zoals je zult begrijpen.'

Carlin hield een vinger tegen haar lippen, de verzekering dat ze er met geen woord over zou spreken. Daarna lachten ze om alle regels die ze hadden overtreden en hoeveel schorsingen hen nu gezamenlijk boven het hoofd hingen. Ze hadden een aantal nachten in het boothuis doorgebracht en al waren zulke romantische avonden tamelijk gebruikelijk onder de leerlingen, het zou hun ernstige problemen bezorgen als de huisouders er ooit achter kwamen.

Harry stond erop dat hij Carlin op de terugweg naar school zou begeleiden. Hoewel ze de campus pas na middernacht bereikten, namen ze de tijd om elkaar in de schaduw van het standbeeld van het schoolhoofd te zoenen, een licht vergrijp dat ze graag pleegden wanneer ze er langskwamen.

'Dr. Howe zou geschokt zijn als hij ons zo zag.' Carlin klopte met haar hand op de voet van het beeld, een gebaar dat volgens sommigen geluk in de liefde opleverde.

'Dr. Howe geschokt? Je kent de geschiedenis van die kerel kennelijk niet. Hij zou zelf zijn kansen grijpen en ik zou er met hem om moeten vechten.' Harry kuste Carlin nog intenser. 'Ik zou zijn nek moeten breken.'

De beukenbladeren ratelden als papier en de geur van de rivier was krachtig, een rijke melange van palinggras en eendenkroos. Toen Harry haar kuste, kreeg Carlin het gevoel dat ze zelf verdronk, maar toen hij ophield, moest ze denken aan Gus op de bodem van de rivier; ze stelde zich voor hoe koud het geweest moest zijn, daar tussen het riet, hoe de forellen warrelingen zouden hebben veroorzaakt toen ze hem voorbijzwommen op weg naar dieper water.

Alsof hij het aanvoelde, verzuurde Harry's blik. Hij haalde een hand door zijn haar zoals hij altijd deed wanneer hij zich ergerde, maar hij deed zijn best om zijn emoties in bedwang te houden. 'Heb je nou de jas van Gus aan?'

Ze stonden op het zandloperpad dat Annie Howe met het oog op tortelduifjes had ontworpen, maar ze omhelsden elkaar niet langer. Op Carlins wangen waren rode vlekjes verschenen. Ze voelde het koude ding in haar borstkas dat zich had gevormd toen Gus was gestorven; het ratelde en schudde om haar te herinneren aan de rol die ze in dat verlies had gespeeld.

'Is er iets mis?' vroeg Carlin.

Ze had een stap bij hem vandaan gezet en de kilte die ze voelde, drong in haar stem door. De meisjes met wie Harry gewoonlijk uitging, waren altijd zo dankbaar om bij hem te zijn dat ze niets meer terugzeiden en daardoor was Carlins houding onverwacht.

'Hoor eens, je kunt werkelijk niet in de jas van Gus Pierce rond gaan lopen.' Hij praatte tegen haar alsof ze een kind was, vriendelijk, maar met een zekere mate van strenge rechtvaardigheid.

'Ga jij me nou vertellen wat ik wel en niet mag?' Ze was werkelijk schitterend, bleek en kouder dan de nacht. Harry voelde zich meer dan ooit tot haar aangetrokken, juist doordat ze niet toegaf.

'Om maar wat te noemen, die verdomde jas is nat,' zei hij tegen haar. 'Kijk zelf maar.'

Er hadden zich druppeltjes water op de zware zwarte stof gevormd en Harry's jack was klam geworden doordat hij haar had vastgehouden. Niettemin was Carlin al ernstig aan de jas verknocht geraakt en merkte Harry aan alles dat ze niet zou toegeven. Hij wist ook dat hoe oprechter zijn verontschuldigingen klonken, hoe lonender het zou zijn.

'Hoor eens, het spijt me. Ik moet me niet bemoeien met wat jij doet.'

Carlins groene ogen stonden nog wazig, niet te duiden.

'Ik meen het,' vervolgde Harry. 'Ik ben een sukkel en je hebt alle recht om kwaad te zijn. Je zou me zelfs met recht kunnen aanklagen wegens stom gedrag.'

Carlin voelde dat het koude ding in haar begon op te lossen. Ze omhelsden elkaar weer en kusten elkaar tot hun lippen zeer deden en gloeiend warm waren. Carlin vroeg zich af of ze misschien weer in het boothuis zouden belanden, maar Harry maakte zich los uit de omhelzing.

'Ik moet nog terug naar mijn jongens. Het zal me niet overkomen dat er vanavond eentje geschorst wordt. Zonder mij zijn ze stuurloos, weet je.'

Carlin keek Harry na toen hij op zijn schreden terugkeerde, even inhield om zich om te draaien en te grijnzen en vervolgens het bos weer inliep. Harry had in één ding gelijk gehad, de jas was doorweekt. Rond Carlins voeten had zich op het betonnen pad een plasje gevormd. Het water dat er was samengestroomd was zilverig, alsof het uit kwik of tranen bestond. En in het plasje bewoog iets, en toen Carlin zich vooroverboog, schrok ze dat ze een mooi klein stekelbaarsje zag, van het soort dat langs de oevers van de Haddan te vinden is. Toen ze ernaar greep, flapte het visje heen en weer in haar handpalm, koud als regen, blauw als de hemel, wachtend op redding. Ze kon niks anders doen dan het hele eind naar de rivier rennen en toen dacht ze nog dat ze het niet zou halen. Ze rende het ondiepe water op haar nette schoenen in, negeerde modder en snoekkruid die aan haar jurk bleven kleven, maar het stekelbaarsje kon toch al te ver heen zijn. Een klein zilveren visje kreeg haar ter plaatse in tranen, terwijl haar kleren geruïneerd waren en het water om haar heen stroomde. Hoe ze ook haar best deed, en al kon ze er soms eentje redden, het lot van anderen was het om als een baksteen te zinken.

OP HETE KOLEN

De Indian summer overviel Haddan midden in de nacht, toen niemand oplette en de mensen veilig in bed lagen. Voor de ochtendschemering trok de mist boven de weiden op zodra een loom, zacht windje over de velden en rivieroevers blies. De plotse warmte, zo onverwacht en zo welkom rond deze tijd van het jaar, bracht mensen ertoe op te staan en hun ramen en deuren open te gooien. Sommige inwoners liepen nog na middernacht de achtertuin in; ze namen dekens en kussens mee en sliepen onder de sterren, door de plotselinge omslag van het weer waren ze zowel blij als verward. Tegen de ochtend was het al meer dan vijfentwintig graden en de paar krekels die er nog waren tsjirpten hoopvol, al was het gras bruin en zat er geen blad meer aan de bomen.

Het was een heerlijke zaterdag en de tijd verstreek net als op zomerse dagen. Bij onverwacht weer laten mensen vaak hun reserves varen en dat overkwam ook Betsy Chase, die die ochtend het gevoel had of ze uit een lange, verwarrende droom ontwaakte. Toen ze langs de klimrozen op de campus liep, waarvan er op deze milde novemberdag nog steeds een paar bloeiden, dacht ze aan Abe Grey en aan de manier waarop hij haar had aangekeken. Ze dacht aan hem, al wist ze dat het onverstandig was. Ze wist waar zulke verstrengelingen toe leidden. Liefde op het eerste gezicht misschien; problemen zeker. Betsy gaf voorrang aan de wat verstandelijker keuze voor Eric die ze had gemaakt; ze was niet zo'n vrouw die echt voor iemand viel en zo wilde ze het houden. Naar haar mening was acute verliefdheid verwant aan in een put vallen. Ze zou tijdens zo'n val beslist haar hoofd bezeren; ze zou er vreselijk spijt van krijgen.

En toch kon ze, hoe ze het ook probeerde, de aantrekkingskracht niet van zich afschudden. Het was alsof hij nog naar haar stond te staren, ook nu nog, alsof hij dwars door haar heen had gekeken. Ze probeerde aan gewone dingen te denken, telefoonnummers bijvoorbeeld en boodschappenlijstjes. Ze dreunde de namen van de meisjes van St. Anne op, een litanie die ze zich altijd moeilijk kon herinneren, waarbij ze de welopgevoede Amy Elliot altijd verwarde met de weinig behulpzame Maureen Brown en zich vergiste tussen Ivy Cooper, die telkens als ze lager dan een negen haalde begon te huilen, en Christine Percy, die binnenkort een spreekbeurt moest houden. Geen van deze tactieken leverde iets op. Hoe ze het ook probeerde, het verlangen liet zich niet verdringen, niet op een dag als vandaag, waarop november zo op juni leek dat alles mogelijk scheen, zelfs iets ongeloofwaardigs als echte liefde.

Werken zou haar wel van die zinloze gedachten bevrijden. Dat was altijd de truc om Betsy weer op de rails te krijgen. Sinds ze in Haddan was gekomen had ze het zo druk gehad met de leerlingen dat er nauwelijks tijd was geweest voor haar eigen fotowerk. De hele last van St. Anne rustte op Betsy's schouders doordat Helen in dat opzicht hopeloos was, en Betsy maakte zich in het bijzonder zorgen over Carlin Leander die de dode jongen zo na had gestaan. Hoewel er onenigheid bleef bestaan over de vraag of Gus de hand aan zichzelf had geslagen, kon de wanhoop besmettelijk blijken; zelfmoord verspreidde zich. Er waren altijd mensen die al naar een uitweg zochten en die begonnen te geloven dat ze een poort hadden gevonden die door het donker voerde. Als er daar eentje doorheen ging, zwaaide de poort open en werden anderen tot hetzelfde verleid. Om die reden lette Betsy extra goed op Carlin, want ze had gehoord dat het meisje weigerde te eten en lessen oversloeg en haar cijfers verwaarloosde. Betsy trof Carlins bed rond het ingaan van de avondklok vaak leeg aan en hoewel dit tegen de regels van Haddan indruiste, meldde Betsy de overtredingen nooit. Ze besefte heel goed wat rouw doet met achterblijvers. Zou het Betsy verbazen als een van de meisjes die onder haar toezicht stonden een pot aspirines leeg at, haar polsen doorsneed of in de dakgoot ging staan? En werd er dan van Betsy verwacht dat ze zo'n leerling centimeter voor centimeter over het dak achterna zou gaan en ieder meisje moest grijpen dat zich verbeeldde dat ze zich van alle verdriet en aardse zorgen kon bevrijden?

In alle eerlijkheid had Betsy zulke overwegingen ook gekend na de dood van haar ouders. Ze was naar een bevriend gezin in Boston gestuurd en daar ingetrokken, en op een avond, in de schemering, was ze tijdens een aanzwellende storm het dak op geklommen. Er was onweer voorspeld en de mensen waren gewaarschuwd om binnen te blijven, maar Betsy stond zonder jas of schoenen met haar armen in de lucht. De regen viel met bakken neer, de stormwind blies de pannen van de daken en binnen de kortste keren stroomden de goten over. Toen de bliksem slechts enkele straten verderop insloeg en op Commonwealth Avenue een oude magnoliaboom doormidden kliefde die geliefd was vanwege zijn grote schotelvormige bloemen, was Betsy door het raam terug geklauterd. Ze was inmiddels doorweekt geweest en haar hart bonsde in haar keel. Wat was ze daar buiten aan het doen? Haar ouders opzoeken? De pijn verdoven? Een paar korte ogenblikken het lot tarten? En toch – hoezeer ze ook genoeg had van deze wereld – was ze na de eerste bliksemflits zo gehaast teruggekropen naar haar veilige kamer dat ze daarbij twee vingers had gebroken, een overtuigend bewijs van haar gehechtheid aan de wereld der levenden.

Op deze merkwaardig warme dag voelde Betsy weer die lading die ze destijds tijdens die storm had gevoeld, alsof ze niet volledig leefde en met schokjes terugkwam, atoom voor atoom. Ze deed de donkere kamer open, blij dat ze tenminste een paar uurtjes van de last van haar meiden was verlost, eindelijk tijd voor zichzelf. Ze hoefde maar één rolletje te ontwikkelen, het rolletje dat ze in de kamer van Gus Pierce had volgeschoten, en zelfs als de afdrukken niet door Abe Grey waren besteld zou ze haar best erop hebben gedaan. Betsy haastte zich nooit in de donkere kamer, want ze wist heel goed dat een beetje extra zorg de foto's altijd ten goede kwam. Adem bracht de mens tot leven, maar licht was de kracht die foto's tot leven bracht. Betsy wilde deze serie foto's bijzonder goed belichten; ze wilde dat ze stuk voor stuk in Abe Greys handen zouden branden, net zoals zijn blik haar had verschroeid. Maar ergens tijdens het ontwikkelen ging er iets fout. Eerst dacht Betsy dat er iets aan haar ogen mankeerde; als ze even wachtte zou dat vanzelf wel overgaan. Maar al snel ontdekte ze dat het niet aan haar gezichtsvermogen lag. Betsy's ogen waren dik in orde, net als altijd, haar enige gave, en misschien had ze daardoor altijd kunnen zien wat anderen over het hoofd zagen. Maar goed, Betsy had nog nooit zoiets gezien. Ze bleef een hele poos in de donkere kamer, maar de tijd veranderde er niets aan. Ze kon uren blijven wachten, of dagen, maar het beeld zou blijven bestaan. Daar, op de rand van het bed, met zijn handen gevouwen op schoot, zat een jongen in een zwarte jas, met haren waar het water van afdroop en een huid die zo bleek was dat je door hem heen kon kijken, dat hij lucht was.

Abe Grey, die gewoonlijk sliep als een blok en zich tot de ochtend niet bewoog, kon toen het weer omsloeg niet in slaap komen. Hij had het gevoel dat hij in brand stond en als hij dan ten slotte in een onrustige doezel viel, droomde hij van de rivier, alsof het water hem misschien kon verkoelen tijdens zijn slaap. Zijn huis stond dichter bij het spoor dan bij Haddan, en de geluiden van de trein van 5:45 uur naar Boston drongen vaak tot zijn dromen door, maar vannacht hoorde hij de rivier, nu het zo warm was dat de oevers bedekt waren met haften, terwijl die insecten zich normaal niet voor de zachte, groene lentedagen lieten zien.

In zijn droom zat Abe met zijn opa in een kano, en het water rondom hen was van zilver. Toen Abe omlaag keek, zag hij zijn gezicht, maar het was blauw, de kleur die het misschien zou hebben als hij verdronken was. Zijn opa legde zijn werphengel aan de kant en stond op; de kano schommelde heen en weer, maar dat kon Wright Grey niet schelen. Hij was een oude man, maar hij was lang, stond fier overeind en was onverminderd sterk.

Zo moet je het doen, zei hij tegen Abe in zijn droom. *Duik er helemaal in.*

Wright gooide een steen zover mogelijk weg en het water voor hen brak. Nu bleek dat dat zilveren spul helemaal geen water was, maar een spiegelachtig materiaal dat zich eindeloos uitstrekte. Zover hij kon kijken zag hij zichzelf tussen de lelies en het riet. Toen Abe wakker werd had hij zware hoofdpijn. Hij was niet gewend te dromen; hij was van nature te rechtlijnig en achterdochtig om waarde te hechten aan vluchtige illusies of om naar betekenissen te zoeken die er niet waren. Maar vandaag bleef zijn opa's stem in hem weerklinken, alsof ze elkaar pas hadden gesproken en halverwege waren onderbroken. Abe liep de keuken in, zette koffie en slikte drie Tylenoltabletten. Het was nog vroeg en de hemel was strakblauw. De grote wilde kat die Abe in huis had genomen, banjerde heen en weer om zijn ontbijt af te dwingen. Al met al een bijzondere dag, een ochtend waarop andere mannen wellicht aan vissen of seks zouden denken in plaats van aan de onhelderheden van een onopgelost sterfgeval.

'Stel je niet zo aan,' zei Abe tegen de kat terwijl hij een kastje opendeed. 'Je verhongert heus niet.'

In de regel hield Abe niet van katten, maar dit was een geval apart. Dit beest drong zich niet op, kromde zijn rug niet verlangend naar gekriewel en was zo zelfstandig dat hij niet eens een naam had. *Hé, jij daar*, riep Abe als hij wilde dat het beest oplette. *Hier, maatje*, zei hij als hij zo'n veel te duur blik kattenvoer pakte waaraan alleen idioten naar zijn zeggen hun geld verknoeiden.

Natuurlijk had deze kat een eigen geschiedenis, want hij miste een oog. Of dat het gevolg was van een operatie of een onderscheiding die hij aan een oude veldslag had overgehouden wist niemand. Deze handicap was niet het enige onappetijtelijke aan de kat; zijn zwarte vacht was dof en zijn schrille gemiauw deed eerder aan de roep van een kraai denken dan aan het gespin van zijn eigen soort. Het overgebleven oog was geel en wazig en het bracht je van je stuk als het beest je ermee aankeek. Om eerlijk te zijn vond Abe het niet zo erg dat het beest bij hem was komen wonen. Het enige onrustbarende gegeven was dat Abe tegen het beest was gaan praten. Erger nog, hij stelde zijn mening op prijs.

Toen Joey Abe kwam ophalen, zoals hij dat al veertien jaar lang elke dag deed, was Abe gedoucht en aangekleed, maar nog niet klaar met zijn droom.

'Wat ziet eruit als water, maar breekt als glas?' vroeg Abe aan zijn vriend.

'Ga je mij om half acht 's ochtends stomme raadseltjes opgeven?' Joey schonk zichzelf een kop koffie in. Toen hij in de koelkast naar melk zocht, was die er, zoals gewoonlijk, niet. 'Het is buiten zo warm dat de damp van de stoep afslaat. Ik ben bang dat Mary Beth straks wil dat ik de zonneschermen weer aan de muren schroef.'

'Doe eens een gok.' Abe haalde poedermelk uit het kastje waar hij het kattenvoer bewaarde en gaf het doosje aan Joey. 'Ik word er gek van.'

'Sorry, makker. Geen idee.' Hoewel het bestek vuil was en de suiker van de bodem van de pot moest worden geschraapt, lepelde Joey het in zijn koffie en goot er brokkelige poedermelk bij. Hij dronk het pittige mengsel van cafeïne en suiker snel op en liep toen naar het aanrecht om zijn kopje op een stapel vuile borden te zetten. Mary Beth zou flauwvallen als ze zag hoe Abes huis eruitzag, maar Joey benijdde zijn vriend erom dat hij in zo'n bende kon leven. Wat hij niet begreep was die kat die nu op het aanrecht sprong. Joey haalde met een krant naar het beest uit, maar het zette zich alleen maar schrap en miauwde, als je het krakerige geluid dat het voortbracht tenminste miauwen mocht noemen. 'Heb je soms medelijden met dat weerzinwekkende beest? Heb je hem daarom?'

'Ik heb hem niet,' zei Abe over zijn huisdier, terwijl hij wat poedermelk in een kom deed, er kraanwater aan toevoegde en de kom vervolgens voor de kat op het aanrecht zette. 'Hij heeft mij.' Ondanks de aspirine die hij had ingenomen, bonsde Abes hoofd nog steeds. In zijn droom had hij zijn grootvader prima begrepen. Nu hij wakker was, leek het allemaal nergens meer op te slaan.

'Wat heb jij vandaag toch met raadseltjes?' vroeg Joey toen ze naar de auto liepen en de deur achter hen dichtsloeg.

Joey had de zwarte wagen onderweg door de wasstraat van de

minimarkt gereden en nu brandde de zon de waterdruppels van het dak, waardoor het zwarte metaal wel van glas leek. Het licht dat op Station Avenue straalde, was van goud en over Abes onverzorgde gazon, dat sinds juli niet meer was gemaaid, vloog een slome bij. In de hele straat zaten mensen in hun tuinen van het weer te genieten. Volwassen kerels hadden besloten vandaag maar niet naar hun werk te gaan. Vrouwen die altijd voorstanders van wasdrogers waren geweest, besloten hun natte goed aan de waslijn te hangen.

'Kijk nou eens,' zei Abe onder de schitterend blauwe hemel. 'Het is zomer.'

'Het duurt niet lang.' Joey stapte in de auto en Abe kon het hem alleen maar nadoen. 'Vanavond lopen we allemaal te rillen.'

Joey startte de auto en zodra ze op weg waren, maakte hij een u-bocht, reed het dorp in en sloeg rechtsaf op de kruising van Main en Deacon Road, waar de Haddan Inn stond. De zus van Nikki Humphrey, Doreen Becker, die manager van het hotel was, had een aantal kleden over de balustrade gehangen en benutte het prachtige weer om de matten uit te kloppen. Ze zwaaide toen ze langsreden en Joey toeterde een groet.

'Wat dacht je van Doreen?' Joey bleef in zijn binnenspiegel kijken toen Doreen zich over de balustrade boog om een van de kleden om te keren. 'Dat is nou echt een meid voor jou. Ze heeft een fraai achterste.'

'Dat is wel het deel dat jou altijd opvalt, niet? Dat komt zeker doordat ze altijd bij je vandaan lopen.'

'Waar hebben we het nou over? We hadden het over jou en Doreen.'

'We hadden verkering in de zesde klas,' herinnerde Abe hem. 'Ze maakte het uit omdat ik me niet kon binden. Ik moest kiezen tussen haar en honkbal.'

'Je was een goeie pitcher,' herinnerde Joey zich.

Abe nam deze route door het dorp nooit, want hij reed liever door de westkant naar zijn werk, waardoor hij dit deel van het dorp helemaal omzeilde. Het hotel kreeg vooral klanten van buiten, ouders van Haddanleerlingen die een weekendje langskwamen en toeristen die de herfstvogels kwamen bekijken. Abe werd door het hotel herinnerd aan een korte, onbezorgde relatie met een meisje van Haddan. Hij was toen zestien, midden in zijn kwaaie periode, in het jaar dat Frank doodging. Hij had zich toen als een gek gedragen, was altijd buiten, dwaalde door het dorp op zoek naar rottigheid en het kwam toevallig zo uit dat dit meisje van Haddan ook op rottigheid uit was. Zij was het soort leerling waar de school in die tijd om bekend stond, knap en verwend, een meisje dat er geen been in zag om een dorpsjongen op te pikken of een luxe hotelkamer met haar vaders creditcard af te rekenen.

Hoewel hij het hele geval liever vergat en het nooit aan Joey had verteld, wist Abe zich nog te herinneren dat het meisje Minna had geheten. Hij had er in geen tijden meer aan gedacht hoe hij daar op de parkeerplaats had staan wachten terwijl zij een kamer boekte. Nu ze langs het hotel reden, herinnerde hij zich weer hoe Minna hem vanuit de kamer die ze had genomen een seintje had gegeven in het volste vertrouwen dat hij haar altijd en overal zou volgen.

'Ik heb nog geen tijd gehad om te ontbijten,' zei Joey onder het rijden. Hij stak zijn arm voor Abe langs naar het dashboardkastje uit waar hij een rol Oreo-koekjes bewaarde. Hij zei altijd dat ze voor zijn kinderen waren, maar de kinderen zaten nooit in zijn auto en Abe wist dat Mary Beth niet wilde dat hun kinderen suiker aten. Dat deden mensen voortdurend, wat gaf dat nou? De meeste mensen vertellen leugentjes om bestwil, alsof de waarheid te simpel was.

'Als we nou eens aannemen dat het geen zelfmoord was en ook geen ongeluk, dan blijft er maar één ding over.' Misschien was Abe door de open ogen van de jongen zo van zijn stuk geraakt; je moest je wel afvragen wat de synapsen in de hersenen als laatste hadden vastgelegd, de laatste dingen die die jongen had gezien, gevoeld en geweten.

'Man, wat heb jij vanochtend toch met al je raadsels?' Het was nog vroeg en de straten waren verlaten, dus gaf Joey wat extra gas; hij kreeg nog steeds een kick wanneer hij de maximumsnelheid van vijfentwintig mijl overschreed. 'Probeer deze van Emily eens. Hoe noem je een agent die zich niet gewassen heeft?'

Abe schudde zijn hoofd. Hij bedoelde het serieus en Joey weigerde zijn ernst te erkennen. Was het niet altijd zo geweest tussen hen? *Vraag niks, zeg niks, voel niks.*

'Smerig.' Joey stopte nog een koekje in zijn mond. 'Snap je hem?'

'Ik bedoel alleen dat je de mogelijkheid van een misdrijf nooit kunt uitsluiten, zelfs niet in Haddan. Schijn bedriegt.'

Door het open raampje had een bij naar binnen weten te vliegen; hij botste diverse keren tegen de voorruit.

'Maar niet altijd. In het ergste geval heeft dat joch een ongelukje gehad, maar volgens mij is dat niet wat er is gebeurd. Ik heb zijn schooldossier doorgenomen. Hij liep de ziekenzaal plat vanwege migraine. Hij slikte Prozac en wie weet wat voor drugs. Geef nou toe, Abe, het was geen onnozele kleuter.'

'De halve bevolking van Haddan slikt waarschijnlijk Prozac, maar daarom springen of vallen ze nog niet in de rivier, of wat we maar worden geacht te geloven. En wat denk je dan van die plek op zijn voorhoofd? Heeft hij zichzelf eerst voor zijn kop geslagen om gemakkelijker te verdrinken?'

'Je kunt ook vragen waarom het soms in Hamilton wel regent en in Haddan niet. Waarom glijdt de een in de modder weg en verbrijzelt daarbij zijn schedel terwijl een ander gewoon doorloopt?' Joey pakte de rol Oreo's en plette de bij tegen de ruit. 'Laat het achter je,' zei hij tegen Abe terwijl hij de verpletterde bij het raam uit gooide. 'Loop door.'

Toen ze op het bureau kwamen, bleef Abe over zijn droom piekeren. Meestal kon hij de dingen wel met rust laten; hij was tevreden als hij zonder schuldgevoel verder kon, een eigenschap die de meeste alleenstaande vrouwen uit Haddan konden bevestigen. Maar zo nu en dan kwam hij klem te zitten en dat gebeurde nu ook. Misschien had hij last van het weer; hij stikte bijna. Volgens de voorschriften van het gemeentebestuur werd de airconditioning ieder jaar op 15 september uitgezet, dus kookten de kamers nu. Abe deed zijn stropdas los en keek in het bekertje dat hij in de gang uit de koeling had gepakt. *Water kun je niet zien, maar je weet toch dat het er is.*

Hij liep er nog over te prakkiseren toen Glen Tiles een stoel bijschoof om het rooster van de volgende week te bekijken dat boven op een bergje op Abes bureau lag uitgespreid. Abes blik stond Glen niet aan. Als Glen zijn zin had gekregen, hadden ze Abe helemaal nooit aangenomen. In de eerste plaats moesten ze rekening houden met zijn verleden en in de tweede plaats was hij in het alledaagse heden duidelijk onevenwichtig. Hij werkte soms wekenlang over en kwam dan tijdenlang zijn rooster niet na totdat Glen hem opbelde om hem eraan te herinneren dat hij een ambtenaar was en geen hertog of prins of werkloze, nog niet tenminste. Met Abe wist je nooit waar je aan toe was. Toen Charlotte Evans bladeren verbrandde, kwam ze er bij hem met een waarschuwing vanaf – al had ze als levenslange inwoner van Haddan de gemeenteverordening inmiddels wel mogen kennen – en toen een snel nieuwkomers in zo'n duur huis langs Route 17 hetzelfde deed, gaf hij ze een enorme boete. Als Abe niet de kleinzoon van Wright Grey zou zijn, had Glen hem alleen al vanwege zijn buien ontslagen. En trouwens, Glen overwoog de mogelijkheid regelmatig.

'Ik ben er niet van overtuigd dat het zelfmoord was bij die jongen van Haddan,' zei Abe tegen Glen, en dat was wel het laatste wat de chef op zo'n fraaie ochtend wilde horen. Buiten zongen de vogels die nog niet waren weggetrokken, de spreeuwen, duiven en winterkoninkjes, alsof het zomer was. 'Ik vraag me gewoon af of er niemand de hand in heeft gehad.'

'Zo moet je niet denken,' vertelde Glen hem. 'Maak geen problemen die er niet zijn.'

Abe was zo'n man die eerst het bewijs moest zien en dus begreep hij Glens twijfel wel. Zodra hij zijn papierwerk af had, liep Abe naar de achterkant van het bureau naar de geblutste patrouillewagen waarin zijn opa altijd had gereden en reed naar de weg langs de rivier. Toen hij uitstapte, hoorde hij kikkers op de warmgeworden rotsen zitten kwaken. Forellen spetterden in het ondiepe water waar ze zich te goed deden aan de laatste muggen van het jaar die het in de onverwachte warmte vreselijk druk hadden.

Abe vond het prettig om al dit hernieuwde leven op de oevers te zien op een moment dat het anders juist verdween. Winterkoninkjes fladderden voorbij en streken neer op de wuivende takken van de Russische olijfbomen die hier in overvloed groeiden. Hartje winter was de rivier dichtgevroren en kon je binnen een halfuur naar Hamilton schaatsen; een geoefende schaatser kon binnen twee uur Boston bereiken. Natuurlijk kon altijd de dooi plotseling invallen, zeker aan het strakblauwe einde van januari en de aansluitende donkere weken van februari. Iedere schaatser kon een ramp overkomen, zoals die leerlingen van Haddan zoveel jaar geleden hadden bewezen. Abe was toen nog maar acht geweest en Frank negen. De wegen waren die dag glad, maar de lucht merkwaardig zacht, net als vandaag; op het asfalt, rond de klimop en boven de koude gazonnen hingen mistwolkjes. De mensen voelden hoe de wereld onder het ijs lag te wachten; er verscheen een vleugje lente in de vorm van zachte vergelende wilgentakken, in de geur van vochtige aarde en in de wolken verbijsterde insecten die door zonlicht en warmte weer tot leven waren gewekt.

Het was een meevaller dat Wright die dag dat het ijs brak langs de rivier besloot te rijden. De oude man had zijn vistas en diverse werphengels achter in de auto liggen, altijd klaar voor lekker visweer. 'Laten we forel gaan zoeken,' had hij tegen de jongens gezegd, maar in plaats daarvan vonden ze drie leerlingen van Haddan die om genade smeekten terwijl ze door het ijs zakten met de ijzers nog onder.

Abe en Frank waren in de auto gebleven en verroerden geen vin omdat opa ze dat had gezegd. Maar na een poosje kon Abe niet langer stilzitten; hij was het broertje dat zich nooit wist te gedragen, en dus klom hij over de bank om alles beter te kunnen zien en trok zich overeind om boven het stuur uit te kunnen kijken. Daar lag de rivier, bedekt met ijs. En daar waren die jongens die erdoor waren gezakt, hun armen wuifden als het riet.

Straks is hij boos op jou, zei Frank tegen Abe. Frank was zo'n brave jongen, ze hoefden hem nooit twee keer hetzelfde te vertellen. *Je mag niet van je plek.*

Maar voorin had Abe veel beter zicht op wat er gebeurde. Hij kon zien hoe zijn opa een stuk touw pakte dat hij in de kofferbak bij zijn hengels bewaarde en dat hij nu langs de bevroren oever rende en naar die verdrinkende jongens schreeuwde dat ze het vast moesten pakken. Twee Haddan-leerlingen slaagden erin zichzelf naar de kant te slepen, maar de derde was te paniekerig of bevroren om zich te bewegen, dus moest Wright hem halen. Abes grootvader deed zijn wollen jas uit en gooide zijn pistool op de grond; voordat hij erin dook, keek hij om, misschien met de gedachte dat dit zijn laatste blik op de prachtige wereld zou kunnen zijn. Hij zag hoe Abe zat te kijken en knikte; ondanks Franks waarschuwing keek hij helemaal niet boos. Hij leek de rust zelve, alsof hij op een zomerdag een eindje ging zwemmen en of hem niets anders te wachten stond dan een picknick op het gras.

Zodra Wright het water in dook, leek alles tot stilstand te komen, al brak het ijs onder hem en spetterde het in duizend scherven uiteen en al schreeuwden de vrienden van de drenkeling hem vanaf de oever toe. Abe kreeg het gevoel alsof hij zelf onder water was; hij hoorde alleen brekend ijs en de stilte van het donkere, kalme water, en toen, met een schok was zijn opa weer terug, opduikend door het gat in het ijs, met de jongen in zijn armen. Daarna maakte alles enorm veel kabaal en schetterde het in Abes oren toen zijn opa om hulp riep.

Aan die Haddanjongens aan de wal had je niets, te bang en koud om na te denken, maar gelukkig had Abe een klare kop, althans dat zei zijn opa altijd. Hij had vaak genoeg in de wagen gespeeld om te weten hoe je het bureau moest oproepen om een ambulance te sturen of extra mensen. Naderhand hield Wright vol dat hij blauw zou zijn aangelopen en dat dat joch in zijn armen zou zijn overleden als zijn jongste kleinzoon niet zo flink was geweest om een ambulance te laten komen.

Zo geweldig was het niet wat je deed, fluisterde Frank zijn broer later in en dat kon Abe niet ontkennen. Hun grootvader was de held van de dag en voor deze ene keer waren de mensen van de school en de dorpsbewoners het ergens over eens. Er werd een grote plechtigheid gehouden op het gemeentehuis waarbij Wright Grey een onderscheiding kreeg van de vrienden van de school. Het gepensioneerde schoolhoofd, de oude dr. Howe die inmiddels tegen de tachtig liep, zat zelf op het podium. De families van de jongens die erdoor waren gezakt, gaven een donatie aan het dorp, fondsen waarvan het nieuwe politiebureau aan Route 17 werd gebouwd dat later naar Wright werd genoemd. Te midden van de menigte had Abe met de rest van het dorp meegeapplaudisseerd, maar nog maandenlang kon hij het beeld niet uit zijn hoofd krijgen van zijn grootvader die uit het water oprees met ijs in zijn haar. Deed me niks, verzekerde Wright de jongen altijd, maar sindsdien waren Wrights tenen blauw, alsof er koud water door zijn aderen stroomde en misschien was hij daardoor wel de beste visser uit het dorp, en, naar Abes mening, ook de beste man. Nu nog, als iemand Abe een compliment wilde maken, hoefden ze alleen maar te zeggen dat hij op zijn grootvader leek, al nam Abe dat geenszins voor waar aan. Hij had dezelfde blauwe ogen, dat klopte, en dezelfde lengte en hij beet net zo op zijn lip als Wright altijd deed als hij naar je luisterde, maar Abe viel er met geen mogelijkheid van te overtuigen dat hij net zo'n goed mens zou kunnen worden. En toch vroeg hij zich af of hij met die jongen die ze nu gevonden hadden niet zo'n zelfde kans kreeg voorgeschoteld, zijn eigen drenkeling.

Op deze zeldzaam mooie dag waarop mannen vroeg naar huis gingen om met hun vrouw te kunnen vrijen en honden door de velden zwierven, achter patrijzen aan renden en blaften van plezier, liep Abe langs de rivier. Hij wilde dat zijn grootvader nog bij Route 17 woonde en dat hij de oude man om raad kon vragen. Hij dacht over zijn droom na en over de zilveren rivier van glas. Hij liep alles langs wat kon breken, een ei, een raam, een hart. Hij kwam er pas op toen hij later die dag naar huis was gereden, toen de hemel ondanks het warme weer donker werd. Hij stond op zijn eigen oprit geparkeerd, te moe en hongerig en chagrijnig om nog over raadsels na te denken toen hij opeens zijn eigen droom begreep. Het was de waarheid, die altijd zo helder was als water totdat zij brak; vermorzel haar en wat je overhoudt, is een leugen.

De mensen die in Haddan woonden, beschikten over een ijzeren geheugen, maar ze waren bereid overtredingen te vergeven. Wie van hen had nooit fouten gemaakt? Wie had er nooit gezondigd tegen de regels van gezond verstand en burgermansfatsoen? Rita Eamon die de balletschool leidde en bekendstond als een trouw gemeentelid van St. Agatha, was vorig jaar op oudejaarsavond zo dronken geworden in de Millstone dat ze op de bar had staan dansen en haar blouse had uitgetrokken, maar dat hield niemand haar te na. Teddy Humphrey had een hele waslijst van misstappen, van per ongeluk op de gymleraar richten tijdens boogschieten op de middelbare school tot zijn jeep tegen de Honda Accord van zijn buurman Russell Carter rammen nadat hij had ontdekt dat Russell met zijn ex-vrouw omging.

Wie vroeger Joey en Abe boeven had genoemd, zag hen nu tot hun genoegen tot vooraanstaande burgers uitgegroeid. Vrijwel niemand herinnerde zich de keer dat de jongens frisdrank en friet hadden besteld bij de drogisterij terwijl ze geen geld hadden, en vervolgens waren weggerend in de veronderstelling dat Pete Byers hen wel achterna zou komen met de bijl die hij naar men zei onder de kassa bewaarde voor het geval er brand uitbrak. In plaats daarvan had Pete alleen maar gewacht tot ze zelf hun wangedrag zouden erkennen. Op een dag was Abe onderweg naar school bij hem langsgegaan om de schuld te delgen. Een paar jaar later erkende Joey dat hij hetzelfde had gedaan en nu was het de grap dat het Pete Byers was die hun geld schuldig was, met een jaar of twintig rente op de koop toe.

Op de tweede dag van de hittegolf dacht Abe aan de elegantie waarmee Pete die toestand had afgehandeld, toen hij, zoals zo vaak, bij de drogist langsging uit nostalgie en voor een broodje. Aan het achterste tafeltje zaten Lois Jeremy en Charlotte Evans van de tuiniersvereniging, achter thee en cakejes. Ze zwaaiden allebei zodra ze hem zagen. Meestal wilden die twee iets gedaan krijgen voor hun dierbare clubje dat elke vrijdag in het gemeentehuis vergaderde, en Abe probeerde ze daarbij te helpen. Hij voelde zich bijzonder schuldig als hij mrs. Evans zag, uit wier huis Joey en hij ooit driehonderd dollar hadden gestolen die ze in een blik onder het aanrecht hadden gevonden. De roof was nooit bij de politie aangegeven of gemeld aan de *Tribune*, en Abe had later beseft dat mrs. Evans het geld geheim had gehouden voor haar man die bekendstond als een lastpak met losse handjes. Nog altijd geeft Abe Charlotte Evans geen parkeerbon, zelfs niet als haar auto voor een brandkraan of op een zebrapad staat. Hij gaat niet verder dan het geven van een waarschuwing en vertelt mrs. Evans dan vriendelijk dat ze haar gordel om moet doen en wenst haar een prettige dag toe.

'Er mankeert in dit dorp iets aan de veiligheidsvoorschriften,' riep mrs. Evans uit de verte. 'Ik begrijp niet waarom er geen agent op wacht kan staan als wij onze braderie houden.' Ze behandelde Abe zoals ze alle ambtenaren behandelde, alsof hij haar bediende was. 'Het wordt een bende in Main Street als niemand het verkeer regelt.'

'Ik zal kijken wat ik kan doen,' verzekerde Abe haar.

Als jongen nam Abe aanstoot aan de lichtste geringschatting, maar tegenwoordig krenkte het hem niet meer als mensen van de oostkant op hem neerkeken. Als zijn werk hem iets had opgeleverd, dan was het dat hij achter de maskers van Main Street kon kijken. Hij wist bijvoorbeeld dat AJ, de zoon van mrs. Jeremy, na zijn echtscheiding naar het appartementje boven haar garage was verhuisd doordat de politie er diverse keren bij was geroepen om AJ te kalmeren nadat hij te veel had gedronken en zo liep te schreeuwen dat mrs. Jeremy helemaal van haar stuk raakte.

Pete Byers, wiens eigen vrouw Eileen befaamd was om haar winterharde tuin, al was ze dan nog niet uitgenodigd voor de tuiniersvereniging, keek meelevend naar Abe zodra mrs. Jeremy met hem klaar was.

'Die dames zouden nog tuinieren als je ze op de maan zou zetten,' zei Pete toen hij Abe een kop koffie met veel melk voorzette, 'dan zouden wij 's nachts naar boven kijken en narcissen zien in plaats van sterren, als het aan hen lag.'

Abe zag dat er een nieuwe jongen achter de toonbank stond, een donkerharige, expressieve knul met een omfloerste blik die Abe onrustbarend vond.

'Heb ik hem eerder gezien?' vroeg hij aan Pete Byers.

'Denk het niet.'

De jongen stond bij de gril maar voelde Abe kennelijk staren; hij keek even snel op en keek nog sneller weg. Hij had de poolkatuitdrukking op zijn gezicht van een jongen die wist dat zijn lot aan een zijden draadje hing. Hij had een litteken onder zijn ene oog waar hij op wreef alsof dat geluk zou brengen, of om zichzelf te herinneren aan iets wat hij lang geleden was kwijtgeraakt.

'Dat is de zoon van mijn zus uit Boston,' zei Pete. 'Sean. Hij woont sinds de zomer bij ons en doet dit jaar examen in Hamilton.' De jongen was de gril gaan schoonschrapen, geen werkje om jaloers op te zijn. 'Het komt wel goed met hem.'

Pete besefte dat Abe overdacht of hij de jongen in de gaten moest houden als een van de dames van de tuiniersvereniging haar auto kwijt was of als er 's avonds laat in een van de huizen aan Main Street zou worden ingebroken. Nadat hij het schoolbord met de specialiteiten van het huis had bekeken, waar vandaag roggebrood met tonijnsalade op stond en vissoep, al acht jaar lang de soep van de dag, keek Abe naar de jongen en dronk zijn koffie op. De koffie smaakte vreemd, dus gebaarde Abe naar Petes neefje; aanleiding genoeg om te zien hoe die jongen in elkaar stak.

'Wat moet dit voorstellen?'

'Dat is café au lait,' zei de jongen.

'Sinds wanneer is de koffie hier zo sjiek?' Abe schatte dat de jongen in Boston in de problemen was geraakt en dat zijn bezorgde familieleden hem aan zijn oom op het platteland hadden uitbesteed, waar de lucht schoon was en de misdaden minder talrijk. 'En wat komt er daarna? Sushi?'

'Ik heb een auto gestolen,' zei Sean. 'Zo ben ik hier terechtgekomen.' Hij was uitdagend op een manier die Abe zich scherp kon herinneren; ieder antwoord zou een variatie op dat ene thema zijn: *het kan me niet verdommen wat je zegt of denkt. Ik doe wat ik wil met mijn leven en als ik het verpest is dat mijn zaak.*

'Is dit een bekentenis?' Abe roerde in zijn melkrijke koffie.

'Je wilt het weten. Ik zie het aan je ogen. En nu weet je het. Ik heb er trouwens twee gestolen, maar ik werd er maar op één betrapt.'

'Oké,' zei Abe, onder de indruk van de plotselinge oprecht-heid van dat antwoord.

Wat konden mensen toch verrassend uit de hoek komen. Net als je dacht te weten wat je van iemand kon verwachten, sloe-gen ze om als een blad aan een boom; als je bitsheid ver-wachtte, kwam er opeens medeleven, was je gewend geraakt aan onverschilligheid en weerspannigheid dan werden ze op-eens medemenselijk. Betsy Chase was al net zo verrast toen ze de verschillende opinies te horen kreeg over Abe Grey. Som-mige mensen, zoals Teddy Humphrey van de minimarkt waar Betsy haar yoghurt en ijsthee kocht, zeiden dat hij altijd leven in de brouwerij bracht en dat er in de Millstone een barkruk stond waarin zijn naam zo'n beetje stond gekerfd. Zeke Har-ris, die de baas was van de stomerij waar Betsy haar truien en rokken liet doen, was van mening dat Abe een echte heer was, maar Kelly Avon van de 5&10 Centbank was het er niet mee eens. *Hij ziet er fantastisch uit en zo, maar geloof mij maar*, had Kelly gezegd, *ik weet het uit ervaring: emotioneel gezien is hij dood.*

Betsy was niet van plan geweest het tijdens haar boodschapjes in het dorp over Abe te hebben, maar zijn naam dook steeds op, misschien doordat ze voortdurend aan hem dacht. Ze was zo in de war geweest van de foto die ze had ontwikkeld, dat ze een stap verder had gezet en Abes nummer in het telefoon-boek van Haddan had opgezocht. Ze had het twee keer ge-draaid, maar ze had neergelegd voor hij kon opnemen. Daar-na leek ze steeds over hem te moeten praten. Ze sprak bij de bloemist over hem, waar ze een potje klimop voor in de ven-sterbank wilde kopen, en kwam er zodoende achter dat Abe altijd een krans kocht in plaats van een kerstboom. Van Nikki Humphrey was ze te weten gekomen dat hij wel melk maar geen suiker in zijn koffie gebruikte en dat hij vroeger dol was geweest op chocoladebroodjes, maar dat hij die tegenwoordig versmaadde en in plaats daarvan gewone roomboterbroodjes nam.

Hoewel Betsy had verwacht dat ze meer feiten over hem aan de weet zou komen toen ze de drogisterij inliep om er een *Tribune* te kopen, had ze niet verwacht de man zelf daar aan te treffen achter zijn tweede café au lait. Het kwam Betsy voor of ze hem had opgeroepen door zijn levensfeiten te achterhalen. Ze wist inmiddels even veel over hem als de mensen die hem al zijn hele leven kenden; ze kon zelfs zijn favoriete merk sokken noemen, want dat was haar door de bediende van Hingram ingefluisterd.

'Je hoeft je niet te verstoppen,' riep Abe toen hij haar achter de krantenrekken weg zag duiken.

Betsy liep naar de toonbank en bestelde koffie, zwart; hoewel ze meestal melk en suiker gebruikte, had ze het gevoel dat onverdunde cafeïne haar een bepaalde mate van voorzichtigheid zou kunnen helpen behouden. Gelukkig had ze haar rugzak bij zich. 'Ik heb de foto's bij me.' Ze gaf Abe het pakketje volstrekt normale afdrukken dat ze bij zich had.

Abe bladerde door de foto's en beet ondertussen op zijn lip, precies zoals Wright vroeger deed als hij zat te peinzen.

'Ik heb nog een foto die ik toen heb genomen.' Betsy's gezicht had een kleur gekregen. 'Je zult wel denken dat ik gek ben geworden.' Ze had de betreffende foto voor zichzelf gehouden, bang om hem te laten zien, maar nu hij had kunnen zien hoe bedachtzaam ze was, veranderde ze van mening.

'Geef maar op,' drong Abe aan.

'Ik weet dat het idioot klinkt, maar ik geloof dat ik een foto van Gus Pierce heb.'

Abe knikte en wachtte tot er meer kwam.

'Na zijn dood.'

'Oké,' zei Abe op billijke toon. 'Laat maar zien.'

Betsy had de foto bestudeerd met de verwachting dat het beeld zou verdwijnen, maar hij was er nog steeds, dagen later, die jongen met die zwarte jas aan. In de bovenhoeken van de foto zaten lichtflitsen. Dat waren geen ontwikkelfouten, want die leverden altijd witte vlekken op, maar een bijzonder soort belichting die tegen het plafond zweefde, alsof er een energieveld vastgelegd was. Betsy had altijd de neiging gehad om achter het voor de hand liggende te zoeken naar dingen die anderen niet zagen. Dat was haar nu gelukt, want wat ze liet zien, was naar haar idee het portret van een geest.

'Je hebt twee films door elkaar gehaald,' stelde Abe meteen

vast. 'Of er stond al een foto op het filmpje en daar heb je dat kamerinterieur overheen genomen. Dat verklaart het wel, toch?'

'Je bedoelt een dubbele belichting?'

'Ja, dat bedoel ik.' Ze had hem even lelijk te pakken gehad. Hij had even de koude aanraking gevoeld die je, naar men zegt, grijpt als deze wereld en de volgende op elkaar botsen. 'Het is gewoon een foutje.'

'Er is wel iets tegen die theorie in te brengen. Het water. Hij is druipnat. Hoe verklaar je dat?'

Ze staarden samen naar de foto. Er liepen stromen water van Gus' gezicht, alsof hij uit de rivier was opgerezen, alsof hij te lang onder was gehouden en al blauw begon te worden. Er zaten waterplanten in zijn haar en zijn kleren waren zo drijfnat dat er een plas water rond zijn voeten stond.

'Mag ik deze een poosje houden?'

Toen Betsy daarin toestemde, stak Abe de foto in zijn jaszak. Het was natuurlijk verbeelding, maar het was net of hij de natte contouren van het beeld tegen zijn borstkas voelde. 'Dat meisje dat in die kamer was voordat je de foto's nam, daar zou ik weleens mee willen praten.'

'Carlin.' Betsy knikte. 'Ze is meestal in het zwembad. Ik denk dat Gus verder geen vrienden had.'

'Soms is één genoeg.' Abe rekende hun beider kopjes koffie af. 'Als het maar de goeie is.'

Ze liepen de buitenlucht in, waar een paar bijen rond de chrysanten zoemden die Petes vrouw, Eileen, voor de winkel in een aardewerken pot had gezet. Aan de overkant waren de balletschool van Rita Eamon, waar Joeys dochter Emily op les zat, en de stomerij van Zeke Harris die er meer dan veertig jaar eerder was gevestigd. Abe kende elke winkelier en elke straathoek, zoals hij er ook van op de hoogte was dat iedereen die in Haddan was geboren en getogen en zo stom was om iets te krijgen met iemand van de school zijn verdiende loon kreeg.

'We kunnen weleens samen gaan eten,' stelde Abe voor. Hij overdacht de uitnodiging onmiddellijk omdat hij te ernstig en te formeel had geklonken. 'Niks bijzonders,' voegde hij eraan toe. 'Gewoon wat eten op een bord.'

Betsy lachte, maar haar gezicht sprak boekdelen. 'Ik denk eerlijk gezegd dat we elkaar niet meer moeten zien.'

Nou, daar had hij zichzelf toch maar fraai voor schut gezet. Hij zag een van die verdomde zwanen van de school de straat oversteken en blazen naar Nikki Humphrey die naar de 5&10Centbank onderweg was geweest om geld te storten, maar die nu te bang was om door te lopen.

'Ik ben verloofd,' legde Betsy uit. Ze wist drommels goed dat toekomstplannen niet noodzakelijkerwijs goed waren. Wat als ze nu met twaalf chocoladerepen ging zitten en ze stuk voor stuk zou opsmikkelen? Wat als ze aan de rode wijn ging tot ze omviel? '17 juni. De Wilgenzaal in het hotel.'

Aan de overkant liep Nikki Humphrey te zwaaien in een poging de zwaan weg te jagen. Abe had haar moeten gaan helpen, maar hij bleef in de deuropening van de drogisterij staan. Er waren zoveel verlovingen, maar ze liepen niet allemaal even soepeltjes.

'Ik vraag niet om een uitnodiging voor de receptie,' gaf hij als commentaar.

'Goed,' lachte Betsy, 'dan nodig ik je niet uit.'

Ze moest wel gek zijn om hier met hem te blijven staan; ze kon beter weggaan. Maar zelfs op een prachtige dag was het onmogelijk om gedrag te voorspellen, of het nou menselijk was of niet. De zwaan aan de overkant bijvoorbeeld, die door de warmte en door de mensen werd geprikkeld, raakte door het dolle heen. Hij had Nikki Humphrey van de stoep af de Lucky Day-bloemisterij in gejaagd en stak ondanks het groene licht Main Street over. Diverse auto's kwamen piepend tot stilstand. Wie de zwaan niet zag, drukte op zijn claxon en wenste dat er iemand in de buurt was die het verkeer kon regelen. Abe had het zelf moeten oplossen – met die klapperende zwaan midden op straat konden er wel gewonden vallen – maar hij bleef waar hij was.

'Je zou me wel voor iets anders kunnen uitnodigen,' zei hij, alsof hij voortdurend om afwijzingen vroeg. 'Als het maar geen bruiloft is, kom ik wel.'

Betsy kon niet peilen of hij deze verklaring oprecht meende. Ze staarde naar de zwaan die midden op straat was blijven staan, aan zijn veren plukte en een file veroorzaakte tot aan Deacon Road.

'Ik zal erover nadenken,' zei ze vrolijk. 'Je hoort nog van me.' 'Doe dat,' zei Abe onder het weglopen. 'Leuk je te ontmoeten,' riep hij, alsof ze zomaar twee mensen waren die hartelijk recepten of huishoudelijke tips hadden staan uitwisselen, misschien azijn hadden aangeraden bij een zonnesteek of olijfolie voor beschadigd houtwerk.

Mike Randall, de directeur van de 5&10 Centbank was met zijn colbertje in de hand de straat op gerend. Hij liep direct naar de zwaan en wapperde met zijn jasje alsof het een cape van een matador was, totdat het eigenwijze beest ten slotte opsteeg, blazend tijdens zijn vertrek, en nog steeds kwaad tetterend toen hij voor mrs. Jeremy's huis op de stoep landde.

'Hé,' riep Mike naar Abe zodra hij hem afwezig voor de drogisterij zag staan, in een vierkant van licht en met zijn ogen knipperend als een verliefd joch. 'Waar sta je nou op te wachten? Op een frontale botsing?'

Het was meer een treinramp, eigenlijk, zo een als Abe in zijn jeugd had gezien toen de trein naar Boston van de rails liep. Weken daarna kon je nog kleren en schoenen zonder zolen langs de spoorbaan vinden. Abe had zijn opa geholpen met het zoeken naar persoonlijke bezittingen als portemonnees en sleutels. Het ongeluk was onvermijdelijk en onstuitbaar geweest; het had mensen overvallen, zodat ze net hun veters zaten te strikken of een uiltje knapten, volstrekt onvoorbereid op wat hun te wachten stond.

Aan het einde van de dag, toen de hemel van inkt werd en de laatste ganzen zuidwaarts over Haddan heen vlogen, reed Abe naar de school en parkeerde op de parkeerplaats die het dichtst bij de rivier lag. Tegen die tijd begon het weer om te slaan, zoals iedereen had zien aankomen. Binnenkort zouden alle sporen van de hittegolf verdwenen zijn. Abe liep om een modderplas heen die tegen de ochtend bevroren zou zijn. Hij wist de gymzaal te vinden; de dorpskinderen waren altijd jaloers geweest op het basketbalveld en in het bijzonder op het overdekte zwembad. Op een nacht toen ze voor hun highschoolexamen zaten, hadden Abe en Joey en Teddy Humphrey en een stuk of vijf, zes andere jongens de hele avond dronken zitten worden en nieuwe vormen van kattenkwaad zitten verzinnen. Om een of andere reden hadden ze het zwembad van de school tot doelwit gekozen. Ze waren er tijdens de zwemtraining dronken van bier en kwaadheid binnengelopen alsof het hun bad was, overstromend van het soort moed dat je in een groep krijgt. Ze hadden hun kleren uitgetrokken en waren er, vloekend en tierend, pardoes ingedoken en hadden het in hun geboortekostuum vreselijk naar hun zin gehad.

De Haddanleerlingen die baantjes hadden getrokken, waren er zo snel als ze konden uitgegaan. Abe kon zich de blik van een van de meisjes nog herinneren, de minachting in haar ogen. Voor haar waren zij niet meer dan varkens, debielen die hun eigen capriolen al snel leuk vonden en nooit iets zouden bereiken. Een van de jongens, Abe wist niet meer wie, was op de trap gaan staan en had in het diepe gepist waarna hij luid applaus had gekregen voor zijn prestatie. En op dat moment was Abe het met het meisje eens geworden dat hen zo walgelijk had gevonden.

Hij was als eerste het water uitgegaan, had zijn spijkerbroek en t-shirt over zijn natte lijf aangetrokken, en ze hadden allemaal geluk dat hij dat deed, want iemand had de politie gebeld en Abe was de enige die ze kon horen aankomen. Hij had zijn vrienden gealarmeerd waardoor ze allemaal het sportterrein af konden rennen voordat Ernest ter plaatse was en Abe van alles de schuld kon geven, zoals hij toen altijd deed.

Vanavond stond Abe beslist in zijn recht als agent om Carlin in het zwembad op te zoeken, maar hij had net zo de zenuwen als destijds. Hij liep door de betegelde gang tot hij bij de glazen wand kwam waardoor je naar de zwemmers kon kijken. De meisjes uit het team droegen allemaal zwarte badpakken en badmutsen, maar hij pikte Carlin er zo uit. Haar houding onderscheidde haar van de rest. Ze was een krachtige zwemster, duidelijk de beste van de ploeg; ze was talentvol, maar ze werd waarschijnlijk door ambitie voortgedreven, want toen de andere meisje het bad verlieten, ging Carlin als enige door met trainen.

Haar ploeggenoten waren al gedoucht en aangekleed tegen de

tijd dat Carlin zichzelf uit het zwembad hees. Ze zat op de rand en trok haar zwembril van haar hoofd; haar zwarte badmuts gaf haar hoofd het profiel van een zeehondenkop. Ze zwaaide haar benen heen en weer door het water en sloot haar brandende ogen; haar hart bonsde van de inspanning, haar armen deden zeer.

Toen ze iemand tegen het glas hoorde tikken, keek Carlin op in de verwachting dat het Harry was, maar in zijn plaats ontwaarde ze Abe Grey. Carlin zou van de wijs moeten zijn nu een politieman haar kwam opzoeken, maar eigenlijk luchtte het haar op. Het samenzijn met Harry was de laatste tijd moeilijk geweest; als ze bij elkaar waren, moest zij een stuk van zichzelf verborgen houden: al haar zorgen, al haar verdriet. Ze ging om etenstijd ook niet meer naar de eetzaal, deels omdat ze niet in eten was geïnteresseerd, maar ook om Harry te vermijden. Helaas verwachtte hij van Carlin dat ze nog niets was veranderd sinds ze elkaar op de trap van de bibliotheek hadden ontmoet, maar dat meisje was ze niet meer. Ze was nu de achtergebleven vriendin, degene die zich maar bleef afvragen hoe het licht er diep onder water uitzag en hoe het voelde om waterlelies en steentjes in te ademen in plaats van lucht.

'Harry was naar je op zoek,' zei Amy onvermijdelijk als Carlin 's nachts binnenkwam nadat ze over de paden en lanen en door de steegjes had gelopen waar Gus altijd kwam. 'Ik begrijp niet waarom je hem zo behandelt.'

Als Harry belde of langskwam, zei Carlin dikwijls tegen Amy dat ze hem maar moest vertellen dat ze sliep of migraine had. 'Jij bent een rare,' merkte Amy dan verbijsterd op. 'En daarom wil hij je waarschijnlijk. Hij is opgegroeid met meisjes als ik.'

Het was zwaar om met Harry samen te zijn, om te doen of het leven uit pret en vermaak bestond terwijl Carlin aan verdriet en rivierwater dacht. Bij deze agent kon ze tenminste zichzelf zijn, zo koud en afstandelijk als ze maar wilde.

'Wat moet je?' riep ze naar Abe en ze hoorde haar stem van de tegelwand terugkaatsen.

Abe maakte een praatgebaar met zijn hand alsof hij een schaduwpoppetje op de tegels wilde laten zien.

Carlin wees op de deur. 'Ik zie je buiten.'

Ze liep naar de kleedkamer, droogde zich af en kleedde zich aan zonder zich te douchen. Ze trof Abe buiten aan, wachtend naast het beeld van dr. Howe. Het was half vijf, maar de lucht werd al donker, op een helderblauwe strook na tegen de verste horizon. Het weer was omgeslagen naar de normale novemberkou, koud genoeg om Carlin ijskristallen in haar haar te bezorgen. Ze wist wel dat het stom was, maar diep in haar hart hoopte ze dat deze agent haar had uitgezocht om haar te komen vertellen dat ze een fout hadden gemaakt en dat Gus was gevonden. Dat wilde Carlin horen: het was een andere ongelukkige jongen geweest die in de rivier was gevallen en was verdronken.

Abe klopte dr. Howes standbeeld op de voet. Dat bracht geluk in de liefde, had hij gehoord, al hechtte hij meestal weinig waarde aan zulke beweringen. 'Wat was dat een engerd,' zei Abe over het illustere schoolhoofd. 'Een echte ouwe sok.'

'Ze zeggen dat hij alles neukte wat hij te pakken kon krijgen.' De koude kern die sinds Gus zijn dood in Carlin groeide, rammelde in haar borstkas. 'Wist je dat niet? Hij was een vrouwengek.'

'Dr. Howe? Ik dacht dat het een boekenwurm was.'

'Boekenwurmen neuken ook. Alleen beroerd.' Dat gold tenminste voor Harry, die steeds egoïstischer was geworden, totdat het leek of het hem niet meer kon schelen met wie hij samen was, zolang het maar een levend, ademend meisje was dat deed wat haar werd gezegd.

Carlin pakte haar sigaretten en stelde Abe voor om achter het sportterrein langs te lopen zodat zij kon roken. Toen hij achter haar aan liep, herkende Abe haar jas als de jas die de dode jongen had gedragen en waarin ze hem hadden gevonden.

'Van roken ga je minder hard zwemmen.' Ondanks haar slechte humeur had Abe medelijden met Carlin. Ze zag er zo verloren uit in die grote jas; je zag haar handen niet eens.

'Jeetje.' Carlin stak hem aan, terwijl die koude kern vlak achter haar hart tekeerging. 'Dat hebben ze me nou nog nooit verteld.'

'Best. Als je het zo wilt, ga je gang dan maar. Trek je er maar niks van aan. Mijn zegen heb je.'

Ondanks de dikke zwarte jas van Gus liep Carlin te bibberen. 'Kom je daarvoor? Om over mijn rookgedrag te praten?'

Ze liep te rillen, ofwel door de inspanning van het zwemmen of doordat ze sinds het ontbijt niets meer had gegeten. Ze bleef zich gewoon rot voelen, wat ze ook deed. Zo nu en dan sloot ze zich in de badkamer op en zette het scheermes in haar arm. Het koude ding in haar had wortel geschoten en haar in een valse meid veranderd van wie de haarpunten groen werden en die iemand wilde beschadigen, liefst zichzelf.

'Ik kom om met je te praten over wat er met je vriend is gebeurd.'

Carlin lachte even kort en bitter en sloeg toen snel een hand voor haar mond.

'Is het grappig? Heb ik iets gemist?'

Carlin keek in tranen naar hem op. 'Hij benadert me. Gus of zijn geest, of wat dan ook. Ik weet dat het gek klinkt. Ik geloof het zelf ook helemaal niet. Het is maf, toch?'

Ze leek opeens zo wanhopig, met haar bleke haar en haar nog blekere gezicht, dat Abe niet over de foto in zijn zak durfde te beginnen uit vrees dat ze nog erger in de war zou raken. Hij kon haar niet zeggen hoe vaak zijn eigen broer tegen hem had gesproken; iedere nacht weer had hij de stem van zijn broer gehoord, en sterker nog, dat had hij ook gewild. Het gebeurde nu nog weleens dat hij Franks naam hardop zei in het donker, nog steeds hopend op antwoord.

'Hij geeft me steeds van alles.' Carlin accentueerde haar woorden met kleine rookwolkjes. 'Stenen. Waterlelies. Zand. Ik vind de hele tijd visjes, kleine zilveren. En dat is nog niet alles. Ik hoor hem als het stil is. Het klinkt als water, maar ik weet dat hij het is.'

Abe wachtte beleefd terwijl Carlin haar tranen met de rug van haar hand wegveegde, en stak toen een nieuwe sigaret aan met de vorige, die helemaal tot as was vergaan. Toen hij haar zo zag, was Abe dankbaar dat hij niet meer jong was.

'Misschien geeft hij je dingen en misschien niet, maar wat ik wil weten, is hoe hij gestorven is,' zei Abe tegen het meisje nadat ze zich had hervonden. 'Ik moet gewoon overtuigd worden en zolang het over Gus gaat ben ik nog nergens van overtuigd geraakt. Te veel vragen, te weinig antwoorden. Dus misschien kun jij iets voor me beantwoorden. Sprak hij weleens over zelfmoord?'

'Nooit,' zei Carlin. 'Ik heb al tegen mr. Pierce gezegd dat Gus een briefje voor me zou hebben achtergelaten. Al was het maar om mij me schuldig te laten voelen, dan zou hij nog steeds iets hebben opgeschreven.'

Natuurlijk wist Abe dat niet iedereen zulke voornemens doorsprak. Je kon naast iemand wonen en nooit weten waar hij toe in staat was. Wat Carlin betrof, die waardeerde het dat Abe haar niet probeerde te troosten, zoals de meeste mensen. Hij was eerlijk, en zijn twijfels kwamen overeen met de hare. Hij pakte een opschrijfboekje uit zijn zak en kalkte zijn telefoonnummer erop.

'Bel me op als je iets over je vriend hoort. Als hij hachee had gegeten op de avond dat hij stierf, wil ik dat weten. Ieder detail, hoe onbelangrijk het ook lijkt, wil ik weten. Die dingen kunnen iets opleveren als je ze allemaal bij elkaar veegt. Het zal je nog verbazen.'

'Oké.' Carlin had ontdekt dat ze zich niet meer zo giftig voelde. Haar natte haar bevroor in wanordelijke pieken en de zwarte jas zwabberde om haar benen terwijl ze met Abe over de campus liep.

Toen St. Anne in zicht kwam, zag Abe een raam dat wel van Betsy Chase moest zijn. Betsy had er hoogstwaarschijnlijk niet aan gedacht haar ramen af te sluiten, niet hier in Haddan, waar de nachten zo veilig waren. Eventjes dacht Abe dat hij haar zag, maar het was slechts miss Davis die op de veranda haar voederbakje met zaden probeerde te vullen.

'Ik moet gaan,' zei Carlin. 'Ik werk voor haar.'

In het invallende duister bewogen de stammen van de kweeperen naast de deur van miss Davis doordat de nestelende vinken daar verwachtingsvol begonnen te fladderen. Abe zag dat miss Davis ziek was; ze verraadde het niet door haar hoge leeftijd, maar door de zorgvuldigheid waarmee ze elke hand zaad optilde, alsof zulke dingen te zwaar waren voor een wezen van vlees en bloed.

'Sorry dat ik zo laat ben,' riep Carlin. Ze had niet genoeg tijd over om de kwarkpudding en de fruitsalade te bereiden die ze had willen opdienen; miss Davis moest het maar doen met plakjes kanteloep en kwark.

Helen tuurde in het donker. 'Natuurlijk kom je laat als je je tijd verdoet met vreemde mannen.' Ze sprak misschien tegen Carlin, maar ze keek naar Abe.

'Hij is van de politie,' vertelde Carlin aan Helen Davis terwijl ze naar binnen ging om zich aan de maaltijd te wijden. 'Het was dus heel veilig.'

Abe zag meteen dat er geen sloten op de ramen van miss Davis zaten. Hij keek naar de deur. Net wat hij had verwacht, zo'n waardeloze haak die een zesjarige nog open zou krijgen. 'Uw beveiliging is vrijwel non-existent.'

'Bent u altijd zo'n bemoeial?' vroeg Helen Davis hem geïntrigeerd. Belachelijk, maar ze raakte vrijwel ademloos in aanwezigheid van deze man.

'Nee, mevrouw,' zei Abe. 'Ik ben vroeger inbreker geweest.'

'Is dat zo?' Helen hield haar hoofd schuin om hem in de schaduw beter te kunnen zien. 'Over mij hoeft u zich geen zorgen te maken. Mij durft niemand lastig te vallen. Iedereen is bang voor mij.' Helen was klaar met het voederbakje en nu zou ze naar binnen moeten gaan, gaan eten, maar ze kon zich niet herinneren wanneer er ooit zo'n mooie man op haar veranda was verschenen.

Abe lachte om miss Davis' opmerkingen. Hij hield van verrassingen en Helen Davis had hem verrast. Hij had een verwaande zuurpruim verwacht, maar hij had het duidelijk bij het verkeerde einde gehad.

'Als hier iemand inbreekt dan is dat zonde van de moeite,' verzekerde Helen Abe.

Achter de stammen van de kweeperen lag een bewegingloze gedaante onder de voederbak te wachten.

'Wel heb ik ooit.' Abe floot en wendde zich toen tot Helen. 'Dat is mijn kat.'

'Dat is Midnight,' wees Helen hem terecht. 'Mijn kat.'

'Hij lijkt verdomd veel op de mijne. Hé, jij daar,' riep Abe.
De kat keek neerbuigend zijn kant op en staarde. Een nare houding en een geel oog. Geen vergissing mogelijk.
'Yep,' zei Abe. 'Dat is mijn kat.'
'Ik zie dat hij u herkent. Hij maakt een sprong van vreugde. Het is een hij, overigens.'
De kat was zich gaan wassen, precies zoals hij elke dag deed als hij thuiskwam. 'Hij woont bij mij,' hield Abe vol. 'Verhaart op al mijn meubels.'
'Hoogst twijfelachtig. Ik heb hem al twaalf jaar. Ik geloof dat ik mijn eigen kat toch wel ken.'
Het was lang geleden dat Helen had gezien hoe blauw mannenogen konden zijn, maar nu zag ze het. Ze was niet gewend op haar veranda met vreemde mannen te praten, maar ze deed wel meer vreemde dingen sinds ze wist dat ze ziek was. Sindsdien was ze als het ware gesmolten. Zaken die ze tot nu toe had genegeerd, voelde ze overmatig; ze werd keer op keer overspoeld door emoties. Als ze haar veranda opliep, kon de geur van gras haar aan het huilen maken. Ze kon een knappe man als Abe Grey zien en door verlangen worden overvallen. De bijtende kou voelde heerlijk aan. De eerste ster die aan de oostelijke hemel verscheen, moest gevierd worden. Vanavond had ze bijvoorbeeld de drie heldere sterren van Orion zien verschijnen zodra het daglicht doofde. Nooit eerder had ze op zulke verschijnselen gelet.
De hittegolf was voorbij, de temperatuur daalde, en hoewel Helen zich om haar eigen zwakke gestel zorgen had moeten maken, was ze op zulke nachten bezorgd om Midnight. Abe Grey bekeek haar kat ook met zorg, alsof hij evenveel recht had om zich om het dier te bekommeren.
'Mijn kat,' herinnerde Helen hem. 'En ik kan het met de rekeningen van de dierenarts aantonen. Toen hij dat oog kwijtraakte zei de dokter dat hij met een andere kat had gevochten, maar ik denk dat het boos opzet was. Als hij een opgeschoten jongen ziet, slaat hij op de vlucht, en wat denkt u dan?'
'Dat hij hoogbegaafd is?'
Helen lachte blij verrast. 'Boos opzet. Gelooft u mij maar.'
'Dat is ruim voorhanden in de wereld.'

Er was nog steeds een blauwe baan zichtbaar tegen de donkere hemel en de lantaarns rond het plein waren aangesprongen en vormden nu een cirkel van gele bollen, als vuurvliegjes in het donker.

'U kunt denken wat u wilt,' zei Helen toen ze afscheid namen, 'maar het is niet uw kat.'

'Best,' besloot Abe toen hij naar zijn geparkeerde auto liep. Hij zwaaide toen hij het grasveld overstak. 'Maak hem dat maar wijs.'

Toen het vrijdag werd en een weekend zonder verplichtingen zich aandiende, bevond Abe zich niet tussen diegenen die zich in de Millstone gingen bedrinken om te vergeten dat maandag al over twee dagen was. Hij was geen geschikt gezelschap, zoveel was wel duidelijk, en zelfs Russell Carter, de vriendelijkste van hun vriendenclub, had Abes slechte humeur opgemerkt toen ze vorige avond in de gymzaal van de basisschool hadden gebasketbald.

'Ik weet het niet.' Russell had zijn hoofd geschud. Abe vloekte bij iedere mislukte lay-up. 'Je bent vanavond jezelf niet, Abe.'

'Ja, nou, wie ben ik dan wel?'

'Niet om het een of ander, maar misschien ben je Teddy Humphrey, de man van de duizend ruzies,' had Russell eraan toegevoegd.

Wie hij ook was, vrijdag was Abe na zijn werk bij de minimarkt naast het benzinestation gestopt en had er een six-pack Samuel Adams-bier gekocht. Hij was van plan het lijkschouwingsrapport van die Pierce-knul te bestuderen en daarna ergens eten te gaan halen. Hij was gezond en wel, blij dat hij een avond vrij had met een biertje om te beginnen en nog vijf voor later, maar hoe meer hij het rapport bekeek, hoe meer details hem dwars gingen zitten. De kneuzingen op het voorhoofd van de jongen en op zijn rug werden afgedaan als verwondingen die waren ontstaan toen hij door de rivier was meegevoerd. Zijn gezondheid was prima geweest, al was het toxicologisch rapport positief ten aanzien van thc, wat aangaf dat hij in de laatste achtenveertig uur voor zijn dood marihuana had gerookt.

Er was een schijn van zekerheid aan zulke officiële rapporten die Abe altijd ergerde; feiten stemden hem altijd tot nadenken, aangezien ze zo afhankelijk waren van wie de feiten had vastgesteld en hoe die tegen de zaken aankeek. Er was één detail in het bijzonder dat hem dwarszat gedurende zijn tweede biertje, zozeer zelfs dat hij de rest van het six-pack meenam naar de keuken en zijn vader in Florida opbelde. Ernest Grey kende de Haddanrivier als geen ander, hij was zo'n man wiens vrienden regelmatig grapten dat zijn werphengel nog eens operatief verwijderd zou moeten worden. In Florida had hij, tot grote afschuw van Abes moeder, een boot gekocht, en was op marlijn gaan vissen. Maar dat was nog geen vervanging voor forel, en Ernest bleef de Haddanrivier missen. Ooit, toen hij nog maar een jochie was geweest, had Ernest de grootste zilverforel binnengehengeld die in het district was geregistreerd, een vangst die tentoon was gesteld en nu nog in het gemeentehuis viel te bewonderen, boven de deur die naar de verkeersdienst leidt.

Abe sprak eerst met zijn moeder, Margaret, altijd veruit de gemakkelijkste taak, want zodra zijn vader de hoorn aanpakte, viel er onvermijdelijk een ongemakkelijke stilte tussen hen. Maar de gespannen toon van het gesprek veranderde zodra Abe meldde dat er een jongen van de school van Haddan was verdronken.

'O, wat verschrikkelijk,' zei Ernest.

'Wat me nog het meeste dwarszit is dat ze faecaliën in zijn longen hebben aangetroffen.'

'Bedoel je poep van mensen?' Nu raakte Ernest echt geïnteresseerd.

'Zo menselijk als maar kan.'

Abe begon aan zijn derde biertje. Hij vond dat hij daar wel recht op had; het was vrijdag en hij was alleen. Zo meteen zou de kat bij de achterdeur verschijnen, aan de hordeur krabben en dolgelukkig thuiskomen, in weerwil van wat Helen Davis geloofde.

'Wat die lijkschouwing beweert, bestaat niet,' zei Ernest volledig overtuigd. 'Zoiets vind je beslist niet in de Haddan. We hebben een milieuonderzoek laten uitvoeren toen de forel opeens verdween. Toen voldeed het dorp aan de strengste ri-ooleisen in de staat.' Geen van beiden besprak wat er dat jaar nog meer gebeurde, hoe hun levens aan scherven vielen om redenen die ze nog steeds niet begrepen, hoe het universum onder hun dak was ontploft. 'Er waren wat mensen op Main Street die nieuwe septic tanks moesten aanleggen,' vervolgde Ernest. 'Kostte een vermogen en dat vonden ze niet leuk. Paul Jeremy liep toen op zijn laatste benen en die speelde geweldig op, maar wij gingen door omwille van de rivier en sindsdien is hij altijd volstrekt schoon geweest. Dus probeer me nou niet wijs te maken dat er mensenstront in de Haddan zit, want dat is niet zo.'

Abe overdacht deze informatie en belde toen Joey, die hij vroeg hem bij de drogisterij te ontmoeten, pronto.

'Als dit maar de moeite waard is,' zei Joey toen hij er aan-kwam. Hij bestelde koffie en twee donuts met jam en hield zijn jas gewoon aan. Hij had geen tijd om het zich gemakke-lijk te maken; hij bleef niet. 'Mary Beth en ik zouden het vanavond gezellig met elkaar gaan maken, zodra de kinderen in bed lagen. Ze is zo nijdig dat ik nooit thuis ben dat ik nu het hondenhok niet eens meer inkom.'

De hond was een kleine terriër waar Joey een hekel aan had, Emily had hem op haar laatste verjaardag cadeau gekregen, en het beest woonde niet in de tuin of in een hondehok, maar op Joeys lievelingsstoel.

'Wat denk je ervan als er fouten staan in het lijkschouwings-rapport?' zei Abe met zachte stem.

'Zoals?'

'Wat als hij niet in de Haddanrivier is verdronken?'

'Je hebt maar één ding nodig om mij te overtuigen,' zei Joey. 'Bewijzen.'

'Die heb ik nog niet.'

'Wat heb je wel, makker? Niks?'

Abe legde de foto van Gus op de toonbank.

'Wat moet dat voorstellen?' vroeg Joey.

'Ik weet het niet. Een geest?'

Joey lachte zo hard dat ze hem in de verste hoek konden ho-ren. 'Ja, natuurlijk.' Hij schoof de foto terug over de toonbank. 'En ik ben de reïncarnatie van John F. Kennedy.' Hij beet in een donut met jam. 'Junior.'

'Goed, wat denk jij dan dat het is?'

'Ik denk dat het een beroerd slechte foto is. Ik denk dat je maar beter kunt hopen dat die meid van de school achter wie je aan zit beter in bed is dan met een fototoestel.'

'Misschien is het beeld op die foto wel veroorzaakt door een energieveld dat door de overledene is achtergelaten.' Abe weigerde dit te laten schieten. Hij herinnerde zich bejaarden op het bureau die bij hoog en bij laag hadden beweerd dat moordslachtoffers ergens tussen deze wereld en het hiernamaals konden blijven hangen. Ze hadden hem misschien alleen angst willen aanjagen toen ze Abe hadden verteld dat elke windvlaag een dode was die aan de deuren rammelde omdat hij gevangen zat tussen de levenden.

'Geintje, zeker?' zei Joey. 'Je gaat me toch niet vertellen dat je in dit soort flauwekul gelooft?'

'Jij hebt niet echt een betere uitleg.'

'Dat komt doordat die niet bestaat, Abe. Jij wilt geloven dat iemand die doodgaat op een of andere manier voortleeft, en dat begrijp ik – Jezus, ik heb ook mensen verloren. Maar als je me ergens van wilt overtuigen, bewijs het dan. Toon me iets, iets wat ik kan aanraken, zien, voelen. Geen geesten.'

Joey had destijds net zo gereageerd toen Abe hem had verteld dat hij Franks stem nog hoorde. Zodra hij Joeys gezichtsuitdrukking had gezien, had Abe geweten dat hij beter zijn mond kon houden. En zo voelde hij zich nu weer.

Joey had nog net genoeg tijd om bij de minimarkt langs te gaan voor een fles wijn om vervolgens bij Mary Beth terug in het gevlij te komen, dus nam hij afscheid en liet de rekening aan Abe over. Toen hij weg was, nam Abe nog een kop koffie, terwijl Pete Byers in de achterkamer een gesteriliseerde pot zocht waarin zijn klanten urinemonsters naar het gezondheidscentrum in Hamilton brachten. Abe had te veel gedronken en kreeg nu pijn in zijn hoofd. Dat gebonk in zijn hoofd verhinderde echter niet dat hij meteen vertrok nadat Pete hem een glazen pot had gegeven. Het was een stormachtige avond, met voortrazende wolken die door de maan werden verlicht. Op zulke avonden had Frank nooit stil kunnen zitten. Men zei dat hij rusteloos was, dat hij te veel energie bezat, maar de laatste jaren was Abe zich gaan afvragen of er niet meer aan de hand was geweest: bang in het donker, bang voor zichzelf en wat er allemaal verder maar door zijn hoofd had gespookt. Wanneer ze als kind verstoppertje speelden, nam Frank altijd een zaklamp mee en durfde hij nooit ver het bos in. Abe had zijn broer een keer in de achtertuin aangetroffen waar hij naar de duizenden sterren aan de hemel stond te kijken alsof hij ertussen verdwaald was, en wanhoopte of hij ooit de weg terug wel zou vinden. Abe had nooit eerder zo'n eenzaamheid gezien, al was Frank maar een paar stappen van hun eigen achterdeur verwijderd geweest.

Doordat hij zo in gedachten was, miste Abe bijna de eerste zijstraat die hem naar de rivier zou voeren. Hij parkeerde op een zanderig stuk rivieroever en liep door tot voorbij het domein van de school, hoewel hij wist dat Glen en Joey hier nooit toestemming voor zouden hebben gegeven. Hij zocht een plek dicht bij de plaats waar Gus in de rivier moest zijn beland, en daarom liep hij door tot de rietrijke buurt bij Chalk House. Abe voelde zich geen indringer; geen zweterige handen, geen vlinders in de buik. Hij had meer uren aan deze rivier doorgebracht dan de meeste mensen in hun huiskamer, en hij herinnerde zich een kanotocht met zijn vader en grootvader toen hij hooguit drie of vier was geweest. Hij herinnerde zich overhangende groene bladeren en het geklots van het water terwijl ze stroomafwaarts voeren. Toen hij iets wilde zeggen, hadden ze hem toegefluisterd dat hij zo de vissen verjoeg. Ze waren die dag zo lang op de rivier geweest dat Abe op de bodem van de boot in slaap was gevallen en met tientallen muggenbeten wakker was geworden. Na afloop geloofde niemand het als hij vertelde dat hij tijdens zijn slaap de vissen onder zich door had horen zwemmen.

Abe was bij de oude platte rots gekomen waar Joey en hij vroeger 's zomers vanaf doken, als ze in vrije uren hierheen waren geslopen en er niemand in de buurt was om hen op privé-terrein te betrappen en bij hun ouders te klagen. Er was meer riet dan Abe zich kon herinneren, en de stammetjes van de doornstruikjes bleven aan zijn broekspijpen haken. Niettemin liep hij door naar de rots; zijn laarzen werden nat en hij knielde en binnen de kortste keren was zijn spijkerbroek doorweekt. Hij schepte water in het steriele potje, draaide het toen stijf dicht en stopte het potje terug in zijn jaszak.

Het was inmiddels zo kil geworden dat Abe zijn adem kon zien. Op de ondiepe delen zou zich nu al snel een dun laagje ijs vormen, een laagje dat zo dun zou zijn dat je het alleen zou zien als iemand er een steen op gooide. Nu Abe hier al was, liep hij maar meteen door, tot voorbij het botenhuis. Grappig hoe mensen dingen voor zichzelf verborgen kunnen houden, maar hij wist oprecht niet waar hij heen ging totdat hij bij St. Anne stond. De heggen ritselden in de wind, en de dunne, door de maan beschenen wolkjes joegen voort. Hij kon Betsy door het raam heen duidelijk zien. Ze droeg een katoenen kamerjas en haar haar was nat van de douche; ze zat in een versleten leunstoel, met haar benen onder zich gevouwen, terwijl ze de mappen van haar leerlingen bekeek. Een lamp in de kamer gaf weinig licht waardoor het van buitenaf leek of je in een paasei keek waarin een opstellinkje was gemaakt dat iedereen kon vastpakken en bekijken als hij daar zin in had.

Toen hij haar daar zo zag, voelde Abe zich volledig roekeloos, net als destijds toen hij in huizen inbrak. Hij viel weer ten prooi aan opportunistische verlangens. Hij hoorde de stemmen van de meisjes in het studentenhuis; hij rook de rivier, een sterke melange van schimmel en verrotting. Hij duwde een rank uit zijn gezichtsveld. Het verschil tussen toen en nu was dat hij nu een volwassen man was die verantwoordelijk was voor zijn eigen beslissingen, geen jongen die inbrak in het huis van het schoolhoofd. Niemand dwong hem om bij Betsy's raam te blijven staan; er was geen slot en geen sleutel. Een verstandig iemand zou zijn weggevlucht, maar deze avond had niets met verstand van doen. Als Abe iemand arresteerde, probeerde hij het motief van de dader te achterhalen. *Wat dacht jij nou eigenlijk, joh?* zei hij tijdens het wachten op de ambulance telkens weer tegen zo'n opgeschoten jongen die zijn vaders auto in de prak had gereden, of als hij naar de gevangenis van Hamilton reed met kerels die hun vrouw te vaak of te hard hadden geslagen. Onlangs had hij een stel kinderen meegemaakt die pakjes sigaretten uit de minimarkt hadden gestolen. *Wat dachten jullie nou eigenlijk?* had hij gevraagd en ze hadden geen antwoord gegeven, maar nu kreeg Abe eindelijk zijn antwoord: ze hadden helemaal niet gedacht. Het ene moment stonden ze in het donker zonder iets bijzonders van plan te zijn, en het volgende moment handelden ze instinctief, rolden ze voort zonder een andere gedachte in hun hoofd dan *ik wil of ik moet of ik heb het nu nodig.*

Het was altijd mogelijk om te stoppen en te doen of er niets was gebeurd; achteraf bezien kwamen fouten en slechte beslissingen altijd uit zodat zelfs de meest onverstandige mensen nog wel begrepen wat er altijd fout ging. Later zou Abe zich afvragen of hij zich ook zo onverantwoordelijk zou hebben gedragen als hij niet zo vroeg aan het bier was gegaan, of als hij niet langs de drogisterij was gegaan of als hij zichzelf ervan had weerhouden om bij de rivier water te gaan halen. Eén kleine verandering in zijn gedrag had de rest wellicht kunnen voorkomen, een weg die bezaaid lag met slechte beslissingen die hem naar haar raam hadden gevoerd en hem daar nu hielden.

Hij dacht aan de overleden jongen, die zo jong was gestorven dat hij nooit op deze manier een vrouw zou bespioneren. Toen Abe zo in het gele licht stond te staren naar Betsy's prachtige vermoeide gezicht, voelde hij zijn eigen bezetenheid; het was bitter en hij verachtte zichzelf erom, maar het kon niet worden genegeerd. Als hij nog langer bleef zou hij misschien om het gebouw heen sluipen om te zien hoe ze zich op de nacht voorbereidde, en wat zou hij dan doen? Zo'n man met wie hij al honderd keer te maken had gehad, of dat nu bij verkeersongelukken was of op de parkeerplaats van de Millstone, een man die zich niet meer kon beheersen.

Toen hij zich dwong de andere kant op te kijken, dacht Abe aan alle keren dat het hem niet had kunnen schelen; de meisjes die hij op school zo gedachteloos had gekust, de vrouwen met wie hij op warme zomeravonden in de rivier was wezen zwemmen. Het waren er te veel geweest; er was zelfs eens iets gebeurd met Mary Beth op een oudejaarsavond toen ze alle-

bei te veel hadden gedronken, een verhit, ondoordacht incident dat ze allebei voor de goede orde hadden besloten te
vergeten. Hij had om geen van die vrouwen iets gegeven, een
prestatie voor iemand die zo achterdochtig was als Abe, iets
waar hij trots op was geweest, alsof hij er eer mee had ingelegd
door van niemand te houden. En zodoende verraste het hem
bijzonder toen hij ontdekte dat hij zo naar iemand kon verlangen als nu naar Betsy. Hij had gedacht dat hij pijnloos
door het leven zou kunnen gaan; hij had gedacht dat de eenzaamheid hem zou troosten en hem de rest van zijn leven zou
beschermen, maar hij had zich vergist. Zijn opa had hem altijd gezegd dat de liefde nooit eventjes aanklopte zoals je dat
van een vriendelijke buurman verwachtte die even kwam
buurten. In plaats daarvan overviel ze je als je er niet op bedacht was, als je kwetsbaar was, en zelfs de koppigste mensen,
hoe bot of ongelovig ze ook waren, hadden geen keuze dan
zich overgeven wanneer de liefde zich zo meldde.

Aan het eind van de maand begon de koude regen gestaag te vallen, uur na uur, totdat niemand meer iets anders hoorde dan dat ritme. Dit was niet zomaar regen want het water was zwart, algenregen, een oud verschijnsel dat sommige inwoners zich nog herinnerden uit hun jeugd. Mrs. Evans en mrs. Jeremy hadden bijvoorbeeld in de zwarte regen buiten gespeeld toen ze klein waren en waren terecht gestraft toen ze in doorweekte, roetzwarte jurkjes thuiskwamen. Nu stonden de beide buren onder de afdakjes van hun veranda's naar elkaar te roepen dat het gelukkig nog geen voorjaar was omdat hun tuinen dan door deze vreemde substantie verwoest zouden worden, de stokrozen en de ridderspoor glibberig van de zwarte smurrie, de bladen zo zwart als roet.

Men droeg regenjassen en hoeden en rende van zijn auto naar huis of naar een winkel. Er lagen dweilen bij achterdeuren, maar ondanks alle voorzorgsmaatregelen liepen er zwarte voetsporen over de planken vloeren en de tapijten; tientallen paraplu's werden verpest en belandden bij het oud vuil. Op de school kreeg het standbeeld van dr. Howe humeurige, donkere trekken, en wie er dichtbij kwam, liep snel door, wadend en spetterend door plassen die wel van inkt leken. Betsy Chase was waarschijnlijk de enige die baat had bij de zwarte regen; ze besloot haar studenten de straat op te sturen om het plaatsje in deze vreemde omstandigheden te fotograferen. Hoewel de meeste foto's tijdens het ontwikkelen alleen donkere vlekken opleverden, waren er toch een paar memorabele beelden, waaronder Pete Byers die de zwarte regen van de stoep stond te vegen, Duck Johnson die met ontbloot bovenlijf grimmig de kano's in het botenhuis stond schoon te spuiten, en twee zwarte zwanen die zich onder een houten bankje verstopten.

Toen het eindelijk ophield met regenen, stonden de goten vol met algen en stonk het hele plaatsje naar meeldauw en vis. Op ongebruikelijke plaatsen waren er overstromingen: het lage terrein rond het gemeentehuis, de achtertuinen van de huizen nabij het spoor, de vochtige kelder van Chalk House. Er werd een hydraulische pomp geplaatst en terwijl men zich erom bekommerde hoe de troep die zich in het souterrain had verzameld het best kon worden verwijderd en men zich zorgen maakte over de gevolgen die een volgende ernstige storm op de degelijkheid van de constructie van het gebouw zou hebben, greep Betsy de gelegenheid aan om naar de zolder te gaan, naar de kamer van Gus Pierce, die nu op de tafel en het bed na leeg was. De ramen waren zwart van de algen en lieten alleen zwak, viskleurig licht door. De regen was onder het kozijn door gelopen en had donkere vlekken veroorzaakt aan de binnenkant van het raam. Ondanks het zwakke licht schoot Betsy een filmpje vol en sloeg daarbij geen hoek van de kamer over.

In de donkere kamer was Betsy op allerlei verrassingen voorbereid, maar de film vertoonde alleen plafonds en deuren, witte muren en een onopgemaakt en oninteressant eenpersoonsbed. Diezelfde avond, toen ze Eric voor de maaltijd ontmoette, vroeg Betsy zich nog steeds af wat ze met dat eerste filmrolletje anders had gedaan. Ze was teleurgesteld dat er niet iets anders te zien was geweest.

'Denk jij weleens aan wat er hierna komt?' vroeg ze tijdens het eten aan Eric. De keuken bood, geheel in overeenstemming met de tijd van het jaar, kalkoensoep en preischotel. De eetzaal was versierd met pelgrimshoedjes die met touwtjes aan het plafond zaten bevestigd.

'Voorzitter van de afdeling,' zei Eric zonder aarzeling. 'Uiteindelijk een positie aan de universiteit.'

'Ik bedoelde na de dood.' Betsy roerde haar soep om. Uit het groezelige brouwsel kwamen stukjes wortel en rijst bovendrijven.

'Gelukkig kunnen we allebei op de begraafplaats van de school worden begraven.'

Betsy dacht hierover na en schoof toen haar bord aan de kant.

'Hoe wist je zo zeker dat ik voor jou de ware was?' vroeg ze opeens. 'Hoe kon je daar zo zeker van zijn?'

Voordat Eric antwoord kon geven, stommelde Duck Johnson op hen af en zette zijn zwaarbeladen dienblad neer. 'Eten jullie die vruchtentaartjes nog op?' vroeg hij, altijd hongerig naar meer.

'Raad eens wie op Thanksgiving bij Bob Thomas is uitgenodigd?' kondigde Eric aan terwijl hij zijn toetje doorgaf.

'Gefeliciteerd.' Duck knikte vrolijk. 'Goed gedaan, jongen.'

Alleen de voorzitters van de afdelingen werden voor het diner bij de decaan uitgenodigd; dit jaar, waarin Helen Davis had afgezegd, was Eric voor haar in de plaats gekomen. Deze constructie was evenwel nieuw voor Betsy die het lange weekend had willen benutten voor een korte vakantie naar Maine. Het zou goed zijn om eens even te kunnen ontsnappen, niet alleen van de school, maar van elke kans om Abe Grey tegen het lijf te lopen als ze gewoon boodschappen deed.

'Naar Maine kunnen we ieder moment,' verzekerde Eric haar. Betsy werd liever niet aan de waarschuwing van Helen Davis herinnerd. Niettemin, wie had er nooit zijn twijfels? Je hoefde het als stel toch niet altijd eens te zijn of ieder ogenblik dronken van geluk samen door te brengen? Kijk maar naar Carlin Leander, die blij moest zijn dat Harry McKenna zo op haar was gesteld. De andere meisjes van St. Anne liepen hem over de hele campus na als een zwerm afgerichte vogels, maar Carlin was hem gaan ontlopen. Ze voelde de afkeuring van Gus als ze bij Harry was en uiteindelijk merkte ze de trekjes op waarvoor Gus haar had gewaarschuwd: de glimlach die aan en uit kon worden gezet, de zelfzuchtigheid, de zekerheid dat zijn eigen behoeften de absolute kern van het universum vormden. Ze nam steeds meer afstand van Harry. Als hij haar bonbons gaf, zei ze dat ze niet van zoet hield. Als hij op bezoek kwam, stuurde ze een kamergenote om hem te vertellen dat ze al in bed lag, veel te moe of te ziek om nog iemand te spreken.

Harry, die eraan gewend was te krijgen wat hij wilde, wilde haar alleen maar meer naarmate zij zich terugtrok.

'Hij maakt zich zorgen om jou,' zei Amy Elliot tegen Carlin, want Harry was Amy in vertrouwen gaan nemen, en als het haar doelen diende, kon ze goed luisteren. Amy had de stem van een klein meisje, geheel in strijd met haar vastberadenheid om te krijgen wat ze hebben wilde, wat in dit geval Harry was. Aangezien Carlin hem al had, kopieerde Amy Carlins stijl in de hoop dat Carlins geluk overdraagbaar was. Ze droeg een zilverkleurig haarspeldje en haar splinternieuwe zwarte wollen jas had dezelfde pasvorm als de oude jas van Gus. 'Wat is er toch?' vroeg Amy. 'Als jij Harry niet meer wilt, neem dan maar van mij aan dat er genoeg anderen zijn die hem wel willen.'

Meisjes als Amy dachten dat alles wat ze wilden hun gegund werd, als ze maar duimden of een wens in gedachten namen, maar Carlin wist wel beter. Ze droeg haar verdriet met zich mee; ze kon het niet loslaten. Betsy registreerde het toen ze de zwemploeg fotografeerde voor de nieuwsbrief voor oud-leerlingen. Met name terwijl ze die foto ontwikkelde, wenste Betsy dat Abe Grey naast haar stond zodat hij zelf kon zien wat zich nu in het bakje met ontwikkelaar begon te vertonen. Als liefde iets was, dan was het wel een licht dat viel op iets wat niemand in het donker had kunnen vermoeden. Carlin Leander zat aan het einde van een rij glimlachende meisjes, met een bittere uitdrukking die haar van de rest onderscheidde. Ze had haar armen over elkaar geslagen en haar mondhoeken wezen omlaag, maar hoewel ze op een afstandje stond van de rest, was Carlin niet alleen. Hij stond vlak naast haar tegen de koude blauwe tegeltjes geleund, in gelijke delen bestaand uit water en lucht, een vis uit het water, een jongen zonder aardse vorm, verdronken in dit leven en in het volgende.

Toen Matt Farris het rapport van het lab faxte, bleken de resultaten precies zoals Abes vader had voorspeld. Het water was schoon en helder, met slechts geringe hoeveelheden kuit en algen, verder niets.

'Val me niet lastig,' zei Joey toen Abe hem met het rapport benaderde. 'Ik zit onze vaste lasten te noteren.'

Abe stond erbij, met zijn overhemd uit zijn broek en op zijn gezicht een uitdrukking waaruit je kon afleiden dat hij nog nooit van vaste lasten had gehoord. Sinds de avond waarop hij door het raam van Betsy Chase had gegluurd, was hij er met zijn gedachten niet meer bij en behoorlijk in de war. Hij was zo vaak vergeten zijn vuilnis buiten te zetten dat het zich in de bijkeuken ophoopte; hij had zijn post in geen weken bekeken en daardoor stroomde zijn brievenbus inmiddels over. Vanochtend had hij bij vergissing een oud pak van zijn grootvader achter uit de kast gepakt. Toen hij het eenmaal aanhad, was hij verrast dat het paste. Hij had niet gedacht dat hij even lang was als zijn opa, maar dat was hij blijkbaar wel en omdat het toen al laat was, had hij het pak aangehouden.

'Mooi pak,' merkte Joey op. 'Maar niks voor jou.'

Abe legde het rapport van het lab op de rij getallen waarmee Joey bezig was. Joey keek naar de print en leunde vervolgens achterover.

'Dus?'

'Dus zitten er menselijke uitwerpselen in de longen van dat joch, maar niet in de Haddanrivier.'

'Ik herhaal.' Joey nam een slok koude koffie en gruwelde van de bittere smaak. 'Dus?'

'Kun jij daar iets mee?'

'Niet meer dan dat ik het hele weekend als beveiligingsbeambte moet werken om een reisje naar Disney World te bekostigen. Ik kan nergens iets mee. Waarom dit wel? Het betekent niks.'

'Jij vroeg om bewijs. Hier is het. Hij is niet in de Haddan verdronken.'

Joey keek zijn oude vriend aan alsof hij gek was en misschien was hij dat ook wel. Alles wat Abe de afgelopen week had gedaan, zou die bewering beslist kracht bijzetten.

'Weet je waarom je dat denkt? Je bent gewoon veel te lang niet van bil geweest en je hebt niks anders aan je hoofd dan bespottelijke ideeën bedenken die nergens op slaan.' Joey gooide het rapport naar hem terug. 'Kom, we gaan.'

Abe wilde dat hij het rapport gewoon bij het dossier kon voegen en zich buiten zaken kon houden waar hij niets mee te maken had, maar zo zat hij niet in elkaar. Kort voor de lunch ging hij met Glen Tiles praten. Abe had een slecht moment uitgezocht. Glen had een hoge bloeddruk en zijn vrouw liet hem met de beste bedoelingen verhongeren; op zijn bureau stonden een bakje kwark en een eenzame appel. Abe had moeten bedenken dat etenstijd een slecht moment was om met de baas te gaan praten, maar hij ging toch. Glen nam het rapport door en staarde Abe toen aan. 'Wil je dat ik over stront ga zitten lezen terwijl ik zit te eten?'

'Ik wil dat je leest over het gebrek aan stront.'

Abe ging tegenover Glen zitten en keek hem aan terwijl Glen zat te lezen. Toen hij klaar was, gaf Glen hem het rapport terug en begon meteen aan zijn kwark.

'Ik geloof niet dat die jongen in de Haddanrivier is verdronken,' zei Abe.

'Ja, Abe, misschien was hij wel buitenaards. Heb je daar weleens over nagedacht?' Glen at alsof hij uitgehongerd was. 'Of misschien is dit een droom. Misschien is het mijn droom en ben jij er helemaal niet, je bestaat alleen in mijn droom. En dat betekent dat ik je kan laten doen wat ik wil. Ik kan je nu op je hoofd laten staan en kakelen als een kip als ik daar zin in heb.'

'Hij kan ergens anders zijn vermoord en daarna in de rivier zijn gegooid,' hield Abe vol. 'Ik heb er met Ernest over gesproken. Je weet dat hij het nooit met me eens is, maar zelfs hij denkt dat hier iets niet in de haak is.'

'Dat verbaast me niks. Jouw vader heeft wel vaker spoken nagejaagd.' Het was even akelig stil en ten slotte kon Glen alleen maar zijn excuses aanbieden. 'Sorry,' zei hij. 'Dat was ongepast.'

'Dit heeft niets met Frank te maken, weet je. Dit is Gus Pierce, dood met schijt in zijn longen in een rivier die al meer dan twintig jaar schoon is. Waarschijnlijk het schoonste water in de hele godvergeten staat.'

'Jij bent misschien niet tevreden, Abe, maar de school is erg gelukkig met ons onderzoek. Ze hebben zelfs een aanbevelingsbrief gestuurd en de vereniging van oud-leerlingen heeft een schenking gedaan aan het ondersteuningsfonds. Zij vinden dat we het goed hebben afgehandeld en dat vind ik ook. Het joch is in de rivier verdronken. Einde oefening.'

Abe vouwde het rapport dubbel en duwde het in zijn jaszak, bij de foto van de dode jongen. 'Je maakt een fout. Je begaat een gruwelijke fout.'

'Heb je nou het pak van Wright aan?' riep Glen hem achterna. 'Want, weet je, het is je veel te groot.'

Abe ging naar de minimarkt, kocht daar zijn lunch en reed verder. Hij hoefde in Haddan niet na te denken over de route, want hij kon de wegen hier wel dromen. Hij kon een broodje eten, aan seks en moord denken en ondertussen zijn weg vinden. Hij reed naar Route 17 om te bepalen welke mogelijkheden hij had en reed instinctief naar het huis van zijn opa. Achter in de kast had hij ook een dunne zwarte das gevonden die bij Wrights pak paste, maar hij besefte dat die hem smoorde; hij maakte hem los en deed de bovenste knoop van zijn overhemd open, waardoor hij eindelijk wat meer lucht kreeg. Dit was het deel van Haddan dat sinds Abes kindertijd het sterkst was veranderd. Tegenwoordig stonden er huizen op plaatsen waar vroeger weilanden waren, een Stop & Shop-markt waar Halleys groentekraampje ooit gele bonen en kool verkocht. Het modderspoor waar Abe vroeger de bus naar school nam, was nu verhard, maar de velden rond opa's boerderij waren gelukkig nog net als vroeger. De akte stond op Abes naam en hij kon het niet over zijn hart verkrijgen om de tent te verkopen aan de projectontwikkelaars die routineus hun voelhorens uitstaken, contact met hem opnamen en voortdurend hogere bedragen boden. Toen hij op het erf was, zette Abe de auto stil en at de rest van zijn lunch op terwijl hij keek naar de zangvogeltjes die zo laag over het weiland vlogen dat ze het lange gras schampten. Vandaag had Abe het gevoel dat hij alleen op de wereld was. Hij had zijn hele leven in het dorp gewoond, was opgegroeid met Joey en Mary Beth en Teddy Humphrey en de rest, maar hij had nu behoefte aan raad, en niet van een van hen. Hij wilde dat hij met zijn opa kon praten, dat was het probleem. Wright Grey kon je in vertrouwen nemen. Wat je hem vertelde bleef geheim – hij hield niet van mensen die hun privé-beslommeringen publiek maakten of zich liepen te beklagen – en hij kon goed luisteren.

Abe stapte de auto uit en liep naar het weiland. Het gras, al was het bruin, geurde zoet. De hele wereld kwam Abe op dat moment mysterieus voor, en hij dacht na over alles wat hij tot nu toe had nagelaten. Zijn verlangen naar Betsy had nog honderd andere mogelijkheden geopend en nu was hij overgeleverd aan zijn eigen begeerte. Het was koud en Abe droeg geen jas; de wind blies dwars door het pak van zijn opa en Abe had het gevoel dat hij evengoed naakt had kunnen zijn. Tussen de weg en het weiland stond een hek, maar Abe klom eroverheen. Het gras reikte hier tot zijn middel en toch ging hij erin liggen, plat op zijn rug. Hij keek naar de wolken en de hemel boven hem. Hij hoorde de noordenwind hier, maar voelde hem niet; die blies finaal over hem heen. Abe voelde zich op een of andere manier gelukkig, voor het eerst in heel lange tijd. Niemand ter wereld wist waar hij uithing, maar hier lag hij, in het gras, denkend aan liefde en hoe hij daardoor was besprongen, een beetje laat, en hoe dankbaar hij was, hoe volledig en buitengewoon verbaasd.

Het was geen getijde voor verliefdheid; de dagen waren donker en er groeide niets dan een paar achtergebleven kolen die nog stamden uit de tijd dat Haddan voornamelijk uit bouwgrond bestond. Hingrams schoenenwinkel had al winterlaarzen in de etalage staan en in Main Street waren alle tuinen kaal, met jutezakken over de kwetsbaarste planten, de rododendrons en roze azalea's die het snelst van vorst hadden te lijden. Met het lange weekend voor de deur, was het stil in het dorp. De meeste Haddanleerlingen waren het weekend van Thanksgiving naar huis en er bleven er maar weinig achter, onder wie Carlin Leander die had besloten niet met Harry naar Connecticut te gaan om met Helen Davis te kunnen dineren. Wat Harry betrof, die vond het maar niets; hij bad en smeekte, maar Carlin gaf geen krimp en ten slotte nam Harry Amy Elliot en Robbie Shaw mee.

Op donderdagochtend was er geen verkeer meer in Main Street en waren alle winkels gesloten, behalve de minimarkt, die tot middernacht open bleef. Sinds zijn echtscheiding vierde Teddy Humphrey geen enkele feestdag meer. In plaats daarvan was hij de beschermheilige van zijn soortgenoten geworden, bereid om iedereen te bedienen die door de vanille of boter heen was, of de eierpunch, die allemaal te koop waren voor tweemaal de normale prijs.

Abe droeg Wrights pak naar het Thanksgivingdiner van Joey en Mary Beth hoewel hij altijd op de grond ging spelen met Jackson van vijf en Lilly van drie en uiteindelijk meestal klei of kalk in zijn haar had zitten. Mary Beths hele familie was aanwezig, haar ouders en haar twee broers en een nicht uit New Jersey, een fraaie blondine die pas gescheiden was en van wie Mary Beth vond dat ze prima bij Abe paste.

'Ik heb geen interesse,' zei Abe tegen mb toen hij haar hielp de borden vol te laden met kalkoen en cranberry-appelvulling die het hoofdgerecht vormden.

'Kom op. Je hebt altijd interesse,' grapte Mary Beth toen ze klaar was met het snijden van de kalkoen. Toen Abe niet lachte of terugplaagde, hield ze het mes omhoog en bestudeerde hem. mb was weer zwanger, maar ze zag er nog net zo uit als destijds op highschool, met het donkere haar in een paardenstaart en haar frisse gezicht zonder make-up. 'Je hebt al iemand,' zei ze.

'Dat heb je mis, miss Gedachtelezer,' zei Abe.

Toen het diner voorbij was, kwam het dessert van pompoentaart met vanille-ijs precies tegelijk met de aftrap van de derde rugbywestrijd van de dag. Terwijl er nogmaals dessert werd opgeschept, vroeg Joey of Abe meeging om een frisse neus te halen. Abe nam aan dat ze een wandelingetje gingen maken en had allerminst verwacht dat Joey naar mb's oude stationcar zou lopen. Hij stapte vrolijk in en veegde chips en rozijntjes van de passagiersstoel. Joey schakelde en reed Belverdere Street in.

'We moeten even bier kopen,' gokte Abe, die wilde dat hij eraan gedacht had wat van huis mee te nemen, maar ze reden de minimarkt zonder hapering voorbij en hielden pas halt toen ze bij de school aankwamen. Ze parkeerden achter de huizen van de decaan en het schoolhoofd dat nu door de oude dr. Jones werd bewoond, die het had geërfd van dr. Howe en zo in een lange traditie van illustere pedagogen terecht was gekomen die bij Hosteous Moore was aangevangen.

'Nou ga je me niet vertellen dat we weer het huis van het schoolhoofd gaan beroven.'

'Zo zou je het wel kunnen noemen.' Joey liet de motor lopen en stapte uit, zodat Abe aan zijn eigen gedachten werd overgelaten. Mary Beths verwarming stond op koel en al snel was de voorruit beslagen door Abes adem. Hij zette de motor af en stapte vervolgens uit om zijn benen te strekken. De bomen waren kaal en er lag een laagje ijs op het pad dat Joey had genomen naar de achterdeur van het huis van de decaan. Dit stuk was alleen voor faculteitshuizen, een rij villaatjes voor getrouwde stafleden en hun gezinnen. Dat van Bob Thomas was het voorste en grootste, een Victoriaans huis van twee verdiepingen met twee schoorstenen en een brede veranda waarop Joey en de decaan nu stonden te praten.

Bob Thomas was een grote man die van zijn diner zat te genieten; hij was op de veranda gaan staan zonder jas of hoed terwijl het feest binnen zonder hem doorging. Abe liep wat verder en bleef achter een buxushegje staan waarop boomklevertjes waren neergestreken die met hun vleugeltjes klapperden om niet te bevriezen. Hij keek naar het raam van de eetkamer; er zat een flinke groep mensen. De tafel was afgeruimd, maar de gasten stonden nog rumpunch te drinken en van de wijn te genieten.

Abe zag onverhoopt ook Betsy; zij was er samen met een of andere man. Abe nam aan dat het haar verloofde was, want Betsy's metgezel zag er werkelijk uit alsof hij zo uit een krantje voor oudleerlingen was gestapt. Achter het buxushegje, op zijn hurken, in zijn opa's oude pak, ongeschoren en met te lang haar, gloeide Abe van schaamte. Wat had hij zich in zijn hoofd gehaald? Als hij op de keukendeur klopte, zouden ze die in zijn gezicht dichtslaan. Om eerlijk te zijn, wenste hij Betsy en haar verloofde een beroerde vakantie toe. Hij hoopte dat ze zouden stikken in de petit-fourtjes die Meg Thomas nu serveerde, zoete samenraapsels van marsepein en chocola die gemakkelijk in je keel konden blijven steken.

Abe wachtte in het toenemende donker op Joey, en voelde zich in net zo'n kwaaie bui als die ellendige Haddanzwanen. Dat moest hem weer overkomen, het paar dat dichtbij nestelde, scheen in hem geïnteresseerd te zijn; er kwam er al een-tje over het bevroren gras op hem af lopen.

'Kom niet dichterbij,' waarschuwde Abe de zwaan. 'Ik braad je,' dreigde hij. 'Heus.'

Eindelijk waren Joey en de decaan uitgepraat. Toen hij terug-kwam, was hij vrolijker dan Abe hem ooit had meegemaakt. Abe daarentegen voelde zijn kwaaiigheid plaats maken voor iets ergers. De zon ging onder en paarse wolken joegen langs de onrustige hemel. Die zwaan had het nog steeds op hem gemunt en Abe wist uit ervaring dat die beesten niet bang waren om aan te vallen. Hij had eens dienst gehad toen een grote mannetjeszwaan op het erf van mrs. Jeremy was beland. Haar zoon, AJ, had hem proberen weg te jagen en dat had hem meer dan tien hechtingen in zijn voorhoofd opgeleverd.

'Dat werd tijd,' zei Abe toen Joey terug was.

Joey had een gezonde kleur; hij was verhit door de koude lucht en de zaken die hij had gedaan. Hij hield een envelop in zijn hand die hij tegen zijn handpalm sloeg. 'Hier vrolijk je wel van op.'

In heel Haddan was men klaar met het diner; en wat Abe betrof, die zou de eerste vierentwintig uur niets meer weg kunnen krijgen. Hij was niet alleen verslagen door Mary Beths menu, maar ook door de misselijkheid die in hem was opgekomen toen hij de envelop in Joeys hand net zag.

'De school heeft zoveel aan het dorp te danken, waarom zou-den we niet eens wat terugkrijgen?' zei Joey. 'Jezus man, ze behandelen ons alsof we hun eigen beveiligingsdienst zijn, dan kunnen ze ons ook net zo goed betalen voor wat we doen.'

Abe voelde zich echt misselijk. Hij was geen zware kost ge-wend en zeker geen riante beloningen. Hij hield ervan dat de dingen eenvoudig en doorzichtig waren en binnen de grenzen van de wet bleven. 'Houd de inhoud van die envelop voor me verborgen. Stop het weg, man, anders moet ik het straks aan Glen vertellen.'

'Dacht je dat die het niet wist?' Joey moest lachen toen hij Abes gezichtsuitdrukking zag. 'Wakker worden, kameraad. Zo gaat het al jaren. Zo ging het al voor je vader met pensioen ging. Die dienstverlening vond onder zijn ogen plaats en hij heeft er nooit ook maar iets vanaf geweten.'

'En wat behelst onze dienstverlening dan?'

'We gaan niet lopen spitten op plekken waar we niets te zoeken hebben, en dat betekent dat we ons er niet mee bemoeien als een Haddanjoch zelfmoord pleegt.'

Joey stapte in en startte de auto. De stationcar sputterde even en begon toen uitlaatgassen uit te stoten. Toen Abe zich niet bewoog, draaide Joey zijn raampje naar beneden.

'Kom op. Doe nou niet zo rechtschapen als die ouweheer van je altijd deed. Daarom heeft Glen je er steeds buiten gehouden, wist je dat?'

Abe besloot dat hij geen lift nodig had. Nu niet tenminste. Een grote maaltijd kon je er beter aflopen; wat lichaamsbeweging zou goed voor hem zijn. Toen hij wegliep, riep Joey hem achterna en gebruikte de rasperige claxon, maar Abe bleef over het bevroren gras lopen. Hij liep de campus af en draaide Main Street op. Strengen kamperfoelie en bitterzoet zaten om de zwarte gietijzeren hekken gekruld en begroeiden een glanzende hulstheg van bijna twee meter in de tuin van mrs. Jeremy. Als de omstandigheden vandaag anders waren geweest, zou Abe even zijn aangelopen om te horen of AJ veilig lag te slapen, maar tijdens deze vakantie moest mrs. Jeremy haar gezin maar even zelf runnen.

Het was een tijd geleden dat Abe de oostkant te voet had doorkruist en hij voelde zich net zomin op zijn gemak als toen hij nog een jongen was. Het geratel van vuilnisbakken, het geblaf van een hond in een tuin, het geringste geluid kon hem op de vlucht jagen.

Er waren altijd verschillen geweest in Haddan, scheidslijnen tussen de rijken en de armen en misschien stonden er wel oude rekeningen open. Wie was Abe om Joey te veroordelen, of wie dan ook? Hij had zich ook niet altijd even keurig gedragen, maar zelfs toen hij de regels overtrad, had hij het verschil tussen goed en kwaad geweten. Hij dacht aan zijn grootvader die oprecht had geloofd dat het hoogste doel het helpen van zijn medeburgers was. Wright was de rivier ingedoken op een moment dat de meeste mannen zo bezorgd zouden zijn geweest over hun eigen gezondheid dat ze de oever niet zouden hebben verlaten.

Onderweg naar huis kreeg Abe het gevoel dat hij ook op die oever was vastgelopen, niet in staat tot een sprong, alsof de zwarte modder van de Haddan drijfzand was dat hem naar beneden trok. De misselijkheid nam toe, net als toen Frank was gestorven. Het was het gevoel dat hij zijn broer niet echt had gekend en dat ze allemaal in een veronrustende schijnwereld hadden gewoond. Abe had zijn broer altijd bewonderd, maar had hij hem ooit begrepen? De slimste jongen uit de geschiedenis van Hamilton High, die zaterdags trouw de auto van zijn vader waste en de hele nacht doorstudeerde, was dezelfde jongen die de trap op was gelopen en zichzelf had doodgeschoten op die hete augustusdag toen je zo heerlijk kon zwemmen in Sixth Commandment Pond. Hoe kon hij dat allemaal hebben opgeofferd op die stoffige, lome middag toen ze ook op zo'n geheime plek van opa hadden kunnen gaan vissen, waar de rotspunten over de diepste, kilste stukken water heen hingen waar de grootste forellen zaten.

Het was Frank die elke ochtend kwam ontbijten en dezelfde Frank die de laatste uren voor zijn dood een pistool onder zijn matras bewaarde, één en dezelfde, zoals Joey ook niet alleen de man was die zich liet omkopen, maar ook het jongetje dat tijdens Franks rouwdienst naast Abe stond. Het was Joey geweest die helemaal naar Wrights boerderij kwam lopen op dagen dat het zo hard vroor dat hij het ijs in zijn handschoenen had staan en voor de oven moest staan om te ontdooien. Nogmaals, Abe had altijd aangenomen dat hij ieders geheimen kende, zoals hij ook het dorp kende, maar naar nu bleek had hij het wederom bij het verkeerde eind gehad. Het was alsof iemand alle straten uit het dorp omhoog had gegooid en ze in de onherkenbare wirwar had laten liggen waarin ze waren neergekomen.

Abe stak het spoor over, hield Forest Street een poosje aan en sloeg Station in toen de nacht als een gordijn van roet viel. De hemel was op deze feestdag bijzonder donker waardoor men het comfort en de warmte van de eigen woning nog meer op prijs stelde. Abe kon door de ramen zijn buren zien zitten. Hij liep langs het huis van Pete Byers en het keurige villaatje van Mike Randall, veel te klein voor die vijf kinderen, maar keurig onderhouden met een nieuwe veranda en alles knap in de verf. Hij zag Billy en Mary Bishop aan hun grote eikenhouten tafel zitten, omringd door zes kleinkinderen. Toen hij zijn eigen huis bereikte, zat die kat daar weer te wachten en hij knielde om hem achter zijn oor te krabben. Tja, zelfs dit beest had een geheim leven, want hij lag 's middags in de zonnige etalage van de Lucky Day-bloemisterij en lunchte met miss Davis.

'Ik hoop dat je je kalkoen al ergens anders hebt gehad,' zei Abe tegen de kat.

Abe wist hoe gemakkelijk het was om ergens in te breken, en daarom nam hij nooit de moeite om zijn eigen deur op slot te doen. Er viel hier trouwens niks te stelen; zijn tv was defect en de laatste keer dat de video ermee was opgehouden, had hij hem naar een reparateur in Hamilton gebracht en nooit de moeite genomen hem weer op te halen. Zelfs zijn deurbel was kapot en daarom moest Betsy Chase aankloppen toen ze bij hem op de stoep stond.

Het was een dag vol verrassingen voor Abe, maar Betsy's verschijning was de enige plezierige. Hij had op het punt gestaan nog wat te drinken en in bed te kruipen, verslagen door de walgelijke gebeurtenissen van de dag, maar hier was het perfecte bewijs dat je iedere keer verbaasd stond als je dacht dat je wist wat de toekomst voor je in petto had. Hij keek Betsy net zo aan als toen ze elkaar voor het eerst hadden ontmoet, waardoor zij een kleur kreeg. Ze bloosde elke keer dat ze hem zag, alsof ze net zo onnozel was als de meisjes van St. Anne.

'Ik dacht dat ik je bij school zag,' zei Betsy, maar dat loog ze; ze was ervan overtuigd. Ze had hem door het raam van de decaan gezien, achter zijn buxushegje, in hetzelfde zwarte pak dat nu ook nog om zijn vierkante gestalte hing.

Abe gooide de hordeur open en liet Betsy de gang in. Ze had haar jas in de auto laten liggen die op de oprit stond en droeg kleren die zeer geschikt waren voor een diner in het huis van de decaan, een zwarte jurk en fraaie hoge hakken. Nu voelde ze zich echter ongemakkelijk in deze kleren, alsof ze van zichzelf vervreemd was. De gang was zo krap dat ze dicht op elkaar stonden. Alsof dat nog niet moeilijk genoeg was, deden haar schoenen zeer; ze had het gevoel dat ze zo kon omvallen. Het was waarschijnlijk idioot van haar om hier te komen, slachtoffer van het groene licht dat haar rond deze tijd altijd in de war maakte.

'Ik heb een paar foto's voor je meegenomen,' zei ze op zakelijke toon tegen Abe. Ze klopte op de fototas die over haar ene schouder hing.

Toen ze de keuken inliepen, besefte Abe wat een bende het in zijn huis was, met stapels borden op het aanrecht en kranten over de vloer. Een mand wasgoed stond op een stoel, ongewassen en vergeten; Abe haalde hem weg zodat Betsy aan tafel kon plaatsnemen. Toen ze dat deed, wees ze naar het aanrecht waar de zwarte kat heen en weer paradeerde, miauwend naar het kastje waar het blikvoer stond. 'Dat is de kat van Helen Davis.'

'Neu.' Nadat hij twee biertjes uit de koelkast had gepakt, nam Abe de stoel tegenover die van Betsy. 'Het is de mijne.'

'Ik zie hem voortdurend op de campus.' Betsy begon aan haar bier, al wilde ze het niet, en ze dronk te snel doordat ze opgewonden raakte in Abes nabijheid. Zijn ogen verschilden niet wezenlijk van het ijs dat zich onlangs in de ondiepe stukken van de rivier had gevormd, licht en vloeibaar. Toen Betsy ernaar keek, kreeg ze het gevoel dat ze erin kon vallen en dan zou blijven vallen. Ze pakte snel het mapje foto's. 'Ik was benieuwd naar je reactie.'

Abe begon ze te bekijken, eerst met enige afstand en vervolgens geïnteresseerder. Nadat ze de foto's van de zwemploeg had ontwikkeld, had Betsy nog een hele serie foto's genomen. Op elk ervan stond er achter Carlin een schaduw, de onmiskenbare gestalte van een lange jongen.

'Jij kunt er wat van.' Abe fixeerde Betsy met die lichte ogen van hem. 'Ze lijken net echt.'

'Ze zijn echt. Het gebeurt alleen als ik een hooggevoelige film gebruik. En als Carlin in de buurt is.'

Op een van de afdrukken waren de trekken van de schaduw bijzonder duidelijk: een brede mond, een breed voorhoofd, de trieste uitdrukking van een afgewezene, versmade. Zelfs op de wazigste van de foto's leek de schaduwgestalte druipnat te zijn; er stonden op elke foto waterplassen, zowel op meubels als op vloeren. Abe stopte de foto's terug in het mapje. 'Het meisje vertelde me dat hij haar spullen geeft. Misschien heeft hij behoefte aan contact en blijft hij daarom in de buurt. Zo'n beetje als de manier waarop jij bij mij rondhangt,' voegde hij eraan toe.

'Dat zou je wel willen.' Betsy lachte en stak haar hand met de verlovingsring uit om hem aan haar omstandigheden te herinneren.

'Je laat die ring wel steeds zien, maar je zit hier toch.' Abe schoof zijn stoel dichter naar de hare.

Betsy stond pardoes op en raapte haar foto's bij elkaar. 'Je bent een ziekelijke egoïst, weet je dat? Ik dacht dat je in Gus Pierce was geïnteresseerd.'

Ze was al op weg naar de gang en Abe liep achter haar aan. 'Ik ben geïnteresseerd,' zei hij.

'In de foto's?'

'Meer in jou.'

Betsy verdraaide de fototas zodat die tussen hen in kwam te hangen, uit zelfbescherming, uit zelfverloochening. Hoe waren haar omstandigheden eigenlijk? Ze had het dessertprobleem van de bruiloft nog maar enkele dagen geleden met Doreen Becker opgelost. Doreen had de variant met de witte lange vingers aanbevolen en had volgehouden dat de chocolade bruidstaarten die Betsy wilde altijd ongeluk brachten. Men beweerde dat diverse echtscheidingsadvocaten uit Hamilton zulke taarten in zalen en kerken lieten bezorgen om zich van voortdurende klandizie te verzekeren.

'Zeg je tegen iedere vrouw die je hier mee naartoe sleept dat je in haar bent geïnteresseerd?' vroeg ze Abe nu, en onder het stellen van de vraag besefte ze dat de gedachte dat hier andere vrouwen kwamen haar niet aanstond.

'Ik sleep hier niemand mee naartoe,' zei Abe. 'Vergeet niet dat jij hier zelf heen bent gekomen. En ik ben blij toe.'

En omdat ze wist dat het waar was, kuste Betsy hem eerst, daar in die donkere gang. Ze was van plan het bij één keer te laten, maar dat gebeurde niet. Na afloop zou ze zichzelf voorhouden dat ze op hol was geslagen, ze wist niet wat ze deed; het kwam door het bier dat ze zo snel had opgedronken of door haar onvoorspelbare reactie op de feestelijkheden. Wat de oorzaak ook was, ze kuste hem bijzonder langdurig, te langdurig, al wist ze dat ze een grote fout beging. Ze moest aan bliksemflitsen denken, dat die zo snel insloegen dat je nooit op tijd uit de buurt kon komen en dat de schade dan al was aangericht.

Betsy hield zichzelf voor dat het maar één nacht zou zijn, een paar uitwisbare, hartstochtelijke uren, die ze maar beter kon vergeten en die niemand kwaad deden. Ze hield hem niet tegen toen hij de zwarte jurk die ze met zoveel zorg voor het feest had uitgezocht van haar schouders lichtte. Het was gedachteloos en doelloos, maar het kon haar niet schelen. Wat was verlangen nou helemaal, als je er goed over nadacht? Lag het besloten in de manier waarop een vrouw 's ochtends haar kleren uitzocht, of in de manier waarop een man toekeek als ze voor de spiegel haar haar zat te kammen? Was het een bleke novembermorgen als er ijs op de ruiten zat en de kraaien uit de kale boomtoppen schreeuwden? Of was het de manier waarop je naar de nacht uitzag en een weg bewandelde die zo onverwacht was dat de dageraad nooit meer helemaal helder zou zijn?

Rond deze tijd waren de beroemde kerstmuffins verkrijgbaar in de lunchhoek van de drogisterij, een artikel dat ieder jaar tussen Thanksgiving en oudjaar aan het menu werd toegevoegd, vakkundig gebakken door Pete Byers' vrouw Eileen. Deze plaatselijke traktatie, vergelijkbaar met gembercake, maar dan zwaarder en compacter, was zo verleidelijk dat diverse bewoners van de grootste huizen aan Main Street, goedgeklede vrouwen die zich normaal niet in de lunchhoek vertoonden, 's ochtends vroeg langskwamen om er meteen een half dozijn van te kopen.

Hoewel de lunchhoek 's middags door Haddanleerlingen werd bevolkt, was hij 's ochtends het terrein van de plaatselijke bevolking. Urenlang besprak men oud nieuws en recente ontwikkelingen bij een kopje koffie, en rond de middag was alles van huwelijksaankondigingen tot zenuwinstortingen de revue gepasseerd. Hier begon men zich af te vragen of er iets met Abe Grey aan de hand was. Hij kwam nooit meer in de Millstone, waar hij stamgast was geweest vanaf het moment dat hij meerderjarig was, en diverse vrouwen met wie hij regelmatig uitging – Kelly Avon van de 5&10 Centbank, bijvoorbeeld – hadden in weken niks meer van hem gehoord. Doug Lauder en Teddy Humphrey, met wie hij vaak op zaterdagavond in Middletown pool ging spelen, begonnen zich zorgen te maken, en Russell Carter, die vertelde dat Abe niet meer kwam opdagen bij basketbal, was zo bezorgd dat hij naar het bureau belde om te weten te komen of Abe nog wel leefde.

Als vrijgezellen waren deze kerels altijd afhankelijk geweest van Abes beschikbaarheid voor een potje kaarten of een dagje vissen en nu konden ze hem niet meer bereiken. Ze hadden er geen idee van dat Abe in het lange gras lag te piekeren over het lot of dat hij zo van zijn stuk was van verliefdheid dat hij niet meer wist hoe laat het was. Hij, die zich er altijd op had laten voorstaan dat hij zo stipt was, kwam niet zomaar een uurtje te laat, maar een dag, kwam op donderdagochtend het verkeer regelen bij het gemeentehuis terwijl iedereen wist dat de tuiniersvereniging pas op vrijdagmiddag bijeenkwam.

Abes buren begonnen te vermoeden dat er een vrouw in het spel was toen ze hem 's avonds laat op de veranda naar de sterren zagen staren. Ze dachten dat ze hem doorhadden toen hij liefdesliedjes fluitend Selena's Sandwich Shoppe binnenkwam en zijn bestelling was vergeten terwijl hij al negen jaar lang roggebrood met kalkoen bestelde. Enkele dames uit Main Street die Abe altijd had geholpen, klopten hem op zijn rug toen ze hem zagen uit blijdschap dat hij eindelijk door de liefde was aangeraakt. Het werd ook hoog tijd. Door het gebrek aan vrijgezelle mannen in Haddan – en niemand beschouwde Teddy Humphrey als zodanig, aangezien hij steeds als hij flink dronken was zijn ex-vrouw Nikki smeekte hem terug te nemen – stelde het ook diverse vrouwen teleur dat Abe niet meer beschikbaar was. Enkelen, zoals Kelly Avon en

Mary Beths nichtje, dat bij Thanksgiving tevergeefs aan hem was opgedrongen, probeerden Joey Tosh uit te horen, maar die hield vol dat hij zijn mond zou houden, al wist hij er, als het erop aankwam, ook het fijne niet van.

Sinds hun meningsverschil op Thanksgiving had Abe zijn oude vriend ontlopen. Hij reed in de oude wagen van zijn opa naar zijn werk en vroeg om klussen die niemand anders wilde, verkeer bijvoorbeeld, en echtelijke ruzies, om zich ervan te verzekeren dat hij alleen werkte. Als beide mannen toevallig tegelijk op het bureau waren, zorgde Joey ervoor dat hij met papierwerk bezig was of verdiept zat in de *Haddan Tribune*. Hij zette een versluierende blik op die niet te interpreteren viel, dezelfde uitdrukking op zijn gezicht als destijds toen Mary Beth net zwanger was van Emily en ze hadden besloten in het geheim te trouwen.

Zo nu en dan zag Abe Joey staren en op een ochtend hield Joey stil bij Abes bureau. 'Man, wat ben jij tegenwoordig vroeg.'

Grappig dat het Abe nooit eerder was opgevallen dat Joey een zenuwtrekje boven zijn rechterwang had als hij overstuur was. 'Als je zo doorgaat lijkt de rest van de club een stelletje lijntrekkers.'

Abe leunde achterover. 'Maak je je daar zorgen om, Joe? Lijntrekken?'

'Het was mijn fout op Thanksgiving. Ik had je niet mee moeten nemen. Ik had je erbuiten moeten houden, precies zoals iedereen al zei.'

'O ja? Ik dacht dat de fout was dat je geld aannam.'

'Je hebt gewoon de pest in omdat ik het niet met je eens was over dat Pierce-jong. Moet ik zeggen dat hij is vermoord? Best, hij is vermoord. En Frank misschien ook wel, nu we het er toch over hebben. Misschien is er toen wel iemand door zijn raam naar binnen gekomen en heeft die hem vermoord. Wilde je dat van me horen?'

'Als je denkt dat ik dat wil horen, dan ken je me niet.'

'Misschien niet.' Joey en hij waren even oud, maar Joey zag er moe uit, al had Abe gehoord dat hij zijn bijbaantje in het winkelcentrum had opgezegd. 'Misschien wil ik dat wel niet.'

Daar hadden ze het bij gelaten, op afstand, alsof ze niet hun hele leven lang boezemvrienden waren geweest. Als de mensen nu aan Joey vroegen waar zijn maatje was en waarom Abe op zaterdagavond nooit meer in de Millstone kwam, haalde Joey zijn schouders op.

'Ben ik mijn broeders hoeder?' vroeg hij dan. 'Abe gaat zijn eigen gang en ik ook.'

Joey zou nooit hebben geweten dat Abe iets met iemand had als Mary Beth hem dat niet had verteld. Kelly Avon en zij hadden bij Selena een lijst zitten maken van alle ongetrouwde vrouwen in het dorp en hadden kunnen vaststellen dat ze de persoon in kwestie niet kenden. In het dorp zou niemand op het idee zijn gekomen dat Abe iemand van de school kon hebben opgepikt. Zo verliepen die zaken nog steeds in het dorp: wie aan Main Street woonde, kon doen wat hij wilde en in een aantal gevallen had dat betekend dat ze hun zonen en dochters naar de school van Haddan hadden gestuurd, maar voor iedereen van de westkant lagen de verwachtingen anders. Hoewel zij de winkels bezaten en de andere inwoners voorzagen van schoenen en chrysanten en kaas werd er van ze verwacht dat ze hun privé-aangelegenheden aan hun eigen kant van het dorp regelden. En als Joey al had kunnen voorspellen dat Abe iets met die docente van Haddan zou krijgen, dan had hij er nog geen weet van gehad hoe vaak Abe haar opzocht, altijd 's avonds laat, na de avondklok, als de meisjes van St. Anne sliepen en de gangen stil en donker waren.

Abe kende de weg inmiddels zo goed dat hij niet meer struikelde over het versleten tapijt. Hij wist inmiddels dat hij in de gang rondslingerende paraplu's en skates kon verwachten en hij was gewend geraakt aan het geborrel van heet water in de oude metalen radiatoren, en ook aan de geur van badolie en muskus, parfums waardoor minder ervaren mannen wellicht de kluts kwijtgeraakt zouden zijn. Abe parkeerde meestal in de buurt van de rivier en liep de rest opdat niemand zijn opa's auto zou zien, al besteedde niemand er aandacht aan wie het slaaphuis in- en uitliepen. Het gebouw was absoluut niet beveiligd, want Abe hoefde de deurknop maar wat te draaien en zijn gewicht tegen de deur te zetten en hij was binnen.

Elke keer dat ze samen kwamen, beloofde Betsy zichzelf dat het voor het laatst was. Maar die belofte deed ze pas aan zichzelf als hij weer was vertrokken, en het was nogal een zwak verdrag. Als Abe naast haar lag, wilde ze hem veel te graag om hem te laten gaan. Meestal was het Abe die besefte dat hij moest vertrekken, snel, voordat de klokken luidden en de meisjes van St. Anne werden gewekt om hem in de gang aan te treffen met zijn overhemd uit zijn broek en zijn laarzen in de hand. Hoe kon Betsy hem laten gaan? Telkens als ze de wind tegen het raam hoorde, hoopte ze dat hij het was. Ze hoorde hem soms, buiten bij de rozen, als hij naar haar stond te kijken voordat hij door de voordeur binnensloop, en als ze wist dat hij daar in de tuin was, durfde ze risico's te nemen die ze zich vroeger niet had kunnen voorstellen. Op den duur merkte ze dat wat er 's nachts tussen hen plaatsvond, haar overdag niet losliet. Terwijl ze lesgaf, terwijl ze douchte, terwijl ze koffie zette of de man kuste met wie ze zou gaan trouwen, dacht ze aan Abe.

Het was bijna eind december toen Betsy zich realiseerde wat een gevaarlijk spel ze speelde. Ze besefte toen dat ze er onmiddellijk mee moest ophouden. Het was op een koude morgen en ze waren te lang in bed blijven liggen, waren door het klokgelui heen geslapen; tegen de tijd dat ze wakker werden was het al na negenen. Het sneeuwde en door het raam viel een zilverig licht; misschien had die bleke hemel hen zo roekeloos gemaakt, want de meisjes op wie Betsy moest toezien, waren al gekleed op weg naar de les. Betsy hoorde de voordeur open- en dichtgaan terwijl ze naast hem lag. Ze hoorde Maureen Brown giechelen toen ze zich over de balustrade van de veranda boog om sneeuwvlokken met haar tong op te vangen en het schelle geluid van die akelige Peggy Anthony toen haar leren laarzen op de gladde treden weggleden. Hoe gemakkelijk hadden Abe en Betsy vanochtend betrapt kunnen worden. Stel dat Peggy Anthony haar been brak op het gladde trappetje. Stel dat Amy Elliot last van haar allergie kreeg en op de deur kwam bonzen. Hoe lang zou het duren voor het nieuws zich over heel Chalk House had verspreid? Vijftien seconden? Twintig? Hoe lang eigenlijk voordat Betsy's leven in puin lag?

Ze had voorheen nog nooit gelogen. Ze had nooit gedacht dat ze in staat zou zijn tot uitvluchten, tot smoesjes om Eric niet te zien, waarbij ze zich verbaasde over het gemak waarmee ze hem bedroog. Alles waarnaar ze verlangde, de veiligheid van haar leventje hier in Haddan, zou ze eigenhandig ongedaan maken tenzij ze nu stopte. Ze belde diezelfde middag een slotenmaker. Nadat het nieuwe elektronische slot op de voordeur was aangebracht, verplichtte Betsy iedereen tot het bijwonen van een huisvergadering. Haar meisjes kregen in niet mis te verstane bewoordingen te horen dat ze de code niet aan vriendjes of leveranciers mochten verstrekken. Betsy liet tevens een grendel op haar eigen deur aanbrengen die volgens de slotenmaker braakveilig was, behalve tegen de meest ervaren inbrekers, het soort dat nergens voor terugdeinsde als ze iets wilden hebben.

Abe kwam de volgende avond terug, een inktzwarte nacht, zo diep en onmetelijk als de verste uithoeken van de hemel. Betsy hoorde hem in de tuin, maar in plaats van te gaan zwaaien bij het raam, trok ze de gordijnen dicht. Ze stelde zich zijn verbazing voor wanneer hij ontdekte dat het oude slot was vervangen; het was niet alleen een daad van zelfbescherming, maar ook van wreedheid. Betsy wist het, maar ze kon hem niet recht in de ogen kijken. En dus liet ze hem op de veranda staan totdat hij ten slotte vertrok. Nadien deed ze haar uiterste best om hem te ontlopen. Als iemand haar aan Abe Grey deed denken, als hij lang was of blauwe ogen had, liep Betsy de andere kant op, verschool zich achter een heg, vluchtte de minimarkt uit voordat haar boodschappen aangeslagen waren. Ze ging zelfs niet naar de drogisterij uit vrees dat ze hem daar tegen het lijf zou lopen. Ze sliep elke nacht bij Eric, alsof hij een remedie was, het medicijn voor een lastig kwaaltje, vergelijkbaar met koorts of een koutje.

Abe liet zich echter niet zo gemakkelijk afdanken. Hij had zich zichzelf nooit kunnen voorstellen als een verliefd man, maar dat bleek hij ten slotte toch te zijn. Hij probeerde zo min mogelijk aan Betsy te denken. Hij stortte zich overdag zoveel mogelijk in zijn werk, verzamelde zoveel mogelijk informatie over Gus Pierce, belde de vader van het joch in New

York, liep zijn schoolprestaties langs en zocht naar de sleutel tot Gus' bedoeling. Waarom mensen deden wat ze deden, of het nou impulsief was of met voorbedachten rade, was altijd raadselachtig. De jongen onder water, het pistool in de kamer van zijn broer, de afgesloten deur van St. Anne. 's Avonds liet Abe zijn dossier met rust en reed langs de school, veel gekwetster dan hij ooit voor mogelijk had gehouden. Toen Kelly Avon hem voorstelde dat ze elkaar in de Millstone zouden ontmoeten, wees hij haar af; hij bleef in zijn geparkeerde auto zitten op het terrein van de school, waar hij niet thuishoorde. De kerstvakantie kwam in zicht en aan de verkeerslichten waren lichtgevende zilveren sterren opgehangen om dat te vieren. Op de school waren de balustrades van de veranda's met witte lichtjes afgezet. Op de avond dat Abe besloot Betsy eindelijk om opheldering te vragen, voelde hij dat het een slecht plan was. Het was licht gaan sneeuwen; het was kort na de avondmaaltijd en het was druk op de campus. Ze zouden Abe zien, maar dat kon hem niet schelen. Hij dacht aan alle onbegrijpelijke meningsverschillen waar hij op af was gestuurd: de verhitte strijd tussen scheidende eega's, de gevechten van broers onderling, de martelende pijn van versmade geliefden die de banden van hun exen hadden lekgestoken op de parkeerplaats van de Millstone. Het waren allemaal gevallen van liefde die in haat was omgeslagen, en die was afgezakt tot een behoefte aan wraak of recht en een behoefte om degene die hun onrecht had aangedaan te kwetsen. Nu wist Abe wat die mensen zochten; ze zochten iemands liefde en ze gingen eropaf op de enige manier die ze wisten te verzinnen, net als hij hier vanavond van plan was.

Er zaten twee meisjes op de trap van de veranda die de sneeuw op zich lieten neerdalen. Abe moest om hen heen sluipen om bij de deur te komen.

'De combinatie is drie, dertien, drieëndertig,' zei een van de meisjes tegen hem in weerwil van Betsy's oproep tot veiligheid en voorzichtigheid.

Abe drukte de code in en liet zichzelf binnen. Ze hadden een uur vrij tussen het diner en de studiezaal en dus hadden de meeste leerlingen hun radio's luidkeels aan en stond de tv in de salon ook aan. Abe botste tegen een meisje op dat een tas wasgoed meesleepte en struikelde bijna over een tweede die domweg in de gang zat te kletsen aan de muntjestelefoon zonder zich bewust te zijn van voorbijgangers. St. Anne leek in niets op het donkere, stille huis waar Abe gewoonlijk midden in de nacht aankwam, maar de dichtbevolkte gangen weerhielden hem niet van zijn bezoek aan Betsy's vertrekken. Een grendel was niet altijd zo onoverwinnelijk als slotenmakers hun kopers wilden doen geloven, zeker niet als de dief er rekening mee had gehouden. Abe had een kleine schroevendraaier meegenomen die hij vaak gebruikte om de loszittende binnenspiegel van zijn opa's wagen mee vast te maken; hij prutste de grendel zo los en hoopte maar dat Betsy er niet te veel voor had betaald, want het ding was waardeloos waar het het voorkomen van misdrijven betrof. Toen hij onuitgenodigd haar kamers betrad, kreeg Abe hetzelfde kriebelige gevoel dat hij als puber had gehad. Hij ademde zwaar en besefte maar nauwelijks waar hij mee bezig was, zijn handen trilden, net als vroeger tijdens inbraken. Hij had een koud pilsje nodig en een vriend om hem terecht te wijzen, maar aangezien hij van beide verstoken was, liep hij door, haar slaapkamer in. Hij liet zijn hand over het rubberen matje op het bureaublad gaan en naderde het nachtkastje. Betsy had groot gelijk dat ze hem niet meer wilde zien. Had hij zelf niet tientallen keren zo gehandeld, vrouwen nooit meer gebeld die zich in hem geïnteresseerd hadden getoond, zelfs niet het fatsoen opgebracht om zijn gedrag uit te leggen? Hij pakte de oorbellen op die Betsy op het bureau had laten liggen, niet wetend of hij haar wilde begrijpen of straffen. Hij was ook niet bepaald verbaasd toen hij de deur open hoorde gaan. Gezien zijn gebruikelijke hoeveelheid pech had hij het kunnen verwachten.

Betsy had meteen door dat Abe er was; ze voelde het aan zoals mensen die zeggen dat ze door de bliksem getroffen zullen worden maar niet van hun plek kunnen komen, onmachtig om hun lot te ontvluchten. Ze raakte in paniek zoals wellicht iedereen die een botsing tussen uiteenlopende delen van haar leven voorzag, met alle ellende en puin vandien. Het was waar dat toewijding even snel verdween als ze kwam en om die reden wilden veel mensen hun liefdesbrieven ook zwart op wit hebben. Hoe gemakkelijk verdampten zelfs de liefste woordjes om pas te worden herschreven als ze impulsief in blinde woede werden gedicteerd. Wat ongelukkig dat liefde niet werd onderwezen of geoefend als blokfluiten of paardrijden. Nee, liefde was een wild beest dat eigenzinnig zijn weg zocht zonder zich iets van de aangerichte schade aan te trekken. Liefde kon eerlijke mensen tot leugens en bedrog aanzetten, zoals ze nu met Betsy deed. Ze zei tegen Eric dat ze zich wilde verkleden, maar dat ze zich zo wee voelde in deze oververhitte vertrekken, kwam niet door de wollen combinatie die ze naar het diner bij de decaan had gedragen.

'Kun je niet een paar ramen openzetten?' riep Betsy terwijl ze naar de slaapkamer liep en de deur zorgvuldig achter zich dichttrok. Ze had het stikheet; ze had na het diner bij de decaan, waar Eric haar naartoe had gesleept, dat laatste glas niet moeten drinken. Ze had vreemde kleren aan en had de vreemde smaak van whisky in haar mond en daardoor voelde zij zich hier de vreemdeling en was Abe, daar op de rand van haar bed, degene die hier thuishoorde.

Het was inmiddels harder gaan sneeuwen, maar dat weerhield Betsy er niet van haar slaapkamerraam omhoog te schuiven. De sneeuw begon op de vloerbedekking te vallen, maar het kon Betsy niet schelen. Ze voelde een tinteling over haar ruggengraat lopen. Hoe goed kende ze deze man in haar slaapkamer eigenlijk? Hoe wist ze waar hij toe in staat was?

'Als je je niet omkleedt, zal hij zich afvragen waarom je tegen hem hebt gelogen,' zei Abe.

Het enige licht dat door het raam binnenviel, kwam van een straatlantaarn en schitterde op de sneeuw. Bij zulk licht leek alles ver weg; het scheen of Abe en Betsy en alles wat er tussen hen was geweest al naar het verleden waren verschoven. 'Hij zal zich afvragen waarover je nog meer hebt gelogen.'

'Ik heb niet tegen hem gelogen!' Betsy was blij met de koude lucht die door het raam naar binnen kwam. Ze brandde van schaamte, de boetedoening voor haar eigen teleurstelling. Al had zij hem afgewezen, ze wist nog goed hoe het voelde om hem te kussen, hoe zoiets eenvoudigs haar in vuur en vlam zette.

'Juist. Je hebt hem alleen de waarheid niet verteld.' Abe had er wel om willen lachen, alsof hij zoiets vermakelijk vond. 'Deed je dat toen je bij mij was? Leefde je langs de waarheid heen? Is dat wat er tussen ons plaatsvond?'

Ze hoorden Eric in de keuken de ketel opzetten en de kastjes openen op zoek naar suiker en kopjes.

'Er heeft niets plaatsgevonden.' Betsy's lippen brandden. 'Er heeft tussen ons niets plaatsgevonden.'

Het was het enige antwoord waarmee ze hem kon verjagen en dat was Betsy's opzet. Abe vertrok door het raam; hij stootte zijn zwakke knie tegen het kozijn en liep zo een blauwe plek op waarvan hij nog dagen last zou hebben. De campus was al bedekt met vijf centimeter verse sneeuw, en de vallende vlokken waren groot en dwarrelden, de tekenen dat er een aanhoudende storm op komst was. Tegen de ochtend zou het verkeer een chaos zijn; een zware sneeuwbui ging in Haddan nooit voorbij zonder minstens één zwaar ongeluk, meestal in de buurt van de snelweg, en een jongen uit het dorp die gewond raakte met een zelfgemaakte slee of een geleende sneeuwscooter.

De sneeuw verblindde Abe toen hij van St. Anne wegliep; niettemin moest hij denken aan de middag waarop zijn broer was gestorven. Hij had toen ook de ervaring gehad dat de toekomst razendsnel verleden tijd kon worden, momenten die met elkaar versmolten voordat iemand er iets tegen kon doen. Hij was nagelopen hoe het allemaal anders had kunnen verlopen als hij de trap op was gerend. Als hij op de deur had geklopt, als hij meteen naar binnen was gestormd; hoe anders het was verlopen als hij het voorstel van zijn broer had verworpen en geweigerd had om die ochtend mee te gaan naar de boerderij van opa. Het was zo'n zomerse dag geweest waarop alles wonderlijk scheen en glinsterde in het stoffige zonlicht, alles heet en blauw was, met eindeloze witte wolken, zo gloeiend heet en stil dat Abe zichzelf had horen ademhalen toen Frank hem een kontje had gegeven zodat Abe door het raam kon klimmen om het pistool te pakken.

Na afloop had hij het steeds opnieuw moeten doen, gedwongen de inbraak te herhalen. Die handelingen hadden tenminste het denken stilgezet, maar nu brak hij niet meer in. Het was trouwens nooit ergens goed voor geweest, hij had zijn verdriet altijd meegedragen; het was er nu, op deze sneeuwavond nog steeds. Misschien besloot hij daarom de auto te laten waar hij was, geparkeerd bij de rivier, en naar huis te lopen. Toen hij eenmaal op weg was, bleef hij lopen, zijn huis voorbij en tot halverwege Hamilton en hij stopte pas tegen de ochtend toen hij met een strooiwagen meeliftte die door Kelly Avons jongere broer Josh werd bestuurd.

De volgende dag ging hij weer wandelen hoewel hij eigenlijk naar zijn werk moest, en Doug Lauder, een agent die nog mopperde als alles meezat, moest zijn dienst draaien, voor het gemeentehuis het verkeer regelen tot hij blauwe tenen kreeg. Al snel ontdekte men dat Abe het sterrenkijken eraan had gegeven. Hij keek zelfs niet meer op als hij door het dorp liep. Hij floot niet meer en zijn gezicht stond nors en hij begon er een gewoonte van te maken buiten rond te lopen op uren waarop fatsoenlijke mensen in bed lagen. Diverse bejaarden in het dorp, Zeke Harris van de stomerij en George Nichols van de Millstone, wisten zich te herinneren dat Wright Grey dat ook een poosje had gedaan, eindeloos had gewandeld tot zijn laarzen versleten waren en hij ermee naar Hamilton moest om ze te laten verzolen.

Nu leek het erop dat Abe die gewoonte had geërfd. Zelfs als het weer verslechterde en er blauw ijs lag en het hagelde, hield Abe vol. Als je naar buiten keek, zag je hem gaan, over Main Street of op Elm, of bij Lovewell Lane, zonder zelfs maar een hond als excuus om door de derrie te waden. Hij had besloten te lopen totdat hij begreep hoe de vork in de steel zat. Hoe konden, zo wilde hij weten, de dingen zo snel veranderen, omslaan van liefde in vergrendelde deuren? Daarom had hij zich zo lang tegen iedere binding verzet; hij had geen gestel voor de liefde. Hij was halsoverkop verliefd geworden, net als die idioten die hij altijd uitlachte, Teddy Humphrey bijvoorbeeld, die zo bezeten was dat het hem niets meer kon schelen; hij parkeerde voor Nikki's huis en liet zijn autoradio schallen in de hoop dat alle liedjes over gebroken harten haar eraan zouden herinneren dat verloren liefde ook kon worden teruggevonden.

Abe had medelijden met Teddy Humphrey, en nu ook met zichzelf. Soms had hij een afschuwelijk gevoel in zijn borstkas dat niet overging. Hij was zelfs naar het ziekenhuis in Hamilton gegaan voor onderzoek, in de wetenschap dat de zoon van mrs. Jeremy, AJ, twee jaar geleden door een hartaanval was getroffen op de leeftijd van zevenendertig jaar, maar de zusters hielden vol dat er niets aan de hand was. Neem een aspirientje, zeiden ze. Drink wat minder koffie. Loop niet altijd door dat slechte weer en draag anders ten minste een sjaal en wanten.

Abe liep vanaf het ziekenhuis meteen door naar de drogisterij. 'Wat is het verschil tussen liefde en een maagzweer?' vroeg hij aan Pete Byers, de enige in het dorp die verstand had van zulke zaken.

'Wacht even.' Pete, bedachtzaam als altijd, nam aan dat hij er even over na moest denken. Het leek een moeilijk raadsel, maar het antwoord bleek niet lang op zich te laten wachten. 'Ik weet het,' verklaarde hij. 'Niets.'

Na dat advies kocht Abe Rolaids die hij meteen innam. Geen wonder dat hij nooit iemand vertrouwde; je wist nooit wat mensen van plan waren. Het ene moment glimlachten ze naar je en het volgende waren ze verdwenen zonder verklaring of zelfs een afscheidsgroet. Er was op de hele wereld geen volwassen vent te vinden die alles had wat zijn hartje begeerde, dus wat had Abe eigenlijk te klagen? Hij was er nog, toch? Hij werd elke ochtend wakker, kon de lucht zien, koffie drinken, het ijs van de stoep schrapen en naar zijn buren zwaaien. Hij was geen jongetje dat bedrogen was, dat nooit de kans keeg om op te groeien en zijn eigen beslissingen te nemen, of ze nou goed of fout waren. Het verschil tussen een tragedie en stomme pech viel achteraf eenvoudig te definiëren: je kon er bij vandaan lopen, en dat zou Abe doen, hoeveel kilometers hij ook moest afleggen en hoeveel paar laarzen afdragen.

HET HORLOGE EN HET BROOD

Heel december sneeuwde het, en de kerstboom voor het gemeentehuis raakte met een witte deken bedekt die niet smolt voordat de boom net als ieder jaar op de zaterdag na nieuwjaar werd afgetuigd. Dit was het jaargetijde van de beukende noordenwind die vuilnisbakken op straat wierp en luifels van winkels deed klapperen. De dagen waren zo kort dat ze maar tot vier uur duurden, want dan werd de hemel zwart, en de avonden waren zo koud dat je adem in de kristalheldere lucht bevroor. Er leken handenvol sterren boven de daken van Haddan uitgestrooid die het dorp zelfs rond middernacht nog verlichtten. Er werden grapjes gemaakt dat je na zonsondergang een zonnebril moest dragen, zo scherp werd het licht van de sterren door de sneeuw weerspiegeld; zelfs de ernstigste mensen verloren alle voorzichtigheid en zelfbeheersing uit het oog en stortten zich in de zwaarste storm.

Het botenhuis van de school was onverwarmd en tochtte; het keek uit over een bocht in de bevroren rivier, en hoewel het tot het voorjaar gesloten bleef, betekende dat niet dat het niet werd gebruikt. Op vrijdagmiddag werden er kratten bier achter de geteerde kajaks en kano's opgestapeld, en diverse eerstejaarsmeisjes hadden hun onschuld al naast de roeiriemen verloren. Hoewel ze zich ervoor schaamde om zo in de massa op te gaan, had Carlin al heel wat tijd met Harry in het botenhuis doorgebracht, maar aan het einde van het semester was dat allemaal veranderd. Als ze nu met Harry samen was, ontdekte ze een steen in de zak van Gus' jas; soms een zwarte, soms een witte en soms een kristallijn blauw-grijze, de kleur van het ijs dat in de ondiepe delen van de rivier lag. De bodem van Carlins kast was bedekt met een verzameling van die stenen; ze rammelden telkens als ze haar laarzen aantrok, en al spoedig ontdekte ze dat ze lichter van kleur werden naarmate het later werd, waardoor ze tegen middernacht transparant waren, nauwelijks met het blote oog zichtbaar.

Toen de kerstvakantie naderde, had een clubje een lang weekend naar Harry's ouderlijk huis in Vermont georganiseerd. Men nam aan dat Carlin mee zou gaan, en ze maakte er geen gewag van dat ze achter zou blijven tot de dag voor vertrek.

'Dat meen je niet.' Het ergerde Harry enorm. 'We hebben alles voorbereid en nou ga je niet mee?'

Het waren eigenlijk zijn plannen; maar Carlin probeerde toch zo goed mogelijk uit te leggen hoe moeilijk ze uit Haddan weg kon. Miss Davis kon niet meer uit haar stoel komen en was vaak te moe om te eten, viel aan tafel in slaap met haar bord onaangeroerd voor zich. Miss Davis was met Thanksgiving zo dankbaar geweest dat Carlin nu vond dat ze haar werkgeefster tijdens de vakantie niet alleen kon laten.

'Het kan me niks schelen,' zei Harry. 'Ik ben zelfzuchtig en wil dat je meegaat.'

Maar Carlin liet zich niet overtuigen. De volgende ochtend om vijf uur hoorde ze vanuit haar bed Amy vertrekken. Het busje dat Harry had gehuurd, draaide stationair op de parkeerplaats, de koplampen doorsneden het donker, en toen Carlin nauwkeurig luisterde, herkende zij de stemmen van de geluksvogels die Harry had uitgenodigd om mee te gaan skien. Ze hield haar ogen dicht tot het busje wegreed; het geronk van de motor zwakte gaande-weg af en stierf weg toen het busje Main Street opdraaide, langs de met witte lichtjes versierde hekken reed, en langs de schitterende boom bij het gemeentehuis, en het kerkhof achter St. Agatha waar rond deze tijd van het jaar zoveel kransen werden gelegd.

Op de eerste vakantiedag was St. Anne verlaten, behalve door de muizen. Alle meisjes waren naar familie of vrienden vertrokken, en in de achtergebleven stilte voelde Carlin zich een moment lang verloren. Ze liep naar de muntjestelefoon en belde haar moeder, Sue, die huilde en zei dat het gewoon geen Kerstmis was als Carlin niet thuiskwam. Hoeveel ze ook van haar moeder hield, tegen de tijd dat het gesprek ten einde liep, was Carlin blij dat ze nog in Haddan was. Sue Leander had Carlin een cadeautje gestuurd, witte muskusparfum, die Carlin opnieuw had ingepakt en aan miss Davis had gegeven. 'Jij denkt zeker dat ik nog op mannenjacht ben,' zei miss Davis toen ze haar cadeau zag, maar ze liet zich toch overhalen om wat op haar polsen te deppen. 'Zo,' constateerde ze. 'Ik ben onweerstaanbaar.'

Carlin lachte en begon de groenten voor de gans te snijden die ze bij de slager in Hamilton had besteld. Carlin bleek een goede kokkin te zijn. Opgegroeid met diepvriesmaaltijden en macaroni met kaas als ze was, kon ze nu razendsnel paprika's en wortels fijnsnijden; op een middag maakte ze een groentesoep die zo heerlijk was, dat zodra de geur ervan zich door het slaaphuis verspreidde diverse meisjes ernstige last van heimwee kregen, huilend in slaap vielen en droomden van hun ouderlijk huis.

'Pecannoten in de vulling?' Miss Davis rook en loerde over Carlins schouder. 'Rozijnen?' Haar stem klonk wantrouwig.

Carlin hield de gans aan zijn nek omhoog en vroeg of miss Davis het misschien van haar wilde overnemen. De gans zag er in miss Davis' ogen nogal naakt en vreemd uit en welbeschouwd was het idee dat ze iets moeilijkers dan een broodje kaas zou kunnen bereiden op zijn zachtst gezegd onwaarschijnlijk, terwijl de gedachte dat ze een dode gans zou vastpakken ronduit belachelijk was. Ze herstelde zich snel. Nu ze er nog eens goed over nadacht was een vulling met pecannoten prima.

Helen had dit meisje dat voor haar werkte niet aardig willen vinden; het was onzinnig om, nu het te laat was voor zulke dingen, nog hechtingen aan te gaan. Ze zou nooit erkennen hoe blij ze was dat Carlin tijdens de vakantie was gebleven. Het meisje was gezellig en had een opzienbarend talent voor het oplossen van vraagstukken die Helen onoverkomelijk schenen. Ze regelde bijvoorbeeld een taxi opdat Helen de mis in St. Agatha kon bijwonen in plaats van naar de dienst in de schoolkapel te moeten die door dr. Jones werd geleid. Door haar katholieke achtergrond had Helen altijd naar St. Agatha willen gaan, maar ze was bang dat de plaatselijke parochianen onaardig zouden doen tegen een buitenstaander, zeker tegenover een verloren ziel als zij, die al zo lang niet meer naar een fatsoenlijke mis was geweest. Maar de gemeente bleek haar hartelijk te ontvangen. Pete Byers hielp haar naar haar plek en na afloop reed een vriendelijke jongeman genaamd Teddy haar terug naar St. Anne. Toen ze thuiskwam, trof ze een echt kerstdiner aan dat Carlin had aangericht, en dat deed haar denken aan de feestmaaltijden die Helens eigen moeder vroeger serveerde, met schotels als zoete aardappel met spruitjes, en natuurlijk de gans met zijn heerlijke vulling.

Halverwege het diner keek Helen Davis uit het raam en zag die knappe man weer. Abe Grey stond ondanks de sneeuw bij de rozenstruiken. Hij was zo'n beetje de knapste man die Helen ooit had gezien, en ze bedacht nu dat ze zelf in haar jeugd zo'n man had moeten vinden in plaats van zich af te geven met die waardeloze dr. Howe.

'Kijk eens wie we daar hebben,' zei ze tegen Carlin, en haastig stuurde ze het meisje op hem af. Carlin rende door de sneeuwbui, de zwarte jas wapperde om de witte schort en haar mooie blauwe jurk.

'Hé,' riep ze naar Abe, die het niet leuk scheen te vinden dat hij ontdekt was. 'Miss Davis wil dat je komt mee-eten. En omdat je hier toch al rondsluipt, kun je dat ook best doen.'

Carlin bleef huppelen om warm te blijven, maar de laarzen die ze bij Hingram had gekocht hielpen tenminste mee, en de jas van Gus was met zulk weer een zegen. Die grote sneeuwvlokken bleven vallen, en Abes haar was al helemaal wit. Hij leek schaapachtig onder die laag sneeuw, maar dat gold voor iedereen die net betrapt was op door de ramen gluren.

'Ik ben wat aan het wandelen,' hield hij vol. 'Ik sluip niet.'

'Miss Chase is met mr. Herman naar een hotel in Maine. Dus kun je net zo goed bij ons komen eten.'

Abe had zijn kerstlunch al in de Millstone genoten – twee biertjes, een hamburger en een grote portie patat.

'Kom op,' drong Carlin aan. 'Ik doe net of ik je nooit 's ochtends om drie uur St. Anne uit heb zien sluipen en jij doet net of je aardig bent.'

'Wat eten jullie?' vroeg Abe morrend.

'Gans gevuld met pecannoten en zoete aardappel.'

Abe was verrast. 'Heb jij dat allemaal klaargemaakt?' Toen Carlin knikte, wierp hij zijn handen in de hoogte. 'Ik geloof dat je me hebt overtuigd.'

Het daglicht werd alweer zwakker. Abe had niet verwacht dat Betsy thuis zou zijn en hij had evenmin bedacht wat hij moest zeggen als ze er wel was. Zou hij haar hebben gesmeekt hem nog een kans te geven? Was hij zo ver heen?

Terwijl ze op St. Anne afliepen, deed Helen Davis de achterdeur open; toen ze Abe zag, zwaaide ze.

'Ik denk dat ze verliefd op je is,' zei Carlin vertrouwelijk.

'Ik wed dat ze voor het eind van de maaltijd genoeg van me heeft.' Abe zwaaide terug. 'Ha die Helen,' riep hij. 'Gelukkig kerstfeest!' De zwarte kat glipte de gladde veranda op. 'Daar heb jij mijn maatje ook nog.' Abe kakelde alsof hij kippen lokte, maar de kat negeerde hem en schurkte in plaats daarvan tegen Carlins benen.

'Mooie jongen.' Carlin hurkte om de kat achter zijn oren te krabben.

'Je kat wil je al weer niet herkennen,' merkte Helen op terwijl ze allemaal de keuken betraden, de kat incluis. Helen had de zoete aardappels afgedekt en ze had een bord op de schaal met groenten gelegd om ze warm te houden. Die paar eenvoudige inspanningen en die paar tellen op de veranda hadden haar uitgeput. Daar, bij haar eigen eettafel, steunend op de rugleuning van een stoel, leek Helen zo om te kunnen vallen, net als Millie Adams uit Forest Street, die een lang ziekbed had gehad voordat ze stierf, en zo zwak was geweest dat Abe vaak op weg naar huis even bij haar langsging om te zien of ze de dag door was gekomen. Nu hielp Abe miss Davis naar haar stoel. 'Wat leuk dat je toevallig in de buurt was,' zei ze. 'Mooi op tijd voor het eten.'

Met de zwarte jas nog aan, haastte Carlin zich voor een extra bord naar de kast. 'Hij stond te gluren.'

'Gluren,' zei miss Davis verrukt.

'Ik wandelde.' Nu hij het eten voor zich zag staan, wreef Abe zich als een hongerlijder in de handen.

Carlin liep in de bestekla naar zilveren bestek voor een extra couvert te zoeken, toen ze iets in haar zak voelde bewegen.

'Doe die jas uit en ga zitten,' beval Helen Davis. 'We kunnen toch niet zonder jou beginnen.'

Carlin legde het zilveren bestek neer. Ze keek onnozel. Ze was de cranberrysaus vergeten, maar ze probeerde die fout niet te herstellen. Midnight sprong op Helens schoot en begon van onder uit zijn keel te spinnen.

'Wat is er?' Vroeg Helen aan het zwijgzame meisje.

Het ergste van om iemand geven was dat je je vroeg of laat zorgen ging maken en ging letten op details die je anders niet zouden zijn opgevallen. Helen, bijvoorbeeld, zag nu dat Carlin verbleekt was, een sprietig meisje in die oude zwarte jas die ze voortdurend droeg.

'Wat is er?' vroeg Helen.

Carlin stak haar hand in haar zak en haalde er een klein visje uit, dat ze op tafel legde. Helen boog zich voorover om het beter te kunnen zien. Het was zo'n zilverkleurig stekelbaarsje uit de Haddanrivier, klein, glanzend en happend naar adem. Helen Davis zou het visje misschien in een glas water hebben gegooid als Midnight er niet op was gesprongen en het beestje in zijn geheel had doorgeslikt.

Carlin moest haars ondanks lachen. 'Zag je dat? Hij at hem op.'

'Stoute, stoute jongen,' schold Helen. 'Deugniet.'

'Ik zei toch dat Gus me dingen geeft,' zei Carlin tegen Abe. 'Maar je geloofde het niet.'

Abe leunde verbijsterd achterover, maar Helen Davis was veel minder verbaasd. Ze had altijd al geloofd dat verdriet zich in een fysieke vorm kon manifesteren. Kort na Annie Howes dood was zij bijvoorbeeld bedekt geweest met rode bultjes die 's nachts jeukten en brandden. De dorpsdokter had haar verteld dat ze allergisch was voor rozen en dat ze nooit meer rozenwater-conserven moest eten of rozenolie in haar badwater moest doen, maar Helen wist wel beter. Ze had geen roos aangeraakt. Het was rouw die ze met zich meedroeg, rouw die door haar huid uitbrak.

De herinnering aan toen deed Helen onmetelijk pijn, of misschien tastte haar ziekte haar zo aan. Het was zo verschrikkelijk dat ze dubbelsloeg en Carlin rende onmiddellijk naar het kruidenkastje waar ze de morfinetabletten had verstopt.

'Er is niks aan de hand,' hield miss Davis vol, maar ze verzette zich er niet tegen toen ze haar naar haar slaapkamer brachten. Na afloop zette Carlin een bord voor miss Davis' lunch van morgen klaar en at vervolgens, tussen het opruimen door, haar eigen diner op. Abe schrokte zijn eten op en ging toen kijken of miss Davis sliep. Gelukkig deed ze dat, maar het schokte Abe dat ze er zo levenloos bijlag, bleek als ijs in hartje winter.

Toen Carlin en Abe het huis verlieten, was de lucht zo koud dat ademhalen zeer deed aan hun keel en longen; de hemel werd verlicht door sterrenbeelden die door het donker zwierven. De Plejaden waren zichtbaar, die dochters van Atlas die voor hun eigen bestwil in de Melkweg waren geplaatst. Wat heerlijk nu er geen mensen in de buurt waren en die sterren het enige gezelschap vormden.

'Waarom sluip je de laatste tijd zo weinig rond? Mist miss Chase je niet?'

'Ze is verloofd.' Abe had de namen van de sterrenstelsels van zijn opa geleerd en als kind had hij in bed nooit schaapjes geteld, maar de schitterende honden en beren en vissen die naar binnen schenen.

'Dat maakte je eerst ook niet uit,' herinnerde Carlin hem.

'Ik denk dat de beste gewonnen heeft.' Abe probeerde te glimlachen, maar in de kou deed dat pijn aan zijn gezicht.

'Ik heb geschiedenis van mr. Herman. Neem maar van mij aan dat hij niet eens de een na beste is.'

Het was opgehouden met sneeuwen; het was van die glinsterende sneeuw die onder je schoenen kraakte.

'Kerstmis.' Abe zag zijn adem in kleine kristalletjes veranderen. 'Wat zou Gus nu hebben gedaan, denk je?'

'Die zou in New York hebben gezeten,' zei Carlin zonder enige twijfel. 'En ik zou met hem mee zijn gegaan. We zouden te veel hebben gegeten en drie films op rij hebben gezien. En misschien zouden we wel weg zijn gebleven.'

'Gus kon die vis niet in je jaszak stoppen. Dat weet je wel, hè?'

'Vertel dat maar aan je vriend.' Carlin knikte naar de kat die hen uit het huis van miss Davis was gevolgd. 'Hij ruikt naar vis.'

Toen Carlin later op de avond de zwemhal opende met de sleutel die ze als lid van de zwemploeg had gekregen, dacht ze nog steeds aan Gus. Ze deed de noodverlichting in de gang aan, liep naar de kleedhokjes, trok haar badpak aan en pakte haar badmuts en zwembril. Abe Grey geloofde niet dat de vis bij miss Davis' diner van Gus afkomstig was, maar Carlin wist dat sommige dingen nooit helemaal verdwenen, ze bleven je trouw in voor- en tegenspoed.

Het zwembad werd beschenen door het licht dat door de glaswand van de gang viel en dat was voldoende. Het water leek zo groen als een wijnfles en toen Carlin op de rand ging zitten pootjebaden, schrok ze ervan hoe koud het was. De verwarming was kennelijk vanwege de vakantie uitgezet. Carlin liet zich in het water zakken en sidderde van de kou. Ze kreeg kippenvel; haar zwembril besloeg zodra ze hem opzette. Ze begon baantjes te trekken met haar beste slag, de vlinderslag, en kwam automatisch in haar ritme. Zwemmen was troostrijk; Carlin kreeg het gevoel dat ze op de oceaan was, mijlenver verwijderd van land en kleingeestige menselijke beslommeringen. Ze dacht aan de sterren die ze had gezien, en de sneeuwvlokken die de stenen paden hadden bedekt, en de snijdende kou van New England. Toen ze klaar was, had haar slag stroming veroorzaakt; er sloegen golfjes tegen de tegeltjes. Met haar ellebogen op de rand geleund, deed Carlin haar zwembril af, trok haar badmuts af en schudde haar haar los. Toen zag ze pas dat ze niet alleen was.

Er hing een groene chloordamp boven het water en even dacht Carlin dat ze zich maar had ingebeeld dat er iemand dichterbij kwam, maar toen zette de gedaante een stap in haar richting. Ze duwde zich van de kant af; zolang ze midden in het bad bleef kon niemand haar grijpen, als die persoon dat tenminste wilde. Wie het ook was, in het water zou Carlin hem beslist te vlug af zijn.

Ze kneep haar ogen, die al brandden door het chloor, tot spleetjes en probeerde zijn gezicht te herkennen. 'Kom niet dichterbij!' beval ze en was ietwat verbaasd toen hij deed wat hem gezegd werd. Hij hurkte, grijnsde en toen zag ze wie het was. Sean Byers van de drogisterij. Carlin voelde haar hartslag vertragen, maar tot haar verrassing bleef haar polsslag tekeergaan. 'Wat spook jij hier uit?'

'Dat zou ik ook aan jou kunnen vragen.' Sean deed zijn horloge af en stopte het voorzichtig in de zak van zijn spijkerbroek. 'Ik kom hier twee, drie keer per week na sluitingstijd. Ik ben een vaste bezoeker. En dat kan ik van jou niet zeggen.'

'O ja? Zwem jij?'

'Meestal in de haven van Boston, maar dit is ook best. Hier hoef je geen winkelwagentjes en half gezonken boten te ontwijken.'

Carlin bleef watertrappen; ze zag hoe Sean zijn jas uittrok en op de tegels gooide. Hij trok zijn trui en t-shirt uit en keek toen Carlin weer aan.

'Je hebt er toch geen bezwaar tegen, mag ik hopen?' vroeg hij met zijn hand op zijn gulp. 'Ik wil je niet lastigvallen of zo.'

'O, nee.' Carlin wierp haar hoofd uitdagend in haar nek. 'Doe maar. Ga je gang.'

Sean trok zijn spijkerbroek uit. Carlin keek onwillekeurig of hij wel een zwembroek aanhad en was blij verrast toen het zo was. Sean brulde toen hij aan de overkant het water in sprong. 'Je bent een onrechtmatige indringer,' zei Carlin toen hij naar haar toe zwom. 'Dat weet je toch?' In het diepe was het water zo zwart dat het er bodemloos leek.

Seans gezicht was bleek in het zwakke licht. 'Er is hier in het dorp niks te beleven. Ik moest mezelf op een of andere manier vermaken. Zeker nu Gus er niet meer is. Jij kunt goed zwemmen,' merkte hij op.

'Ik ben overal goed in,' zei Carlin.

Sean lachte. 'En zo bescheiden.'

'Nou? Denk je dat je me kunt bijhouden?'

'Absoluut,' zei hij. 'Als jij een beetje rustig aan doet.'

Ze trokken samen baantjes en Carlin paste haar tempo niet aan hem aan. Het sprak in zijn voordeel dat Sean haar aardig bijhield; hij had niet gelogen, hij was een echte zwemmer, en al was zijn slag vreemd en onbehouwen, hij was snel en gaf goed partij. Het was heerlijk om in het donker alleen te zijn, en toch niet alleen. Carlin had wel altijd door kunnen gaan, als ze geen flitsen gereflecteerd licht voor zich had zien glinsteren. Ze hield in om te gaan watertrappen met de gedachte dat haar troebele blik wel zou opklaren, maar ze zag ze echt, een school kleine stekelbaarsjes.

Sean verscheen naast haar. Zijn natte haar leek zwart en zijn ogen waren ook zwart. Hij had een litteken onder zijn rechteroog, een betreurenswaardige herinnering aan de auto die hij had gestolen, die ene die in een botsing op een parallelweg in Chelsea terecht was gekomen en die hem voor de kinderrechter en vervolgens in Haddan had doen belanden. Ondanks de wond had hij een prachtig gezicht dat hem altijd meer voordeel had opgeleverd dan hij had verdiend. In Boston stond hij bekend als een waaghals, maar vanavond voelde hij zich niet op zijn gemak. Het water was veel kouder dan anders, maar dat was niet de oorzaak van zijn gebibber. Hij voelde gewriemel op zijn hand, vinnen en kieuwen, snel als de wind. Een zilveren koord passeerde hem, keerde en kwam weer op hem af.

'Wat zijn dat?'

Sean had Carlin vanaf de eerste keer dat hij haar had gezien alleen willen ontmoeten, maar nu was hij veel minder zeker van zichzelf dan hij verwacht had. Hier in het water leek niets meer normaal. Hij zou zweren dat hij vis in het zwembad zag rondzwemmen, net zo'n idiote gedachte als dat er sterren uit de hemel waren gevallen om hen vanonder te beschijnen met sneeuwwit licht.

'Het zijn maar stekelbaarsjes.' Carlin pakte Sean bij de hand. Zijn huid was koud, maar eronder brandde het. Carlin liet hem zijn hand uitsteken tegelijk met de hare, opdat de visjes tussen hun vingers door konden zwemmen. 'Maak je geen zorgen,' zei ze. 'Ze doen niks.'

Pete Byers kon zich niet herinneren hoe vaak hij zich al niet door sneeuwstormen heen naar zijn winkels had moeten haasten na een oproep van een overstuur geraakte moeder met een baby die uitgedroogd en koortsig was of door een bejaarde die noodzakelijke medicijnen kwam halen omdat hij anders de nacht niet doorkwam. Hij ging open als het nodig was en sloot wanneer het gepast was, zoals bijvoorbeeld ter ere van Abe Greys grootvader, toen hij tijdens Wrights begrafenis gesloten was geweest. De begrafenisstoet had die dag van Main Street tot aan de bibliotheek gereikt; de trottoirs hadden vol gestaan met huilende mensen alsof ze zelf iemand hadden verloren. Pete had de deur ook nog van het slot gehaald op de dag dat Frank Grey zichzelf had omgebracht, om een recept voor kalmerende middelen af te handelen opdat Franks moeder, Margaret, eindelijk zou kunnen slapen.

 Pete had tegen Ernest Grey gezegd dat het geen moeite was om de medicijnen even thuis te bezorgen, maar Ernest had er kennelijk even uit gemoeten, want hij had erop gestaan dat hij ze zelf kwam halen. Het was al laat geweest en Ernest had zijn portemonnee vergeten; hij doorzocht zijn zakken op kleingeld, alsof Pete er niet op zou vertrouwen dat hij zijn schulden zou afbetalen. Vervolgens ging Ernest bij de toonbank zitten en huilde, en voor het eerst was Pete dankbaar dat Eileen en hij geen kinderen hadden. Misschien klopte het wel wat de mensen zeiden, dat je als je maar tijd van leven had, uiteindelijk zou beseffen dat je vloek tegelijk je zegen was.

Nu het dorp de afgelopen jaren zo sterk was veranderd, kende Pete niet meer iedereen bij naam en daardoor was de service niet meer zoals vroeger. Maar dorpen blijven niet onveranderd, die gaan voort of je het wilt of niet; er was zelfs sprake van geweest dat ze hier een middelbare school zouden krijgen, bij Wrights oude boerderij in de buurt, want binnenkort zouden er te veel leerlingen zijn om naar Hamilton te sturen. Het was niet meer zoals vroeger, dat bleek wel, toen je op zaterdagavond in de Millstone dezelfde mensen zag als op zondagochtend in St. Agatha, zodat je drommels goed wist wat er te biechten viel en waarvoor men dankbaar was.

De laatste tijd had Pete het onderwerp geheimhouding overdacht en met dat vraagstuk was hij ook bezig toen Abe op de zaterdag na kerst kwam lunchen. De paar vaste klanten – Lois Jeremy en haar maatjes van de tuiniersvereniging, en Sam Arthur, die al tien jaar aan één stuk in de gemeenteraad zat – riepen allemaal een gelukwens naar Abe.

'Gelukkig kerstfeest,' riep hij terug. 'Vergeet niet ja te stemmen voor het verkeerslicht bij de bibliotheek. Dat redt levens.'

Wie hem van dichterbij bekeek, kon zien dat Abe slecht had geslapen. Tijdens de kerstdagen had hij minstens zes hotels in Maine gebeld, als een waanzinnige op zoek naar Betsy. In één hotel stond een stel genaamd Herman ingeschreven, en hoewel dat een paar uit Maryland bleek te zijn, voelde Abe zich nadien ellendig. Sean Byers zag er daarentegen goed uit. Hij floot terwijl hij Abes bestelling noteerde, die hij, net als iedereen in het dorp, van buiten kende – roggebrood met kalkoen en mosterd, geen mayo.

'Waarom ben jij zo vrolijk?' vroeg Abe aan Sean, die zijn goede humeur zo ongeveer uitstraalde. Het duurde niet lang voordat Abe het doorhad, want toen Carlin Leander de drogisterij betrad, lichtte Sean op als de kerstboom bij het gemeentehuis. Carlin daarentegen was verkleumd en sjofel; ze had net gezwommen en haar haarpunten waren zacht, waterig groen.

'Ben je zonder mij gaan zwemmen?' vroeg Sean terwijl hij op de toonbank afliep.

'Ik ga nog een keer,' verzekerde Carlin hem.

Terwijl Sean een kom soep haalde voor Sam Arthur, ging Carlin naast Abe zitten. Abe was hier vandaag in verband met een telefoontje van Carlin en hoewel ze niet had gezegd waarover het ging, grijnsde Abe terwijl hij naar Sean knikte. Liefde was meestal de verklaring van een noodgeval.

'Wie zou dat hebben gedacht.'

'Schijn bedriegt. We gaan alleen samen zwemmen. Ik weet dat het nooit iets zou worden – je hoeft me niet te vertellen dat ik de moed niet moet verliezen. Zo stom ben ik niet.'

'Dat wilde ik niet zeggen.' Abe duwde zijn bord weg en dronk zijn kopje leeg. 'Ik wilde je gelukwensen.'

'Ik geloof niet in geluk.' Carlin bekeek het geplastificeerde menu. Voor het eerst in dagen werd ze niet misselijk bij de gedachte aan eten. Ze overwoog zelfs een pepermuntsorbet met chocoladesnippers. Onder de oude jas van Gus droeg ze een spijkerbroek en een rafelige zwarte trui, maar wat Sean betreft, zag ze er prachtig uit. Hij staarde haar aan terwijl hij een frambozen-citroenijsje pakte voor Sam Arthur die zijn insuline kwam ophalen en die er beter aan zou hebben gedaan om een suikervrije cola te bestellen.

'Wat moet die andere jongen in je leven er nou van denken als jij iets krijgt met Sean Byers?' vroeg Abe.

'Harry?' Carlin had zich voorgenomen niet aan na de vakantie te denken. Ze trof Sean iedere avond bij het zwembad en dan leek het alsof ze de school altijd voor henzelf zouden hebben. Andere meisjes zouden misschien bang zijn geweest om alleen op de campus achter te blijven, maar Carlin niet. Ze hield ervan de echo van haar voetstappen te horen, ze hield van de stilte in de gangen en op de trappen. Alle ramen van St. Anne stonden vol ijsbloemen en als het waaide, vielen er ijspegels van het dak met een geluid alsof er botten braken, maar het maakte Carlin niet uit. Ze was gelukkig, maar geluk laat zich vaak in minuten uitdrukken. Eerst waren er zeven dagen tot het eind van de vakantie, toen zes, toen vijf en toen hield Carlin op met tellen.

'Ik kan Harry wel aan,' zei ze nu tegen Abe.

'Nee,' zei Abe. 'Ik bedoelde die andere jongen. Gus.'

Lois Jeremy die onderweg was om de rekening te gaan betalen, hield even in; ze zwaaide met een wijsvinger naar Abe. 'Je stond niet voor het gemeentehuis toen we laatst vergaderden.' Ze behandelde Abe en al zijn collega's van de politie in Haddan als haar privé-personeel, maar ze was tenminste een vriendelijke werkgeefster.

'Nee, mevrouw. Maar de volgende keer zal ik er zijn.'

'Dat is ongelooflijk.' Carlin was razend. 'Ze behandelt je als een bediende.'

'Dat is omdat ik een dienstbaar beroep heb.' Abe groette toen mrs. Jeremy en Charlotte Evans de zaak verlieten, en de twee dames giechelden terwijl ze naar hem zwaaiden.

Carlin schudde verbijsterd haar hoofd. 'Jij woont hier al zo lang dat je niet eens meer merkt wie een snob is en wie niet.'

'Ik merk het wel, maar als je je iets van andermans mening aantrekt, ben je verloren. Dat is de les die je in Haddan leert.' Abe pakte zijn jas. 'Bedankt dat je me hier hebt laten komen. Ik neem aan dat jij mijn rekening betaalt, vooral nu je een relatie met Sean hebt. Hij zal je wel korting geven.'

'Ik heb je laten komen omdat ik iets heb gevonden.' Carlin sloeg de zwarte jas open en liet een binnenzak zien die ze die ochtend voor het eerst had opgemerkt. Ze haalde er een plastic zakje met wit poeder uit.

Nogmaals kreeg Abe het gevoel dat deze verdronken jongen in niets leek op de Haddanleerling die zijn opa uit de rivier had gehaald. Deze bleef verdrinken, en wie zo onverstandig was om er te dicht bij te komen, kon weleens worden meegesleurd.

'Ik wilde het je eerst niet laten zien, maar toen besefte ik dat Gus niet in de problemen kan komen. Ik denk zelfs dat het niet van hem was, want als hij bij dit soort drugs betrokken was, had ik het wel geweten.'

Maar daar was Abe minder zeker van. Het was verbijsterend hoe grondig iemand om wie je gaf je kon bedriegen en hoever je ernaast kon zitten. Toen Abe klein was, had hij een beetje te veel van schieten gehouden. Als Wright hen meenam naar Mullsteins veld voor schietoefeningen, zat Frank op een hooibaal met zijn vingers in zijn oren, terwijl Abe erop los schoot; hij schoot overal mee, zelfs met Wrights grote kaliber twaalf, die ze later stalen, een pistool dat zo krachtig was dat Abe na het overhalen van de trekker vaak plat op zijn rug terechtkwam en dan naar de sterrenhemel lag te kijken.

Abe deed de zak open, maar net toen hij de bittere smaak van cocaïne verwachtte, hield Pete Byers hem tegen.

'Dat spul zou ik maar niet eten, vriend,' zei Pete. 'Dat brandt dwars door je luchtpijp.'

Abe dacht eraan wat dat witte poeder allemaal kon zijn: bakmeel, arsenicum, kalk, cocaïne, cakemix, heroïne. Sam Arthur maakte aanstalten om te vertrekken, een kletspraatje met Sean over de teamspirit van de Celtics waarbij hij betreurde dat Larry Bird niet meer meespeelde omdat die altijd nog wel een overwinning uit zijn mouw wist te toveren. Het had de hele ochtend gedreigd te gaan sneeuwen, maar er vielen maar een paar vlokjes, net voldoende om de beijsde wegen te bedekken en verraderlijk te maken.

'Als jij weet wat het is, Pete, moet je me dat vertellen,' zei Abe. Mensen hadden recht op hun eigen zaken, toch? Daar geloofde Pete tenminste in. Neem de opa van Abe zelf, die aan het eind van zijn leven was gestopt met het slikken van zijn medicijnen, eenvoudigweg weigerde het dorp in te gaan om op te halen wat de dokter voorschreef. Op een avond was Pete naar de boerderij gereden; hij had op de deur geklopt met de nitroglycerinetabletten die al dagen op de toonbank van de drogisterij stonden, maar Wright had Pete niet met zijn gebruikelijke gastvrijheid binnengelaten. Hij had alleen door de hordeur gekeken en gezegd: *ik sta in mijn recht*, en Pete moest het daar wel mee eens zijn. Als iemand eenmaal op zijn strepen ging staan en goed en kwaad van elkaar begon te onderscheiden, moest hij een engelengeduld opbrengen en een wijsheid uitdragen waarvan Pete Byers wist dat hij die niet in zijn mars had.

Het was hem al die jaren zwaar gevallen om het vertrouwen nooit te beschamen, naast Eileen in bed te liggen met een hoofd vol informatie die hij niet ter sprake kon brengen. Als ze aan het eind van de week voor het nieuwjaarsbal naar het hotel zouden gaan, wist hij welke serveersters aan de pil waren, zou hij zich ervan bewust zijn dat Doreen Becker vrijwel alles had geprobeerd om van die uitslag af te komen, evengoed als hij wist dat de zoon van mrs. Jeremy, AJ, die altijd schalen vol kaas en garnalen bij het hotel haalde voor het jaarlijkse feest van zijn moeder, Antabuse was gaan slikken in de zoveelste poging om zijn drankzucht onder controle te krijgen.

Al die kennis had van Pete een man gemaakt die nooit veel commentaar gaf. Eerlijk gezegd, als ze hem vertelden dat er ruimtewezens in Haddan waren geland, die nu de kolen van de velden aten en zich voorbereidden op oorlog, dan zou hij zijn klanten eenvoudigweg vertellen dat ze beter thuis konden blijven met de deur op slot en maar beter zoveel mogelijk tijd konden doorbrengen met hun dierbaren. Pete wist niet beter dan dat mensen recht op privacy hadden; ze hadden het recht om dood te gaan wanneer ze wilden en ze hadden ook recht om te leven zoals ze wilden. Hij had nooit over privé-aangelegenheden van klanten of vrienden gesproken, tot nu toe. Hij trok een stoel bij en ging zitten; hij had recht op zijn vermoeidheid. Hij had het merendeel van vijfenveertig jaar gestaan, en zo lang had hij ook al zijn mond gehouden. Hij zuchtte en veegde zijn bril schoon aan de witte schort die hij droeg. Soms deed je iets met de beste bedoelingen fout, vaak een ad hoc beslissing, zoiets als op een broeierige augustusdag in een koud meertje duiken.

'Gus kwam hier elke middag. Hij vertelde me dat de jongens met wie hij omging hem het leven zuur maakten. Ik stelde hem een keer bepaalde medicijnen voor omdat hij niet kon slapen. Het ergste was dat hij een of andere initiatie moest doormaken om bij het huis te mogen horen waarin hij woonde. Hij vertelde dat ze hem een opdracht hadden gegeven die hij waarschijnlijk niet zou kunnen volbrengen. Ze wilden hem witte rozen rood laten maken.'

'Was dat de initiatie?' Abe was verrast. 'Niet drinken tot hij erbij neerviel? Geen blinddoeken en nachtenlange terreur?'

'Ze gaven hem een onmogelijke taak,' zei Carlin. 'Dan zou hij falen en konden zij van hem afkomen.'

'Maar het was niet onmogelijk.' Pete hield het zakje poeder omhoog. 'Anilinekristallen. Het is een oude truc. Je strooit ze over witte rozen uit, draait je even om, laat iemand uit het publiek er wat water bij gooien en voilà. Je hebt het onmogelijke verricht.'

Later, op weg terug naar school, hield Carlin stil bij de Lucky Day-bloemisterij. Toen ze binnenstapte, rinkelde de bel boven de deur. De hele tijd dat Ettie Nelson, die op Station Avenue woonde, een halve straat van Abe af, haar bediende, dacht Carlin na over de vele gedaanten die wreedheid kon aannemen. Ze had een lijst die te lang was om te onthouden tegen de tijd dat ze een half dozijn witte rozen had gekozen, prachtige, bleke bloemen, waarvan de stelen kriskras waren bezet met doornen. Een dure keuze voor een scholier, en daarom vroeg Ettie of het boeket voor een bijzondere gelegenheid bestemd was.

'O, nee,' vertelde Carlin. 'Gewoon een geschenk voor een vriend.'

Carlin betaalde en liep de deur uit waar ze ontdekte dat de hemel naar beneden leek te komen. De sneeuw viel bij bakken; de lucht was dampig en grijs, met eindeloze dikke mistbanken. De rozen die Carlin had uitgezocht, waren even wit als de sneeuw die zich op de straathoeken al begon op te hopen, maar zo geurig dat iedereen in het dorp, zelfs zij die hartstochtelijk op de terugkeer van mooi weer hoopten terwijl ze hun opritten leeg schepten en hun auto's schoonveegden, ophielden met wat ze deden om haar voorbij te zien lopen, een prachtig meisje dat huilend met rozen door de sneeuw liep.

Op de eerste dag van het nieuwe jaar, toen het bijna middernacht was, reed het busje dat Harry had gehuurd het parkeerterrein van Chalk House op. Carlin zou er mogelijk niets van hebben gemerkt, want zowel de motor als de lichten waren uit voordat het busje het beijsde terreintje op gleed, maar ze werd in haar slaap gestoord toen Amy met een klik en veel geratel de deur van hun kamer opende en toen naar haar eigen idee stilletjes de kamer binnensloop. Pie was al eerder die dag teruggekomen, maar die sliep altijd zo diep dat ze nooit zou hebben gemerkt dat Amy de geur van bedrog bij zich droeg, of dat er toen ze haar kleren uittrok en in bed ging liggen zuigzoenen op haar schouders en hals te zien waren.

'Lol gehad?' fluisterde Carlin op een hese, kille toon.

Ze zag hoe Amy schrok en vervolgens de dekens tot aan haar hals optrok. 'Tuurlijk. Massa's.'

'Ik wist niet dat jij kon skiën. En ik dacht dat je zo'n hekel aan kou had.'

Carlin was rechtop tegen het hoofdeinde gaan zitten om het beter te kunnen zien. Amy's donkere ogen straalden, helder wakker en bevreesd. Ze gaapte geforceerd luidruchtig alsof ze haar ogen niet meer open kon houden. 'Je weet lang niet alles van me.'

Amy draaide haar gezicht naar de muur in de veronderstelling dat Carlin het bedrog niet aan haar rug kon aflezen, maar zulke dingen zie je met het grootste gemak. Carlin nam aan dat ze Amy dankbaar moest zijn omdat die de breuk met Harry vergemakkelijkte, maar de volgende ochtend was ze uit haar humeur, zoals iedereen die in de liefde is bedrogen. Harry daarentegen deed alsof er tussen hen niets was veranderd. Toen ze elkaar op het plein tegenkwamen, greep hij Carlin en omhelsde haar zonder erg te hebben in haar aarzeling.

'Je had mee moeten gaan.' Harry's adem vormde wolkjes in de kou. Hij leek herboren en zelfverzekerder dan ooit. 'De sneeuw was fantastisch. We hebben storm gehad.'

Misschien wilde Harry ze allebei hebben. Het zou niet zo moeilijk zijn om Amy achter Carlins rug om ervan te verzekeren dat hij het probeerde uit te maken met Carlin en die breuk dan maandenlang voor zich uit te schuiven. Hij kon Amy erop wijzen dat hij een heer was en dat hij dientengevolge geen harten wilde breken als het niet per se noodzakelijk was.

'Ik heb iets voor je,' zei Carlin tegen hem terwijl ze zich uit zijn omhelzing bevrijdde. 'Kom straks naar mijn kamer. Je zult verbaasd staan.'

Ze liet hem nieuwsgierig achter en geïnteresseerder dan hij in de meeste dingen was. Dat was wat hem van meet af aan had geïntrigeerd, of niet soms? Hoe anders ze was dan andere meisjes. Hoe onvoorspelbaar. Hij zou bij Amy flink stroop moeten smeren om haar uit te leggen waarom hij nog met Carlin omging, maar Carlin vertrouwde er wel op dat hij een geloofwaardig verhaal zou weten te verzinnen. Een goede leugenaar vond altijd een excuus, en het leek vanzelfsprekend dat het Harry gemakkelijker afging dan de waarheid.

Hij kwam voor het avondeten, wierp zich op Amy's bed waarop hij, zonder dat Carlin het wist, heel wat tijd had doorgebracht, waarbij hij nauwlettend rekening had gehouden met de uren die Carlin op zwemtraining zat, terwijl hij haar kamergenote verleidde, al was dat dan niet zo'n opgave geweest. Het leek Harry wel wat om beide meisjes in hetzelfde bed te nemen, dus trok hij Carlin naar zich toe. Ze maakte zich wederom van hem los.

'O, nee. Ik heb je al gezegd dat ik je iets wil laten zien.'

Harry kreunde. 'Dat moet dan wel heel wat voorstellen,' waarschuwde hij.

Hij had de witte rozen niet eens gezien, op het bureau, in een van miss Davis geleende vaas. Hij leunde op zijn ellebogen en zag toen de bloemen.

'Van wie heb je die?'

De bloemen waren inmiddels slap en verwelkt, met bruine

randen aan de bloemblaadjes; maar in de prachtige geëtste glazen vaas van miss Davis leek het boeket indrukwekkend, mogelijk het geschenk van een rivaal.

'Ik heb ze voor mezelf gekocht. Maar ik ben van gedachten veranderd. Je weet hoe dat gaat wanneer je opeens iets nieuws wilt.' Ze haalde de zwarte jas van een haakje in de kast en trok hem aan. 'Ik wil nu toch liever rode rozen.'

Even flakkerde er onrust op in Harry's ogen. Hij rekte zich uit zodat hij Carlins vertoning beter kon zien. Hij hield er niet van dat er grapjes met hem werden uitgehaald, maar hij was welopgevoed genoeg om Carlin op een aantrekkelijke glimlach te trakteren.

'Als jij rode rozen wilt, ga ik die voor je halen.'

'Haal ze maar voor Amy,' stelde Carlin voor.

Harry haalde een hand door zijn haar. 'Luister, als dit over Amy gaat, dan geef ik toe, ik heb een vergissing begaan. Ik dacht dat er niks zou gebeuren omdat ze jouw vriendin was, maar ze besprong me zo'n beetje en ik heb geen nee gezegd. Als jij mee was gegaan naar Vermont was het allemaal niet gebeurd. Amy betekent niets voor me,' verzekerde Harry haar. 'Kom eens hier, dan vergeten we haar gewoon.'

'En die rozen dan?' Carlin bleef op afstand. Ze was zoveel in het water geweest dat de witte maantjes boven haar nagelriemen lichtblauw waren geworden; haar huid was zo bleek dat het leek of ze nog nooit in de zon was geweest. Ze draaide zich om en haalde het zakje aniline uit de binnenzak. Ze had een brok in haar keel, maar ze dwong zichzelf om Harry aan te kijken. Er waren net genoeg kristallen om één bloem te bedekken, maar nog voor ze er water bij kon doen, zoals Pete Byers had voorgedaan, verkleurde die ene bloem, in een kortstondige bloei, tot bloedrood.

Harry applaudisseerde, langzaam. Zijn glimlach was breder geworden, al wist Carlin dat die niet noodzakelijkerwijze uitdrukking gaf aan wat hij vanbinnen voelde.

'Gefeliciteerd,' zei Harry onder de indruk. 'Wie zou verwacht hebben dat zo'n klein hoertje als jij zoveel pijlen op haar boog had?'

Harry was van Amy's bed gekomen en trok zijn jas al aan. Hij had altijd goed aangevoeld wanneer het tijd was om te vertrekken en wanneer hij het onderste uit de kan had gehaald. 'Ik heb de truc van Gus geleerd,' zei Carlin. 'Maar je hebt hem natuurlijk al eerder gezien.'

Harry kwam zo dichtbij dat Carlin hem kon voelen, zijn lichaamswarmte, zijn hete adem. 'Als je suggereert dat ik iets te maken heb gehad met wat Gus is overkomen, dan heb je het mis. Ik zou geen tijd aan hem hebben verspild. Ik denk alleen dat het niet zo'n groot gemis is, dat denk jij kennelijk wel, en daarin verschillen we dan.'

Toen hij weg was, pakte Carlin de rozen, draaide ze in een krant en gooide ze in de vuilnisbak. Ze walgde ervan dat ze iets met Harry had gehad alsof ze op een of andere manier besmet was. Ze ging naar boven, naar de badkamer en deed de deur op slot, ging vervolgens op de rand van het bad zitten en zette de warme kraan open tot de ruimte vol stoom stond. Ze voelde zich bezoedeld en stom; al die uren die ze aan Harry had verspild, tijd die ze beter met Gus had kunnen doorbrengen. Ze kon het niet verdragen, werkelijk niet, en daarom pakte ze een van de scheermesjes van de plank. Maar hoe vaak moest ze zichzelf snijden voordat ze zich beter zou voelen? Zouden twaalf halen voldoende zijn, of veertien, of honderd? Zou ze pas tevreden zijn als het bloed van de tegels liep? Het scheermes had koud moeten aanvoelen, maar het brandde in haar handen en maakte brandplekjes op haar huid. Ze dacht aan de rozen van Annie Howe en hoe hopeloos het aanvoelde om jezelf iets aan te doen. Ten slotte deed ze iets wat bijna even erg was. Ze hakte op haar haar in zonder zelfs maar in de spiegel te kijken, hakte erop los tot de wastafel vol lag met bleek haar en het scheermes bot was. De handeling was bedoeld als straf, ze verwachtte dat ze zonder haar lelijk zou zijn, zoals ze zich vanbinnen ook voelde, maar in plaats daarvan voelde ze zich verbazingwekkend licht. Die avond klom ze op haar vensterbank en toen ze daar zat, verbeeldde ze zich dat ze kon vliegen. Een stap vanaf het dak, een voet voorbij de dakgoot, meer was er niet nodig om op te stijgen in de noordenwind die vanuit New Hampshire en Maine blies en de geur van dennenhout en verse sneeuw met zich meebracht.

Van toen af zat ze elke keer als Harry bij Amy op bezoek kwam op de vensterbank. Arme Amy. Carlin had medelijden met haar. Amy dacht dat ze een bijzondere prijs in de wacht had gesleept, maar ze zou zich elke dag zorgen moeten maken of Harry's blik niet op iemand bleef rusten die mooier of frisser was, en ze moest zich over hem heen buigen, net als de wilgen langs de rivier om op de oever te blijven staan.

'Nu is hij van mij,' glunderde Amy, en toen Carlin antwoordde dat ze haar veel geluk met hem wenste, weigerde Amy te geloven dat Carlin niet kapot was van hun breuk. 'Je bent gewoon jaloers,' hield Amy vol, 'dus weiger ik medelijden met je te hebben. Je hebt hem nooit echt gewaardeerd.'

'Heb je dat met je haar gedaan vanwege Harry?' vroeg Pie op een avond toen ze Carlin haar verknipte haar zag kammen.

'Ik deed het zomaar.' Carlin haalde haar schouders op. Ze had het gedaan omdat ze het verdiende om verknipt te zijn.

'Maak je geen zorgen,' zei Pie op een vriendelijk bezorgde toon tegen Carlin. 'Het groeit wel weer aan.'

Maar sommige dingen vielen niet zo eenvoudig te herstellen. 's Nachts lag Carlin in bed te luisteren naar de wind en de rustige ademhaling van haar kamergenoten. Ze wilde dat ze nog steeds zo was als toen ze naar Haddan was gekomen, en dat zij 's nachts ook rustig kon slapen. Als ze dan, tegen de koude grijze morgenstond, in slaap viel, droomde Carlin van Gus. In haar dromen sliep hij onder water, met wijdopen ogen. Als hij uit het water verrees om door het gras te lopen, was hij blootsvoets en volledig op zijn gemak. In haar droom was hij dood en kende hij de geheimen van de dood, dat alleen liefde van belang is, hier en hiernamaals. Al het andere valt gewoon weg. Carlin merkte dat hij trachtte thuis te komen; om dat te bereiken moest hij een hekwerk beklimmen dat met stengels begroeid was, maar dat schrikte hem niet af. Al waren de stengels overdekt met doorns, hij bloedde niet. Al was het donker, hij vond zijn weg. Hij klom naar zijn zolderkamer en ging op de rand van zijn onopgemaakte bed zitten, en de stengels kwamen hem achterna, klommen langs het plafond en over de vloer tot er een heg van doorns was ontstaan, die stuk voor stuk op mensenduimen leken, elk met een eigen vingerafdruk.

Kon iemands ziel blijven rondhangen als hij dat wilde, aan de rand van onze alledaagse werkelijkheid, stoffelijk genoeg om potten klimop op een vensterbank te verschuiven of suikerpotten te legen of stekelbaarsjes te vangen in de rivier? Kom naast me liggen, zei Carlin in haar droom tegen wat er ook maar van hem over was. Blijf bij me, smeekte ze, wanneer ze hem op alle mogelijke manieren aanriep. Ze hoorde de wind buiten die het hekwerk liet rammelen; ze voelde hem naast zich, met zijn huid die zo koel was als water. De zomen van haar beddengoed werden vochtig en modderig, maar het kon Carlin niet schelen. Ze had hem achterna moeten gaan, over het zwarte hek, het bos in en over het pad. Omdat ze dat niet had gedaan, was hij nog bij haar, en hij zou blijven totdat ze hem liet gaan.

Er waren nog maar weinig mensen in Haddan die zich Annie Howe konden herinneren. De landerijen van haar familie waren perceelsgewijs verkocht en haar broers waren naar het westen getrokken, naar Californië en New Mexico en Utah. Enkele bejaarden uit het dorp, onder wie George Nichols van de Millstone, Zeke Harris van de stomerij en zelfs Charlotte Evans, die toen Annie stierf nog zo goed als kinderen waren, herinnerden zich hoe ze haar in Main Street hadden bespied in de zekerheid dat ze nooit meer zo'n mooie vrouw zouden zien, zelfs niet in het hiernamaals.

Alleen Helen Davis dacht nog aan Annie. Ze dacht dagelijks aan haar, vergelijkbaar met hoe een vroom iemand een gebed prevelt, woorden die onvoorbereid opkomen. Daardoor verraste het haar allerminst dat ze rozen rook, op een koude ochtend eind januari, toen alles wat groeide met een laagje ijs was bedekt, lelies en waterlelies en dennenbomen. Carlin Leander merkte de geur ook op, want die overheerste de karamelgeur van de broodpudding die ze in de oven had staan, in de hoop dat een toetje miss Davis' eetlust nog kon opwekken. Miss Davis was de vorige zondag naar bed gegaan en was sindsdien niet meer opgestaan. Ze had zoveel lessen verzuimd dat er een invaller was aangenomen, en de leden van de geschiedenisafdeling morden over het werk dat ze er door miss Davis' afwezigheid bijkregen. Geen van hen, inclusief Eric Herman, was op de hoogte van het feit dat de vrouw die ze al zoveel jaar vreesden en verafschuwden naar het toilet moest worden gedragen, een taak die Carlin en Betsy Chase in eendrachtige samenwerking gemakkelijk aankonden.

'Dit is zo gênant,' zei miss Davis elke keer dat ze haar naar het toilet hielpen, en om die reden had Betsy Eric nooit verteld hoe akelig de situatie was. Sommige dingen moest je voor het publieke oog verborgen houden, en daarom keken Betsy en Carlin weg als ze bij de open deur van het toilet stonden, om Helen nog zoveel mogelijk privacy te gunnen. De tijd voor privacy was echter voorbij en daarmee ook de waan dat miss Davis' gezondheid nog zou verbeteren. Toch werd miss Davis woest als Betsy een bezoekje aan het ziekenhuis voorstelde of een telefoontje naar de wijkverpleegster. Ze hield vol dat ze alleen met een griepje te kampen had, maar Carlin wist dat ze in werkelijkheid tegenstribbelde omdat miss Davis niet tegen gepor en gepook en het rekken van haar leven kon. Helen wist wat er aan zat te komen, en ze was er klaar voor behoudens een laatste hoop op vergiffenis. Hopend op vergeving houden zelfs mislukkelingen vast aan de stoffelijke wereld, ze grijpen de rand beet tot hun botten zo broos zijn als wafels en hun tranen in bloed zijn veranderd. Maar eindelijk was datgene waarop miss Davis had gewacht op deze koude januarimiddag gearriveerd, want toen snoof ze de rozengeur op, en die geur was zo sterk dat het leek of de stelen door de vloer van haar slaapkamer waren gegroeid om daar te bloeien en haar vergiffenis te schenken voor al wat ze had gedaan en had nagelaten.

Helen keek uit het raam en zag dat de tuin er exact zo bij lag als toen zij voor het eerst in Haddan was verschenen. Zij had zelf rode rozen altijd mooier gevonden dan witte, met name die prachtige Lincolns, die elke dag een tint donkerder werden. Toen het haar tijd was, raakte ze niet in paniek zoals ze had verwacht. Al was ze dankbaar voor haar leven, ze had zo lang op vergeving moeten wachten dat ze had vermoed dat ze nooit meer zou ervaren waar ze bovenal naar verlangde, en dat was er nu, alles tegelijk, alsof ze door genade werd overspoeld. Wereldse zaken vielen op hun plek en leken heel ver weg: haar hand op het kussen, het meisje dat naast haar kwam zitten, de zwarte kat in- en uitademend aan het voeteneinde, opgerold en slapend.

Helen voelde zich milder worden en nam een beeld waar dat zo helder was alsof ze uitzicht had op duizend sterren. Wat was haar leven voorbijgesneld; een tel geleden was ze een meisje geweest dat in de trein naar Haddan stapte en nu zag ze vanuit haar bed het donker de kamer binnenvallen en zich in schaduwvlekken over de witte muren uitspreiden. Had ze maar geweten hoe kort haar verblijf op aarde zou zijn, dan had ze er meer van genoten. Ze wilde dat ze het aan het meisje naast haar kon laten weten; ze wilde schreeuwen, maar Carlin was 911 al gaan bellen. Helen hoorde haar een ziekenauto bestellen voor St. Anne, maar ze lette niet op Carlins ongerustheid, want nu wandelde Helen van het station naar de school, met haar koffer in de hand, op een dag dat alle paardenkastanjes in bloei stonden en de hemel zo blauw was als de porseleinen kopjes waarin haar moeder vroeger thee serveerde. Ze had de baan op haar vierentwintigste aangenomen en al met al had ze het goed gedaan. Het gedrentel van het meisje leek overbodig en Helen wilde dat ze haar dat kon zeggen. De paniek in de stem van het kind, de sirenes buiten, de koude januariavond, de duizenden sterren aan de hemel, de trein uit Boston, hoe ze zich had gevoeld op de dag dat haar hele leven een aanvang nam. Helen gebaarde naar Carlin, die eindelijk naast haar bed kwam zitten.

'Alles komt goed,' fluisterde Carlin. Het was helemaal niet waar en dat besefte miss Davis best; toch ontroerde het haar dat het meisje bleek was geworden, zoals dat gebeurt met mensen die zich zorgen maken als ze echt om je gaven.

Vergeet de oven niet uit te zetten, wilde Helen tegen het meisje zeggen, maar ze keek naar de rozen voor haar raam, de prachtige rode, de Lincolns. Ze hoorde het heerlijke geluid van lome bijen dat in juni altijd te horen was geweest. Ieder jaar rond die tijd was de campus uitgebarsten in stroken rood en wit, perzikkleurige en roze en gouden linten, allemaal vanwege Annie Howe. Er waren er die zeiden dat er bijen uit de hele staat door de rozen van Haddan werden aangetrokken, en het was algemeen bekend dat de plaatselijke honing ongewoon zoet was. *Vergeet niet te genieten van het leven dat je doorloopt*, wilde Helen zeggen, maar in plaats daarvan hield ze de hand van het meisje vast en wachtten ze samen tot de hulpdienst verscheen.

Het was een team van vrijwilligers, mannen en vrouwen die van hun avondeten waren weggeroepen, en zodra ze de kamer binnenliepen, beseften ze stuk voor stuk dat er vanavond geen levens konden worden gered. Carlin herkende enkele leden van het team: de vrouw die de dansschool leidde was erbij, en de man die in de minimarkt werkte en twee portiers die Carlin vaak was gepasseerd maar aan wie ze nooit veel aandacht had besteed. De vrouw van de dansschool, Rita Eamon, nam Helens pols op en luisterde naar haar hart terwijl er een zuurstofcilinder werd binnengerold.

'Het is longoedeem,' zei Rita Eamon tegen de anderen voordat ze zich tot Helen wendde. 'Wil je een beetje zuurstof, lieverd?' vroeg ze aan Helen.

Helen wuifde het aanbod weg. Boven haar was de hemel blauw en dan al die rozen, de soort die rook als klaver in de regen en de soort die een spoortje citroen op je vingers achterliet, de soort die de kleur van bloed had en de soort die zo wit was als de wolken. Snoei een roos en er komen twee nieuwe voor in de plaats, zeggen tuiniers en zo geschiedde. Elke nieuwe rook zoeter dan de vorige en zo rood als edelstenen. Helen Davis trachtte te zeggen: *kijk eens naar deze*, maar het enige geluid dat ze wist uit te brengen, deed hen denken dat ze stikte.

'Ze glijdt weg,' zei een van de vrijwilligers, een man die dit werk al lang genoeg deed om er niet van te schrikken toen Carlin begon te huilen. Het was een van de portiers, Brian van Marie en Billy Bishop, die al tijden op Haddan werkte en die overigens een poosje geleden de koelkast van miss Davis had gerepareerd. Men zei dat miss Davis vals was, maar dat was Brian nooit opgevallen; ze had hem aan tafel uitgenodigd toen het werk erop zat en dat kon hij van niemand anders op de school zeggen. Ze had hem op die hete dag een glas limonade aangeboden en nu kwam Brian Bishop een wederdienst bewijzen. Hij nam miss Davis' vrije hand en ging tegenover Carlin zitten alsof zijn eten thuis niet stond af te koelen, alsof hij alle tijd had.

'Ze slaapt rustig in,' zei hij tegen Carlin.

Iemand van de hulpdienst moest de oven hebben uitgezet toen ze in de keuken naar het politiebureau gingen bellen om een sterfgeval op de campus te melden, want toen Carlin zich uren later de broodpudding herinnerde en zich haastte om de schaal uit de oven te halen, was de pudding precies gaar en sputterde de warme, stroperige bovenkant. Toen de ziekenauto het terrein op reed, beseften ze in het huis van de directeur dat er iets niet in de haak was. Dr. Jones belde Bob Thomas en die ging naar de ziekenauto om te vragen wat er aan de hand was. Hij verbaasde zich erover dat hij de vent achter het stuur ergens van kende; al kon Bob Thomas hem niet goed plaatsen, de chauffeur, Ed Campbell, maakte deel uit van het personeel en was al meer dan tien jaar degene die de gazons maaide en de paden van de campus pekelde. Het was een duistere avond en er hing slecht nieuws in de lucht.

Bob Thomas wachtte tot het ziekenhuis in Hamilton opbelde om de school ervan op de hoogte te brengen dat de akte van overlijden was getekend en vroeg toen de portier van dienst om de klokken van de kapel te luiden. Toen de gemeenschap in de eetzaal samen was gestroomd, werd het heengaan van Helen Davis afgekondigd. Ze was al zo lang aan de school verbonden dat niemand zich die kon voorstellen zonder haar, behalve Eric Herman, die er langer dan hij zich durfde te realiseren op had gewacht om haar plaats als voorzitter van de afdeling te kunnen innemen.

'Als ze zo ziek was, is het zo beter,' zei Eric toen hij zag hoe overstuur Betsy was.

Maar van zijn woorden ging geen troost uit. Betsy had het gevoel dat er iets verloren was gegaan, iets wat waardevol en onvervangbaar was; de wereld leek kleiner nu miss Davis er geen deel meer van uitmaakte. Betsy verontschuldigde zichzelf en liep terug naar St. Anne; de hemel was zwart en vol sterren, even koud als diep. De noordenwind bewoog de bomen, maar in het prieel achter St. Anne sliep een paartje kardinaalvinken in het kreupelhout, eentje zo grijs als de schors, de andere rood als de donkerste roos.

Carlin was nog bezig de keuken op te ruimen. Ze had een van Helen Davis' witte schorten om haar middel geknoopt en stond met haar armen tot de ellebogen in het zeepsop te huilen terwijl ze de pannen schoonschrobde. Ze had al drie glazen genomen van de madera die in het aanrechtkastje stond en was bijzonder aangeschoten, met een roze teint op haar huid en rode kringen rond haar ogen. Voor het eerst had de zwarte kat niet gebedeld om er in het donker uit te worden gelaten, hij zat liever op het aanrecht en miauwde onzeker. Toen Betsy binnenkwam, hing ze haar jas over een keukenstoel en bekeek de halflege fles madera.

'U kunt me aangeven als u wilt.' Carlin droogde haar handen af en ging tegenover miss Chase aan tafel zitten. 'Niet dat ik u ooit heb aangegeven vanwege het herenbezoek op uw kamer.'

Ze staarden elkaar duizelig van de rozengeur aan, met droge kelen van het verdriet. Betsy schonk zichzelf een glas wijn in en vulde Carlins lege glas weer.

'Het was er maar één,' zei Betsy. 'Niet dat ik mezelf tegenover jou hoef te verantwoorden.'

'Miss Davis was verliefd op hem. Ze heeft hem voor het kerstdiner uitgenodigd. Het zijn mijn zaken niet, maar als u het mij vraagt, is hij absoluut de beste.'

De madeira had een zware, bittere nasmaak, precies goed onder deze omstandigheden. Enkele avonden daarvoor was Betsy naar de telefooncel bij de drogisterij gegaan om Abe te bellen, maar zodra hij opnam, had ze opgehangen, totaal ontdaan door zijn stem.

'Dat is allemaal achter de rug en binnenkort weet niemand er meer iets van.'

Carlin haalde haar schouders op. 'Zelf weten.'

'Wat ruik ik toch?' vroeg Betsy, want de rozengeur was nu

alom. De geur was natuurlijk te bloemig om uit de brood-pudding te komen die op tafel stond. Het verraste Betsy dat Carlin zo goed kon koken; ze had niet gedacht dat er nog iemand zelf toetjes maakte, niet in een tijd dat alles behalve liefde en huwelijk in poedervorm verkrijgbaar was. Ze staarde uit het raam en toen ze de kardinaalsvinken zag, raakte ze in de war; even dacht ze dat het rozen waren.

Toen de kat bij de deur ging staan miauwen, lieten ze hem naar buiten, sloten vervolgens af, al viel er niets te stelen. Binnen een paar dagen zou de onderhoudsploeg het huis tot op de kale planken en muren leeghalen, de meubels naar de dumpwinkel van St. Agatha kruien en dozenvol boeken naar het antiquariaat in Middletown versjouwen. De geur in het appartement was nu zo sterk dat Carlin liep te niezen en Betsy bultjes voelde opkomen op de teerste delen van haar lichaam, de onderkant van haar hals, haar knieholtes, haar vingers, haar dijen, haar tenen. De rozengeur lekte de gangen in, krulde de trappen op en stroomde onder gesloten deuren door. Die nacht lag ieder meisje dat ergens spijt van had te woelen, te branden in haar slaap. Amy Elliot, met haar vreselijke allergieën, kreeg last van netelroos en Maureen Brown, die niet tegen stuifmeel van rozen kon, werd wakker met zwarte vlekjes op haar tong die door de schoolverpleegster als bijensteken werden gediagnosticeerd, hoewel een dergelijke aandoening in deze tijd van het jaar onmogelijk was.

In St. Agatha werd die zaterdag, de laatste koude ochtend van de maand, in alle vroegte een rouwmis opgedragen, waarbij diverse dorpsbewoners aanwezig waren, onder wie Mike Randall van de bank, en Pete Byers, die de bloemen bij de Lucky Day had besteld en die in de voorste bank zat naast zijn neef en Carlin Leander. Abe kwam aan het eind van de dienst binnenlopen in de oude overjas van zijn opa, aangezien hij niets had dat bij een gelegenheid als deze meer gepast was. Hij bleef op de achterste rij staan, waar hij het meest op zijn gemak was, knikte vriendelijk naar Rita Eamon, die haar opwachting kwam maken zoals ze dat bij iedere patiënt van 911 deed die de hulpdienst tot haar spijt niet wist te redden. Hij wuifde naar Carlin Leander die er als een boze heks bij zat met die rattenkop en de versleten zwarte jas waarvan de naden begonnen los te laten.

Na de dienst bleef Abe buiten in de rauwe januarilucht staan wachten, staan kijken terwijl de parochianen de kerk verlieten. Carlin had een groene wollen sjaal om haar hoofd geknoopt, maar toen ze de trap afliep, zag ze er verkleumd en krijtwit uit. Sean Byers liep vlak naast haar; aan de blik in zijn ogen kon iedereen zien hoe aanhankelijk hij was. De voorbijgangers die een kwajongen zo bezorgd zagen kijken, voelden tegelijkertijd medelijden en jaloezie. Pete moest de jongen meesleuren naar de drogisterij om hem bij Carlin uit de buurt te krijgen, en toen dat hem ten slotte gelukt was, kwam Carlin achter Abe aan. Samen zagen ze hoe zes sterke mannen van de begrafenisonderneming de kist wegdroegen.

'Je gaat toch niet het hart van Sean Byers breken, wel?' Want Abe zag de straalverliefde jongen nog steeds over zijn schouder kijken terwijl hij achter zijn oom door Main Street liep.

'Mensen breken hun eigen hart als je het mij vraagt. Niet dat het jou wat aangaat.'

Het was een goede dag voor een begrafenis, wreed en koud. De teraardebestelling vond plaats op de begraafplaats van de school, dus begonnen Carlin en Abe in die richting te lopen. Carlin vond Abe als gezelschap niet onprettig; het was net of ze alleen was. Ze hoefde niet aardig tegen hem te doen en zo voelde hij het kennelijk ook. Toen de sjaal naar achteren schoof, knikte hij naar dat wat ze met het scheermes had gedaan. 'Onder de grasmaaier gekomen?'

'Zoiets. Ik heb mezelf toegetakeld.'

'Knap werk.' Abe kon zijn lachen niet inhouden. 'Als Sean Byers je zo wil hebben, wil hij je altijd wel hebben.'

'Hij heeft het niet eens gezien,' erkende Carlin. 'Ik geloof dat hij denkt dat mijn haar altijd zo zat.'

Ze liepen het huis van Evans voorbij, en Abe zwaaide naar Charlotte, die uit het voorraam stond te loeren, benieuwd naar wie er met zulk naar weer door Main Street liepen.

'Waarom zwaaide je naar haar?' Carlin schudde haar hoofd. 'De moeite niet waard.'

'Ze lijkt erger dan ze is.'

'Sommige mensen zijn erger dan ze lijken. Harry McKenna bijvoorbeeld. Ik denk dat hij iets op zijn geweten heeft. Hij weet op zijn minst wat er met Gus is gebeurd. Het is walgelijk dat hij gewoon door kan gaan alsof er niks is gebeurd.'

'Misschien.' Ze waren over het erf van mrs. Jeremy gelopen om de kortste route naar het veld verderop te nemen. 'Misschien ook niet.'

Nu liepen ze door het lange bruine gras, over het pad waarnaast de doornstruikjes stonden. De grafdelvers waren vroeg begonnen, want de aarde was bevroren en ze waren met zijn drieën een hele poos bezig geweest om erdoor te komen. Een klein groepje rouwenden had zich bij het graf verzameld; faculteitsleden die het als hun plicht zagen om afscheid te nemen. Een berg aarde lag buiten het hek en het pad lag bezaaid met bevroren kluiten.

'Ik denk erover om uit Haddan weg te gaan,' zei Carlin tegen Abe.

Haddan verlaten leek Abe een prima plan, met name omdat hij Betsy hier voortdurend zag, die tussen Eric Herman en Bob Thomas in stond. Ze had de zwarte jurk aan die ze had gedragen toen ze naar zijn huis was gekomen en was blijven slapen, maar vandaag had ze een zonnebril op en ze had haar haar achterover gekamd en zag ze er heel anders uit dan die avond. De priester van St. Agatha, pater Mink, een grote man die erom bekendstond dat hij evengoed bij begrafenissen huilde als bij bruiloften, was de grond komen wijden, en de kring rouwenden deed een stapje achteruit om zijn buik de ruimte te geven.

Abe keek toe toen de aanwezigen hun hoofden in het bleke winterlicht bogen. 'Misschien moest ík er eens over nadenken om te vertrekken.'

'Jij?' Carlin schudde haar hoofd. 'Jij gaat hier nooit weg. Geboren en getogen. Het zou mij niet verbazen als jij toestemming zou vragen om op deze begraafplaats te worden begraven, enkel en alleen om de school te pesten.'

Abe zou die begraafplaats voor geen goud bezoeken, vandaag niet en ook niet voor zijn laatste rust. Hij wilde zijn schepper liever in het open veld tegemoet gaan, zoals die vrouw die op

Wrights boerderij begraven lag, en hij kon Helen hier in het veld ook wel de laatste eer bewijzen. 'Ik wed dat ik eerder weg ben dan jij.'

'Ik hoef niet te wedden,' zei Carlin. 'Miss Davis heeft me geld nagelaten, genoeg om mijn studiekosten van te betalen.'

De aanwijzingen in het testament van miss Davis waren volstrekt helder. Van haar spaargeld, verstandig belegd door die aardige Mike Randall van de 5&10 Centbank, moest een stichting worden opgericht voor hulpbehoevende leerlingen, die ieder semester genoeg moest uitkeren om ervoor te zorgen dat de begunstigde niet hoefde te werken en tijdens de vakanties op reis kon. Miss Davis had Carlin Leander als eerste begunstigde van dit programma aangewezen; al haar onkosten zouden worden vergoed tot aan de laatste dag van haar eindexamenjaar. Als ze kleren nodig had of boeken of een semester in Spanje, hoefde ze alleen haar wensen maar voor Mike Randall op te schrijven en die zou de rekening verwerken en alle contanten verstrekken die ze nodig had.

'Financieel hoef ik me nergens zorgen over te maken.' Carlin trok de sjaal strak om haar keel. 'Als ik blijf.'

Vorige week was Carlin vijftien geworden, al had ze dat aan niemand verteld en ze had niet het gevoel dat er iets te vieren was. Vandaag leek ze echter niet ouder dan twaalf. Ze had de lege, ongelovige blik die meestal optreedt bij iemands eerste rouwproces.

'Jij blijft.' Abe keek naar het kleine stenen lammetje waar een guirlande van jasmijn omheen was gehangen.

'Miss Davis heeft me verteld dat de mensen hier bloemen hangen omdat dat geluk brengt,' zei Carlin toen ze hem zag staren. 'Het is ter herdenking van de baby van dr. Howe die nooit is geboren doordat zijn vrouw stierf. Als er in het dorp een kind ziek is, komt de moeder hier een guirlande ophangen om bescherming te krijgen.'

'Die kende ik nog niet, en ik dacht dat ik alles toch al wel had gehoord.'

'Misschien had je nooit iemand om te beschermen.'

Toen Carlin naar de begraafplaats liep voor de dienst, bleef Abe een poosje waar hij was, draaide zich vervolgens om en liep terug over het pad door het veld. De stem van pater Mink was wrang en doortrokken van rouw en Abe had bedacht dat hij miss Davis liever herdacht terwijl hij naar vogelzang luisterde, want ze had, hoe ziek ze ook was, altijd niervet en zaad buiten gezet.

Zijn oren schrijnden van de kou en hij moest nog helemaal terug naar de kerk waar hij zijn auto had laten staan, maar hij merkte dat hij in tegengestelde richting liep. Het was onzinnig, hij had bij die school weg moeten blijven, maar toch liep hij door. Het was een lange, moeizame wandeling en hij had het steenkoud toen hij eindelijk op het plein aankwam. Er waren spreeuwen op de boomtakken neergestreken, en vanwege het zwakke zonlicht zat het rozenleiwerk op de buitenmuur van St. Anne vol vogels. Abe zag ze niet, maar hij hoorde ze zingen alsof het lente was. Hij herkende het gesjirp van de kardinaalvinkjes en ook de zwarte kat hoorde die roep. Hij stond waakzaam naast het leiwerk, met zijn kopje omhoog, betoverd door het nestelende paartje.

Er was misschien nog wel een zwarte kat met één oog in Haddan, maar die zou niet hetzelfde glimmende bandje dragen waarvoor Abe vorige week naar Petcetera in het winkelcentrum van Middletown was geweest. De kat van Helen Davis en die van hem was één en dezelfde. Als hij niet aan zijn deur was verschenen, zou Abe tevreden met zichzelf zijn geweest, maar nu lag het anders. Hij was betrokken geraakt, had een bandje gekocht, was bezorgd geweest. Nu was hij bijvoorbeeld oprecht blij het ellendige beest te zien en hij riep hem, floot naar hem zoals je naar een hond zou doen. De vogels vlogen op, geschrokken van het rinkelende belletje aan de nieuwe halsband, maar de kat keurde Abe geen blik waardig. In plaats daarvan liep hij, balancerend op ijs en beton, in de richting van Chalk House, en hij stopte pas toen hij het pad kruiste van een jongen die op weg was naar de rivier waar zo meteen een open ijshockeywestrijd zou beginnen. Het was Harry McKenna die op de kat neerkeek.

'Vort,' zei hij ruw.

Harry had altijd de behoefte gevoeld om uit te blinken. Het was volstrekt logisch dat hij die sukkels probeerde te overtreffen die zich helden waanden als ze in de nacht van hun ontgroening een hulpeloos konijn vingen. Hij had het in plaats daarvan op de zwarte kat gemunt, en zodoende had hij iets veel originelers in bezit dan een konijnenpootje, een herinnering die hij in een glazen potje bewaarde dat hij uit het biologielab had gepikt. Het gele oog was inmiddels net zo melkachtig wit als de knikkers waarmee Harry vroeger speelde; als hij het potje schudde, rammelde het als een steen.

Op weg naar de hockeywestrijd, wist Harry dat hij op Haddan niets meer had te zoeken; hij was er net zo zeker van als van de winst van het team waarin hij zou spelen. Hij was alleen geïnteresseerd in de toekomst. Hij was al toegelaten tot Dartmouth, maar soms had hij nachtmerries waarin zijn examencijfers uit zichzelf veranderden. Op zulke momenten werd Harry zwetend en misselijk wakker, en dan kon hij zijn droom zelfs niet met zwarte koffie verjagen. Op zulke ochtenden was hij verbazingwekkend zenuwachtig. Hij raakte van het minste of geringste van slag. Van die zwarte kat bijvoorbeeld, die hij eens in de zoveel tijd tegenkwam. Het was onmogelijk, maar toch leek die kat hem soms te herkennen. Hij bleef dan pal voor hem staan, net als op deze middag in januari, en weigerde dan stomweg door te lopen. Harry moest hem dan wegjagen, en als dat niet hielp, dreigde hij met een goed gericht boek of een voetbal. Het was een walgelijk beest en Harry vond dat hij het dier echt nauwelijks kwaad had gedaan. De eigenaresse, die nare oude Helen Davis, had hem sindsdien altijd verwend. Harry vond eigenlijk dat het dier hem dankbaar moest zijn voor de het feit dat hij hem een gemakkelijk leven met veel medelijden en melk had bezorgd. Nu miss Davis dood was, zou de kat haar waarschijnlijk achterna gaan en naar Harry's mening stond opgeruimd netjes. De wereld was heel wat beter af zonder die twee.

De zwarte kat scheen een verbluffend goed geheugen te hebben; hij staarde met zijn ene dichtgeknepen oog naar de jongen omhoog, alsof hij hem goed kende. Abe kon vanaf de plek waar hij stond, zien hoe Harry de kat met zijn hockeystick wegjoeg, schreeuwend dat hij godverdomme weg moest blijven, maar de kat bleef in de buurt. Wreedheid komt vroeg

of laat uit; je kunt de consequenties van wat je doet simpel-
weg niet ontlopen. Hoe broos en ongeschikt het bewijsmate-
riaal ook was, Abe had genoeg gezien. Op deze koude namiddag waarop alle spreeuwen waren opgevlogen, had hij zijn
schuldige gevonden.

DE VERDWIJNENDE JONGEN

Ze waren heel wat anders van plan geweest, maar plannen mislukken wel vaker. Kijk naar een nieuwbouwhuis en je ziet altijd tientallen fouten, ondanks de goede zorgen van de architect. Er is altijd wel iets niet in orde: een aanrecht dat tegen de verkeerde muur staat, een krakende vloerplank, schijnbaar haaks op elkaar staande muren die domweg niet recht zijn. Harry McKenna was de architect van hun plan dat, toen het een aanvang nam, uit niets anders bestond dan intimidatie en angst. Vormde dat uiteindelijk niet de basis van alle macht? Was dat niet de kracht die zelfs de meest weerspannigen ertoe bracht de regels te eerbiedigen en de rijen te sluiten?

August Pierce was vanaf het eerste begin een vergissing gebleken. Ze hadden het wel vaker gezien. Jongens die hun eigen regels maakten, die nooit lid van een club waren geweest; individuen die eerst overtuigd moesten worden voordat ze begrepen dat groepen niet alleen sterker zijn, maar het ook langer volhouden. Helaas konden zulke zaken Gus niks schelen; als hij gedwongen werd om vergaderingen te bezoeken, droeg hij zijn zwarte jas en een minachtende blik. Er waren er die beweerden dat hij zijn koptelefoon ophield, verborgen achter de kraag van zijn jas, en dat hij naar muziek luisterde in plaats van de regels op te pennen zoals de andere eerstejaars deden. En dus zouden ze hem zijn plek leren kennen. Ze stapelden het werk en de vernederingen voor hem op, dwongen hem de toiletten schoon te maken en de keldervloer te vegen. Deze ontgroening, bedoeld om hem de regels van loyaliteit te leren, had een averechtse uitwerking; Gus groef zich in. Als een ouderejaars hem in de eetzaal opdroeg de dienbladen terug te brengen of de borden te verzamelen, weigerde hij domweg, en zelfs de eerstejaars van Sharpe Hall en Otto House wisten dat

dat ongepast was. Hij gaf geen aantekeningen door en hielp niet met huiswerk en toen ze hem vertelden dat zijn persoonlijke verzorging niet voldeed aan de maatstaven van Chalk House, had hij besloten te tonen wat echt smerig was. Vanaf dat moment verschoonde hij zich niet meer, waste zijn gezicht niet en gaf op woensdag geen wasgoed mee. Zijn hygiene nam nog verder af toen een paar jongens besloten dat het een goede les zou zijn om het water af te sluiten toen hij onder de douche stond. De ouderejaars stonden te wachten tot hij de gang op zou komen met shampoo die in zijn ogen brandde; ze hadden hun handdoeken opgedraaid voor strategische slagen op zijn blote huid. Maar Gus kwam de badkamer niet uit. Hij bleef ruim een halfuur kleumend in de douche staan en hield het wachten uiteindelijk het langste vol. En toen ze het eindelijk opgaven, waste hij zich verder bij het aanrecht en weigerde vanaf dat moment te douchen.

In weerwil van de kwellingen had Gus iets over zichzelf geleerd wat hij daarvoor nog niet wist: hij kon tegen straf. De gedachte dat hij nota bene een kracht bezat, was hilarisch, al was hij uiteindelijk, als je bedacht wat hij allemaal had doorgemaakt, misschien de sterkste man van het dorp. De andere eerstejaars van Chalk zouden nooit op de gedachte komen om hun ouderen of meerderen iets te weigeren. Nathaniel Gibb, die nooit eerder alcohol had aangeraakt, kreeg zoveel bier in zijn keel gegoten door zo'n trechter waarmee de boeren langs Route 17 vroeger ganzen en eenden vetmestten, dat hij nooit van zijn leven meer bier zou kunnen ruiken zonder te moeten overgeven. Dave Linden weigerde ook te klagen. Hij veegde iedere ochtend de open haard van Harry McKenna, hoewel hij van roet moest niezen; hij rende elke dag drie kilometer hard omdat dat moest van de ouderejaars, weer of geen weer, en zodoende kreeg hij een rochelhoestje dat hem tot diep in de nacht wakker hield, waardoor hij zich 's ochtends versliep wat weer tot gevolg had dat zijn cijfers kelderden.

Het was raar dat niemand in de gaten had wat er in Chalk House gebeurde. De verpleegster, Dorothy Jackson, vermoedde niks, hoeveel alcoholvergiftigingen ze in de loop der jaren ook had behandeld en ondanks alle eerstejaars die last van slapeloosheid en uitslag hadden. Duck Johnson viel gemakkelijk te bedriegen, maar Eric Herman was altijd zo oplettend, hoe kon het dan dat hij niet had gemerkt dat er iets niet deugde? Maakte hij zich pas zorgen als zijn werk eronder leed? Verlangde hij alleen stilte en kon het hem niet verdommen wat er achter zijn rug plaatsvond?

Gus had wel enige bijstand verwacht van de leiding, dus toen mr. Herman weigerde te luisteren, sprak hij de decaan aan, maar hij begreep al snel dat het weinig zou opleveren. Hij moest eerst bijna een uur in de wachtkamer blijven zitten en tegen de tijd dat de secretaresse van de decaan, Missy Green, hem bij Thomas toeliet, had Gus het zweet in zijn handen staan. Bob Thomas was een grote man en hij bleef onbewogen op zijn leren stoel zitten terwijl Gus hem over de akelige tradities van Chalk House vertelde. Gus vond zelf ook dat hij meelijwekkend en vleierig klonk. Hij merkte dat hij Thomas niet durfde aan te kijken.

'Beweer je dat iemand je heeft mishandeld?' vroeg Bob Thomas. 'Want in werkelijkheid zie je er prima uit.'

'Ik bedoel niet zoiets als in elkaar geslagen. Het is geen duidelijke aanval. Het zijn kleine dingetjes.'

'Kleine dingetjes,' had Bob Thomas gemijmerd.

'Maar ze komen steeds terug en ze zijn bedreigend.' Hij voelde zich een klikspaan in een speeltuin. *Zij gooien met zand. Zij spelen vals.* 'Het is erger dan het klinkt.'

'Zo erg dat ik het huis bijeen moet roepen opdat al je medeleerlingen je klachten kunnen aanhoren? Bedoel je dat?'

'Ik dacht dat deze klacht anoniem was.' Gus besefte dat hij naar nicotine stonk en dat hij een halve joint in zijn binnenzak had; door nu met beschuldigingen te komen, zou hij weleens zelf kunnen worden verwijderd. Dat was duidelijk niet de bedoeling geweest toen zijn vader hem naar Haddan had gestuurd.

'"Anonimiteit duidt meestal op een gebrek aan moed of een gebrekkig moreel kompas." Dat is een citaat van Hosteous Moore toen hij hier nog schoolhoofd was en ik deel die opinie. Wil je dat ik met deze informatie naar dr. Jones ga? Dat kan immers. Ik kan hem onderbreken, ook al zit hij in een vergadering van schoolhoofden in Boston, en ik kan hem naar Haddan terughalen en hem over die kleine dingetjes inlichten, als je wilt dat ik dat doe.'

Gus had al zo vaak iets verloren dat hij het zich realiseerde als vechten zinloos was. Dus hield hij zijn mond; hij vertelde het zeker niet aan Carlin, want die zou meteen naar dr. Jones rennen, verbolgener over al die dode konijnen dan over iets anders. Ze had voor hem in het strijdperk willen treden, en dat kon Gus niet toestaan. Nee, hij had een beter plan. Hij zou de Tovernaarsclub nog versteld doen staan. Hij zou de onmogelijke opdracht volbrengen die dr. Howe lang geleden zijn vrouw had opgegeven.

Pete Byers was het die hem vertelde dat het mogelijk was. Pete wist het een en ander van rozen doordat zijn vrouw, Eileen, een toptuinier was. Zelfs Lois Jeremy belde zo nu en dan om advies over een pesticideloze manier om Japanse kevers te verwijderen (water met knoflook sproeien was het beste) of een middel dat de padden uit haar winterharde tuin kon jagen (heet hen welkom, zo luidde het antwoord, want ze eten muggen en bladluizen). In juni bloeide de spectaculaire Evening Star pal voor het slaapkamerraam van de Byers, met een zilveren tint waardoor het leek of ze de maan in hun achtertuin gevangen hielden.

Pete hielp alleen maar in de tuin, strooide muls en plantte zaailingen. Toen hij een dag of wat eerder door een hovenierstijdschrift bladerde, op zoek naar informatie over kunstmest, ontdekte hij tot zijn verrassing dat een artikel van Eileen over witte tuinen, haar favoriete onderwerp, was gepubliceerd. Dat ze het had ingestuurd zonder hem erover in te lichten, schokte Pete; hij had nooit verwacht dat Eileen, net als hij, dingen geheim hield. Hij had het artikel nauwkeurig gelezen en herinnerde zich daardoor dat Eileen opmerkte dat ze in de Victoriaanse tijd zo'n voorkeur voor witte bloemen hadden omdat ze elkaar graag vermaakten met de truc waar die jongen naar op zoek was.

Gus slaakte een juichkreet toen hij hoorde dat de verandering zeker niet onmogelijk was; hij leunde op de toonbank om

Pete vast te kunnen grijpen en hem een stevige knuffel te geven. Elke dag liep Gus vervolgens aan om te vragen of zijn bestelling was aangekomen, en ten slotte, op de dag voor Halloween, overhandigde Pete hem de anilinekristallen.

Die avond ging Gus naar de begraafplaats om zijn zenuwen in bedwang te houden en zich alle goochelaars te herinneren die hij samen met zijn vader had gezien. Wat ze met elkaar gemeen hadden, van de middelmatige tot de superieure, was vertrouwen. Boven in de hoge iep verkondigde de kraai zijn afkeuring over Gus' kromme houding. Zo'n vogel was veel vingervlugger dan Gus ooit zou worden, schichtig als een dief. Gus besefte echter dat de belangrijkste attributen toch altijd aan het blote oog werden onttrokken, en hij oefende zich in stilte en geduld toen Carlin Leander, die hem al weken ontliep, het pad op kwam lopen.

Gus had zich stil moeten houden, maar in plaats daarvan kwam de pijn in een woede-uitbarsting naar buiten. Nadat ze ruzie hadden gemaakt en hij over het ijzeren hek was geklommen, overviel hem een vreemde kalmte. Het was al middernacht toen hij terugkeerde in Chalk House, waar de anderen hem opwachtten. Het was het uur van de trucs en de diepgevoelde weerzin, het nachtelijk uur waarop mensen moeilijk in slaap kwamen hoe stil het ook was in het dorp, op de geluiden van de rivier na, die van zo dichtbij leken te komen dat vreemden zomaar konden denken dat hij door Main Street stroomde.

Gus ging op deze avond, zijn inauguratieavond, naar Harry's kamer. De jongens gingen in een kring om hem heen staan in de zekerheid dat Gus Pierce voor de ochtend vertrokken zou zijn; zodra zijn initiatie mislukt was, zou hij uit eigen vrije wil weggaan of worden verwijderd zodra het bevoegd gezag de marihuana zou vinden die Robbie en Harry op de bovenste plank van zijn kast hadden gelegd. Hij zou hoe dan ook snel aan de avondtrein en de geschiedenis van Haddan worden overgeleverd. Maar voordat hij wegging, hadden ze nog een verrassing voor hem in petto, een soort afscheidscadeau. Ze hadden niet verwacht dat Gus zelf ook een verrassing had voorbereid. Hoewel het snikheet was in Harry's kamer, hield

Gus zijn zwarte jas aan, want de witte bloemen die hij bij de Lucky Day had gekocht, zaten erin verborgen. Hij vermoedde dat zijn vader trots zou zijn als hij hem zo kon zien, want hij had net zolang gerepeteerd totdat hij de bloemen met een zwierig gebaar, als een professional uit zijn jas kon trekken. De bloemen schitterden in de verduisterde kamer, en voor één keer vielen die idioten bij wie Gus noodgedwongen woonde, die dwazen die het zo leuk vonden om hem te vernederen, voor één keer vielen ze stil.

Het was een lang en prachtig ogenblik, stil en scherp als glas. August Pierce draaide zich van zijn publiek weg, strooide snel de aniline op de bloemen en wendde zich weer tot zijn kwelduivels. Daar, voor hun ogen, kleurden de rozen scharlaken, zo'n schrikbarende kleur dat een flink aantal aanwezigen meteen aan bloed moest denken.

Niemand applaudisseerde; er werd geen woord gesproken. De stilte viel donderend in, en toen besefte Gus dat hij een fout had gemaakt, en dat succes wel het laatste was dat hij had moeten trachten te bereiken. In het licht van Gus' kleine triomf trok er iets giftigs door de kamer. Als Duck Johnson zich die nacht echt probeerde te binnen te brengen, herinnerde hij zich wellicht de stilte in het huis; hij zou zich herinneren dat hij de nachtklok niet had hoeven aankondigen, en hoewel dat vrij ongebruikelijk was, had hij zitten piekeren over de problemen van het roeiteam – gebrek aan leiderschap, gebrek aan geestdrift – en er geen aandacht aan besteed. Eric Herman hoorde hen later. Er weerklonken voetstappen in de gang en haastige, gedempte stemgeluiden; als hij onder druk werd gezet, zou hij moeten erkennen dat het hem gestoord had, want in Chalk House leek het nooit eens rustig, zelfs niet na middernacht en hij had nog moeten werken. Eric had de stereo harder gezet terwijl hij repetities nakeek, blij dat hij nu eindelijk niets anders meer hoorde dan cello en viool.

Twee jongens bedekten Gus' mond met hun handen en al kon hij niet schreeuwen, hij wist er wel één tot bloedens toe in zijn vingers te bijten. Ze sleepten hem de gang door naar het toilet, ongetwijfeld de drukte die Eric had gehoord voordat hij zijn koptelefoon opzette. De Chalk-jongens wilden niet dat de tovertruc van Gus ze van hun gemene plan zou afleiden. Ter voorbereiding hadden ze allemaal het toilet gebruikt en nu lag het vol en het stonk toen ze Gus optilden en met zijn hoofd in de pot duwden. Ze moesten allemaal stil zijn; ze hadden het gezworen, maar enkelen van hen moesten op hun hand bijten om een nerveus lachje te onderdrukken. Gus probeerde het eerst te ontwijken, maar ze duwden zijn hoofd omlaag. Hij hinnikte toen hij met zijn benen begon te trappelen.

'Kijk die grote held nou eens,' zei er eentje.

Gus' benen slingerden al snel vreemd in het rond, alsof hij ze niet kon beheersen, en hij schopte Robbie Shaw zelfs tegen zijn mond. Smerig water klotste op de tegels en toen Nathaniel Gibb vanwege de onmenselijke toestanden naar adem begon te happen, weerklonk het geluid hoog en metalig. Sommige acties kunnen, als ze eenmaal begonnen zijn, alleen maar tot het einde worden doorgevoerd, als een veer die strak is opgewonden en op scherp staat. Zelfs degenen die een schietgebedje deden, konden zich er niet aan onttrekken; daar was het nu te laat voor. Ze hielden zijn hoofd in het toilet totdat hij niet meer tegenstribbelde. Daar ging het immers om? Om zijn weerstand te breken. Toen het gevecht ten einde was, leek hij wel een lappenpop, een en al draden en katoen. Ze hadden hem bang willen maken en hem op zijn plek willen zetten, maar wat ze overhielden toen ze hem omhoogtrokken, was een jongen die al blauw begon te zien, gestikt in hun vuil en gif, waarin hij geen adem had kunnen halen.

Een paar van de ouderejaars, stevige, degelijke leerlingen die een gemeen potje voetbal konden spelen en sneerden naar iedereen die ze zwak vonden, raakten meteen in paniek en zouden gevlucht zijn als Harry McKenna ze niet had gezegd dat ze hun kop moesten houden en op hun plek blijven. Er zat een blauwe plek op Pierce zijn voorhoofd, op de plek waar hij de binnenkant van de pot had geraakt; hij was al vroeg bewusteloos geraakt en had daarom minder tegenspel geleverd dan ze van hem hadden verwacht, althans tot vlak voor het einde, toen de worsteling vrijwel onwillekeurig verliep en al verloren was.

Harry beukte Gus op zijn rug, draaide hem toen op zijn rug en riep Robbie erbij. Robbie was al twee jaar lang badmeester geweest, maar hij liet zich niet overhalen om zijn mond op die van Gus te zetten, niet nu Pierce al die uitwerpselen had ingeslikt. Ten slotte paste Nathaniel Gibb woest mond-op-mond-beademing toe, wanhopig pogend lucht in Gus zijn longen te persen, maar het was te laat. Toen het maanlicht door het raam over het vuil en het water op de vloer scheen, verlichtte dat wat zij hadden gecreëerd: een dode jongen van één meter tachtig die op de tegeltjes lag uitgespreid.

Twee van de meest praktische bewoners renden naar de kelder om emmers en dweilen te halen en probeerden de vloer van het toilet schoon te krijgen en te desinfecteren. Inmiddels hadden de oudere jongens Gus Pierce het huis uit gesjouwd. Dave Linden kreeg opdracht het pad achter hen van sporen te ontdoen terwijl zij in stilte doorliepen, de achterdeur uit en over het pad naar de rivier. Ze liepen door het bos tot ze een plek vonden waar de oever omlaagboog. Dit stuk rook vaag naar de viooltjes die er in de lente bloeiden, en een van de jongens die opeens aan de eau de cologne van zijn moeder moest denken, begon te huilen. Hier legden ze de jongen neer, stil en voorzichtig waardoor diverse groene kikkers die in het gras zaten te slapen, werden verrast en onder het onver-wachte gewicht in de verdrukking raakten. Harry McKenna boog zich over het lijk en knoopte de jas dicht. Hij liet de ogen open, zoals hij aannam dat ze zouden zijn bij iemand die ervoor had gekozen op een heldere, maanverlichte nacht de rivier in te lopen met de bedoeling zichzelf te verdrinken. Toen kwam het einde van de reis in zicht. Gus werd van de oever over de wallenkant het donkere water in gesleurd. De jongens duwden hem om het riet en de leliebladen heen tot ze tot hun knieën in het water stonden en hem als een drij-vende zwarte boomstam tussen zich in hielden, en toen lieten ze hem los, allemaal tegelijk, alsof ze het hadden afgesproken. Ze gaven hem aan de stroming over en geen van hen bleef kijken waar hij heen dreef of hoe ver hij stroomafwaarts zou reizen voordat hij een rustplaats vond.

De jongens uit Chalk begonnen in de eerste week van februari ziek te worden. Het overviel hen een voor een, en na een poosje kon je voorspellen wie de koorts als volgende zou treffen door ze gewoon aan te kijken. Enkelen van de getroffenen waren zo lethargisch dat ze hun bed niet meer uit konden komen, anderen sliepen geen tel meer. Er waren jongens bij die door een ongeneeslijke uitslag bezocht werden en anderen die hun eetlust totaal verloren, zodat ze alleen maar crackers en warm gemberbier weg konden krijgen. De presentie in de klassen was nog nooit zo slecht geweest, maar de stemming was nog slechter. Aspirientjes verdwenen uit de schappen van de ziekenzaal, er werden ijskompressen besteld, er werd Rennies geslikt. De zwaarst getroffenen waren de nieuwe jongens van zolder, die in stilte leden tenzij ze de aandacht op zich richtten. Dave Linden leed bijvoorbeeld aan vernietigende hoofdpijnen die hem van zijn huiswerk hielden, en Nathaniel Gibb voelde een voortdurende beklemming op de borst, en hoewel hij nooit klaagde, lag hij zo nu en dan naar adem te happen.

De schoolverpleegster erkende dat ze nog nooit zoiets had meegemaakt als de huidige plaag; ze vroeg zich af of de jongens met een nieuwe variant van de Aziatische griep waren besmet. Zo ja, dan hadden degenen die ziek waren geworden geen andere keuze dan wachten tot hun eigen antistoffen hun gezondheid kwamen herstellen, want het stond vast dat geen enkel medicijn dat ze had verstrekt ook maar iets uithaalde. In werkelijkheid was de epidemie niet door een virus of een bacteriële infectie veroorzaakt. De schuld voor de ziektes rustte geheel en al op de schouders van Abe Grey, want in die eerste week van de maand, toen de namiddagzon steenvliegen verlokte tot zonnebaden op de warme rotsen aan de rand van de rivier, vestigde Abe zich op de campus van Haddan. Hij sprak met niemand en benaderde evenmin iemand, maar zijn aanwezigheid was alom voelbaar. Als de jongens de trappen van Chalk House afdenderden, had Abe het zichzelf al gemakkelijk gemaakt op een bankje in de buurt, waar hij zijn ontbijt nuttigde en de *Tribune* doorkeek. Hij zat tussen de middag tegenover de deur van de eetzaal en kon daar 's avonds rond etenstijd wederom worden aangetroffen. Elke avond parkeerde hij in het donker op de parkeerplaats naast Chalk House, waar hij naar de autoradio luisterde terwijl hij een baconcheeseburger at die hij bij Selena had gehaald, en hij probeerde Wrights jas vrij te houden van vetvlekken. Elke keer dat een van de jongens het huis verliet, of hij nou een eindje ging hardlopen of zich naar zijn vrienden haastte voor een hockeypartijtje, moest hij Abe Grey daar wel zien zitten. Binnen de kortste keren kregen zelfs de meest zelfverzekerde en brutale jongens allerlei verschijnselen en werden ze ziek.

Schuld was iets merkwaardigs, je hoefde het niet eens te merken als het zich in je nestelde en met je maag en darmen aan de slag ging, en ook met je geweten. Abe was goed op de hoogte van de werking van wroeging, en hij hield scherp in de gaten hoe het zich zou voordoen, selecteerde een aantal bewoners die zenuwachtiger oogden dan de rest, die zich naar de lessen moesten slepen, en lette op de tekenen van berouw: een blozend gezicht, getril, over de schouder kijken ook als er niemand was.

'Verwacht je dat er iemand naar je toe zal komen om te bekennen?' vroeg Carlin toen ze zich realiseerde wat Abe aan het doen was. 'Dat gebeurt nooit. Je kent die jongens niet.'

Maar Abe wist hoe het voelde om de doden te horen spreken, te horen hoe de overlevenden de schuld kregen vanwege alles wat ze hadden gedaan of nagelaten. Ook als hij nu langs zijn oude ouderlijke woning reed, hoorde hij soms nog de stem van zijn broer. Daarnaar zocht hij hier op school: degene die probeerde te ontsnappen aan wat er in zijn hoofd zat.

Terwijl hij op school de wacht hield, genoot hij er ook van dat hij Betsy Chase kon observeren. Wat haar betreft, Betsy Chase leek niet zo blij met Abes aanwezigheid op de campus; ze sloeg haar ogen neer en als ze hem zag keerde ze op haar schreden terug en liep om, ook al kwam ze daardoor te laat in haar lokaal. Abe voelde altijd een combinatie van spanning en plezier als hij haar zag, ook al was inmiddels wel duidelijk dat hij geen geluk had in de liefde, wat trouwens niet inhield dat hij wel geluk in het spel had tijdens zijn spelletjes poker in de Millstone, want dan zou hij voortdurend recht hebben op uitsluitend azen.

Op een ochtend toen Abe al meer dan een week op Haddan was, verraste Betsy hem door van haar gebruikelijke route af te wijken en plotseling op hem af te lopen. Abe zat nadat hij naar het bureau had gebeld om te vragen of hij het dienstrooster nog eens kon omgooien op een bankje tegenover de bibliotheek de wacht te houden. Hij merkte dat Doug Lauder, die hem verving, er de pest in begon te krijgen, al had Doug nog niet genoeg geklaagd om te verhinderen dat Abe hier op school de café au lait zat te drinken die hij uit de drogisterij had meegenomen. Al waren er narcisscheuten in de wintertuinen verschenen en waren de gazons besprenkeld met sneeuwklokjes, was de ochtend rauw en sloeg er stoom van Abes kartonnen bekertje. Hij staarde door de damp en dacht even dat hij het zich verbeeldde dat Betsy in haar zwarte jack en spijkerbroek op hem afliep, maar daar stond ze, vlak voor zijn neus.

'Denk je dat niemand in de gaten heeft dat je hier bent?' Betsy hield een hand voor haar ogen; ze kon Abes gezicht niet zo goed onderscheiden in het zachte, glinsterende zonlicht. 'Iedereen heeft het erover. Vroeg of laat komen ze erachter.'

'Waarachter?' Hij keek haar met zijn blauwe ogen strak aan. Ze kon het hem niet beletten.

'Jou en mij.'

'Denk je dat?' Abe grinnikte. 'Denk je dat ik voor jou kom?'

Het zonlicht vergleed en Betsy zag hoe gekwetst hij was geweest. Ze ging aan het uiteinde van de bank zitten. Hoe kwam het toch dat ze telkens als ze hem zag wel in huilen wilde uitbarsten? Dat was geen verliefdheid, toch? Dat was het toch niet waar men zo naar verlangde?

'Waarom ben je hier dan?' Ze hoopte dat ze niet geïnteresseerd klonk, of erger nog, wanhopig.

'Ik verwacht dat iemand mij vroeg of laat komt vertellen wat er met Gus Pierce is gebeurd.' Abe dronk zijn bekertje leeg en gooide het in de dichtstbijzijnde prullenbak. 'Ik wacht gewoon tot dat gebeurt.'

De schors van de treurwilgen lichtte op, aan de zwaaiende takken vormden zich groene knoppen. Twee zwanen kwamen behoedzaam, met modderige veren, op de bank af.

'Vort,' riep Betsy. 'Ga weg.'

Doordat hij zoveel tijd op de campus doorbracht, was Abe aan de zwanen gewend geraakt en hij wist dat dit stel een paartje vormde. 'Ze zijn verliefd op elkaar,' zei hij tegen Betsy. De zwanen hadden naast de prullenbak stilgehouden om broodkorsten op te pikken.

'Noem je dat zo?' Betsy lachte. 'Verliefd?' Ze moest nog lesgeven en haar handen waren bevroren, maar ze bleef op die bank zitten.

'Dat drukt het precies uit,' zei Abe.

Nadat hij was vertrokken, zwoer Betsy dat ze bij Abe uit de buurt zou blijven, maar hij scheen onontwijkbaar te zijn. Tijdens de lunch was hij er weer, zichzelf bedienend aan de saladebar.

'Ik heb begrepen dat Bob Thomas woest is dat hij hier rondhangt,' vertelde Lynn Vining aan Betsy. 'De kinderen hebben bij hun ouders geklaagd over de aanwezigheid van politie op de campus. Maar mijn god, wat is het een lekkertje.'

'Ik dacht dat jij gek was op Jack.' Betsy bedoelde de getrouwde scheikundeleraar met wie Lynn al enkele jaren een relatie had.

'En jij dan?' zei Lynn, die verzweeg dat ze al een tijdlang ongelukkig was sinds ze zich had gerealiseerd dat een man die bereid was één vrouw te bedriegen er geen been in zou zien een ander ook te bedriegen. 'Je kijkt voortdurend naar hem.'

Wat Abe betrof, die zat aan een tafeltje achteraan in de eetzaal, at zijn salade op en keek naar de jongens van Chalk House. Er hoefde maar één jongen zijn betrokkenheid te bekennen en daarna hoopte hij dat de anderen wel zouden volgen, allemaal strevend naar onschendbaarheid en begrip. Hij dacht de tekenen waarnaar hij op zoek was in Nathaniel Gibb te hebben aangetroffen en hij volgde hem toen de jongen zijn complete lunch bij het vuilnis gooide. Hij volgde Nathaniel de hele middag, bleef buiten het biologielab staan wachten en buiten het algebralokaal, net zolang tot de belaagde jongen zich omdraaide en hem in de ogen keek.

'Wat moet je van me?' schreeuwde Nathaniel Gibb.

Ze stonden op het pad dat naar de rivier leidde, een route die veel mensen vermeden vanwege de zwanen. Nathaniel Gibb had echter meer te vrezen dan zwanen. De laatste tijd hoestte hij bloed op. Hij had zich aangewend een grote zakdoek mee te dragen, een stuk textiel waarvoor hij zich schaamde en dat hem herinnerde aan de kwetsbaarheid van een lichaam.

Abe zag dat waarnaar hij had gezocht, die angstige trek om de mond. 'Ik wil het met je hebben over Gus, dat is alles. Misschien was het wel een ongeluk. Misschien weet je er wat van.' Nathaniel was zo'n jongen die altijd had gedaan wat er van hem werd verwacht, maar hij wist niet meer wat dat betekende. 'Ik heb niks met je te bespreken.'

Abe begreep hoe moeilijk het was om met bepaalde zondes door het leven te gaan. Erken ze en de pijn neemt af. Spreek ze uit en je bent halverwege.

'Als je met me praat, zal niemand je iets doen. Je hoeft me alleen maar te vertellen wat er die nacht is gebeurd.'

Nathaniel keek op, eerst naar Abe en vervolgens achter hem. Harry McKenna liep op de trappen van de sporthal met zijn kameraden te donderjagen. De middag was vol van streperig, geel licht en de lucht bleef koud. Zodra Nathaniel Harry zag, begon hij zijn akelige hoestje te hoesten en voordat Abe hem kon tegenhouden, draaide hij zich om en rende het pad af. Abe sjokte een poosje achter hem aan, maar gaf het op toen Nathaniel in een grote groep leerlingen verdween.

Die avond kon Abe de problemen voelen aankomen, zoals hij dat als jongetje ook altijd had gekund. En inderdaad, toen hij de volgende dag op het punt stond zijn post bij de school te verlaten om bij Selena lunch te gaan bestellen, kwamen Glen Tiles en Joey de parkeerplaats van Chalk House op rijden en parkeerden naast Wrights oude patrouillewagen. Abe liep erheen en boog zich om door het raampje met Glen te praten.

'Ik merk dat je tegenwoordig je eigen dienstrooster opstelt,' zei Glen.

'Het is maar tijdelijk,' verzekerde Abe hem. 'Ik zal alle gemiste uren inhalen.'

Glen stond erop dat hij Abe mee uit lunchen zou nemen, al verzekerde Abe hem dat dat niet nodig was.

'Dat is het wel.' Glen opende het achterportier. 'Stap in.'

Joey reed, met één hand aan het stuur. Hij was op zijn hoede; hij hield zijn ogen voortdurend op de weg gericht. Ze reden helemaal naar Hamilton, naar de Hunan Kitchen, waar ze ondanks Glens beperkte dieet drie meeneemporties General Gao's kip bestelden, en aten het vervolgens in de auto op, in een straat met uitzicht op het ziekenhuis van Hamilton. Zo'n lunch leverde zowel privacy als indigestie op.

'Weet je dat de school een donatie heeft gedaan om een medisch centrum in Haddan te bouwen?' vroeg Glen. 'Er is volgende week een feestje om het te vieren, en ik verzeker je dat Sam Arthur en de andere raadsleden pisnijdig zullen zijn als er tussen nu en dat moment iets mis gaat. Het zou levens redden, weet je, Abe. Dat je bij noodgevallen niet helemaal naar Hamilton hoeft, is al de moeite waard. Het zou wellicht mogelijk zijn geweest om Frank te redden als we destijds een fatsoenlijke plek in het dorp hadden gehad waar ze schotwonden hadden kunnen behandelen. Denk daar maar eens over na.'

Abe legde zijn eetstokjes in het bakje met pittige kip. Hij voelde zich benauwd, alsof er een band om zijn borst werd aangetrokken. Hij voelde zich vroeger ook zo, als zijn vader ontevreden over hem was, en dat bleek meestal het geval te zijn.

'Dus om een medisch centrum te krijgen, hoeven we alleen maar de andere kant op te kijken als er een joch wordt vermoord?'

'Nee. Jij hoeft verdomme alleen maar van die campus weg te blijven. Bob Thomas is een redelijk iemand en hij heeft een redelijk verzoek gedaan. Hou op met het belagen van zijn leerlingen. Blijf van het terrein af.'

Ze reden in stilte terug over Route 17. Geen van drieën kreeg het eten op waarvoor ze zo'n eind hadden gereden. Abe werd er bij zijn auto op de parkeerplaats van Chalk House uitgezet. Joey stapte ook uit.

'Als jij de autoriteiten van de school blijft dwarsbomen, lijden we daar allemaal onder,' zei Joey. 'Ik zie het als volgt: geld dat uit de school stroomt, behoort toe aan het dorp. We verdienen het.'

'Nou, daar ben ik het niet mee eens.'

'Best. Dan doe jij het op jouw manier en ik op de mijne. We hoeven godbetert geen identieke tweeling te zijn, toch?' Joey was al onderweg naar de auto, toen Abe hem achterna riep.

'Weet je nog dat we van het dak afsprongen?' Abe had over die gebeurtenis nagedacht vanaf het moment dat ze de afslag van Route 17 ter hoogte van Wrights huis hadden genomen.

'Neu.'

'Van het huis van mijn opa? Jij daagde me uit en ik daagde jou uit en we waren allebei zo stom om het te doen.'

'Niks van aan. Nooit gebeurd.'

Maar het was wel gebeurd, en Abe herinnerde zich nog hoe blauw de lucht die dag was geweest. Wright had hun opgedragen de achterste velden te maaien, waar het gras bijna tot hun kruinen kwam, maar in plaats daarvan waren ze op een schuurtje geklommen, van daar op het dak van het huis gesprongen, hadden aan de goot gehangen en zich aan de geteerde singels opgetrokken. Ze waren toen twaalf geweest, die roekeloze leeftijd waarop de meeste jongens geloven dat hen niks kan overkomen; ze kunnen luid schreeuwend door de lucht springen, alle merels wekken en toch nog neerkomen met hooguit een paar ademhalingsproblemen maar zonder ook maar een botbreuk. Toen kon je nog evenzeer vertrouwen op je beste vriend als op de lucht, de vogels en de strobloemen in de velden.

Joey wrikte zijn autoportier open en schreeuwde boven de stationair lopende motor uit: 'Je verbeeldt je dingen, vriend. Net als altijd.'

Nadat ze waren weggereden, stapte Abe in zijn auto en reed naar de Millstone. Het was nog vroeg en het was er leeg en misschien kwam het daardoor dat Abe het gevoel had dat hij een dorp binnentrad waar hij nog nooit eerder was geweest. Er was, om maar iets te noemen, een nieuwe barman, iemand die George Nichols kennelijk had ingehuurd en die Abe niet kende en die er niet van op de hoogte was dat Abe tapbier prefereerde boven flessenbier. George Nichols had de tent geerfd en men vond hem al stokoud toen Abe en Joey hun valse identiteitsbewijzen voor het eerst probeerden. Hij had ze verschillende keren gesnapt, en Abes opa gebeld als hij zag dat ze op de parkeerplaats rondhingen, waar ze oudere jongens smeekten drankjes voor hen te kopen. Toen Abe bij zijn opa woonde, had hij in de zomervakantie een hele week kamerarrest gehad nadat George hem in het herentoilet van de Millstone had aangetroffen met een gesmokkelde whisky-cocktail. 'Je bent niet slecht genoeg om ongestraft met dit soort dingen weg te komen,' had Wright Abe toen voorgehouden. 'Je zult elke keer weer betrapt worden.'

Maar hoe zat het dan met de jongens die niet werden gesnapt, dat vroeg Abe zich af terwijl hij zoute pinda's uit een schaaltje op de bar viste. Die jongens die zo'n schuldgevoel hadden dat ze er uitslag van kregen of bloed gingen ophoesten, maar die wel onder hun wandaden uitkwamen, hoe konden die zichzelf nog in de ogen kijken?

'Waar is George?' vroeg Abe aan de nieuwe barkeeper die er nauwelijks oud genoeg uitzag om zelf te mogen drinken. 'Vissen?'

'Hij heeft wat afspraken met de fysiotherapeut. Zijn knieën laten hem in de steek,' zei de nieuwe barman. 'Afgeleefde oude lul.'

Toen Abe van de barkruk afkwam, voelden zijn eigen knieën ook niet zo denderend aan. Hij ging naar buiten en stond te knipperen tegen het felle zonlicht. Hij kon het gevoel niet van zich afschudden dat hij hier een vreemdeling was; hij sloeg twee keer verkeerd af op weg naar de minimarkt en kon op Main Street geen parkeerplek vinden toen hij een van Wrights blazers van de stomerij ging halen. Hij herkende zelfs niemand in de stomerij, afgezien van Zeke, nog zo'n bejaarde die erg op Abe gesteld was omdat zijn opa de enige gewapende overval uit de dorpsgeschiedenis had beëindigd, die vijfentwintig jaar geleden in ditzelfde etablissement had plaatsgevonden. Dat er toen maar veertien dollar in de kassa had gezeten maakte niet uit; de overvaller hield een pistool op Zeke gericht toen Wright toevallig binnenkwam om wat wollen dekens op te halen. Om die reden kreeg Abe tot op de dag van vandaag twintig procent korting, al had hij ook maar zelden iets om te laten stomen.

'Wie waren dat allemaal?' vroeg Abe, toen de rij klanten voor hem was uitgedund en hij Wrights blazer kon pakken.

'Verdomd als ik het weet. Maar dat gebeurt er nou eenmaal met een dorp in de groei. Je kent opeens niet meer iedereen bij naam.'

Maar voorlopig was het nog Abes dorp en in zijn dorp was het de gemiddelde belastingbetaler niet verboden om over het terrein van de school te lopen. Als er zo'n wet zou zijn geweest, zou de plaatselijke bevolking een rel hebben veroorzaakt voordat de inkt van de wet droog was. Stel je eens voor dat mrs. Jeremy's zoon AJ van het voetbalveld zou worden verwijderd als hij daar met zijn golfclubs zijn swing probeerde te verbeteren. Stel je eens voor dat de yogaclub, die al meer dan tien jaar elke donderdagochtend bijeenkwam, van het schoolplein zou worden gegooid alsof het misdadigers waren in plaats van beoefenaars van een eeuwenoude discipline. Abe nam een risico, dat wist hij, maar hij had alleen nog maar wat tijd nodig totdat Nathaniel Gibb zou instorten. Hij begon de jongen weer te volgen.

'Praat gewoon met me,' zei Abe terwijl hij achter Gibb aan liep.

Nathaniel was inmiddels in paniek. 'Wat probeer je me aan te doen?' riep hij. 'Waarom laat je me niet met rust?'

'Omdat jij me de waarheid kunt vertellen.'

Ze liepen over hetzelfde pad langs de rivier waar binnenkort de herdersstaf zich zou openvouwen; Nathaniel kon echt geen kant op.

'Denk er eens over na,' vervolgde Abe. 'Als je me hier morgen komt opzoeken en me vertelt dat je niet met me wilt spreken, dan zal ik je niet meer lastigvallen.' Het was rond deze tijd van het jaar dat Abes opa die Haddanjongens had gered, de tijd dat het ijs op de rivier in de ogen van onervaren passanten dik leek terwijl bij nadere inspectie het oppervlak helder was in plaats van blauw, zoals rivierijs eruitziet vlak voordat het uiteenvalt.

'Ik heb het niet gedaan,' zei Nathaniel Gibb.

Abe probeerde niet te reageren; hij was niet van plan deze jongen af te schrikken, al had hij het gevoel dat zijn hoofd op springen stond. 'Dat weet ik wel. Daarom praat ik ook met jou.'

Ze spraken af elkaar de volgende ochtend vroeg te ontmoeten, op een tijd waarop de merels ontwaakten en de meeste Haddanleerlingen nog op één oor lagen. Overal hing een lenteglans, in de gelige schors van de wilgen, in het kobalt van de ochtendlucht. Al zou het weer snel omslaan, het was nog wel zo guur dat Abe tijdens het wachten zijn handen in zijn zakken hield. Hij wachtte lang, daar op het pad bij de rivier. Om acht uur kwamen de leerlingen naar buiten, op weg naar de bibliotheek of het ontbijt en tegen negenen waren de meeste lokalen bezet. Abe liep naar Chalk House, prutste aan het slot – een simpel drukknopsysteem dat door iedere beginneling viel te kraken – en verschafte zichzelf toegang. Er hing een namenlijst in de gang. Het verraste Abe niet dat Harry McKenna kennelijk de beste kamer had, en het verbaasde hem evenmin dat Gibbs kamer op zolder was. 'Hé daar,' riep Eric Herman toen hij hem op de trap zag lopen. Eric had net de laatste hand gelegd aan het samenstellen van de tentamens voor de halfjaartoets van volgende week en haastte zich naar zijn lokaal, maar hij nam even de tijd om Abe tegen te houden en aan een korte inspectie te onderwerpen. De decaan had aangekondigd dat hij ervan op de hoogte wenste te worden gebracht als er mensen over de campus liepen die er niet hoorden. 'Ik denk dat je hier niet moet zijn.'

'Ik denk het wel.' Abe bleef waar hij was. Hij had nog nooit tegenover zijn rivaal gestaan. Wat had hij zich erbij voorgesteld? Dat hij Herman zou uitdagen, dat ze in gevecht zouden raken en elkaar zoveel mogelijk en zo gemeen mogelijk zouden proberen te raken? Hij merkte dat hij alleen het gevoel kreeg dat Eric Herman en hij iets gemeenschappelijk hadden, ze waren allebei verliefd op Betsy. 'Ik zoek Nathaniel Gibb.'

'Je hebt pech gehad. Die ligt op de ziekenzaal.'

Abe zag aan de manier waarop Eric hem aankeek dat hij niet meer informatie uit hem los zou krijgen, maar gelukkig was Dorothy Jackson een vaste klant van de Millstone, en veel vriendelijker toen Abe haar benaderde; in weerwil van de waarschuwing van de decaan om niet met Abe te praten, liet de zuster hem de ziekenzaal bezoeken.

'Hij heeft een lelijk ongeluk gehad bij de hockeytraining. Vijf minuten,' gaf ze Abe. 'Niet langer.'

Nathaniel Gibb lag op zijn rug op het veldbed vlak bij de muur. Hij had twee gebroken armen. Hij was per ambulance naar Hamilton gebracht, waar ze in het ziekenhuis röntgen- foto's hadden gemaakt en hem in het gips hadden gezet, en nu wachtte hij op zijn ouders die uit Ohio onderweg waren om hem op te komen halen. Maandenlang zou hij gevoerd en aangekleed moeten worden, alsof hij weer een kleuter was, en het paste er op een of andere manier wel bij dat hij zijn spraak- vermogen had verloren. Of het nu kwam doordat hij zijn tong er bijna helemaal af had gebeten toen hij tijdens de hoc- keytraining door een groep jongens tegen de muur was ge- ramd of dat hij te bang was om te praten, het maakte niet uit. Hij kon niets tegen Abe zeggen.

'Ik weet niet wat je van die jongen moet,' zei Dorothy Jackson toen ze een glas gemberbier met een rietje kwam brengen. 'Maar hij zal de eerste maand waarschijnlijk niet kunnen pra- ten. En daarna zal hij wel een poosje spraaklessen nodig heb- ben.'

Abe wachtte tot de zuster weg was, liep toen naar Nathaniel en tilde het glas op teneinde de jongen zijn dorst te lessen. Maar Nathaniel keek hem niet eens aan. Hij wilde geen slok drinken ook al klopte zijn tong, die op de eerste hulp door een arts was gehecht die deze ingreep voor het eerst verrichtte. 'Het spijt me.' Abe ging op het bed ernaast zitten. Hij hield het glas gemberbier vast. De ziekenzaal rook naar jodium en ontsmettingsmiddelen. 'Ik heb er blijkbaar geen goed aan ge- daan om jou erin te betrekken. Ik hoop dat je mijn veront- schuldigingen kunt accepteren.'

De jongen maakte een keelgeluid dat mogelijk een lach was of minachtend gesnuif. Nathaniel gluurde naar Abe die op het metalen bed naast het zijne zat. Er viel zonlicht door de ra- men en de stofdeeltjes dwarrelden in de vorm van een trech- ter neer. Over een paar uur zouden Nathaniel Gibb en zijn eigendommen in de auto van zijn ouders worden geladen, om vervolgens ver weg te rijden. Dit was een jongen die nooit meer in Massachusetts hoefde te komen en nooit meer zo'n taaie winter hoefde te doorstaan. Hij zou mijlenver weg zijn, veilig thuis en daarom deed hij met veel moeite zijn mond open en bewoog zijn gemartelde tong, totdat hij met uiterste inspanning een letter uitbracht, de letter van het alfabet die hem bij het uitspreken het meeste zeer deed, een enkelvoudige, duidelijke H.

De volgende ochtend werd Abe uit de dienst ontslagen, de eerste agent uit Haddan die ooit tot opstappen werd gedwongen. Abe had zijn kleren nog niet eens aan toen Glen Tiles met die boodschap bij zijn voordeur verscheen. Wat had hij nou eigenlijk verwacht? Meer dan tien stafleden van Haddan hadden gezien dat hij studenten lastigviel, zichzelf in de eetzaal aan eten hielp en de faculteit met vragen dwarszat. En dan was er ook nog Eric geweest, die geen tijd had verloren om de decaan op de hoogte te stellen.
'Jij hebt het op de spits gedreven,' zei Glen. 'Je sloeg mijn goede raad in de wind. Ik ben door het kantoor van de officier van Justitie gebeld, Abe. Daar zit een oud-leerling.'
De twee mannen stonden tegenover elkaar in het koude, heldere licht. Ze hadden elkaar Wrights erfenis bestreden, en geen van beiden dacht dat de ander zelfs maar in de schaduw van de oude man kon staan. Nu hoefden ze elkaar tenminste niet meer elke dag te zien. Tegen de middag wist iedereen in het dorp wat er was gebeurd. Lois Jeremy en haar vriendin Charlotte Evans waren al gemobiliseerd, maar toen ze Abe probeerden te bereiken om hem te vertellen dat ze een petitie hadden opgesteld om hem zijn baan terug te bezorgen, nam hij de telefoon niet op. Bij Selena bereidde Nikki Humphrey het broodje dat Abe meestal als lunch bestelde en legde het voor hem klaar, maar hij kwam niet opdagen. Hij kleedde zich niet eens aan tot ergens in de loop van de middag. Tegen die tijd had Doug Lauder al te horen gekregen dat hij rechercheur was geworden, en eerlijk gezegd verdiende Doug dat ook; hij was een fatsoenlijke vent en hij zou het goed doen, al

zou het voor hem nooit de betekenis krijgen die het voor Abe had gehad.

Tegen het eind van de dag ging Abe een eindje rijden. Hij bezat Wrights oude patrouillewagen nog altijd en hij vond dat hij hem maar beter kon gebruiken voor het geval ze hem nog zouden komen opeisen. Hij zag Mary Beth met de kinderen in het park. Al zou ze over enkele weken moeten bevallen, mb zag er nog geweldig uit, en de twee meisjes op de schommels, Lily en Emily, leken op hun moeder, met donker haar en amandelvormige uiteenstaande ogen. Abe wist niets van kinderen, maar hij wist dat ze veel geld kostten, en dat Joey het ze aan niets wilde laten ontbreken. Maar dat was een probleem. Abe stapte uit en begroette Mary Beth.

'Hé, vreemdeling,' zei ze terwijl ze hem omhelsde.

'Je ziet er fantastisch uit.'

'Leugenaar.' mb glimlachte. 'Ik ben een walvis.'

Aan februari kon je in dit deel van de wereld werkelijk een rothekel krijgen, al leek zo'n duistere dag de kinderen niet te hinderen; ze gilden van de opwinding terwijl ze steeds hoger schommelden. Abe wist nog precies hoe dat voelde – geen vrees. Geen oog voor de mogelijke gevolgen.

'Niet zo hoog,' riep Mary Beth naar de kinderen. 'Ik heb gehoord wat er op het werk is gebeurd,' zei ze tegen Abe. 'Ik vind het bespottelijk.'

Joey en mb's zoon, Jackson, was een maniakale schommelaar; hij ging zo hoog mogelijk de lucht in en kwam dan met een enorme vaart terug naar de aarde, ademloos krijsend. Joey was gek op het jong; op de dag dat hij werd geboren, had Joey de deuren van de Millstone opengegooid en een rondje gegeven voor iedereen.

'Ik hoorde het van Kelly Avon. Joey heeft het me niets eens verteld. Wat heeft er tussen jullie plaatsgevonden?' vroeg Mary Beth.

'Vertel jij het maar.'

Daar moest Mary Beth om lachen. 'Geen kans. Hij praat meer met jou dan met mij.'

'Niet meer.'

'Misschien is hij gewoon volwassen geworden.' Mary Beth

hield een hand boven haar ogen om de kinderen in het wazige zonnetje te kunnen zien. 'Misschien gebeurt dat met vriendschappen. Ik denk dat hij de kinderen ziet opgroeien en beseft dat hij meer tijd met ze wil doorbrengen. Vroeger zou hij tijdens de paasvakantie een paar dagen met jou zijn gaan vissen, nu gaan we met zijn allen naar Disney World.' Zo'n vakantie-uitstapje was een kostbare zaak. Zeker voor Joey die in het verleden bij Abe geld had moeten lenen om de hypotheek op te kunnen hoesten. Terwijl hij hierover nadacht, viel het Abe op dat Mary Beths oude rotauto was vervangen door een nieuw minibusje.

'Dat was een cadeautje van Joey,' zei Mary Beth over het busje. 'Ik heb zo lang in die oude stationcar rondgereden dat ik het idee kreeg dat ik er nog eens in begraven zou worden.' Ze pakte Abe bij de hand. 'Ik weet dat jullie mot hebben, maar dat gaat wel over.'

Ze had de vriendschap altijd toegejuicht; ze had nooit geklaagd over Abes aanwezigheid in hun levens en had nooit gemopperd over de tijd die Joey met hem doorbracht. Ze was een goed mens en ze had dat minibusje verdiend, en nog veel meer, en Abe wilde dat hij haar ermee kon feliciteren. In plaats daarvan had hij het gevoel dat ze Joey allebei waren kwijtgeraakt.

'Ik hoop dat je de strijd aangaat om je baan terug te krijgen,' riep Mary Beth toen hij naar zijn auto terugliep, al zagen ze allebei wel in dat dat absoluut geen zin had.

Abe reed gewoontegetrouw naar de school, als een hond die steeds hetzelfde terrein afloopt omdat hij weet dat er vogels in het gras zitten. Omdat hij wist dat hij een flink risico liep om gearresteerd te worden als hij op privé-terrein werd betrapt, parkeerde Abe bij de rivier en legde de resterende afstand te voet af. Hij voelde zijn hart in zijn keel kloppen, net als vroeger toen hij deze route samen met Joey nam. Praten was toen niet nodig geweest; ze wisten waar ze heen gingen en wat ze daar gingen doen. Hij liep langs het stuk waar in de lente viooltjes stonden en over het modderpad naar de achterkant van Chalk House. Hij wist niet eens wat hij van plan was totdat hij bij een raam kwam waardoor hij de vertrekken van Eric Herman kon zien. Hij voelde hoe zijn hoofd zich vulde, maar wist niet of het met bloed of met waanzin was. Hij droeg handschoenen vanwege de koude lucht, of misschien was hij de hele tijd al van plan geweest om in te breken. Hoe dan ook, hij hoefde zichzelf niet verder te beschermen toen hij zijn vuist door het raam stak en zodoende het glas versplinterde, en vervolgens de sluiting lostrok.

Hij trok zichzelf aan het kozijn op; dat ging minder gemakkelijk dan vroeger, hij was bijvoorbeeld zwaarder, en dan had hij ook nog een zwakke knie. Tegen de tijd dat hij in Erics woonkamer was, stond hij te hijgen. Hij klopte het glas van zijn kleren en keek om zich heen. Een dief kon door goed rond te kijken veel van iemand te weten komen, en Abe zag dat Betsy nooit gelukkig kon worden met de man die daar woonde. Hij kon zich haar niet voorstellen in deze keurige kamer, onder de lakens van het perfect opgemaakte bed. Zelfs de koelkast bewees hoe fout Herman voor Betsy was; hij bevatte alleen maar mayonaise, flessen spa en een halve pot olijven.

Als Abe ergens inbrak, voelde hij altijd waar de beste buit lag, hij had een natuurlijke aanleg om schatten te vinden en kennelijk bezat hij die nog steeds. Daar lag het, in de woonkamer, de middenjaarstoets voor Erics examenkandidaten geschiedenis, vijf bladzijden met vragen over de Hellenistische cultuur. Met een paperclip zat er een leerlingenlijst aan het tentamen vast. Abe bekeek de bladzijde snel tot hij vond waar hij naar op zoek was. Harry's naam.

Hij rolde het tentamen op en stopte het in de mouw van zijn jas terwijl hij de deur opende naar de gang van het slaaphuis. Het was etenstijd en op een paar zieke jongens na was er niemand aanwezig. Het was eenvoudig om de gang door te lopen en nog eenvoudiger om vast te stellen wat vroeger dr. Howes kantoor was geweest: daar was de schoorsteenmantel waarin zoveel sneden waren gemaakt, daar was de gele eikenhouten vloer en het houtwerk dat om de week door de huishoudster werd afgestoft, en het bureau waarop Abe Harry McKenna's verdiende loon neerlegde.

Carlin was onderweg van een zwemwedstrijd in New Hampshire naar huis, toen ze hem naast zich voelde. Ze had een heel bankje in beslag genomen door de zwarte jas naast zich neer te gooien. Zo hoefde ze tijdens de busreis geen goedbedoelde gesprekjes met de andere meisjes uit het team te voeren. Het was maar goed dat ze de stoel naast zich vrij had gehouden, want nu was er ruimte naast haar waarop de restjes van August Pierce konden plaatsnemen, druppel voor waterige druppel.

Hoewel Carlin een goede wedstrijd had gezwommen, was het al met al een teleurstellende avond en daardoor was het stil in de bus, zoals altijd na een nederlaag. Carlin had niet eens de moeite genomen om te douchen voordat ze zich aankleedde; haar opgestoken haar was nat en rook naar chloor, maar de druppels water die nu van het plastic bankje afliepen, kwamen niet uit haar haar en evenmin uit het drijfnatte badpak dat in haar sporttas zat gepropt. Carlin keek even of er bij haar in de buurt een raampje op een kier stond, want buiten miezerde het, maar alle raampjes zaten dicht en het dak van de bus lekte niet. De vloeistof die ze voelde, was geen regenwater; toen het spul zich over het bankje verspreidde, bleek het groezelig en groen te zijn, een watermerk met vorm en inhoud. Carlin voelde haar hart net zo tekeergaan als wanneer ze tijdens een wedstrijd tot het uiterste ging. Ze keek recht voor zich uit en telde tot twintig, maar ze voelde hem nog steeds naast zich.

'Ben jij het?' Carlin sprak zo zachtjes dat het niemand in de bus leek op te vallen; zelfs Ivy Cooper niet die rechts van haar zat.

Carlin raakte met één hand de zwarte jas aan. De stof was drijfnat en zo koud dat ze meteen begon te rillen. Ze voelde de kou in haar arm trekken, alsof er ijswater in haar aderen druppelde. De bus was al in Massachusetts en reed in zuidelijke richting over de 93, naar de afslag naar Route 17. Buiten was het zo donker en vochtig dat de mist alles verzwolg, schuttingen en bomen, auto's en verkeersborden. Carlin stak haar hand in de jaszak en ontdekte dat die vol stond met water. Er zat ook drab in de naden, de gruizige modder van de rivierbodem, en een stuk of wat kleine zwarte stenen die vissers zo vaak aantroffen als ze de buik van een zilverforel opensneden.

Carlin keek even naar de overkant van het gangpad, waar Christine Percy zat te dutten. In Christines beslagen raam zag ze de weerspiegeling van Gus. In zijn zwarte jas zag hij zo bleek als theewater, zo doorzichtig dat zijn trekken in de gloed van naderende koplampen oplosten. Carlin sloot haar ogen en leunde met haar hoofd achterover. Hij was naast haar verschenen omdat zij dat wilde. Zij had hem bij zich geroepen en deed dat nog steeds. Zelfs in haar dromen dacht ze aan water, alsof de wereld op zijn kop stond en alles waar ze waarde aan hechtte in de diepte was verdwenen. Ze plonsde met wijdopen ogen door de groene golven, op zoek naar de wereld die ze kende, maar die wereld bestond niet meer; alles wat ooit vast was geweest was nu vloeibaar en de vogels zwommen tussen de vissen.

Carlin werd pas wakker toen de bus met piepende remmen en een trillende motor de parkeerplaats van Haddan op reed. Ze kwam met een schok bij haar positieven en zwaaide met haar armen zoals de teamleden wisten dat een drenkeling deed, en er ging een golf van paniek door de bus. Op dat moment maakte Carlin een gorgelend geluid alsof ze al reddeloos verloren was, maar gelukkig reageerde Ivy Cooper nuchter; ze gaf Carlin een papieren zak waar Carlin in ademde tot ze haar gewone kleur weer terugkreeg.

'Je bent verkleumd,' zei Ivy toen ze Carlins hand aanraakte op het moment dat Carlin het zakje dankbaar teruggaf. 'Misschien ben je te lang in het water gebleven.'

Carlin pakte haar zwarte jas en haar sporttas en zou wegrennen, toen ze opeens besefte dat de meeste meisjes naar een auto stonden te kijken die op het gras voor Chalk House stond geparkeerd. Ondanks de miezerbui en het late tijdstip stond Bob Thomas daar met een paar andere mannen die de meisjes geen van allen herkenden.

'Wat is er aan de hand?' vroeg Carlin.

'Waar zit jij met je hoofd?' Ivy Cooper stond naast haar. 'Ze schoppen Harry McKenna van school. Ze hebben een halfjaarstoets in zijn kamer gevonden. Gisteravond is hij verhoord en hij kon zich er niet uitpraten. Ik heb me laten vertellen dat hij in mr. Hermans appartement heeft ingebroken om het tentamen te pakken te krijgen. Hij had een raam ingeslagen en alles.'

Hoe dan ook, de kofferbak van de geparkeerde auto lag vol met koffers en allerlei eigendommen die er haastig in waren gegooid. Alle bezittingen van Harry lagen daar, zijn truien, zijn sportschoenen, zijn boeken, zijn lamp. Een paar meisjes van de zwemploeg begonnen voetje voor voetje de bus te verlaten en liepen door de regen naar St. Anne, maar Carlin bleef op haar plek zitten en staarde uit het raam. Ten slotte kwam Harry naar buiten, alsof hij snel ergens naartoe moest. Hij droeg een trui met een capuchon waardoor zijn blonde haar onzichtbaar was en zelfs zijn gezicht nauwelijks te onderscheiden viel.

Hij wierp zich op de passagiersstoel van de auto van zijn vader en sloeg de deur dicht. Carlin stapte als laatste uit de bus. Ze kon Harry vanaf haar plek op de parkeerplaats nog zien, maar hij keek niet terug. De decaan en Harry's vader namen niet de moeite elkaar de hand te schudden; dit was geen vriendelijk afscheid. Dartmouth was van Harry's verwijdering op de hoogte gebracht en zijn toelating daar was ingetrokken. Hij zou in de herfst niet naar de universiteit gaan en hij zou dit jaar zijn middelbare schooldiploma niet halen omdat hij voor het einde van het semester moest vertrekken. Carlin liep achter de auto van Harry's vader aan terwijl die langzaam over de verkeersdrempel op de parkeerplaats reed en toen Main Street op draaide. Ze liep verder door de regen, die nu iets dichter was geworden en op de daken van de witte huizen kletterde. De auto was een luxe-uitvoering, zwart en slank en zo stil dat de meeste mensen in het dorp hem niet eens opmerkten. Toen hij het hotel voorbij was, begon de auto harder te rijden en spatte hij door de plassen, waarbij er door de kern van het dorp een dun spoortje uitlaatgas werd getrokken.

Carlin kwam pas na de avondklok haar kamer binnensluipen en ondanks de tijd zat Amy Elliot nog in bed te huilen.

'Heb je nou je zin?' jammerde Amy. 'Zijn leven is verpest.'

Carlin stapte met al haar kleren aan in bed. Ze had helemaal haar zin niet; Harry's vertrek bracht Gus niet tot leven. Gus zou 's ochtends niet uit de rivier verrijzen om zijn voetstappen ongedaan te maken; hij zou niet in zijn bed ontwaken, klaar om naar school te gaan, verlangend naar het vervolg van zijn leven. Toen het ochtend werd, ging Carlin niet naar de les. Het was het hardvochtige einde van de maand en de regen viel bij bakken, maar dat weerhield Carlin er allemaal niet van om naar de bank te gaan om met Mike Randall te spreken en vervolgens met de bus naar een reisbureau in Hamilton te gaan waar ze miss Davis' fondsen aansprak om een vliegticket te kopen. Later op de dag nam ze de bus terug naar Haddan, ging naar de drogisterij en ging daar aan de toonbank zitten. Het was inmiddels na drieën en Sean Byers was al aan het werk. Hij stond bij het aanrecht glazen en kopjes om te spoelen, maar toen hij Carlin zag, droogde hij zijn handen af en kwam bij haar zitten.

'Je bent doorweekt,' zei hij met een stem die zowel verlangen als bezorgdheid uitdrukte.

Er lagen plasjes water op de vloer rond de poten van Carlins barkruk en haar haar zat tegen haar hoofd geplakt. Sean schonk haar een hete kop koffie in.

'Heb je weleens het gevoel dat je naar huis wilt?' vroeg Carlin hem.

Hoewel het rond deze tijd meestal druk was in de drogisterij, leek de zware regen de mensen van de straat en uit de winkels weg te houden. Sam Arthur uit de gemeenteraad was de enige aanwezige klant; hij zat de plannen voor de grensverleggende viering van het nieuwe medische centrum door te nemen, mompelde wat in zichzelf en genoot van zijn aardbeienmilkshake, een artikel dat beslist niet op zijn suikervrije dieet stond.

'Zit je daarover te piekeren?' vroeg Sean. Hij had Carlin sinds de kerstvakantie nauwelijks meer gezien, zeker niet zo vaak als hij had gewild. Hij kwam 's avonds laat nog steeds heimelijk in het zwembad, hopend dat zij er ook zou zijn, maar ze was er nooit. Het was net of de tijd die ze samen hadden doorgebracht geen deel van de rest van hun leven uitmaakte, als een droom die verdwijnt zodra je wakker wordt. 'Ren je weg?'

'Nee.' Carlin bibberde in haar natte kleren. 'Ik ga vliegen.' Ze toonde hem de enkele reis.

'Zo te zien heb je je beslissing al genomen.'

'Ze hebben Harry van school getrapt,' vertelde Carlin aan Sean.

'Nah. Zulke jongens worden nooit ergens van afgetrapt.'

'Deze wel. Gisteravond laat. Hij is geschorst wegens bedrog.'

Sean werd vrolijk. Hij deed een klein overwinningsdansje en daar moest Carlin om giechelen.

'Het ziet er niet fraai uit als je leedvermaak hebt,' zei ze tegen hem; niettemin lachte ze.

'Jij wel,' zei Sean. 'Ik wilde maar dat je niet zo'n lafbek was.'

Een groepje uitgehongerde Haddanleerlingen had de regen getrotseerd op jacht naar patat en hamburgers en Sean moest de bestelling opnemen. Carlin keek toe terwijl hij plakken vlees op de gril gooide en de frituur aan zette. Zelfs hier in de drogisterij kreeg Carlin het gevoel dat ze onder water gevangen zat. De buitenwereld golfde voorbij – mrs. Jeremy met haar paraplu, een vrachtwagen vol hibiscus die voor de Lucky Day parkeerde, een groep kinderen van de basisschool die in poncho's en laarzen naar huis rende.

'Ik ben geen lafbek,' zei Carlin tegen Sean toen die terugkwam en haar kopje bijschonk met dampend zwarte koffie.

'Je laat je wegjagen. Hoe noem je dat anders?'

'Ik wil naar huis.'

Dankzij zijn bijzonder donkere ogen kon Sean Byers de meeste van zijn gevoelens verbergen. Hij had altijd goed kunnen liegen; hij had zich uit toestanden gekletst waarvoor anderen in de cel zouden zijn beland, maar nu loog hij niet. 'Dit heb je altijd gewild. Waarom zou je dan weggaan als je niet wordt weggejaagd?'

Carlin legde wat geld neer om de koffie te betalen en liep naar de deur. De patat spetterde in de olie, maar Sean liep niettemin achter haar aan. Het kon hem werkelijk niet schelen of de hele zaak tot de grond toe afbrandde. De regen stortte zo hard neer dat de neerslag op het asfalt klonk als geweerschoten of afgeschoten kanonnen. Voordat Carlin het trottoir op kon duiken, trok Sean haar terug onder de overkapping van de drogisterij. Hij was gek op haar, maar dat deed er nu niet toe. De regen nam nog verder in kracht toe, maar desondanks kon Carlin Seans hart onder de stof van zijn overhemd en de ruwe witte schort die hij voorhad tekeer horen gaan. De hele buitenwereld was vloeibaar, en ze kon zo worden meegesleurd, en daarom klemde ze zich nu even vast en probeerde niet te verdrinken.

In het veld achter het gemeentehuis was een tent opgezet en erboven was een vlag gehesen zodat het niemand in het dorp kon ontgaan dat er een grensverleggende festiviteit was. Bouwbedrijf Becker was door de gemeenteraad ingehuurd en Ronny Becker, de vader van Doreen en Nikki, had al een stuk grond vlak gebulldozerd waarop de tent kon staan; het mocht met name de oudere gasten zoals mrs. Evans, die sinds kort met een stok liep, niet gebeuren dat ze zouden struikelen over een oneffenheid en een heup of been zouden breken.
De Chazz Dixonband speelde 's middags en vijfentwintig van de viool- en fluitleerlingen van de basisschool van mr. Dixon mochten hun laatste les overslaan om erbij te kunnen zijn. Gelukkig was het, hoewel het midden in het regenseizoen viel, helder en zonnig, met een stevig, vrij aangenaam westenwindje. Voor de zekerheid waren er straalkacheltjes in de tent geplaatst zodat de aanwezigen van de broodjes zalm en bladerdeeghapjes met roomkaas konden genieten die door het kantinepersoneel van Haddan op lange zilveren schalen werden geserveerd. Het was voor niemand een verrassing dat de mensen uit het dorp de neiging hadden om bij de bar samen te scholen, terwijl personeel en faculteit van de school zich rond de hors d'oeuvretafel ophielden waar ze zich te goed deden aan gevulde eieren en broodjes garnaal.
Door zowel de raad van commissarissen van de school als de gemeenteraad was inmiddels een motie aangenomen om het gezondheidscentrum naar Helen Davis te vernoemen en in de hoeksteen was een bronzen plaquette aangebracht waarin haar naam was uitgebeiteld. De decaan had Betsy Chase gevraagd het moment vast te leggen waarop Sam Arthur en Bob Thomas elkaar de hand zouden schudden, elk met een voet

geleund op de hoeksteen. Betsy werd vervolgens gevraagd de dokters te fotograferen die uit een medisch centrum in Boston waren weggelokt, te zamen met de directrice van het nieuwe centrum, Kelly Avons nicht Janet Lloyd, die in haar nopjes was dat ze kon terugverhuizen naar Haddan na acht jaar ballingschap in ziekenhuis Mass General.

Op weg ernaartoe had Betsy de patrouillewagen van Abe zien staan, een van de tientallen auto's die langs de stoeprand van Main Street stonden, waar de borden verboden te parkeren met jutezakken waren bedekt. Haars ondanks keek Betsy naar hem uit, maar het was er stampvol, overladen met mensen die Betsy niet kende, en ze ontdekte Abe pas toen de Chazz Dixonband zijn laatste set speelde. Hij stond voor de provisorische garderobe, en daar moest Betsy toch al naartoe om haar jas op te halen.

'Hé,' zei ze, terwijl ze op hem af liep. 'Ken je mij nog?'

'Jazeker.' Abe hief zijn glas en zei: 'Veel plezier,' en liep toen snel verder. Hij had besloten dat hij vaak genoeg de kous op zijn kop had gekregen, dus liep hij naar de bar om nog een biertje te halen. Ondanks alle poespas van het begin, redden de mensen zich prima zonder dat Abe Grey bij de politie zat. Mrs. Evans bijvoorbeeld, had Doug Lauder gebeld over een wasbeertje dat haar tuin inkwam om haar vogelzaad op te eten en met haar vuilnisbakken te klepperen. Er was een nieuwe geüniformeerde agent aangenomen en die stond 's ochtends bij de oversteekplaats voor de basisschool. Als de tuiniersvereniging bijeenkwam, stond hij het verkeer te regelen voor het gemeentehuis en pakte hij dankbaar de thermoskannen met warme chocolademelk aan die Kelly Avon hem bracht. Dorpelingen die Abe bij de persoonlijkste momenten van hun leven hadden betrokken – Sam Arthur bijvoorbeeld, met wie Abe samen had gewaakt nadat zijn vrouw Lorriane die frontale botsing had gehad toen ze haar dochter in Virginia ging bezoeken, en mrs. Jeremy, die had staan te huilen in die gruwelijke voorjaarsnacht waarin Abe AJ ervan had overtuigd dat hij niet uit een raam op de tweede verdieping moest springen, een sprong die hem waarschijnlijk niet meer schade zou hebben berokkend dan wat gerammel met zijn botten, gezien hoe dronken hij was – leken nu te schrikken als hij ze tegenkwam, gegeneerd door alle problemen waarvan hij op de hoogte was. Eerlijk gezegd voelde Abe zich ook niet zo op zijn gemak bij de meeste mensen, zeker niet nu Joey en Mary Beth hem duidelijk ontliepen en met al die druktemakers van de school die hem hadden aangegeven voor intimidatie en hem nu in de gaten hielden.

Zijn enige reden om bij de feestelijkheden te komen opdagen was dat hij Helen Davis deze eer wilde bewijzen. Hij had al twee biertjes in haar nagedachtenis gedronken en hij vermoedde dat een derde geen kwaad kon. Hij zou nog wat drinken en dan vertrekken, niks aan de hand, maar toen hij zich omdraaide, zag hij dat Betsy ook naar de bar was gekomen. Ze vroeg om een glas witte wijn en keek in zijn richting.

'Daar begin je me al weer te volgen,' zei Abe, en het verraste hem toen ze het niet ontkende. 'Geef haar het goeie spul, George,' zei Abe tegen de barman, George Nichols uit de Millstone.

'De school betaalt de rekening,' zei George. 'Neem maar van mij aan dat er geen goed spul is.'

'Ik heb gehoord dat je bent ontslagen,' zei Betsy terwijl ze aan de kant ging om AJ Jeremy bij de bar te laten.

'Ik noem het liever permanente vakantie.' Abe keek langs AJ heen en gebaarde naar George Nichols dat hij maar een klein beetje wodka in de dubbele wodka-tonic moest doen die AJ had besteld. 'Ze hebben jou zo te zien gestrikt om fotoverslaggever te spelen,' zei hij toen Betsy een stap naar achteren deed om Chazz Dixon te fotograferen die zijn saxofoon met zoveel overgave liet jammeren dat zijn leerlingen onthutst raakten. Betsy draaide zich om en zag Abe plots in haar objectief. De meeste modellen waren verlegen, hadden de neiging weg te kijken, maar Abe keek zo indringend terug dat ze van de wijs raakte en afdrukte voordat ze het wist. Het kwam door die blauwe ogen, en daar was het de hele tijd door gekomen.

'Mijn beurt,' zei Abe.

'Jij hebt geen idee hoe je een behoorlijke foto moet maken.' Betsy lachte terwijl ze hem het toestel aangaf.

'Nu zul je je deze dag altijd herinneren,' zei Abe haar nadat hij haar op de foto had gezet. 'Zeggen ze dat niet altijd over fo-to's?'

Het was een grote fout om niet gewoon bij elkaar vandaan te lopen en ze wisten het allebei, maar ze bleven nog langer samen om naar de band te kijken.

'Misschien moet je hen wel op je bruiloft laten spelen,' zei Abe over de muzikanten.

'Erg grappig.' Betsy dronk haar wijn te snel op; straks zou ze hoofdpijn hebben, maar dat kon haar nu niet schelen.

'Ik vind het helemaal niet grappig.' Hij stak een hand naar haar uit.

'Wat doe je nou?'

Betsy wist zo zeker dat hij haar zou gaan kussen dat ze nauwelijks meer adem kon halen. Maar in plaats daarvan liet Abe haar het kwartje zien dat hij achter haar oor vandaan haalde. Hij had geoefend, en hoewel de truc nog niet perfect ging, had hij tijdens zijn vele vrije uren al wel ontdekt dat hij vingervlugheid bezat. Hij had al bijna honderd dollar uit Teddy Humphrey gefrunnikt die ook nog steeds niet begreep hoe Abe altijd wist welke kaart Teddy uit het spel haalde.

'Dat doe je knap,' zei Betsy. 'Net zo knap als inbreken.'

'Is dit een officieel onderzoek of een persoonlijke beschuldiging?'

Betsy deinde met de muziek mee. Ze weigerde nog iets te zeggen, al had ze meteen aan Abe gedacht toen ze over de inbraak bij Eric had gehoord. Nu nóg vroeg ze zich af of de geschorste leerling, Harry McKenna, wellicht onschuldig was aan die wandaad. 'Ik vind het jammer dat Helen Davis er niet is.'

'Ze zou het hebben gehaat,' zei Abe. 'Een massa mensen, lawaai, slechte wijn.'

'Ze hebben een plaatsvervanger gevonden.' Als nieuw hoofd van de afdeling had Eric in de sollicitatiecommissie gezeten. Ze hadden een jonge, pas afgestudeerde historicus gekozen, te jong en onzeker om het de leiding moeilijk te maken. 'Ze hebben er geen gras over laten groeien.'

'Op Helen.' Abe hief zijn glas bier en dronk het toen in een paar slokken leeg.

Betsy had een dromerige blik in haar ogen; ze besefte sinds

kort dat één enkele beslissing je levensloop kon veranderen. Ze was er niet aan gewend om 's middags wijn te drinken en misschien gedroeg ze zich daardoor zo kameraadschappelijk tegenover Abe. 'Wat zou Helen hebben gedaan als ze een ander leven had willen leiden?'

Abe dacht erover na en zei toen: 'Ik denk dat ze er met mij vandoor zou zijn gegaan.'

Betsy schoot gierend in de lach.

'Denk je dat ik een grapje maak?' grijnsde Abe.

'O nee. Je meent het. Jullie zouden een heel bijzonder stel zijn geweest.'

Nu Abe nogmaals een hand naar haar uitstak, kuste hij haar wel, pal voor de Chazz Dixonband en te midden van iedereen. Hij deed het gewoon en Betsy probeerde hem niet eens tegen te houden. Ze zoende terug tot ze duizelig werd en haar benen wiebelig begonnen te worden. Eric zat bij dr. Jones aan een tafel met de rest van de faculteit en had hen gemakkelijk kunnen zien als hij had omgekeken; Lois Jeremy en Charlotte Evans liepen, babbelend over de grote opkomst, vlak langs hen, en toch bleef Betsy hem zoenen. Ze had eindeloos door kunnen gaan als de drummer van de Dixonband haar niet met een bekkenslag had laten schrikken, waarna ze zich losmaakte.

Enkele aanwezigen hadden besloten bij de garderobe te gaan dansen en diverse dorpelingen namen de vrijheid daartoe voordat de band begon in te pakken. AJ Jeremy die ondanks zijn moeders wakende blik dronken was geworden, danste met Doreen Becker. Teddy Humphrey had de gelegenheid aangegrepen om zijn ex-vrouw ten dans te vragen en tot ieders verbazing had Nikki daarin toegestemd.

'Nou,' zei Betsy, die zich probeerde te hervinden na hun kus. Haar lippen waren heet. 'Wat had dat te betekenen?'

Ze keek naar Abe maar kon zijn ogen niet zien. Des te beter, want als ze die wel had gezien, zou ze exact hebben geweten wat het te betekenen had. Ze was tenminste zo verstandig niet te kijken toen Abe wegliep. Ze had hem al eens verteld dat er nooit iets tussen hen had plaatsgevonden, nu moest ze zichzelf daar alleen nog van overtuigen. Ze bestelde nog een glas wijn, dronk het te snel leeg, haalde haar jas en knoopte die dicht vanwege de omslag van het weer. Boven de tent knalden de vlaggen heen en weer in de wind, en de namiddaglucht begon te betrekken, met wolken die zwart werden. Het feest liep ten einde en Eric trof haar eindelijk aan.

'Wat is er?' vroeg hij, want ze bloosde en liep te wankelen. 'Voel je je niet lekker?'

'Nee, niks aan de hand. Ik wil gewoon naar huis.'

Voordat ze de kans kregen om te vertrekken, hoorden ze het onweer vanaf het oosten komen aanrollen, en de lucht was nog donkerder geworden.

'Slechte timing,' zei Eric. Ze zagen een bliksemflits door het tentdoek heen. 'Daar moeten we maar even op wachten.'

Maar Betsy kon niet wachten. Ze voelde bij elke flits de rillingen over haar rug lopen en voordat Eric haar kon tegenhouden, rende ze de tent uit. Terwijl ze door Main Street rende, rommelde het boven haar en aan de horizon verscheen nog een flits. De bui kwam dichterbij, en in Main Street en aan Lovewell Lane stonden diverse grote eikenbomen die bijzonder vatbaar waren voor blikseminslag, maar dat weerhield Betsy er niet van terug te lopen naar school. Al snel vielen er dikke druppels en stond Betsy met haar hoofd in haar nek. Zelfs nu de regen over haar heen spoelde, stond ze nog in brand; ze had zichzelf nergens van overtuigd.

Bob Thomas had gevraagd of ze haast wilde maken met de foto's, dus liep ze meteen naar de kunstafdeling Ze was blij dat ze aan het werk kon, want dan kon ze Abe misschien uit haar gedachten zetten, en nu bleek dat ze die middag behoorlijk goede foto's had gemaakt. Er zouden een paar foto's op de voorpagina van de *Haddan Tribune* worden geplaatst – die ene waarop Sam Arthur en Bob Thomas elkaar de hand schudden en nog eentje van Chazz Dixon met zijn jammerende saxofoon. Het was verbijsterend hoe de lens van een fototoestel informatie kon oppikken die met het blote oog niet waarneembaar was. Het wantrouwen bijvoorbeeld op het gezicht van Sam Arthur, terwijl hij de decaan aankeek; het zweet op de wenkbrauw van Chazz Dixon. Betsy had verwacht dat de foto van Abe haar het meest zou raken, maar hij had bewogen en daardoor was het beeld wazig. Hij kwam helemaal niet tot zijn recht. Nee, het was de foto die Abe van haar had gemaakt die het verontrustendst bleek te zijn. Betsy liet die afdruk een tijd lang in het ontwikkelbad liggen, totdat hij doorontwikkeld was en streperig, maar zelfs toen was het beeld onmiskenbaar. Daar, in het openbaar, stond een vrouw die verliefd was.

HET PRIEEL

Onder de parelmoeren maartse luchten heerste er in New England veel verdriet. De wereld was al zo lang afgesloten geweest dat het leek of het ijs nooit meer zou smelten. De mensen werden wanhopig van het gebrek aan kleur. Na een poosje veroorzaakte de zwarte schors van de bomen tijdens regenbuien golven van melancholie. Mensen begonnen te huilen als ze een zwerm ganzen langs de bleke hemel zagen vliegen. Binnenkort zou alles zich gaan vernieuwen, de esdoorns zouden weer vitaal worden, er zouden weer roodborstjes op de gazons verschijnen, maar in het schemerige licht van maart vergat je dat snel. Het was de tijd van de wanhoop en die duurde vier weken, en in die periode leden de gezinnen van Haddan meer schade dan alle buien het dorp ooit hadden berokkend.

In maart sprak rechter Aubrey meer echtscheidingen uit en werden er meer relaties beëindigd. Mannen gaven toe aan verslavingen die hen beslist in de ellende zouden storten; vrouwen waren zo afgeleid dat ze per ongeluk brandjes stichtten terwijl ze spek uitbakten of tafelkleden streken. Het ziekenhuis in Hamilton lag in deze maanden altijd vol, en er liepen zoveel mensen met kiespijn rond dat beide tandartsen in Hamilton overuren maakten. In deze tijd van het jaar kwamen er weinig toeristen naar Haddan. De meeste inwoners hielden staande dat oktober de beste maand was om het dorp te bezoeken, met al die prachtige vogels, de gouden iepen en de rode eiken die in het namiddaglicht in brand leken te staan. Volgens anderen was mei het mooist, die zachtgroene tijd waarin de leliën bloeiden en de tuinen aan Main Street vol stonden met suikerspinroze pioenen en Hollandse tulpen. Margaret Grey kwam echter altijd in maart naar Haddan terug, ondanks het wisselvallige weer. Ze kwam op de tweeëntwintigste, de verjaardag van haar zoon Frank, en bleef na de ochtendvlucht vanuit Florida een nacht bij Abe logeren. Van Abes vader, Ernest, mocht niet worden verlangd dat hij haar zou vergezellen; Margaret verwachtte niet van haar man dat hij de begraafplaats bezocht of van Abe dat hij haar in Boston van het vliegveld zou halen. Ze nam de trein naar Haddan en keek uit over de landerijen die ze vroeger zo goed kende; het kwam haar nu allemaal vreemd voor, de stenen muren en de velden, de zwermen merels, de massa's woudzangers die rond deze tijd van het jaar terugkeerden en Franks verjaardag vierden door langs de koude, wijde hemel te schieten.

Abe wachtte zijn moeder op het station op, net als ieder ander jaar. Maar hij was nu eens te vroeg en de trein was te laat, want hij was buiten Hamilton opgehouden door een koe op de rails.

'Je bent op tijd,' zei Margaret toen Abe naar voren stapte om haar te omhelzen en haar koffer aan te pakken, want hij was een notoire laatkomer bij deze bezoekjes, doordat hij het verdriet dat onontkoombaar met de dag verbonden was probeerde uit te stellen.

'Ik ben werkloos,' herinnerde hij zijn moeder. 'Ik heb alle tijd.'

'Ik herken die auto,' zei Margaret toen Abe haar naar Wrights patrouillewagen leidde. 'Die was twintig jaar geleden al niet veilig meer.'

Ze stopten bij de Lucky Day-bloemisterij, waar Ettie Nelson haar oude vriendin omhelsde en aan Margaret uitlegde hoe jaloers ze was op mensen die in Florida woonden waar het al zomer was als ze zich hier in Haddan nog door die vreselijke stormen moesten worstelen. Abe en zijn moeder kochten net als anders één enkel bosjes narcissen, al hield Margaret even in om Etties guirlandes te bewonderen.

'Sommige mensen zweren erbij,' zei Margaret over de guirlandes. Er waren erbij met buxus en jasmijn, en andere met dennentakken of hydrangea, vervlochten tot een hemelsblauwe streng. 'Lois Jeremy's zoon, AJ, is vroeger bijna bezweken aan een longontsteking en Lois ging dag in dag uit naar de begraafplaats van Haddan. Er hingen ten slotte zoveel kransen om de hals van dat lam dat het wel een kerstboom leek. Maar misschien heeft het wel geholpen – AJ is een gezonde, sterke vent geworden.'

'Gezond, dat betwijfel ik,' zei Abe toen hij Ettie bedankte en de bloemen betaalde. 'Hij is een herrieschopper en een dronkelap, maar misschien heb je wel gelijk. Hij leeft tenminste wel.'

Frank lag begraven op het nieuwe stuk van het kerkhof. In september legde Abe altijd chrysanten bij de grafsteen en in de lente wiedde hij rond het rijtje azalea's die Margaret had geplant in dat eerste jaar, toen elke dag pijnlijk was, alsof zonlicht en lucht en tijd de oorzaken van hartzeer en verdriet waren. Nu hij vandaag zijn moeder de narcissen op het graf zag leggen, werd Abe getroffen door de korte tijdsspanne die Frank op aarde had doorgebracht, zeventien jaar maar. Abe had zelf al een zoon van die leeftijd kunnen hebben als hij zich eens had kunnen vestigen.

'Ik had het kunnen zien aankomen,' zei Margaret toen ze daar zo stonden. 'Alles wees erop. We dachten dat het wel goed was dat hij zich van andere mensen afsloot. Hij studeerde zo hard en het ging zo goed met hem.'

Abes ouders leken het er altijd over eens te zijn geweest dat het een ongeluk was geweest; een jongen die in zijn naïviteit met een pistool had zitten spelen, een tragisch incident. Maar Margaret was duidelijk tot de conclusie gekomen dat dat niet het geval was geweest, of misschien had ze vroeger gewoon niet het lef gehad om haar twijfels kenbaar te maken.

'Achteraf lijkt alles wel een aanwijzing, maar dat zegt niets,' zei Abe. 'Hij had bij het ontbijt een tosti gegeten, hij had de auto gewassen en droeg een wit overhemd. Is dat allemaal van belang?'

'Hij zou nu negenendertig zijn geworden. Net zo oud als AJ Jeremy. Allebei geboren op de laatste dag voor het voorjaar,' zei Margaret. 'Die ochtend voelde ik dat er iets mis was, want hij kuste me zomaar. Hij legde zijn handen op mijn schouders en kuste me. Hij vond het als baby al niet prettig om geknuffeld te worden. Frank was niet zo'n mensenmens. Hij deed altijd alles op zijn eigen houtje. Op dat moment had ik het moeten beseffen, het was zo ongewoon. Hij zoende nooit.'

Abe kuste zijn moeder op de wang.

'Jij wel,' zei ze en haar ogen vulden zich met tranen.

Er worden zaken geheim gehouden uit eigenbelang en om onschuldigen te beschermen, maar de meeste geheimen berusten op beide motieven. In al die jaren had Abe nog nooit verteld dat hij iets voor zijn broer had gedaan. Hij had woord gehouden, net als op die hete zomerdag. Het was zo bijzonder dat Frank belangstelling toonde voor Abe of hem een rol liet spelen in zijn leven, hoe had Abe hem dan iets kunnen ontzeggen?

'Ik ben met hem meegegaan om het pistool te pakken.' Dit had Abe zijn moeder sinds die hete middag willen vertellen, maar de woorden waren in zijn keel blijven steken, alsof ze stuk voor stuk uit glas waren gesneden, en hem bij de geringste bekentenis zouden hebben verwond. Zelfs nu kon Abe Margaret nog niet aankijken. De blik van verraad in haar ogen die hij zich sinds de dood van Frank had verbeeld, kon hij niet verdragen. 'Hij zei dat hij op de schietschijf ging schieten. Daarom deed ik het. Ik klom door het raam en haalde het op.'

Margarets mond vertrok tot een dun streepje terwijl ze deze informatie aanhoorde. 'Dat had hij nooit mogen doen.'

'Hij niet? Hoor je niet wat ik zeg? Ik pakte het pistool.' Hij herinnerde zich nog precies hoe Frank had gekeken toen hij zich had gebukt zodat Abe op zijn schouders kon klimmen. Abe had zich nog nooit zo zeker gevoeld. 'Ik heb hem eraan geholpen.'

'Nee.' Margaret schudde haar hoofd. 'Hij heeft je misleid.'

Boven hen zweefden twee havikken westwaarts die door het baldakijn van wolken sneden. Het weer was omgeslagen, zoals meestal op Franks verjaardag, een onbestendige dag in een onbestendige maand. Margaret vroeg of ze naar Wrights boerderij zouden gaan. Ze had altijd geloofd dat wie goed doet goed ontmoet, maar dat de waarheid ingewikkelder is, en je er als persoon mee kon doen wat je wilde. De waarheid was iets merkwaardigs, moeilijk om vast te houden, moeilijk te beoordelen. Als Margaret niet bij Wright Grey was gebleven op de laatste dag van zijn leven, zou ze nooit hebben geweten dat haar man, Ernest, niet het biologische kind van Wright en Florence was.

'Doe niet zo gek, pa,' had ze tegen Wright gezegd toen hij het haar vertelde.

Ze was zo jong geweest en zo zenuwachtig over het doodgaan en ze wist nog dat ze had gewild dat Ernest opschoot met aflossen. Toen ze zijn auto buiten tot stilstand hoorde komen, was ze dankbaar geweest.

'Ik heb hem gevonden,' had Wright volgehouden. 'Bij de rivier. Onder een paar struiken.' Margaret had door het raam gezien hoe Ernest een ziekenhuisbed uit de kofferbak haalde in de hoop de laatste dagen van zijn vader wat te kunnen verlichten. Terwijl Ernest het bed in de voorkamer opzette, vertelde Wright aan Margaret hoe hij de baby had ontdekt die volgens de meeste mensen in het dorp nooit het daglicht had aanschouwd. Dat kind was geboren en leefde, door zijn moeder onder de hoede van de zwanen achtergelaten, toegedekt met wilgentenen en uit het zicht gehouden totdat Wright naar dr. Howe kwam zoeken. Wright had een of andere straf willen uitdelen vanwege al het wangedrag dat Annie had moeten doorstaan, maar hij had, al was dat wel zijn plan geweest, het schoolhoofd geen aframmeling bezorgd hoezeer die het ook verdiend had, want hij werd afgeleid door een spoor van tranen en bloed dat naar de wilg leidde waar het kind voor zijn vader was verborgen.

Diezelfde ochtend liep Wright helemaal naar Boston met de zuigeling onder zijn jas. Hij had zich als man altijd verantwoordelijk gevoeld, ook waar het hem niet aanging. Hij was door plaatsen gekomen die hij nog nooit eerder had bezocht en door dorpen die uit niet meer dan een postkantoor en een winkel bestonden. Ten slotte bereikte hij de stadsgrens; op de oever van de Charlesrivier ontwaarde hij een jonge vrouw en vanwege haar vriendelijke gezicht wist hij meteen dat zij met hem zou trouwen. Wright liep langzaam op haar af, om haar niet af te schrikken. Annie Howes baby lag warm en veilig in zijn jas aan een doekje te zuigen dat hij in de melk had gedoopt. Wright ging naast Florence zitten, een vriendelijke, weinig aantrekkelijke vrouw die nog nooit door zo'n mooie man was benaderd, laat staan in vertrouwen genomen. Ze voedden het kind op alsof het hun eigen was, want dat was hij geworden. Ze hoopten dat het jochie nooit verdriet, verlies of rouw zou ondergaan, maar die dingen gebeuren nu eenmaal; je kunt ze niet ontlopen of ontkennen.

Margaret Grey was getrouwd met een jongen die volgens de meeste mensen niet eens was geboren, dus ze wist dat alles mogelijk was. 'Misschien had ik net als Lois Jeremy van die guirlandes moeten kopen,' zei ze tegen Abe toen ze naar de boerderij reden. 'Misschien was alles dan anders verlopen.'

Margaret dacht aan alle zekerheden die er waren, dat na de nacht altijd de dag volgt en dat liefde nooit verspild is of verloren gaat. Op de ochtend dat het was gebeurd, was Frank naar de markt gegaan om melk en brood te kopen en had Margaret hem de hele straat uit zien lopen. Men zegt altijd dat iemand die wordt nagekeken tot hij uit het zicht is, nooit meer gezien zal worden, en dat was precies wat er gebeurde. Er was niets tegen te doen geweest, toen niet en nu zeker niet meer. Al had ze duizend guirlandes rond de hals van het lam gehangen, dan had het hem nog niet kunnen beschermen.

Toen ze bij Wrights huis aankwamen, opende Abe het bijrijdersportier en hielp zijn moeder met uitstappen. De één had geluk met zijn kinderen en de ander niet, en Margaret Grey bleek beide te hebben. Abe was zo groot en sterk dat het haar verbaasde. Men zei dat hij verkeerd terecht zou komen, maar dat had Margaret nooit willen geloven, en daarom vertelde ze hem uiteindelijk wie zijn grootouders waren. Eerst geloofde hij het niet, hij lachte en zei dat er niemand in het dorp was te vinden die nog niet had gezegd hoeveel hij op Wright leek. Maar het kon natuurlijk allebei waar zijn, en je kon het meeste horen bij hen die van je houden.

De akte van Wrights huis stond op Abes naam. Er kwamen nog weleens projectontwikkelaars rondsnuffelen, onder wie een vent uit Boston die het stuk grond wilde kopen om er net zo'n winkelcentrum neer te zetten als in Middletown stond, maar Abe belde hen nooit terug. Route 17 was al zo dichtgebouwd dat het leek of ze een andere tijd binnenreden toen ze de onverharde weg opdraaiden naar Wrights boerderij. Er waren tientallen roodborstjes, terug van hun overwintering in de Carolina's, die neerstreken op de appelbomen nabij Annies graf, het graf in het veld waar Wright altijd bloemen bracht die hij bij de rivier plukte. Vanwege de omstandigheden waaronder ze was gestorven, had Annie niet op de begraafplaats van de school begraven mogen worden, waar later haar echtgenoot ter aarde werd besteld, noch op het kerkhof. Wright had haar stoffelijk overschot opgeëist bij Hale Brothers Funeral Parlor, en hij en Charlie Hale hadden op een onbewolkte winderige dag eigenhandig het graf gegraven. Als je van iemand houdt, blijft die altijd de jouwe, hoeveel tijd er ook tussen ligt, daar geloofde Margaret Grey heilig in. De hemel zal altijd blauw zijn; de wind zal altijd over de velden strijken en het gras zal altijd buigen.

In april vernam men dat Abe Grey van plan was het dorp te verlaten, al geloofde niemand die geruchten. Sommige mensen zijn voorspelbaar; die gaan nooit ver weg. De buren kunnen de klok op ze gelijkzetten en dat willen ze zo houden. Voorzover men wist, was Abe alleen het dorp uit geweest als hij met Joey ging vissen of bij zijn ouders in Florida op bezoek ging. Men verwachtte evenmin dat hij zou vertrekken als dat hij naakt op straat zou gaan dansen en in de Millstone werd er zelfs om flinke bedragen gewed dat Abe in zijn huis aan Station Avenue zou blijven tot ze van Hale Brothers kwamen om hem naar zijn laatste rustplaats te brengen.

Maar feiten waren feiten. Wie op het punt staat te vertrekken laat altijd een spoor na van afgeronde zaken, en dat was het geval met Abe. Kelly Avon meldde dat hij zijn rekening bij de 5&10 Centbank had opgezegd en Teddy Humphrey zag hem bij de minimarkt naar kartonnen dozen zoeken, altijd een teken van een ophanden zijnde verhuizing. Elke ochtend sprak men er bij de drogisterij over of Abe zou vertrekken of niet. Lois Jeremy was van mening dat Abe het dorp waar zijn broer begraven lag nooit zou verlaten, maar Charlotte Evans wist dat nog niet zo zeker. Je kon nooit zeker weten wat er in iemand omging of wat hij zou doen. Kijk nou eens naar die aardige Phil Endicott met wie haar dochter getrouwd was, hoe die volledig was omgeslagen tijdens de echtscheidingsprocedure. Pete Byers, die nog nooit aan roddel had meegedaan, keek iedere avond uit naar het avondeten waarbij hij kon mijmeren over Abes toekomst. Hij sloot de drogisterij tegenwoordig eerder om vroeg thuis te kunnen zijn en daar de mogelijkheden door te spreken met zijn vrouw, Eileen, van wie hij onlangs had ontdekt dat ze hem na het twintig jaar te hebben opgespaard, veel te vertellen had, wat ertoe had geleid dat ze tegenwoordig de hele nacht wakker bleven en in bed nog tegen elkaar lagen te fluisteren.

Betsy Chase hoorde over Abe toen ze met Doreen Becker zat te vergaderen in de Haddan Inn over de definitieve plannen voor haar bruiloft. Het was de eerste dag van de voorjaarsvakantie, en Betsy had de gelegenheid aangegrepen om haar privé-aangelegenheden op een rijtje te zetten. Ze had Doreen net laten weten dat ze de Chazz Dixonband er niet bij wilde hebben, niet dat het geen fantastische muzikanten waren, toen Doreens zus Nikki belde om Doreen te laten weten dat Marie Bishop haar had verteld dat ze door het raam van de voorkamer kon zien dat Abe zijn auto aan het inpakken was, die oude patrouillewagen van Wright die ieder verstandig mens allang weggedaan zou hebben.

Het was smoorheet in het hotel, en misschien voelde Betsy zich daarom slap worden toen ze het nieuws over Abes vertrek vernam. Ze vroeg Doreen om een glas water, maar dat deed haar geen goed. Buiten in de heg floot een spreeuw de eerste noten van zijn lentelied, een triller die in sommige oren als een slaapliedje klonk en in andere als een rusteloze kreet. De winterharde tuinen van mrs. Evans en mrs. Jeremy stonden vol met narcissen en tulpen en de eiken aan Main Street droegen plukjes frisse, groene knoppen. Het was een prachtige dag en niemand dacht dat er iets aan de hand was toen ze Betsy later door Main Street zagen lopen. Ze waren er inmiddels wel aan gewend dat ze door het dorp dwaalde, naar de weg vroeg en verkeerde straten inliep, totdat ze ten slotte de juiste weg vond.

Mensen die haar dachten te kennen, Lynn Vining en de rest van de kunstafdeling, zouden nooit hebben kunnen voorspellen dat Betsy op zo'n manier zou vertrekken, met een inderhaast opgestelde cijferlijst voor de leerlingen en een telefoontje naar een transportbedrijf om haar meubels op te halen. Lynn zelf moest de rest van het jaar huisouder spelen van St. Anne, een taak die haar blijvend hoofdpijn bezorgde. Geen wonder dat Lynn naderhand aan iedereen vertelde dat zij inmiddels tot de conclusie was gekomen dat je iemand nooit helemaal kon doorgronden. Eric Herman daarentegen, was niet echt verbaasd dat Betsy er zo plotseling vandoor ging. Hij had gezien hoe ze naar bliksemflitsen keek en tegenover zijn beste vrienden erkende hij dat hij opgelucht was.

De zwarte kat liep binnen te ijsberen, smekend om eruit te worden gelaten, toen Betsy kwam aanlopen. Toevallig hadden Abe en Betsy geen van beiden veel in te pakken. Ze gooiden hun bezittingen in de kofferbak van Wrights oude auto en dronken een kop koffie in de keuken. Het was bijna middag toen ze vertrokken, voor een twijfelaar tijd zat om zich te bedenken. Omdat Abe Grey ervan hield zijn zaakjes netjes achter te laten, spoelde hij de koffiepot om voordat ze vertrokken en goot hij de pakken melk en sinaasappelsap leeg opdat die niet in de koelkast zouden bederven. Voor de eerste keer in zijn leven had hij een schone keuken, en dat maakte het voor hem een stuk gemakkelijker om te vertrekken.

Hij deed zijn best om de kat mee te nemen, maar katten zijn territoriumgebonden wezens en deze was bijzonder eigenwijs. Hij liet zich niet op de achterbank lokken, zelfs niet met een geopend blik tonijn. Ondanks het lokaas keek de kat Abe met zoveel desinteresse aan dat Abe moest lachen en het opgaf. Toen ze klaar waren voor vertrek, knielde Abe op de stoep om de kat op zijn kopje te kloppen, en in reactie daarop sloot de kat zijn ene oog, maar het viel onmogelijk te zeggen of dat uit genot of afkeuring was. In feite had Abe het meeste moeite om van deze kat afscheid te nemen, en dus wachtte hij een poosje terwijl de motor al liep en het achterportier openstond, maar de kat draaide zich om en liep de straat uit zonder ook maar één keer om te kijken.

Ze reden het dorp uit, langs het nieuwbouwproject, de mini-markt en het benzinestation en de velden vol strobloemen. Ze reden door tot bij de weg die naar het huis van Abes opa leidde. Het was zo'n schitterende dag dat Betsy haar zonnebril wilde opzetten, maar de hemel was te blauw en te mooi om te missen. In het bos bloeiden de viooltjes en de haviken baden boven de velden. Bij de boerderij stapten ze uit, knalden de portieren dicht waardoor de merels allemaal tegelijk opvlogen en boven hen heen en weer wiekten alsof ze zich met kruis-steken aan de hemel vastnaaiden. Er bromden bijen rond de lelies bij de veranda en hoewel de boerderij mijlenver van de drassige rivieroever verwijderd stond, hoorden ze boomkik-kers roepen. Abe ging met een bosje wilde irissen die hij on-derweg had geplukt de laatste eer bewijzen. Afgezien van het hek zou niemand op de gedachte komen dat hier iemand be-graven lag; het was zomaar een stuk land waar het gras hoog stond en in de herfst vergeelde.

Toen ze hem zo zag lopen, onderdrukte Betsy de neiging om haar fototoestel te pakken en wachtte in plaats daarvan rustig tot hij terugkwam. Het gras waar hij doorheen liep was jong en de zoete geur bleef in zijn kleren hangen. Er zat blauwe kleurstof van de wilde irissen op zijn handen. Dit zou Betsy altijd onthouden: dat hij naar haar zwaaide toen hij door het veld terug kwam lopen, dat ze haar eigen polsslag voelde, dat de hemel een kleur had aangenomen die een foto nooit zou kunnen weergeven, zoals de hemel ook nooit vanaf de aarde zichtbaar was.

Een tijdlang stonden ze naar het oude huis te kijken, ze zagen de schaduwen van de wolken over de velden en de weg strij-ken, en vervolgens stapten ze weer in en reden naar het wes-ten, naar de tolweg. Het duurde dagen voordat er iemand besefte dat ze weg waren, en Carlin besefte als eerste dat ze waren vertrokken. Ze wist het ruim voordat Mike Randall van de 5&10 Centbank het bericht ontving dat hij Abes huis moest verkopen en het geld overmaken, voordat de school begreep dat ze een vervanger voor Betsy's lessen moesten zoe-ken. Ze wist het voordat Joey Tosh zich met zijn eigen sleutel toegang tot Abes huis verschafte om tot zijn verrassing te ontdekken dat de keuken voor het eerst opgeruimd en netjes was. Carlin was tijdens de paasvakantie naar huis geweest, net als de meeste leerlingen, met dit verschil dat zij niet zeker wist of ze nog wel terug zou gaan. Sean Byers had haar in de auto van zijn oom naar Logan Airport gebracht en hij had gezien dat ze meer bagage bij zich had dan de meeste mensen die een weekje weggaan. Ze had een grote draagtas vol boeken bij zich en de nieuwe laarzen die ze bij Hingram had gekocht, ook al zou ze daar in Florida niets aan hebben. Ondanks zijn vrees dat ze niet terug zou keren, hield Sean zijn mond dicht, en dat viel hem niet licht. Zijn oom Pete had hem die ochtend ter zijde genomen en hem verteld dat hij later wel zou beseffen dat geduld een ondergewaardeerde deugd was, die je maar beter kon koesteren al werd je in de steek gelaten.

En dus was Sean haar niet achterna gegaan, maar had hij in de geparkeerde auto van zijn oom zitten kijken hoe ze vertrok. Hij dacht nog steeds aan haar toen zij de heldere vochtige namiddaglucht van Florida inliep en op slag duizelig werd van de hitte.

'Meid, ben je gek geworden?' vroeg Carlins moeder Sue toen ze Carlin stijf omhelsde. 'Je draagt wol in april. Leren ze je dat in Massachusetts?'

 Sue Leander zei niets lelijks over Carlins rattenkop, maar ze stelde wel een bezoekje voor aan de kapsalon in Fifth Street, al was het maar om het nieuwe kapsel van haar dochter door middel van een permanentje of watergolven een beetje meer pit te geven. Zodra ze thuiskwam, trok Carlin de trui en het rokje die ze in het winkelcentrum in Middletown had gekocht uit en verruilde ze voor een korte broek en een t-shirt. Ze ging op de achterveranda zitten waar ze ijsthee dronk en aan de hitte probeerde te wennen. Ze had het zo lang koud gehad dat ze min of meer gewend was geraakt aan die frisse Massachusettslucht die naar appels en hooi rook. Niettemin vond ze het prettig de stem van haar moeder door de schuifpui te horen, vond ze het leuk de rode haviken tegen de withete hemel te zien rondcirkelen. Toen ze haar moeder vertelde dat ze nog niet zeker wist of ze wel terug zou gaan, zei Sue dat het best was, dat ze er niemand mee teleurstelde, maar Carlin

wist dat haar moeder en zij de zaken altijd verschillend bekeken en dat zijzelf de enige was die door zo'n beslissing teleurgesteld zou raken.

Op een middag bracht de postbode een pakje dat vanuit het
postkantoor in Hamilton was verstuurd. Het was een t-shirt
van de school, zo eentje dat ze in het non-foodvak van de
drogisterij verkochten, met een koffiemok van Haddan en
een sleutelring, allemaal verzonden door Sean Byers. Carlin
lachte toen ze de geschenken zag. Ze trok het Haddan t-shirt
aan toen ze met haar oude vriend Johnny Nevens uitging.

'Boola boola,' zei Johnny toen hij het t-shirt zag.

'Dat is Yale.' Carlin lachte. 'Ik zit op een kostschool. Haddan.' Ze wees op de letters op haar borst.

'Dat zeg ik.' Johnny haalde zijn schouders op. 'Tantetje Weet-
veel.'

'Ach, hou je kop.'

Carlin trok een paar sandalen aan. Voor het eerst in haar leven
maakte ze zich zorgen over de slangen die volgens haar moeder in de schemering altijd, op zoek naar insecten en konijnen, te voorschijn kwamen.

'Ik begrijp er niks van,' zei Johnny. 'Je vertelt me al jarenlang
dat je zo slim bent en nu ik het eindelijk met je eens ben,
word je kwaad.'

'Ik weet niet wat ik ben.' Carlin stak haar handen omhoog
alsof ze smeekte om een antwoord. 'Ik heb geen idee.'

'Maar ik wel,' zei Johnny. 'En dat geldt voor iedereen hier in
de stad, dus hou je gemak maar, wijsneus.'

Ze gingen naar het park dat aan Fifth Street lag, de enige
hangplek afgezien van de McDonalds aan Jefferson Avenue.
Het was een prachtige avond, Carlin zat op de motorkap van
Johnny's auto en dronk bier en keek naar de sterren. Ze had
de laatste maanden helemaal in de knoop gezeten en voelde
zich nu ontbonden. De krekels sjirpten alsof het al zomer was
en er fladderden witte motjes in de lucht. Het maanlicht
scheen zilverig als water op het asfalt en de stoeptegels. Men
was aardig tegen Carlin en diverse meisjes die ze nog van de
basisschool kende, kwamen haar, ondanks haar coupe, vertellen hoe goed ze eruitzag. Lindsay Hull, die Carlin nooit er-

gens bij had betrokken, nodigde haar zelfs uit om op zaterdag mee te gaan naar de bioscoop met een clubje dat elke week samen ging winkelen.

'Ik bel je als ik nog in de stad ben,' zei Carlin tegen Lindsay. Ze wist niet of ze onder de uitnodiging uit probeerde te komen of dat ze nog niet wist of ze al dan niet zou blijven. Later reed ze met Johnny naar het bos, naar de plek waar ze ooit de pech hadden gehad een aligator tegen het lijf te lopen. Ze waren toen nog maar kinderen geweest en tot Johnny's blijvende vernedering was hij degene geweest die gevlucht was. Carlin daarentegen, had als een duivel staan brullen totdat de aligator zich had omgedraaid en terug was gegaan naar het brakke water, maar met een snelheid die je niet van zo'n log beest verwacht zou hebben.

'Man, ze keek hem recht aan.' Johnny was nog steeds trots op Carlins confrontatie van destijds. Hij had het er op feestjes over, en vertelde dan dat zij zo'n wilskrachtig, vals kreng was dat ze een *gator* het moeras in kon jagen.

'Ik was waarschijnlijk banger dan jij.' Het was hier 's avonds donkerder dan in Massachusetts, en veel levendiger, met al die kevers en motten. 'Ik was gewoon te stom om te vluchten.'

'O, nee,' verzekerde Johnny haar. 'Jij niet.'

Carlin zat de hele week voor de tv, verslaafd aan het weerkanaal. De hemel in Florida was helder, maar New England werd getroffen door een hele serie voorjaarsstormen en met name Massachusetts had het zwaar te verduren. Sue Leander keek hoe haar dochter het nieuws opnam en op dat moment wist Sue dat haar dochter niet zou blijven. Ten slotte ging Carlin een dag te vroeg terug naar school en verscheen op een verlaten campus nadat de ergste stormschade al een feit was. Ze had van het geld uit het reisfonds van miss Davis een taxi genomen vanaf Logan. Carlin kon de luxe ervan nauwelijks waarderen toen ze eenmaal in Haddan waren en ze zag hoeveel er tijdens haar afwezigheid verwoest was. Watertjes die door de smeltende sneeuw al hoog hadden gestaan, waren overstroomd en de velden waren nu groen van het water in plaats van van de kool en doperwten. Her en der lagen de zilverforellen op straat, met hun schitterende schubben op het asfalt, waardoor iedereen die deze wegen gebruikte een zonnebril moest dragen, zelfs op zwaarbewolkte dagen.

'Lentestormen zijn de ergste,' zei de taxichauffeur tegen Carlin. 'Daar is nooit iemand op voorbereid.'

Ze moesten Route 17 helemaal vermijden, want onder een viaduct van de snelweg stond een plas van anderhalve meter diep. In plaats daarvan reden ze de lange slingerweg af die langs de stalletjes bij de boerderijen voerde en langs de nieuwbouwprojecten. De vochtige, groene lucht was nog steeds snijdend koud, dus deed Carlin Gus' jas aan. Ze had hem meegenomen naar Florida en hem daar in de kast verstopt totdat haar moeder was gaan klagen dat er water op de vloer lekte. Carlin had gedacht dat ze de gebeurtenissen achter zich zou laten als ze de school verliet, maar in Florida bleef ze zwarte stenen vinden op de veranda, op het aanrecht en onder haar kussen. Als ze in de zon kwam, voelde ze Gus' aanwezigheid als een plens water. Ze had elke ochtend bij het ontwaken gemerkt dat haar lakens klam waren, de stof gruizig alsof er zand over het katoen was gestrooid. Carlins moeder gaf het vochtige klimaat de schuld van het doorweekte beddengoed, maar Carlin wist dat de oorzaak elders lag.

Toen de taxi ten slotte door het dorp reed, zag Carlin de stormschade. Een paar van de oude eiken aan Main Street waren in tweeën gespleten en de adelaar voor het gemeentehuis was voorgoed van zijn bronzen horst gevallen. Enkele van de witte huizen moesten opnieuw gedekt worden, maar de school was het zwaarst getroffen, want de rivier was één meter twintig boven zijn hoogste stand gewassen, had de gebouwen overstroomd die goddank tijdens de voorjaarsvakantie onbewoond waren geweest. Nu moest de drijfnatte vloerbedekking uit de bibliotheek worden losgetrokken en verwijderd, en het parkeerterrein achter het hoofdgebouw werd nog steeds leeggepompt met een dompelpomp van publieke werken. Chalk House was het ernstigst aangetast doordat het zo dicht op de rivier stond. Het huis had tijdens het stijgen van de rivier staan rollen en stampen; op het laatst waren hele stukken van de fundering weggeslagen. Toen Billy

Bishop, de inspecteur gebouwen van het dorp, erbij werd geroepen, kondigde hij aan dat er niets anders aan viel te doen dan de hele boel af te breken voordat het omviel. Het was een noodsituatie, met reëel instortingsgevaar, en dus werd het huis nog tijdens de vakantie met de grond gelijk gemaakt. Het werd in twee middagen afgehandeld door een paar bulldozers, en de mensen uit het dorp kwamen niet alleen kijken, ze applaudisseerden zelfs toen het houtwerk omlaag kwam en diverse dorpskinderen stalen stenen om als souvenir te bewaren.

Leerlingen die na de vakantie terugkeerden, troffen een gat in de grond aan, en hoewel verschillende jongens van Chalk House na de vakantie niet terugkwamen, nog steeds aangetast door de vreselijke griep, werden de andere jongens naar gezinnen in het dorp doorgestuurd om daar te verblijven totdat er een nieuw studentenhuis kon worden gebouwd. Enkele jongens morden over de nieuwe omstandigheden, en er waren er twee zo geschokt door hun onderkomen dat ze van school gingen, maar de rest schikte zich, en Billy en Marie Bishop raakten zo gehecht aan hun kostganger, Dave Linden, dat ze hem vroegen of hij mee wilde op zomervakantie en in ruil maaide hij de volgende drie jaar hun voortuin en knipte hun heg.

Nu Chalk House niet meer in de weg stond, kon Carlin over de rivier uitkijken. Ze zat in haar kamer van het uitgestrekte water en de wilgen te genieten, toen de zwarte kat via het leiwerk op het raamkozijn klom. Rond deze tijd kleurde de lucht indigo en vielen er grote schaduwvlekken op het gras. Carlin zag aan de manier waarop de kat binnenkwam en aan de manier waarop hij zich als een eigenaar op haar beddengoed neervlijde dat het dier niet meer zou vertrekken. Katten zijn wat dat betreft verstandig: als de ene eigenaar vertrekt, nemen ze de meest voor de hand liggende, en soms werkte dat prima.

Toen de kat zich vestigde, wist Carlin dat Abe het dorp had verlaten, en nadat ze naar beneden was gegaan en had ontdekt dat Betsy de deur niet opende, was ze tevreden dat miss Chase van gedachten was veranderd. Kort daarop ontving ze per post de foto die Betsy van Gus' kamer had gemaakt. Carlin liet hem een hele tijd in een zilverkleurig lijstje naast haar bed staan, tot het beeld begon te vervagen. Ze dacht nog steeds aan Gus als ze baantjes trok in het zwembad en één keer voelde ze hem naast zich, met dezelfde armslag door het water snijdend, maar toen ze stopte en begon te watertrappen, merkte ze dat ze alleen was. Uiteindelijk werd het buiten te warm om zijn jas te dragen en kwam er niets meer in de zakken bovendrijven, geen zilveren visjes en geen zwarte stenen. Op het hoogtepunt van het mooie weer begon Carlin in de rivier te zwemmen, op het uur dat het licht bleekgroen was. Op sommige dagen zwom ze helemaal naar Hamilton en was het al donker als ze terugzwom naar Haddan. Maar al snel bleef de schemering tot half acht uit, en in juni bleef het zelfs tot acht uur licht. Tegen die tijd waren de vissen aan haar gewend en zwommen ze naast haar, tot ze thuis was.

ORLANDO
uitgevers

ALICE HOFFMAN

Onder water

EESCLUB
ORLANDO

Zie ook:
www.orlandouitgevers.nl
www.leescluborlando.nl

OVER DE AUTEUR

© Deborah Feingold

Alice Hoffman (New York, 1952) is een van de populairste romanschrijvers van de Verenigde Staten. Tot haar bekendste romans behoren onder andere *Hier op aarde*, een Oprah Book Club-boek; *Magische praktijken* dat werd verfilmd met Nicole Kidman en Sandra Bullock; *De ijskoningin* en *Twee gekke meiden*, een verzameling van vijftien met elkaar verbonden verhalen over liefde en verlies. Met de opbrengst van dit boek heeft Alice Hoffman de bouw van een borstkankercentrum ondersteund. Daarna verschenen onder andere *De drie zusjes, De derde engel, The Red Garden* en *The Dovekeepers*.

De romans van Alice Hoffman zijn in meer dan twintig verschillende talen uitgegeven, krijgen veelal buitengewoon lovende recensies en belanden meer dan eens op de internationale bestsellerlijsten.

Alice Hoffman woont afwisselend in Boston en New York.

ENKELE VRAGEN AAN ALICE HOFFMAN

Schrijfster Alice Hoffman is een ster in Amerika – overal volle zalen. Oprah Winfrey is een van haar grootste fans – maar bij ons is ze nog relatief onbekend. Hoe onterecht dat laatste is, blijkt wel uit de meeslepende psychologische thriller *Onder water*.

Voor een vrouw die de ene bestseller na de andere schrijft, komt Alice Hoffman bescheiden, bijna verlegen over. Halverwege het interview bekent ze dat ze het tegendeel van een sociaal dier is. 'Ik ben ongelooflijk gelukkig met mijn succes als schrijver. Vooral natuurlijk omdat het mij de vrijheid geeft om te doen wat ik het liefste doe, maar óók omdat ik dan met niemand hoef samen te werken. Ik ben graag op mezelf.'

Thuis ook?
Ja, ik ben de helft van mijn leven getrouwd. Mijn man heeft zo zijn eigen bezigheden. Vroeger werkten we wel eens samen aan een filmscript, maar ik leg me nu alleen maar toe op boeken schrijven. Overdag zien we elkaar niet zo heel veel. Vroeger toen onze zoons nog klein waren, hadden we een veel gestructureerder leven. Hij deed thuis het meest, maar ik zorgde ervoor dat ik tussen het schrijven door ook zo veel mogelijk tijd met de kinderen doorbracht. Hoe ik het voor elkaar kreeg weet ik niet, maar ik geloof dat het voor alle moeders met

jonge kinderen geldt. Dat zijn de meest georganiseerde wezens ter wereld. Ze kunnen een volle werkdag in twee uurtjes proppen.

Heeft Onder water *nog een bijzondere betekenis?*
Een heel bijzondere zelfs. Ik schreef dit boek toen ik behandeld werd voor borstkanker. Dat is nu veertien jaar geleden. Al met al heeft de chemotherapie en bestraling zeker een jaar geduurd. Dit boek was mijn reddingsboei. Zonder dat houvast had ik het gevecht lang niet zo goed aangekund. Ik durf te stellen dat dit boek mijn leven heeft gered. Het is een verschrikkelijke periode waarin je normaal gesproken nergens anders meer aan toe komt. Alles valt weg. Ik klampte me vast aan het boek dat ik nog maar net begonnen was te schrijven. Door mij te verplaatsen in die wereld, de sfeer en de personages, kon ik ontsnappen aan mijn eigen, harde werkelijkheid. Op een gegeven moment heb ik zelfs mijn bed naar mijn kantoor laten verplaatsen. Om maar zo veel mogelijk in de wereld van mijn boek te kunnen blijven.

De ziekte komt in latere romans terug. Waarom?
Kanker is net als elke andere vreselijke ziekte een gevecht. Je moet je erop concentreren en een tactiek bedenken waardoor je het overleeft. Ik heb altijd al iets met sterke vrouwen gehad, maar door mijn ziekte ben ik gefascineerd geraakt door overwinnaars. Wat maakt iemand een overwinnaar? Hoe heeft hij of zij dat aangepakt? Wat is er allemaal voorgevallen? Het is ongelooflijk om te zien hoe sommige mensen boven zichzelf uitstijgen. Daarover schrijven is voor mij ook een manier om dat overwinnaarstalent te ontwikkelen.

Was schrijver worden altijd al een droom?
Ik ben een lezer die schrijver is geworden. Van kleins af aan heb ik in een boekenwereld geleefd, ik had altijd een boek bij me. Nu lees ik lang zoveel niet meer, maar ik zit nog altijd in die magische wereld. Ik hou van verhalen vertellen, nieuwe werelden scheppen. Ik kom uit een omgeving waar niemand boeken in huis had en de verwachtingen laag waren. Niemand verwachtte van mij dat ik naar de universiteit zou gaan, laat staan schrijver zou worden. Ook voor mij was dat ver van mijn bed. Zelfs toen ik na mijn studie op een schrijversschool werd toegelaten, geloofde ik niet dat ik ooit een boek zou publiceren. Het is dat een redacteur een verhaal van mij had gelezen en mij vroeg of ik toevallig een roman had liggen, anders was het er nooit van gekomen. Ik greep die kans met beide handen aan, bang als ik was dat dit de laatste keer was dat me zoiets gevraagd zou worden. Mijn debuut werd geaccepteerd toen ik 21 was en twee jaar later werd het gepubliceerd. Het mooie is dat ik de kans heb gekregen om als schrijver te groeien. Jonge schrijvers is dat tegenwoordig niet meer gegund: hun debuut moet meteen een bestseller zijn.

Wat typeert Alice Hoffman-lezers?
Mijn lezers hebben een bijzondere, emotionele band met mijn boeken. Ze zijn geraakt door het verhaal, de sfeer en de personages. Dat is tenminste wat ze me steeds vertellen als ik op tournee ben door het land. Ik reis veel en heb veel contact met mijn lezers. Tijdens het schrijven denk ik trouwens niet aan mijn publiek. Ik schrijf puur voor mezelf. Meestal is het begin heel moeizaam. Bij elk nieuw boek ben ik ervan overtuigd dat ik het niet meer kan, dat ik het schrijven verleerd ben. Ik moet echt op gang komen. Ik probeer verschillende genres uit,

schrijf historische romans en ook voor jong volwassenen, maar de rode draad in al mijn boeken is en blijft liefde en verlies.

Is er nog tijd over voor iets anders dan schrijven?
Tussendoor brei ik graag en heb ik contact met andere schrijfsters, maar naast het schrijven ruim ik vooral veel tijd in voor fondsen werven. Als schrijver leef ik geïsoleerd. Ik vind het mijn plicht om ook een steentje bij te dragen aan de maatschappij. Daarom doneer ik aan doelen en werf ik actief fondsen. Bij mij in de buurt heb ik een borstcentrum geopend, een speciale ruimte in een ziekenhuis met maatschappelijk werksters, begrijpende en zorgzame artsen en verpleegsters, een bibliotheek, een lounge en de beste technologie en apparatuur. In mijn tijd bestond zoiets niet, terwijl zo'n centrum zoveel kan betekenen als je net je eerste chemokuur hebt gehad. Als schrijver moet je sociaal betrokken blijven, anders wordt de afstand met de werkelijke wereld te groot. Ik kan heel intens met mijn boeken bezig zijn. Het is goed om daar af en toe uit te stappen en mijn talent op een andere manier in te zetten. Dat houdt me in balans.

Dit interview verscheen eerder in **ésta**
en is geschreven door Margriet de Groot.

OVER HET BOEK
LOVENDE WOORDEN

'Mysterieus en geloofwaardig tegelijk (...) De indruk van het geheel is dat het kwaad welig tiert, meesterlijk gedirigeerd door de schrijfster.' – *Anne Tyler*

'Wat het werk van Alice Hoffman zo bijzonder maakt, is dat ze je met gedetailleerde beschrijvingen bij de werkelijkheid houdt en – vaak tegelijkertijd – een beroep doet op je verbeeldingskracht, door je mee te voeren naar plaatsen waar je nog nooit bent geweest. Het is een genot om haar te lezen, en erg verslavend.' – *Elizabeth Berg*

'Hoffman heeft haar unieke, bezielende mengeling van romantiek, magie en verlossing geperfectioneerd, en zij gebruikt haar vertelwijze met veel zwier om natuurverschijnselen en menselijke emoties met elkaar te verbinden.' – *Booklist*

'Hoffman is een van de beste en diepgravendste schrijvers van de hedendaagse Amerikaanse literatuur.' – *Los Angeles Times*

Tip:
Onder water is verfilmd als *The River King*.

LEESCLUB
LEESCLUBVRAGEN VOOR *ONDER WATER*

1. Alice Hoffman besteedt in haar roman veel aandacht aan het beschrijven van de schoolcampus. Op welke manier wordt de actualiteit weerspiegeld in de beschrijvingen van de school? Is Hoffmans beschrijving van de Chalk House een waarschuwing voor zijn bewoners?

2. Waarin verschillen Carlin Leander en August Pierce van de andere studenten op de school van Haddan? Wat proberen ze om dat verschil te verhullen? Lukt het ze om het te verhullen?

3. Bijna ieder personage – Carlin Leander, Abel Grey, Betsy Chase, Dr. Howe – komt op een bepaald moment in *Onder water* in aanraking met de dood van iemand in zijn of haar directe omgeving. Carlin denkt dat ze nog steeds contact heeft met Gus Pierce na zijn overlijden, terwijl Abel Grey niet eens kan praten over zijn broer die zelfmoord pleegde toen hij jong was. Wat is volgens jou de beste manier om om te gaan met zo'n verlies? Denk jij dat Gus Pierce na zijn dood echt langskomt bij Carlin en cadeautjes voor haar achterlaat, of is hiervoor een andere verklaring? Wat was jouw reactie toen Gus Pierce 'verscheen' in een foto die na zijn dood is gemaakt?

4. In de loop van het verhaal veranderen Abel Grey en Betsy zowel innerlijk als uiterlijk. Bespreek deze veranderingen.

5. Door toedoen van Abel Grey wordt Harry McKenna van school gestuurd en verliest hij zijn toelatingsbewijs voor Dartmouth, ondanks dat hij eigenlijk niet gefraudeerd had tijdens het examen. Vind je dit terecht? Verdient Harry McKenna een zwaardere straf voor zijn betrokkenheid bij de dood van Gus Pierce?

6. Tussen de studenten van de school en de inwoners van Haddan heerst onenigheid. Waardoor wordt de symbolische afstand tussen de studenten en de inwoners groter? En wat maakt deze afstand juist kleiner?

7. Hoe reageert Abe als duidelijk wordt wie zijn echte grootouders zijn? Denk je dat deze bekendmaking invloed heeft op zijn karakter?

8. In de tweede helft van de roman staat de voorstellingswereld van de doden regelmatig centraal. De laatste alinea van *Onder water* lijkt echter voor een positief contrast te zorgen met de veelal donkere figuren tot dan toe: 'Tegen die tijd waren de vissen aan haar gewend en zwommen ze naast haar, tot ze thuis was.' Suggereert dit een mogelijk positieve toekomst voor Carlin na de tragedie van Gus' dood? Waarom denk je dat Carlin elke dag in de rivier zwemt? En waarom denk je dat Gus stopt met het 'bezoeken' van Carlin?

© www.alicehoffman.com

LEESFRAGMENT

ALICE HOFFMAN

De derde engel

Drie vrouwen die door liefde en vergeving door de jaren heen met elkaar verbonden zijn. Drie bruiloften, omgeven door geheimen en bedrog. Drie generaties, getroffen door hartzeer en verlies.

In *De derde engel* wordt de lezer mee teruggevoerd in de tijd, van het hedendaagse Londen, waar Maddy de verloofde van haar zus verleidt, naar de vrijgevochten jaren zestig, waarin Frieda valt voor een popmuzikant die op zoek is naar een muze, en ten slotte naar de preutse jaren vijftig en Bryn, die haar ex-man niet kan loslaten.

In het midden van dit ingenieuze web bevindt zich Lucy Green, die als twaalfjarig meisje in een Londens hotel getuige is van een tragische ruzie tussen geliefden.

In *De derde engel* vertelt Alice Hoffman opnieuw een onvergetelijk verhaal van liefde en vertrouwen.

Vertaald uit het Engels door
Emmy van Beest en Josephine Ruitenberg

ISBN 978 90 229 5999 2
ISBN e-book 978 90 449 6180 5

De derde engel, fragment uit deel I
WAAR DE REIGER WOONT

Madeline Heller wist dat ze zich roekeloos gedroeg. Ze was twee dagen eerder dan gepland van New York naar Londen gevlogen en had zojuist haar intrek genomen in het Lion Park Hotel in Knightsbridge. In de roerloze lucht zweefden ontelbare stofjes, want de ramen waren in geen maanden open geweest. Er hing een geur van cederhout en lavendel. Hoewel Maddy verhit en moe was van de reis, nam ze niet de moeite de airconditioner aan te zetten. Ze was waanzinnig, belachelijk, tot over haar oren verliefd op de verkeerde man en nu wilde ze alleen maar roerloos op bed liggen.

Madeline was niet dom; in New York werkte ze als advocate. Ze was vierendertig, een grote, slanke vrouw met lang zwart haar, afgestudeerd aan het Oberlin College en aan de juridische faculteit van de universiteit van New York. Veel mensen vonden haar mooi en slim, maar hun mening telde niet, want ze kenden haar niet. Ze hadden geen idee dat Maddy haar bloedeigen zus had verraden. Ze konden zich niet indenken dat Maddy haar leven zo makkelijk en onbezonnen zou vergooien.

Er was goede en verkeerde liefde. Er was de liefde die iemand boven zijn eigen tekortkomingen uittilde, maar ook de uitzichtloze liefde, die toesloeg op een moment dat je dat absoluut niet wilde of verwachtte. Dat laatste was Maddy het afgelopen voorjaar overkomen, toen ze in Londen was geweest om haar zus te assisteren bij de planning van haar bruiloft. Allie had haar niet eens om hulp gevraagd. Hun moeder Lucy had gezegd dat Maddy naar Londen moest gaan om met de voorbereidingen te helpen; dat was immers haar taak als bruidsmeisje. Maar toen ze uiteindelijk was aangekomen, bleek dat Allie zoals gewoonlijk alles al had geregeld.

Allie was dertien maanden ouder dan Maddy. Zij was de goede zus, de volmaakte zus, de zus die alles mee had. Omdat ze een zeer populair kinderboek had geschreven, werd ze op straat vaak herkend, en dan was ze nooit te beroerd om ergens een handtekening op te krabbelen voor iemands kind of om een ex libris uit haar tas te vissen en aan een fan te geven. Eenmaal per jaar kwam ze naar de Verenigde Staten om voor te lezen op wat een terugkerend, drukbezocht evenement was geworden, een feestelijke dag waarop kinderen zich verkleedden als vogels. Dan stonden er negen- en tienjarige kardinaalsvogels, eenden en kraaien in de rij om hun exemplaar van *Waar de reiger woont* te laten signeren. Maddy was een paar keer met haar zus meegegaan op tournee. Ze was zich altijd blijven verbazen over al die drukte om een simpel kinderverhaaltje, dat Allie nota bene had gepikt, want het was gebaseerd op een sprookje dat hun moeder vroeger altijd vertelde. Eigenlijk was het net zo goed van Maddy als van Allie. Alleen had Maddy nooit behoefte gehad een boek te schrijven of het verhaal ingrijpend te veranderen omdat haar dat toevallig beter uitkwam.

Het was een van de sprookjes die Lucy Heller de meisjes vroeger vertelde als ze bij het moeras waren, vlak bij het huis waar ze waren opgegroeid. Lucy's eigen moeder, de grootmoeder van de meisjes, had met blote voeten door een vijver in

Central Park gewaad om met een reusachtige blauwe reiger te praten. Het had haar niets kunnen schelen wat de mensen van haar dachten, ze was gewoon het water in gelopen. Ze had de reiger gevraagd over Lucy te waken en dat had hij altijd gedaan. Daarna had Lucy hem op haar beurt gevraagd haar dochters te beschermen en was hij in hun moeras in Connecticut komen wonen.

'Hoe kan een reiger over een mens waken?' had Maddy haar zus toegefluisterd. Ook al was ze pas acht, ze had niet veel vertrouwen in verhalen. In dat opzicht leek ze op haar moeder, die ook van nature sceptisch was.

'Hij kan twee verschillende levens leiden,' had Allie zonder aarzelen geantwoord, alsof het antwoord simpel was als je eenmaal de geheimen van het heelal had doorgrond. 'Hij heeft een reigerleven in de lucht en een leven hier beneden.'

'Ik ben blij dat hij ons allebei kan helpen,' zei Maddy.

'Doe niet zo raar.' Allie was altijd erg resoluut en zelfverzekerd. 'De blauwe reiger heeft maar één ware liefde.'

En zo stond het in Allies boek. Er was eens een vrouw die trouwde met de man van wie ze hield. Het stel woonde in een huis dat leek op het huis in het moeras waar de zussen waren opgegroeid. Het stond tussen hetzelfde hoge zilverkleurige riet, onder dezelfde inktzwarte hemel. Het jonge paar woonde bijna een jaar gelukkig en tevreden in hun huis van stokken en stenen. Totdat er op een dag, toen de man uit vissen was voor hun avondeten, op de deur werd geklopt. De vrouw deed open en daar stond de andere echtgenote van de bruidegom, een blauwe reiger op zoek naar haar verdwenen man.

'Dat je niet gek wordt van al die kinderen,' had Maddy eens gezegd, bij een bijzonder drukbezochte lezing. Ze hadden een snotneus, waren een bron van ziektekiemen, maakten lawaai en hadden geen manieren. En moesten ze per se zo hard lachen? Haar oren tuitten ervan.

In Allies boek was het reigervrouwtje weggekwijnd. Haar veren waren uitgevallen en ze had geen hap door haar keel gekregen sinds haar man haar had verlaten. 'Een van ons wint en de ander verliest, maar wie zal het zijn?' vroeg ze de vrouw die bij de deur stond.

'Die kinderen zijn mijn lezers. Ik wíl juist dat ze lachen.'

Normaal gesproken kwam Allie altijd naar Amerika om haar familie te bezoeken, maar deze keer was Maddy bij haar zus gaan logeren. Eerlijk gezegd had ze een bezoek aan Londen altijd uitgesteld; ze had gezegd dat ze het te druk had, maar dat was niet de werkelijke reden. Ze hoefde niet zo nodig te zien hoe volmaakt Allies leven was. Maar ten slotte had ze er niet meer onderuit gekund. Er moest nu eenmaal een bruiloft worden voorbereid. Een bruiloft waarop Maddy weer een bijrol zou spelen, die van het stoute zusje dat zich niet aan de regels hield en zelfs als volwassene nog bang was voor de gekste dingen, zoals onweer, muizen, verkeersopstoppingen en vliegtuigen. Hoogstwaarschijnlijk zou ze een foeilelijke jurk moeten dragen van de een of andere afschuwelijke synthetische stof, terwijl haar zus stralend rondliep in witte zijde of satijn. De eeuwige tweede, altijd de mindere, altijd in de schaduw. Als mannen haar vertelden dat ze mooi was, geloofde ze hen niet en vriendschappen vermeed ze. Maddy deed haar werk en bemoeide zich nergens mee. Ze was het soort vrouw dat werkloos kon toekijken hoe kinderen de vleugeltjes van een vlinder uittrokken of een pad onder de modder bedolven. Wat andere mensen uitvoerden was niet haar zaak. Wreedheid hoorde tenslotte bij het leven. Het was niet aan haar om de wereld te verbeteren. Dat was meer iets voor haar zus.

Omdat Maddy in april alleen een lang weekend in Londen zou blijven – ze kwam op een donderdag aan en vertrok maandagavond alweer – hadden Allie en zij zich vanaf het vliegveld rechtstreeks naar de kleermaker gehaast, zodat Maddy haar jurk kon passen. Als kind waren ze onafscheidelijk geweest, maar daarna waren ze uit elkaar gegroeid en zo verschillend geworden dat je niet zou zeggen dat ze zussen waren. Toch had Allie haar best gedaan een jurk te kiezen die Maddy mooi zou staan, een flatteus model van blauwe zijde waarin Maddy's figuur goed uitkwam. Maddy zelf vond de jurk vreselijk, maar ze zei er niets over. Ze had besloten dat ze zou proberen voor één keer meegaand te zijn. Toen ze klaar waren met de jurken, stemde ze er zelfs mee in om verschillende bruiloftstaarten te gaan proeven. Daarom was ze hier. Om haar zus te helpen.

Ze gingen naar de banketbakker en proefden een stuk of vijf stukjes taart, maar het boterglazuur was te zwaar en de chocolade te vet. Allie was over geen enkele taart echt tevreden. Ze zei dat ze het voorbereiden van een bruiloft maar tijdverspilling vond. Uiteindelijk koos ze een eenvoudige taart van cakedeeg naar haar eigen recept. Ze had Maddy helemaal niet nodig gehad.

Maddy was nog steeds in haar inschikkelijke bui. 'Een goede keus,' zei ze. 'Er gaat niets boven eenvoud. Des te minder kans dat er iets misgaat.'

Niet dat ze die opvatting huldigde als het om haarzelf ging. Eenvoud was goed voor Allie, niet voor Maddy. Maddy was inhalig en dat was ze altijd geweest. Vroeger stal ze van alles van haar zus, haarbanden, sieraden, T-shirts. Als het haar bruidstaart was geweest, had ze mousse en jam gewild, chocola, abrikozen op brandewijn en gesponnen suiker. Niets was goed genoeg voor een meisje dat altijd dacht dat ze op de tweede plaats kwam.

De dag na de taartproeverij lagen beide zussen met buikpijn in bed, diep weggekropen onder het dekbed met hun pyjama en sokken aan. Als kind hadden ze genoeg aan elkaar gehad, en nu, terwijl ze van hun thee nipten, leek het een paar uur lang weer als vanouds. Maar het was onmogelijk om te herstellen wat Allie kapot had gemaakt toen ze het huis uit was gegaan. In wezen hadden ze niets meer met elkaar gemeen.

Het was zeventien jaar geleden dat Allie in Boston was gaan studeren. In haar derde jaar was ze naar Londen verhuisd en vanaf dat moment was ze alleen nog af en toe een weekje teruggekomen. Ze had Madeline in de steek gelaten in het grote huis in Connecticut, alleen met haar ouders, die weer bij elkaar waren gaan wonen nadat ze een paar jaar gescheiden hadden geleefd. De familie Heller had geen nabije buren en Maddy had geen vrienden of vriendinnen. Ze was afstandelijk, zoals eenzame mensen dat vaak zijn. Na het vertrek van haar zus was Maddy zich nog meer gaan afzonderen En toen ze zelf naar Oberlin ging, was zij de enige die thuiskwam in de vrije winterperiode of de voorjaarsvakantie. Als er een brief van Allie kwam, weigerde Maddy die te lezen. In plaats daarvan ging ze buiten tussen het riet zitten. Op dagen dat de lucht helder was, zag ze soms de blauwe reiger die daar woonde. Ze had gelezen dat de meeste reigers in paren leven en dat het grote mannetje en het wat kleinere vrouwtje levenslang bij elkaar blijven, maar deze was alleen. Hij was ver weg, aan de overkant van het water. Hoewel ze hem vaak had geroepen, leek hij haar niet te horen. Hij had nooit haar kant uit gekeken.

Lees verder in *De derde engel*